Herzog Ernst

Ein mittelalterliches Abenteuerbuch

AF283051

In der mittelhochdeutschen Fassung B
nach der Ausgabe von Karl Bartsch
mit den Bruchstücken der Fassung A
herausgegeben, übersetzt, mit Anmerkungen
und einem Nachwort versehen
von Bernhard Sowinski

PHILIPP RECLAM JUN. STUTTGART

Umschlagabbildung: Herzog Ernst ersticht den Pfalzgrafen.
Holzschnitt aus dem Erstdruck (um 1480)

Universal-Bibliothek Nr. 8352
Alle Rechte vorbehalten
© 1970 Philipp Reclam jun. GmbH & Co., Stuttgart
Durchgesehene und verbesserte Ausgabe 1979
Gesamtherstellung: Reclam, Ditzingen. Printed in Germany 1998
RECLAM und UNIVERSAL-BIBLIOTHEK sind eingetragene Marken
der Philipp Reclam jun. GmbH & Co., Stuttgart
ISBN 3-15-008352-4

Herzog Ernst

Die älteste Überarbeitung des niederrheinischen
Gedichtes

Nu vernemet alle besunder:
ich sage iu michel wunder
von einem guoten knehte.
daz sult ir merken rehte.
5   ez ist ze hœrenne guot,
ez gît vil manigen hôhen muot,
swâ man von degenheite seit.
genuogen ist von herzen leit
die dâ heime ir lant bûwent
10 unde nimmer des getrûwent
swaz man von heldes nœten saget.
die sint an wirdekeit verzaget:
sie habent der arbeit niht erliten
und wirt ouch von in gar vermiten,
15 wan sie dar zuo niht entugen
und velschent die rede swâ sie mugen.
sie strîtent vaste dâ wider
und druckent die rede nider,
als ez mit alle ein lügene sî:
20 den wonet niht guoter tugende bî.
swâ danne guote knehte sint,
den ist diu rede als ein wint,
die in fremden rîchen
dicke sorclîchen
25 varent durch vermezzenheit
und beidiu liep unde leit
lîdent undr unkunder diet:
die widerredent des niet
swaz man dâ von gesagen kan,
30 wan des sie selbe versuochet hân.

Diz spriche ich allez umbe daz
daz ir merket deste baz
ditze liet daz ich wil sagen,
wan ich iuch niht wil verdagen
35 die nôt und starke arbeit,
die der herzoge Ernest leit,

Nun höre jeder genau zu!
Ich will euch viele wunderliche Dinge
von einem edlen Ritter erzählen.
Ihr sollt es aufmerksam vernehmen.
5   Es ist vorteilhaft, es anzuhören,
denn es weckt hohe Gesinnung,
wo immer man von Tapferkeit erzählt.
Dagegen erdulden viele Kummer im Herzen,
die zu Hause ihr Land besitzen
10 und niemals sich das zutrauen,
was von den Kämpfen eines Helden gesagt wird.
Sie haben den Mut zu ritterlichem Tun verloren.
Kampfesmühen haben sie nie ertragen
und halten sich stets davon fern,
15 weil sie dazu nicht taugen.
Erzählungen darüber erklären sie für unwahr,
bestreiten sie energisch
und suchen sie zu unterdrücken,
als handle es sich hierbei nur um Lügen.
20 Solche Menschen haben keine guten Eigenschaften.
Wo aber tüchtige Kerle sind,
die achten nicht auf solches Gerede.
Um ihre Kühnheit zu beweisen,
nehmen sie in fremden Ländern
25 oft Gefahren auf sich
und erdulden Gutes und Schlimmes
bei unbekannten Menschen.
Sie zweifeln nicht an dem,
was man von Gefahren erzählt,
30 weil sie selbst solche erlebt haben.

Ich schicke dies alles deshalb voraus,
damit ihr um so besser auf die Geschichte achtet,
die ich euch jetzt erzählen will.
Ich will euch nämlich die Notsituationen
35 und Mühsale nicht verschweigen,
die der Herzog Ernst erduldete,

do er von Beiern wart vertriben.
in den buochen stêt geschriben,
daz er der Beier landes wielt

40 und vil frümeclîch enthielt
die armen zuo den rîchen.
mit êren lobelîchen
stuonden alliu sîniu dinc.
manlîch hielt der jungelinc

45 diu erbe diu im sîn vater liez
sô lange unz in dâ von verstiez
ein keiser mit des rîches kraft.
des muost vil werder ritterschaft
durch vorhte von im kêren.

50 dô rûmte er ez mit êren
und mit im manic helt guot,
die mit im lîp unde guot
wolten wâgen unz an den tôt.
sît kam er in manige nôt

55 die er vil manlîch überwant:
er was ein gemuoter wîgant.

Ich wil iuch vür baz wizzen lân,
wie daz kam daz der edel man
von dem rîche alsô verdarp.

60 man sagt, dô im sîn vater starp,
er was ein kleinez kindelîn.
er liez im mit den erben sîn
ze dienste manigen guoten kneht,
die in zugen, daz was reht.

65 sie werten im alle bôsheit.
sîn muoter hiez Adelheit
und was ein hôchgebornez wîp.
vil tugende pflac ir junger lîp
und lebte in grôzen êren.

70 daz kint bat sie dô lêren
beide welhisch und latîn.
ouch sande sie daz kindelîn

nachdem er von Bayern vertrieben worden war.
In Büchern ist uns überliefert,
daß er einst das Land der Bayern beherrschte
40 und mit großer Tatkraft
die Schwachen und die Starken schützte.
Lob und Ehren gewann er
in allen seinen Unternehmungen.
Kraftvoll verwaltete der junge Fürst
45 das Erbe, das ihm sein Vater hinterlassen hatte,
bis ihn ein Kaiser
mit der Macht des Reiches daraus vertrieb
und ein großer Teil der Ritterschaft
sich notgedrungen von ihm abwenden mußte.
50 Er verließ es ehrenvoll.
Mit ihm gingen viele tapfere Ritter,
die an seiner Seite Leben und Besitz
bis in den Tod wagen wollten.
Seitdem geriet er in manche Not,
55 die er mannhaft überwand,
denn er war ein mutiger Held.

Weiter will ich euch berichten,
wie es kam, daß dieser edle Mann
vom Kaiser solchen Schaden erlitt.
60 Man erzählt, daß er noch ein kleines Kind war,
als sein Vater starb.
Dieser hinterließ ihm mit dem Erbe
auch viele tapfere Ritter zu seinem Dienst.
Sie erzogen ihn; das war recht so.
65 Sie hielten alles Böse von ihm fern.
Seine Mutter hieß Adelheid.
Sie war eine hochadlige Frau.
In vielen guten Eigenschaften bewährte sie sich
und genoß daher großes Ansehen.
70 Sie ließ das Kind
Italienisch und Lateinisch lernen.
Auch schickte sie den Kleinen sogar

durch zuht ze Kriechen in daz lant.
dâ wurden im die liute erkant
von maniger hande wîsheit.
75 ze aller slahte frümekeit
fleiz sich daz kint sêre:
des wuohs vil hôch sîn êre.

Sus vertreip der jungelinc gemeit
80 diu jâr sîner kintheit,
daz er versuochte fremdiu lant.
des wart er wîten erkant
über manic künicrîche,
da er vil lobelîche
85 sich ze rede hâte brâht.
des wart sîn dicke wol gedâht
ze aller slahte guote.
er was in diemuote
getriuwe unde milde.
90 des wurden im die schilde
vil wîten gesamenôt,
so er ir bedorfte ze sîner nôt.

Er hiez biderbe unde guot
und wande allen sînen muot
95 ze frümelîchen dingen:
des muose im wol gelingen.
er vorhte schelten unde spot:
beidiu durch êre und durch got
teilte er swaz er mohte hân.
100 er gruozte schône sîne man
und bôt in michel êre.
des dienten sie im sêre
sît dô er kam in arbeit
und den grôzen kumber leit,
105 dô wurden sie im undertân
swar zuo er sie wolde hân
und stuonden im frumlîchen bî.

8

zur Erziehung ins Oströmische Reich,
wo er Gelehrte der
75 verschiedenen Wissenschaften kennenlernte.
In der verschiedensten Weise
suchte der Knabe sich zu bewähren.
Dadurch wuchs sein Ansehen immer mehr.

So verbrachte der aufgeweckte Junge
80 die Jahre seiner Kindheit,
indem er fremde Länder kennenlernte.
Deshalb wurde er weithin bekannt
in vielen Königreichen,
wo er sich auf solch löbliche Weise
85 den Menschen bekanntgemacht hatte.
Seiner gedachte man daher oft
bei jeder Art von Lob.
Er war in Bescheidenheit
getreu und freigebig.
90 Deshalb sammelten sich von weit her
viele Schildträger für ihn,
wenn er in der Not ihrer bedurfte.

Er wurde tüchtig und vorbildlich genannt
und richtete all sein Sinnen und Trachten
95 auf gute Leistungen.
Das mußte ihm wohl gelingen.
Er fürchtete nur Schmähungen und Spott:
Um des eigenen Ansehens und Gottes Gnade willen
teilte er alles, was er erlangte.
100 Seine Dienstmannen redete er freundlich an
und ließ ihnen große Ehren zuteil werden.
Dafür halfen sie ihm später sehr,
als er in Bedrängnis geriet
und große Not erleiden mußte;
105 da ordneten sie sich ihm unter,
was er auch von ihnen verlangte,
und standen ihm tapfer bei.

er wære eigen oder frî,
der verliez in keiner nie
die wîle sie der tôt lie.

Sus wuohs der kindesche man,
unz er sich selbe des versan,
daz er wâfen mohte leiten.
dô hiez er im bereiten
swaz er dar zuo solde hân.
vil harte man daz gewan:
ros phert und gewant.
dô nam der edel wîgant
mit grôzen êren daz swert
und mit im ein knabe wert,
grâve Wetzel sîn man,
der nie zageheit gewan,
und ander sîn gesinde.
sie wâren von kinde
gezogen mit grôzer êre.
des muose erm immer mêre
leisten triuwe und wârheit.
durch deheine arbeit
wolder im nie geswîchen.
er gestuont im frümelîchen
bî unz an sîn ende.
vil manic ellende
wart versuochet von in beiden,
und wurden doch nie gescheiden
durch deheiner slahte nôt,
unz sie ze leste schiet der tôt.

Dô der helt vil lobesam
mit êren alsô swert genam
und grâve Wetzel der helt balt,
dô hâte er rîchen gewalt.
lützel ieman bî im verdrôz.
ez was keiner sîn genôz

110

115

120

125

130

135

140

Von Freien und von Eigenleuten
verließ ihn keiner,
110 solange sie lebten.
So wuchs der junge Mann heran,
bis er selbst begehrte,
die Waffen zu tragen.
Da gebot er, ihm das bereitzustellen,
115 was er dazu alles benötigte.
Unverzüglich beschaffte man ihm dies:
Streitroß, Reitpferd und Rüstung.
Darauf empfing der vornehme Held
in feierlicher Weise das Schwert;
120 zugleich mit ihm empfingen es ein anderer
junger Adliger, Graf Wetzel, sein Lehensmann,
der niemals furchtsam war,
und noch andere Gefährten,
die von Kindheit an
125 ritterlich erzogen worden waren.
Wetzel sollte ihm deshalb
allezeit treu und ehrlich
zur Seite stehen.
In keiner Bedrängnis
130 sollte er ihn im Stich lassen,
vielmehr half er ihm tapfer
bis an sein Lebensende.
So manches fremde Land
lernten sie beide kennen,
135 in keiner Notsituation trennten sie sich.
Nur der Tod konnte sie am Ende scheiden.

Als der oft gelobte Ritter
zugleich mit dem tapferen Grafen Wetzel
feierlich das Schwert empfangen hatte,
140 da verfügte er nun über große Macht.
Niemand wurde von ihm enttäuscht.
In allen deutschen Ländern,

in allen diutschen rîchen,
der sich zim mohte gelîchen,
145 sô verre man in erkande.
dô fuor er ze lande
mit vil stolzer ritterschaft.
im volgete grôziu kraft,
beide ritter und knehte.
150 der phlac er wol ze rehte:
er gap in schatz und gewant.
mit sîner willigen hant
machte er im die werlt holt.
er ensparte silber noch daz golt
155 vor keinen sînen êren.
des wurden dem vil hêren
mit triwen bereit sîne man
swa ez an die nôt solde gân.

Diu herzoginne Adelheit
160 was des frô und ouch gemeit,
daz sie daz kint hâte erzogen
und sô gar für unbetrogen
was gelobt übr alliu lant.
dô êrte sie den wîgant
165 und zôch sich wîplîche.
ir gerten fürsten rîche
durch ir tugentlîchen ruom.
durch wîsheit und durch rîchtuom
sie manic fürste gerne nam.
170 dô wolt diu frouwe lobesam
nie keinen man erwerben.
sie wolte alsô ersterben
in kiusche und in reinikeit:
daz was den werden herren leit.

175 Dô sie die rede erfunden,
dô hielt in den stunden
daz rœmische rîche

soweit man ihn kannte,
konnte keiner sich mit ihm vergleichen,
145 reichte keiner an ihn heran.
Dann zog er mit einer stolzen Ritterschar
durch das Land.
Eine ansehnliche Schar von Rittern
und von Knechten folgte ihm.
150 Er kümmerte sich vorbildlich um sie:
Er schenkte ihnen Geld und Gewänder.
Durch seine Freigebigkeit
machte er sich alle Welt zu Freunden.
Um seines Ansehens willen
155 geizte er weder mit Silber noch mit Gold.
Deshalb waren diesem hehren Fürsten
seine Lehnsleute in Treue ergeben,
wo immer es die Not erforderte.

Die Herzogin Adelheid
160 war darüber froh und glücklich,
daß sie das Kind so erzogen hatte
und deshalb uneingeschränkt
überall gelobt wurde.
Sie ehrte auch ihrerseits den Helden,
165 indem sie auf ihre Frauenwürde achtete.
Mächtige Fürsten warben daher um sie
wegen ihrer edlen Sitte.
Auch wegen ihrer Klugheit und ihrer Macht
hätte sie mancher Fürst zur Frau gewünscht.
170 Damals wollte die gepriesene Herrscherin
jedoch keinen Mann wieder heiraten.
Sie wollte vielmehr unvermählt
als Witwe sterben.
Das betrübte manchen edlen Fürsten.

175 Zu der Zeit,
als sie dies erfuhren,
beherrschte ein mächtiger König

13

ein künic gewalteclîche,
der was Otte genant.
dem diente manic fürsten lant
in diutscher und in welscher zungen.
ouch hete der künec betwungen
der Winden lant und Friesen.
der moht man vil dô kiesen
die an in muosen kêren.
er truoc mit grôzen êren
vor fürsten die krône.
der keiser rihte schône
beidiu witwen und weisen
vor aller hande vreisen.
sîn gebot stuont bî der wide.
er schuof den aller besten fride
beide vür unde wider
der ê oder sider
oder immer mê werde
ûf der Sahsen erde.

Der herre stiften dô began,
als ich iu wol sagen kan,
durch den himelischen ruom
ein rîche erzebistuom:
daz ist genuogen wol bekant.
Meideburc ist ez genant
und lît an der Elbe stade.
do geschach dem tiufel grôzer schade,
dô sie von im kêrten
und ir sælde mêrten.
der keiser twanc sie âne wer.
sant Maurizen und sîme her
wart ez gewîhet ze êren
und des obersten lop ze mêren,
der im die sælde tete bekant.
er gap dar liute unde lant
und machte ez krefteclîche

mit Namen Otto
das Römische Reich.
180 Ihm waren die Länder vieler Fürsten
des deutschen und italienischen Sprachgebietes untertan.
Auch hatte dieser König die Länder
der Wenden und Friesen erobert.
Man konnte derer viele zählen,
185 die sich zu seinem Dienste einfinden mußten.
Sein königliches Ansehen
war groß unter allen Fürsten.
Der Kaiser beschützte Witwen und Waisen,
wie es sich ziemte,
190 vor jeder Art von Gefahr.
Seine Gesetzgebung war streng.
Er erreichte so die allerbeste Friedensordnung
nach innen und nach außen,
die jemals zuvor und danach
195 und für alle Zukunft
auf sächsischer Erde galt.

Dieser Herrscher stiftete,
wie ich es euch wohl zu berichten weiß,
um seines Ruhms im Himmel
200 ein mächtiges Erzbistum:
das ist allgemein bekannt.
Magdeburg ist sein Name.
Es liegt am Ufer der Elbe.
Damals wurde dem Teufel großer Schaden zugefügt,
205 als sich die Menschen dort von ihm abwandten
und ihre Seligkeit zu mehren suchten.
Der Kaiser bezwang sie ohne Waffen.
Dem heiligen Mauritius und seinen Gefährten
wurde es geweiht zum Ruhme
210 und um das Lob Gottes zu mehren,
der ihm die Seligkeit im Himmel verliehen hatte.
Der Kaiser unterstellte dem Erzbistum
die Bewohner und das Land und stärkte es

an urboren rîche.
215 des hât er immer mêre
vor gote lop und êre.

Der edel künic hêre
durch die gotes êre
stift die selben samenunge.
220 des gnâdet vil manic zunge
gote durch in tegelîch.
ich sage iu daz der künic rîch
hôher tugende kunde phlegen.
er was des lîbes gar ein degen
225 und ein lobelîcher wîgant.
alliu rœmischiu lant
wâren mit im wol behuot.
er was ein edel ritter guot.
in kunde ze rehte erbarmen
230 die rîchen und die armen.
alle die des geruochten
die sîn helfe suochten,
den was sîn gâbe vil bereit.
der herre in sîner kintheit
235 hete genomen ein êlîch wîp.
diu lac tôt, ir edel lîp
wart bestatet schône
in dem münster frône.
diu was geborn von Engellant:
240 ir gemüete hâte sie gewant
gar an unsern trähtîn.
diu vil sælege künigîn
was geheizen Ottegebe,
ein wol berndiu wînrebe.
245 sie was gote gehôrsam.
dô sie ir ende dô genam,
si besaz daz gotes rîche
mit freuden êweclîche.
ir sêle ist sælc, als was ir lîp.

durch große Stiftungen.
215 Deshalb genießt er immerdar
Lob und Ruhm vor Gott.

Dieser edle und angesehene König
gründete zur Ehre Gottes
dort auch ein Geistlichenstift.
220 Deshalb dankt noch manche Stimme
um seinetwillen Gott an jedem Tag.
Ich sage euch, daß dieser mächtige Herrscher
sich stets vornehm zu verhalten wußte.
Er war ein vollkommener ritterlicher Kämpfer
225 und ein berühmter Held.
Das gesamte Römische Reich
war durch ihn gut beschützt.
Er war ein vorbildlicher Fürst und Ritter.
Er wußte sich der Reichen und Armen
230 in gerechter Weise anzunehmen;
für alle, die darum baten,
die seine Hilfe suchten,
standen seine Gaben bereit.
Dieser Herrscher hatte schon in seiner Jugend
235 eine Frau geheiratet,
die aus England stammte.
Sie war gestorben, und ihr edler Leib
war, wie es sich ziemte,
im Gotteshaus bestattet worden.
240 Sie hatte ihr Sinnen und Trachten
ganz auf unsern Herrgott gewandt.
Diese fromme Königin
hieß Ottegebe;
sie glich einer fruchtbaren Weinrebe.
245 Sie war Gott stets gehorsam.
Als sie starb,
gewann sie das Gottesreich
und die ewige Freude.
Ihre Seele ist nun selig, ebenso war ihr Leben.

und wizzet daz got durch daz wîp
250

vil schœner zeichen liez geschehen,
als man noch hiute wol mac sehen,
swerz gerne dâ wil schouwen,
daz got der edelen frouwen
255

vil grôze genâde gebete
die wîle daz sie lebete.

Alsô was des keisers lîp
immer mêre ân êlîch wîp,
als ir dâ vor hât vernomen,
260

und hæte gerne genomen
eine diu im gezæme
und dem rîche rehte kæme
ze einer küniginnen.
dô hiez er im gewinnen
265

die fürsten und sagte in sînen muot.
er sprach „swaz iuch dunket guot
und da ez mit êren müge sîn,
dar helft mir, lieben friunt mîn,
einer frowen diu iu gevalle.
270

daz verdiene ich umbe iuch alle
swie iu immer liep is:
des sît alle an mich gewis.“

Do die fürsten daz vernâmen,
zesamene sie dô kâmen.
275

ze râte sie dô giengen,
wie sie ez ane viengen
daz man den künec gewerte
des er an sie gerte.
sie sprâchen alle gemeine,
280

sie enwisten keine
diu im sô rehte kæme,
ob er sie ze wîbe næme,
so diu herzoginne Adelheit:
diu wære mit der wârheit

250 Wisset auch, daß Gott um dieser Frau willen
viele Wunderzeichen geschehen ließ,
wie sie der, der sie sehen will,
noch heute dort sehen kann,
und daß Gott dieser edlen Herrscherin
255 viele Gnaden erwiesen hatte,
solange sie lebte.

So lebte der Kaiser nun
ohne Gemahlin,
wie ihr vorhin schon hörtet.
260 Er hätte gern eine Frau genommen,
die zu ihm paßte
und auch als Königin
für das Reich recht wäre.
Damals ließ er die Fürsten zu sich kommen
265 und erzählte ihnen seine Absicht.
Er sagte: „Alles, was euch richtig erscheint
und ehrenvoll erfüllt werden kann,
dazu verhelft mir, meine lieben Freunde:
zu einer Herrscherin, die auch euch genehm ist.
270 Dafür werde ich mich euch erkenntlich zeigen,
wie es euch immer genehm ist.
Dessen seid von mir versichert."

Als die Fürsten das vernommen hatten,
versammelten sie sich zur Beratung.
275 Sie überlegten,
wie sie es anfangen könnten,
dem Könige seinen Wunsch
zu erfüllen.
Sie stimmten alle darin überein,
280 daß sie keine wüßten,
die so gut zu ihm paßte,
wenn er sie zur Frau nähme,
wie die Herzogin Adelheid.
Sie werde mit Recht

285 gelopt vor manigem wîbe.
 sie wisten an ir lîbe
 über al wandelbæres niht:
 „des ir diu meiste menige giht,
 die sich wîsheit versinnen."
290 möhte er sie gewinnen,
 „ez solde uns alle dunken guot."
 ob der keiser sînen muot
 an sie wolde kêren,
 er möhtes wol mit êren
295 dem rîche ze frouwen nemen:
 sie solde in allen wol gezemen
 durch ir wîplîche tugent.
 sie hæte sich in ir jugent
 vil wünneclîche her behuot.
300 sie was biderbe unde guot.

 Die rede sie alle geviengen.
 die vürsten vür giengen
 und sageten dem künige mære
 von der frouwen lobebære,
305 von ir adel und von ir tugent,
 von ir witze und von ir jugent
 und von ir lobelîchem sinne:
 sie möhte wol küniginne
 mit êren sîn des rîches,
310 wan ir wære niht gelîches
 under frowen die sie erkanden
 in allen diutschen landen.
 do der keiser ir rede vernam,
 der rât ime wol gezam
315 durch ir tugentlîchen muot,
 der frouwen edel unde guot.
 der herre langer niht beleip:
 mit sîn selbes hant er schreip
 einen brief so er beste kunde,
320 süeziu wort von sînem munde,

20

285 vor allen Frauen gelobt.
Sie wüßten von ihrem Verhalten
nichts Nachteiliges zu berichten.
„Das sagen von ihr alle,
die Weisheit besitzen."
290 Könne er sie gewinnen,
„es würde uns allen richtig erscheinen."
Wenn der Kaiser seinen Sinn
auf sie richten würde,
so könnte er sie in Ehren
295 zur Herrin des Reiches erwählen:
Wegen ihrer edlen Frauensitten
werde sie ihnen allen gefallen.
Sie habe sich schon in ihrer Jugend
und bisher stets zuchtvoll und anmutig verhalten
300 und sei tüchtig und vornehm.

So redeten sie alle.
Die Fürsten gingen nun zum König
und teilten ihm ihre Ansicht
über diese hochgepriesene Frau mit,
305 über ihre adlige Herkunft, ihre Tugenden,
ihren Geist und ihre Schönheit
und über ihr edles Gemüt:
Sie sei würdig, Königin
des Reiches zu werden,
310 denn ihr gliche keine
unter allen adligen Frauen,
die sie in Deutschland kannten.
Als der Kaiser das hörte,
gefiel ihm dieser Rat
315 wegen der vorbildlichen Eigenschaften
dieser edlen Frau.
Er zögerte nun nicht länger:
Eigenhändig schrieb er einen Brief,
so gut, wie er es nur verstand,
320 zärtliche Worte aus seinem Munde,

so er aller friuntlîchest mohte.
einn fürsten der im dar zuo tohte
er mit dem brieve sande
gên Beiern zuo dem lande,
325　der im ze boten wol gezam.
dô der helt hin kam
und mit dem brieve vür gienc,
diu frouwe in harte wol enphienc
mit minneclîchem gruoze.
330　der helt dô mit muoze
der frouwen redelîch sagete,
als ir enboten habete
von Rôme der keiser rîche,
der ir sô friuntlîche
335　den brief hâte dar gesant.
„dâ bî sult ir sîn gemant,
daz ir mit güetlîchem site
tuot des iuch der keiser bite
und al die fürsten sîne man.
340　des müezt ir immer êre hân,
ob ir leistet des rîches bete."

Diu frowe dô zühteclîche tete.
sie neic, dô sie den brief nam.
sie sprach „ich sol gehôrsam
345　vil billîch dem rîche sîn."
dô hiez diu edeliu herzogîn
einen boten balde gân
nâch einem ir kappelân,
der ir den brief ze rehte las,
350　swaz dar an geschriben was.
vernemet wie er beginne.
„vil edeliu herzoginne,
disen brief hât dir gesant
und schreip in mit sîn selbes hant
355　des rîches vogt und herre
und manet dich, frouwe, verre,

so liebevoll, wie er sie nur sagen konnte.
Einen Fürsten, der ihm dazu geeignet
und als Bote angemessen erschien,
sandte er mit dem Briefe
325 hin nach Bayern.
Als dieser dort ankam
und mit dem Briefe vorsprach,
empfing ihn die Herzogin sehr freundlich
mit einem liebevollen Gruße.
330 Der Fürst richtete nun ausführlich
der Herzogin das aus,
was ihr der mächtige Kaiser
des Römischen Reiches entbot,
der ihr so voller Zuneigung und Erwartung
335 diesen Brief schickte.
„Dabei möget Ihr daran erinnert sein,
daß Ihr in liebevoller Gesinnung
die Bitte des Kaisers und seiner Lehnsleute,
der Fürsten, erfüllen möget.
340 Wenn Ihr dieser Bitte des Reiches nachkommt,
so werdet Ihr immer hohes Ansehen genießen."

Die Herzogin verhielt sich darauf sehr zuchtvoll.
Sie verneigte sich, als sie den Brief annahm,
und sagte: „Ich werde, wie es recht ist,
345 dem Kaiser und Reiche gehorsam sein."
Dann ließ die vornehme Herzogin
einen Boten zu ihrem
Kaplan eilen,
der ihr den Brief richtig vorlesen sollte,
350 alles, was darin geschrieben stand.
Hört zu, wie er anfängt:
„Vieledle Herzogin,
diesen Brief schrieb mit eigener Hand
der Herrscher und Vogt des Reiches
355 und sendet ihn dir,
er erinnert dich, Herrin, weiterhin daran,

daz du durch dîn hôhe tugent
und durch dîn wirdeclîche jugent
merkest waz ez diute.
360 im habent al sîn liute
gesaget von dîner güete.
nu solt du dîn gemüete
wenden an mîne minne.
ich mache dich küniginne
365 ob allen rœmischen rîchen.
sô kan sich dir gelîchen
in der werlde kein wîp.
sô muoz dîn minneclîcher lîp
sîn getiuret immer mêr.
370 sô dienent dir, frouwe hêr,
die fürsten al gelîche.
beide arme und rîche,
die ich in mînem rîche hân,
sint dir alle undertân.
375 sô maht du, frouwe edel und guot,
hôhe tragen dînen muot
durch die êre manicvalt.
mir ist gesaget und gezalt
vile von dîner frümekeit.
380 nu solt du, frouwe gemeit,
mir und den fürsten volgen,
und bis mir niht erbolgen
daz du mich, frouwe, lobest ze man:
sô kan dir nimmer missegân
385 die wîle daz du leben salt.
ich gibe dir wîten gewalt
dâ du maht wol gebieten
und freude dich genieten,
swie dir, frowe, gevalle:
390 sô dienent sie dir alle,
die dir nû wellent glîch sîn:
über die bistu künigîn.“

daß du aufgrund deiner edlen Tugenden
und deiner vornehmen Erziehung
begreifen mögest, was dies bedeute.
360 Ihm haben seine Ratgeber
von deiner Herzensgüte erzählt.
Nun mögest du dein Herz
dazu bewegen, mich zu lieben.
Ich will dich zur Herrscherin
365 über das ganze Römische Reich erheben.
Dann wird sich dir keine Frau
in der Welt vergleichen können.
Du wirst dann immer mehr
in deinem Wert erhöht.
370 Dir, hohe Herrin, werden dann
alle Fürsten dienen,
niedrige und hohe;
in meinem Reiche
werden alle dir untertan sein.
375 Dann kannst du, edle Frau,
wegen der mannigfachen Ehren
beglückt einhergehen.
Mir ist viel über deine vortrefflichen
Eigenschaften berichtet worden.
380 Könntest du, liebste Frau,
nun meiner und der Fürsten Bitte folgen
und dich mir anverloben,
wenn du mir nicht zürnst,
dann wird dir nichts fehlschlagen,
385 solange du leben wirst.
Ich will dir große Macht verleihen,
wo du gebieten sollst
und Freude haben wirst,
wie es dir, Herrin, wohl gefällt.
390 Diejenigen, die sich dir jetzt gleichstellen,
werden dir dann alle dienen:
Du wirst ihre Königin sein."

Dô diu frowe vil lobesam
disen brief gar vernam
395 und daz ir sagt des rîches bote,
ir herze huop sich ze gote
und danket im der grôzen êren
die got an sie wolde kêren.
des lobte in dô diu guote
400 und mante in in ir muote
dazz ir ze heile müese ergân.
nâch ir sune sie sande sân
und bat in daz er kæme
und dise rede vernæme,
405 die botschaft von dem rîche:
sie solde billîche
dar über sînen rât hân.
schiere kam der junge man
dâ er sîne muoter vant.
410 diu frouwe sagete im alzehant
umb die botschaft diur dô kam.
als er diu mære dô vernam,
sie tâten im von herzen wol.
er sprach „dâ von ich immer sol
415 deste hôher mînen muot tragen.
ir sult im nimmer versagen,
sît ir in dunket alsô wert,
daz er iwer ze wîbe gert:
des suln wir mit iu wesen frô.
420 sît ez sich hât gefüeget sô
daz ir den fürsten allen
ze frowen sît gevallen,
des ensol iuch nimmer riuwen.
daz râte ich iu mit triuwen,
425 daz ir ez willeclîchen tuot“,
sprach der junge degen guot.

Dô diu frowe von im vernam,
daz ir diu bete wol gezam

Als die gepriesene Herzogin
diesen Brief ganz vernommen hatte
395 und dazu das, was ihr der Bote berichtete,
wandte sich ihr Herz Gott zu.
Sie dankte ihm für die hohen Ehrungen,
die er ihr zugedacht hatte.
Dafür pries sie ihn
400 und bat ihn aus Herzensgrund,
daß ihr dies zum Heile gereichen möge.
Dann sandte sie sogleich nach ihrem Sohne
und ließ ihn bitten zu kommen,
damit er diese Nachricht vernähme,
405 die Botschaft vom Kaiser.
Sie wollte, wie es angebracht schien,
auch seinen Rat dazu hören.
Der junge Herr eilte schnell dorthin,
wo er seine Mutter zu finden wußte.
410 Die Herzogin erzählte ihm sogleich
von der Botschaft, die ihr zuteil geworden war.
Als er diese Kunde vernommen hatte,
war er darüber sehr beglückt.
Er sagte: „Darauf werde auch ich
415 sehr stolz sein können.
Ihr sollt seine Werbung nicht ausschlagen,
da er Euch doch so hoch achtet,
daß er Euch als Frau wünscht.
Darüber werden wir uns mit Euch freuen,
420 weil es sich nun so gefügt hat,
daß Ihr allen Fürsten
als Königin genehm seid.
Ihr solltet darüber nicht bekümmert sein.
Ich rate Euch in aller Verbundenheit,
425 daß Ihr die Werbung gern annehmen sollt."
So redete der junge Held.

Nachdem nun die Herzogin von ihm vernommen hatte,
daß diese Werbung ihrer würdig sei

und ir mit triuwen riet dar zuo,
430 den boten frumte sie duo
von ir minneclîche
und enbôt dem keiser rîche,
dar zuo allen sînen man,
sie wolde im wesen undertân
435 swes er an sie gerte.
der bote dannen kêrte
mit frôlîchem muote.
dô streich der helt guote
dannen naht unde tac.
440 lützel ruowe er phlac,
unz er den rîchen keiser vant.
dem herren sagte er zehant
als er dort hæte vernomen.
dô was er grôze willekomen
445 den fürsten und dem rîche,
daz er sô frümeclîche
gewurbe des rîches êre:
des dancten sie im sêre.

Do gewan der edel keiser guot
450 einen frôlîchen muot
von der frouwen wol getân.
dar zuo alle sîne man
fröweten sich der botschaft.
dô hiez er mit grôzer kraft
455 bereiten spâte unde fruo
swes man bedorfte dar zuo.
diu hôchzît wart gesprochen
über sehs wochen
ze Meinze vür die rîchen stat,
460 als der edele künec bat.
zehant reit er dannen
frôlîch mit sînen mannen
ze Beiern nâch der frouwen.
dâ mohte man wol schouwen

28

und er ihr ehrlich zur Annahme riet,
430 schickte sie den Boten
in freundlicher Weise wieder zurück
und entbot dem Kaiser
und dazu allen Fürsten,
daß sie ihm folgen wolle,
435 was er auch von ihr wünschen möge.
Der Bote trat den Rückweg
mit frohem Mute an.
Der edle Ritter eilte nun
Tag und Nacht
440 und gönnte sich keine Ruhe,
bis er wieder zum Kaiser kam.
Sogleich berichtete er seinem Herrn,
was er dort vernommen hatte.
Daraufhin war er allen sehr willkommen,
445 den Fürsten wie dem Kaiser,
weil er so erfolgreich
zum Ruhme des Kaisers geworben hatte.
Dafür dankten sie ihm sehr.

Jetzt ergriff den edlen Kaiser
450 ein großes Glücksgefühl
beim Gedanken an diese schöne Frau.
Auch seine Fürsten
freuten sich über diese gute Nachricht.
Dann ließ er mit großen Anstrengungen
455 von früh bis spät die Hochzeit vorbereiten
und was immer dazu nötig war.
Das Fest wurde auf einen Zeitpunkt
in sechs Wochen festgelegt
nach Mainz, vor diese reiche Stadt,
460 so wie es sich der König erbeten hatte.
Dann brach er auf und ritt
mit seinen Begleitern frohgemut
zu seiner Braut nach Bayern.
Dort konnte man bald

465 vil manigen ritter gemeit,
do diu herzoginne Adelheit
ze frowen dem rîche wart gegeben.
dô sach man frôlîchen leben
den keiser und al sîne man.
470 dô sie die frouwen fuorten dan,
dô reit vil manic guoter degen
frôlîchen under wegen,
spilnde under schilde.
daz wîte gevilde
475 wart etewâ vil enge
von manigem gedrenge
daz se ûf ir reise nâmen,
ê sie ze Meinze kâmen.

Dô sie kâmen über Rîn,
480 dâ diu hôchzît solde sîn,
vür die stat ûf daz velt,
dâ was vil manic guot gezelt
geslagen ûf daz grüene gras.
maniger hande spil dâ was
485 dâ der keiser brûte.
dâ hôrte man vil lûte
schrîen unde wuofen,
schallen unde ruofen
und maniger hande seitspil.
490 dâ was kurzwîle vil,
sô man ze hôchzîten tuot.
nieman was dâ ungemuot,
der arme noch der rîche.
über allez rœmisch rîche
495 wart nie schœner hôchgezît
gesehen weder ê noch sît
durch des rîches êre.
des wart der künic hêre
gelobt in manigen landen.
500 er gap den wîganden

465 zahlreiche stattliche Ritter sehen,
als die Herzogin Adelheid
dem Kaiser angetraut wurde.
Danach sah man ihn
und seine Umgebung in großer Fröhlichkeit.
470 Als sie mit der Kaiserin fortzogen,
da ritt so mancher tapfere Held mit,
freute sich auf dem Wege
und war hinter seinem Schilde vergnügt.
Das weite Feld
475 wurde durch den großen Zulauf,
den sie auf ihrer Reise
unterwegs hatten, bevor sie
nach Mainz gelangten, viel zu eng.

Als sie über den Rhein
480 auf die Wiesen vor der Stadt gelangten,
wo das Fest stattfinden sollte,
waren dort schon viele schöne Zelte
auf dem grünen Gras errichtet worden.
Allerlei Vergnügungen gab es dort,
485 wo der Kaiser Hochzeit feiern wollte.
Dort konnte man lautes
Schreien und Singen,
Jauchzen und Rufen
und vielerlei Saitenspiel hören.
490 Dort gab es manche Belustigungen,
wie das bei Festen so üblich ist.
Niemand war dabei betrübt,
weder arm noch reich.
Im ganzen Römischen Reiche
495 hat es weder früher noch später
jemals ein schöneres Fest
zum Ruhme des Herrschers gegeben.
Deshalb wurde der hehre König
auch in allen Ländern gelobt.
500 Er schenkte den Rittern

manigen samît breiten,
die mûl mit den gereiten,
dar zuo silber unde golt
unde manigen rîchen solt
505 hiez er dar den rîchen tragen.
iu künde nieman gesagen
die wünne und der freuden zil.
dâ was ouch varnder harte vil:
den wart dô allez vol gegeben,
510 daz sie mit freuden muosen leben.

Do diu hôchgezît ein ende nam,
vür den keiser lobesam
die fürsten sunder kâmen,
dâ se urloup von im nâmen,
515 vil probste und manic bischof.
dô schiet sich der grôze hof.
sie fuoren an manigen wegen,
die getriuwelîchen degen,
und schieden sich lieplîche unt frô.
520 dannen reit der künic dô
mit der frouwen wol getân.
im volgte nâch vil manic man,
unz er sie dar brâhte
da er blîben gedâhte.
525 sie kunde im freude mêren.
er phlac mit grôzen êren
der edelen küniginne.
durch ir vil edelen minne
sô liebte im ir vil schœner lîp.
530 im was daz wünneclîche wîp
lieber danne dehein guot.
er was vil sanfte gemuot
ze allen zîten wider sie.
ouch beswârte sie in nie
535 mit keiner slahte schulde.
ouch huot sie sîner hulde

32

viele schöne Seidenstoffe,
Maultiere mitsamt dem Reitzeug
und dazu noch Silber und Gold:
Manche prächtige Belohnung
505 ließ er den Vornehmen reichen.
Die Wonne und den Umfang der Freude
vermag euch niemand ganz zu sagen.
Auch viel fahrendes Volk war dort,
dem ebenfalls reichlich Gaben zuteil wurden,
510 so daß auch sie in Freuden lebten.

Als das Fest zu Ende ging,
kamen die Fürsten einzeln
und viele Pröpste und Bischöfe
hin zum Kaiser
515 und verabschiedeten sich.
Dann trennte sich die große Festgemeinschaft.
Die treuen Ritter
trennten sich freundschaftlich und beglückt
und begaben sich auf die verschiedenen Wege.
520 Schließlich ritt auch der König
mit seiner schönen Gemahlin hinweg.
Ihm folgte eine große Schar nach,
bis er sie dorthin gebracht hatte,
wo er zu bleiben gedachte.
525 Sie verstand es, ihm die Freude zu mehren.
Er ehrte die edle Königin
mit großen Aufmerksamkeiten.
Wegen ihrer edlen vorbildlichen Liebe
wurde sie ihm sehr teuer.
530 Ihm war diese reizende Frau
lieber als irgend etwas anderes.
Er war zu allen Zeiten
ihr gegenüber besonders rücksichtsvoll.
Auch sie betrübte ihn niemals
535 durch irgendeine Schuld,
sondern suchte durch frauliche Güte

mit wîplîcher güete.
swenn im von ungemüete
an sînem willen iht missegie,
540 vil schône sie daz undervie.
sie wonte im alsô güetlîch mite,
daz er aller unrehten site
durch ir willen gar vergaz:
des was in beiden deste baz.

545 Der keiser und diu künigin
wârn in der minne under in,
sie hâten freude âne nît
dar nâch mit êren lange zît,
daz in dehein ungemach
550 von ir vetern nie geschach
an keiner slahte dingen.
wie kunde in baz gelingen?
sie lebten wünneclîche
(bî im stuont ouch daz rîche
555 mit êren fridelîche:
ez was dô niht sîn glîche)
und ân alle schande.
der künic dô boten sande
nâch Ernest dem herzogen,
560 dem er was vil ungelogen
holt und willic genuoc,
wan er im holdez herze truoc
durch liebe sîner muoter.
im enbôt der degen guoter,
565 der keiser, liep und allez guot,
als ein herre sînen mannen tuot,
und in triuwelîcher minne,
daz er die küniginne
sîne muoter solde sehen.
570 daz liez der helt sô geschehen:
der herre zim die liute nam,
mit den er hêrlîche kam

stets in seiner Huld zu bleiben.
Jedesmal, wenn irgendein Mißlingen
ihm Verdruß bereitet hatte,
540 zerstreute sie diesen auf schöne Weise.
Sie gesellte sich voller Liebe zu ihm,
so daß er alles unangemessene Verhalten
um ihretwillen ganz vergaß:
Das gereichte ihnen beiden zum Besten.

545 Der Kaiser und die Königin
waren in Liebe eng verbunden.
Sie genossen noch lange Zeit hindurch
in Ehren Freude ohne jede Feindschaft,
da ihnen von ihrer Verwandtschaft
550 kein Kummer in irgendeiner Weise
bereitet wurde.
Wie konnten sie es je besser haben?
Sie lebten völlig glücklich
und ohne jedes Leid.
555 (Auch die Macht des Herrschers
stand durch ihn in hohem friedlichen Ansehen:
Es gab damals nicht seinesgleichen.)
Damals sandte der König
einen Boten zum Herzog Ernst,
560 dem er ohne Falsch
freundlich geneigt war,
denn weil er seine Mutter liebte,
war er auch ihm zugetan.
Ihm entbot der Kaiser,
565 der edle Herr, Liebe und viel Gutes,
wie ein Herr es seinen Leuten erweist,
und in aufrichtiger Zuneigung,
daß er die Königin, seine Mutter,
besuchen sollte.
570 Das führte der Held in folgender Weise aus:
Er nahm seine Begleiter mit sich,
mit denen er herrscherlich

ze hove da er den künic vant.
do enphienc er wol den wîgant
575 und hiez in willekomen sîn.
alsam tet diu künigîn
in frôlîchem muote.
mit aller slahte guote
enphiengen sie den helt balt.
580 der keiser gap im dô gewalt
vil maniger grôzer rîcheit.
er sprach „jungelinc gemeit,
ez ist dir sæliclîch ergân.
ich wil dich zeime sune hân
585 die wîle und wir bêde leben.
ich wil dir lîhen unde geben
sô vil mînes guotes,
daz du dîns holdes muotes
nimmer entwîchest mir.
590 ez suln immer an dir
stên alliu mîne dinc.
vil hêrlîcher jungelinc,
got hât dich mir gesant.
über lîp und über lant
595 gebiut weldeclîche
und hilf daz ich daz rîche
sô bewar und sô geslihte,
daz ieman dar inne rihte
weder roup noch den brant:
600 des ich dir, edele wîgant,
mit triuwen immer lônen wil.“
der künic gap im alsô vil
beide im und sînen holden
daz sie sîn niht mê wolden:
605 es dûhte sie ze vil gar.
dâ mite wart der helt gewar,
daz er in mit triuwen meinte.
vil dicke er im bescheinte
vaterlîchiu dinc sint.

bei Hofe erschien, wo er den König traf.
Dieser empfing den Herzog freundlich
575 und hieß ihn herzlich willkommen.
Ebenso tat auch die Königin
mit frohem Herzen.
Mit allerlei Geschenken
empfingen sie den kühnen Helden.
580 Der Kaiser verlieh ihm die Herrschaft
über große Besitzungen.
Er sprach: „Stolzer junger Mann,
dir ist viel Glück zuteil geworden.
Ich will dich als meinen Sohn betrachten,
585 solange wie wir beide leben.
Ich will dir von meinem Besitz
so viel als Lehen geben,
daß du mir immerdar
zugeneigt bleiben sollst.
590 Alle meine Angelegenheiten
werden mit dir stets verbunden sein.
Du schöner Jüngling,
Gott hat dich mir geschickt.
Gebiete nun kraftvoll
595 über Menschen und Land
und hilf mir, daß ich das Reich
so bewahre und so verwalte,
daß niemand darin
Raub oder Feuersbrunst anstifte.
600 Dafür will ich dich, du edler Held,
in Treue stets belohnen."
Der König gab ihm wie
seinen Begleitern so viel,
daß sie nicht mehr davon wünschten:
605 Ja, es schien ihnen zu viel zu sein.
Daran erkannte der Held,
daß er von ihm aufrichtig geliebt wurde.
Sehr oft gab der Kaiser ihm seitdem
seine väterliche Haltung zu erkennen.

610   als ein einigez kint
behielt er den vil hêren.
er schônde ouch sîner êren
beide spâte unde fruo.
ouch hulfen ime dar zuo
615   sîne mâge und sîne man.
ouch hiez in der künic gân
ze hove dicke an sînen rât.
dô erzougte er solhe tât
mit sprechen und mit zuhten,
620   daz ez vernemen mohte
der künic und al daz rîche.
er riet sô wîslîche,
daz nieman zuo der stunde
baz gerâten kunde.
625   ze aller hande frümekeit
was er ein ritter gemeit.

Dem recken was der keiser holt:
daz hete der helt vil wol verscholt
gein dem rîche und wider in.
630   er genôz ouch der künigin,
daz er ze hove stuont ze lobe.
sîn name stuont in allen obe
die ze manigen jâren
des keisers rât wâren.
635   der künic im holden willen truoc
und tete im liebes genuoc.
daz verdiente er wol mit êren
umbe den künic hêren
in maniger angestlîcher nôt.
640   silber unde golt rôt
gap er im dicke ungewegen.
des wart im ouch der werde degen
holt ze manigen jâren
diu si bî ein ander wâren,
645   daz sie nie wurden gescheiden.

38

610 Wie seinen eigenen Sohn
behandelte er den edlen Herzog.
Auf dessen Ansehen
war er allezeit sehr bedacht.
Dazu trugen auch
615 seine Verwandten und seine Untergebenen bei.
Auch ließ ihn der König wegen seines Rates
oft zum Hofe kommen.
Dabei bewies jener ein solches Verhalten
in seinen Reden und seinem gesitteten Auftreten,
620 daß der König und das ganze Reich
auf ihn hörten.
Er gab so kluge Ratschläge,
daß niemand zu dieser Zeit
besser zu beraten verstand.
625 In allen Lebensbereichen
bewährte er sich als tüchtiger Ritter.

Diesem Manne war der Kaiser hold:
Das hatte der Held dem Reiche
und ihm gegenüber wohl verdient.
630 Es erfreute auch die Königin,
daß er am Hofe so gelobt wurde.
Sein Name stand an der Spitze
von allen denjenigen, die lange Zeit schon
des Kaisers Ratgeber waren.
635 Der König begegnete ihm mit großer Zuneigung
und erwies ihm sehr viel Gutes.
Das hatte er ruhmvoll
in mancher beängstigenden Notlage
um den geachteten König verdient.
640 Silber und rotes Gold
gab ihm dieser oft, ohne es abzuwiegen.
Deshalb war ihm auch der vornehme Held
treu ergeben in all den Jahren,
die sie gemeinsam verbrachten,
645 so daß sie sich niemals entzweiten.

daz begunde leiden
einem Heinrîche,
der vil mortlîche
die friuntschaft under in geschiet,
650 als imz der tiufel riet
der manigen sît verrâten hât.
des keisers neve und sîn rât
was der selbe bœse zage.
er begunde denken alle tage,
655 wie er den helt mære
dem keiser machte unmære,
daz er im wurde gehaz.
daz tete er niwan umbe daz
und durch anders keine schulde,
660 wan daz er des keisers hulde
sô gnædeclîchen habete.
do gedâhte er waz er sagete,
dâ mite er imz gewande
und in alsô geschande,
665 daz er im von herzen wurde gram,
wan man in ze hove niht vernam
sô wol alse dô vorn:
daz was im leit unde zorn
unde muote in und die sîne.
670 der phalzgrâve von dem Rîne
hiez der ungetriuwe man,
von dem ich nû gesaget hân.

Dô gienc der ungetriuwe
mit valsch âne riuwe
675 da er des rîches herren vant
unde sagte im alzehant
ein lügenlîche mære,
daz im der herzoge Ernest wære
in grôzem valsche undertân.
680 „als ich von ime vernomen hân,
sô wizzet wærlîche,

Dieses Verhältnis war
einem gewissen Heinrich verhaßt;
in gemeiner Weise zerstörte er
die Herzlichkeit zwischen den beiden,
650 so wie es ihm der Teufel riet, der später
auch manchen anderen zum Treubruch verleitete.
Dieser Schurke war
ebenfalls Verwandter und Ratgeber des Kaisers.
Er dachte alle Tage darüber nach,
655 wie er den berühmten Helden
beim Kaiser unbeliebt machen könnte,
daß er diesem verhaßt würde.
Das tat er nur deshalb
und aus keinem anderen Grunde,
660 weil jener des Kaisers Zuneigung
so bevorzugt genoß.
Damals überlegte er, was er sagen könnte,
damit jenem diese entzogen
und er ehrlos würde.
665 Er wurde ihm im Herzen so gram,
nur weil er nicht mehr das Ansehen und Gehör
beim König besaß, das er vorher dort hatte.
Das bereitete ihm Kummer und Zorn
und quälte ihn und die Seinen.
670 Der Pfalzgraf vom Rheine
hieß dieser ungetreue Mann,
von dem ich euch jetzt erzählt habe.

Damals ging dieser Treulose
voller Falsch und ohne Skrupel
675 dorthin, wo er den Herrscher fand,
und erzählte ihm sogleich
eine erlogene Geschichte,
wonach ihm der Herzog Ernst
nur aus Verstellung ergeben sei.
680 „Ich selbst habe es über ihn gehört:
So wisset denn die Wahrheit,

daz er iuch von dem rîche
vil gerne wil verstôzen.
er wil sich dir genôzen
685   in adel und an rîcheit.
daz müet mich, herre, und ist mir leit.
ez hât gemachet dîn golt.
die fürsten sint im alle holt.
du maht al dîn êre verliesen.
690   woldest du dir, herre, kiesen
einn getriuweren trût?
jâ sprichet er daz über lût,
daz er an der rîcheit,
an gebürte und an edelkeit
695   dir, herre, welle gelîchen,
und daz er tegelîchen,
beide fruo und spâte,
dar umbe gêt ze râte,
wie er daz beginne
700   daz er dir ane gewinne
dîn erbe und al dîn êre.
daz saget mir, fürste hêre,
der ez in reden hôrte
mit wærlîchen worten
705   der bat dô heimlîche mich
daz ich warnete dich,
ê daz er über dich quæme
und dir dîn êre næme.
solt er, herre, dich vertrîben,
710   wâ möhte ich dan belîben?
sô müese ich ouch vertriben sîn.
daz bedenke, trût herre mîn,
inzît, daz wir vor im genesen.
solt er des rîches herre wesen,
715   er næme ouch mir mîn êre:
des fürhte ich harte sêre.“

daß er danach begehrt,
Euch von der Herrschaft zu vertreiben.
Er möchte sich dir
685 an Würde und an Macht gleichstellen.
Das beunruhigt mich, Herr, und macht mir Kummer.
Dein Gold hat das bewirkt.
Die Fürsten sind ihm bereits alle zugetan.
Du kannst deine ganze Macht und dein Ansehen
690 Willst du dir nicht   [verlieren.
einen zuverlässigeren Freund suchen?
Er redet überlaut davon,
daß er an Macht,
an adliger Herkunft und an Würde
695 dir, Herr, gleich sein wolle
und daß er jeden Tag
von morgens bis abends
darüber nachsinne,
wie er es anfangen könne,
700 daß er dir deinen Besitz
und deine Würde abgewinne.
Das hat mir, edler Herrscher,
jemand erzählt, der ihn
das wirklich reden hörte.
705 Er hat mich still und heimlich darum gebeten,
daß ich dich warnen möge,
bevor jener dich überfiele
und dir deine Macht nähme.
Würde er dich, Herr, vertreiben,
710 wo könnte ich dann bleiben?
Ich würde dann auch vertrieben.
Mein liebster Herr, bedenke dies zur rechten Zeit,
daß wir vor ihm gerettet werden.
Würde er Herrscher des Reiches,
715 so nähme er auch mir meine Macht!
Das befürchte ich sehr!"

Der mære der keiser harte erschrac.
er sprach „wie kan ich noch mac
dir gelouben solher mære,
720   daz er mir sô vîent wære
als mir dîn munt hât geseit?
ez ist durch nît ûf in geleit
und durch vil ungefüegen haz.
du solt vür wâr wizzen daz
725   daz er ez durch nieman tuot.
er ist getriuwe unde guot,
biderbe unde wârhaft,
und hât mit grôzer liebe kraft
beide mir und dem rîche
730   gedienet sô willeclîche
mit triuwen unz an disen tac,
daz ich niht gelouben mac
von im sô starker mære.
er ist alles valsches lære
735   und aller untriuwe blôz.
sîn triuwe ist mir dar umb ze grôz:
ich weiz in wol sô stæte,
daz er ez nimmer tæte.
er ist ein edel wîgant
740   und hât mit williger hant
mir unz her gestanden bî.
nû als liep ich dir sî,
lâz solhe rede belîben.
du wilt mir in vertrîben
745   ûz mînem dienste immer mêr.
daz wære mir ein herzesêr,
solt ich in sus verlorn hân.
du solt in mit gemache lân."

„Owê mir vil armen,
750   daz müeze got erbarmen",
sprach der phalzgrâve dô,
„daz er iuch, herre, hât alsô

44

Über diese Mitteilung erschrak der Kaiser sehr.
Er sagte: „Ich kann dir
eine solche Nachricht nicht glauben,
720 daß er mir so feindlich gesinnt sein soll,
wie du mir sagst.
Aus Mißgunst wird er so beschuldigt
und aus unverschämter Bosheit.
Du mußt wissen,
725 daß er das auf keinen Fall tut,
denn er ist treu und gut,
angesehen und ehrlich,
und hat mir und dem Reiche
bisher mit seiner ganzen Kraft
730 so willig gedient,
in Treue bis zu dieser Stunde,
daß ich solche Beschuldigungen
über ihn nicht glauben kann.
Er ist frei von jeder Falschheit
735 und kennt keine Untreue.
Deshalb schätze ich seine Treue so hoch ein:
ich kenne ihn als so beständig,
daß er solches niemals fertigbrächte.
Er ist ein edler Ritter
740 und hat mit großer Einsatzbereitschaft
mir bisher stets beigestanden.
Wenn ich dir also lieb bin,
so unterlaß solches Gerede.
Du willst ihn mir nur
745 aus meiner Nähe vertreiben.
Für mich wäre das ein tiefer Schmerz,
wenn ich ihn auf diese Weise verlieren sollte.
Du sollst ihn mir in Ruhe lassen!"

„O weh mir Armen,
750 daß Gott sich meiner erbarmte!"
sagte der Pfalzgraf darauf.
„Daß er Euch, Herr,

mit sînen listen überkomen
und von den sinnen genomen,
755 daz ir vür mich minnet in.
ich weiz wol deich iu schuldic bin
grôzer triuwe und friuntschaft.
ich bin ouch sô wârhaft
dem rîche und iu, herre, gewesen,
760 ich getriuwe als wol genesen
vor im als er vor mir tuot.
ich hân ouch lant unde guot,
ich bin ouch fürste und fürsten sun,
wan daz ich ez durch triuwe tuon
765 und sus von allem rehte.
wan iuwer kraft wol mehte,
sô wolde ich lützel angest hân.
wan solde iu, herre, missegân
an lîbe und an êre,
770 daz überwunde ich nimmer mêre.
hæte ich in hie vunden,
ich hæte an disen stunden
ûf in gezeigt den valschen rât
des er ûf iuch willen hât.
775 ern mohte mirs gelouget hân.
ez saget mir ein sô frumer man,
derz ûf sînn lîp hete geslagen,
daz er imz müese hân vertragen
des sult ir wol gewis sîn:
780 ez gêt mir an daz herze mîn
daz ir mir niht geloubet.
ir wizzet daz ir iuch beroubet
des lîbes und der êre.
nu sult ir, keiser hêre,
785 dar under wîslîche varn
und iuwer êre bewarn
mit wîslîchem râte.
ez wirt danne ze spâte,
sô sie an allen sîten

schon so überlistet
und um den Verstand gebracht hat,
755 daß Ihr ihn statt mich liebt!
Ich weiß wohl, daß ich Euch
zu großer Treue und Freundschaft verpflichtet bin.
Ich bin ebenfalls dem Reiche
und Euch, Herr, gegenüber ehrlich gewesen
760 und getraue mir, vor ihm ebenso
zu bestehen, wie er es vor mir tut.
Ich besitze ebenfalls Land und Gut,
ich bin auch ein Fürst und aus fürstlichem Geschlecht,
nur handle ich aus Pflicht so
765 und auch sonst den Gesetzen gemäß.
Wenn Eure Macht stark genug wäre,
so brauchte ich keine Sorge zu haben;
doch wenn Euch, Herr, an Eurem Leben
und in Eurer Stellung etwas zustoßen sollte,
770 das könnte ich nicht überwinden.
Hätte ich ihn hier angetroffen,
dann hätte ich ihm sogleich
die betrügerische Absicht vorgeworfen,
die er Euch gegenüber hegt.
775 Er hätte es mir nicht leugnen können.
Mir hat dies ein solch zuverlässiger Mann berichtet,
der es bei seinem Leben beteuerte,
daß er das von ihm gehört habe.
Das könnt Ihr wohl glauben:
780 Es bedrückt mich sehr,
daß Ihr mir nichts glaubt.
Ihr müßt begreifen, daß Ihr Euch selbst
des Lebens und der Würde beraubt.
Nun müßt Ihr Euch, edler Kaiser,
785 in dieser Sache klug verhalten
und Eure Ehre mit
weiser Überlegung wohl bewahren.
Es wird dann zu spät sein,
wenn sie von allen Seiten

790   mit scharn ûf dich rîten:
                sô haben wir deheine wer.
                er gewinnet ein sô kreftic her,
                sît im die fürsten gestênt,
                daz sie wol rîtent unde gênt
795   gên dir gewalteclîche
                mit brennen in dem rîche."

                Als der keiser daz vernam,
                dô wart er im von herzen gram
                durch diu lügenlîchen mære.
800   er wânde daz ez alsô wære
                als im sîn neve sagte.
                vil übel ez im behagte
                und wart vil trûric gemuot.
                „nu lôn dir got, helt guot,
805   daz du besorgest mîne nôt.
                ez enwende mir der tôt,
                er wirt dar umbe unfrô.
                er enhebt sich nie sô hô
                ich getrîbe ez wol wider
810   und gesetze in alsô nider
                daz ich vor im in mînem rîche
                wol genese fridelîche."

                Der künic zornen began.
                dô sprach der ungetriuwe man
815   „nu zorne niht sô sêre
                und tuo als ich dich lêre:
                sô mahtu mit lîhten dingen
                in wol ze buoze bringen
                âne grôzen schaden dîn.
820   du solt ez heln der künigîn,
                und dar zuo allen dînen man,
                daz ich dir hie gesaget hân:
                sô wurde er gewarnet.
                nu schaffe daz er ez arnet

790   mit Heerscharen gegen dich ziehen:
       Dann haben wir keine Gegenwehr mehr.
       Er dagegen gewinnt ein so mächtiges Heer,
       weil ihm die Fürsten beistehen,
       so daß sie ebenfalls mit Gewalt
795   und mit Verwüstungen im Reiche
       gegen dich ziehen werden."

       Als der Kaiser das hörte,
       da zürnte er dem Herzog
       auf Grund dieser Verleumdungen.
800   Er glaubte nun, daß es wirklich so sei,
       wie ihm sein Verwandter erzählt hatte.
       Es bedrückte ihn sehr,
       und er wurde darüber sehr traurig.
       „Nun lohne es dir Gott, guter Held,
805   daß du dich wegen der Gefahr für mich sorgst.
       Er soll dafür unglücklich werden,
       wenn mich der Tod nicht hindert.
       Er wird sich niemals so hoch erheben,
       daß ich ihn nicht zurücktreiben könnte
810   und ihn so erniedrige,
       daß ich in meinem Reiche vor ihm
       Ruhe und Frieden haben werde."

       Der König begann, zornig zu werden.
       Darauf sagte der Verleumder:
815   „Nun zürne nicht so sehr,
       sondern tue, was ich dir rate,
       so kannst du ihn
       mit geringen Mitteln und ohne Nachteile für dich
       zur Bestrafung führen.
820   Du mußt es der Königin
       und ebenso allen deinen Begleitern verschweigen,
       was ich dir hier gesagt habe:
       sonst würde man ihn warnen.
       Jetzt sorge dafür, daß er es büße,

825	ê daz ers werde innen.
	man sol im ane gewinnen
	die bürge in sînen erben
	und sol in sus verderben:
	ê daz er sich berihte gar
830	und ze wer komen tar,
	wir suln rîten ûf in mit her.
	wande möhte er komen ze wer,
	er bræhtez rîche in arbeit.
	sîne man sint ime bereit,
835	die koment im mit manigen scharn.
	daz mahtu allez wol bewarn
	und âne schaden wenden.
	du solt dich besenden:
	daz sol vil heimlîche ergên,
840	daz ieman müge daz verstên
	wen du wellest bestân
	oder war diu reise welle gân,
	unz man im den schaden tuo.
	dâ mac er danne niht zuo,
845	wan er keine were hât.
	daz ist, herre, mîn rât.
	kür sîn bürge gewinnen
	mit triuwen und mit minnen,
	daz sie dingen in dem gewalt:
850	sô muoz dir der helt balt
	rûmen dîn rîche
	âne wer flühteclîche."

	Der künic volgte drâte
	des phalzgrâven râte
855	und tet nâch sîner lêre.
	daz gerou in sît vil sêre,
	wan er des harte genôz.
	er gewan ein her, daz was grôz:
	ûf den herzogen er dô sande.
860	mit roube und mit brande

825 bevor er etwas davon bemerkt.
Man muß ihm die Burgen
in seinem Erbland abgewinnen
und wird ihn so zugrunde richten,
bevor er rüsten kann
830 und zur Gegenwehr anzutreten wagt.
Wir müssen ihn mit einem Heere überfallen,
denn wenn er Zeit zur Gegenwehr findet,
brächte er dem Reiche großen Schaden.
Seine Leute stehen für ihn ein,
835 sie stoßen dann zu ihm in großen Scharen.
Das kannst du alles verhindern
und ohne Schaden abwenden.
Du mußt ein Heer aufbieten:
Aber das muß so heimlich geschehen,
840 daß niemand herausfinden kann,
gegen wen du kämpfen willst
oder wohin der Kriegszug gehen soll,
bis man ihn angegriffen hat.
Da kann er nicht gewinnen,
845 weil er keine Verteidigung besitzt.
Das ist mein Rat, Herr.
Versuche, seine Burgen zu gewinnen
mit Versprechen und Geschenken,
auf daß sie in diesem Kampfe Frieden bewahren.
850 So muß dir der kühne Held
ohne Gegenwehr dein Reich
räumen und fliehen."

Der König folgte nun sogleich
dem Vorschlag des Pfalzgrafen
855 und handelte nach dessen Plan.
Später reute ihn dies sehr,
weil er die Folgen zu spüren bekam.
Er stellte ein großes Heer auf
und sandte es gegen den Herzog.
860 Mit Rauben und mit Brennen

widersagete er sînem stiefsun.
dâ wider kunde er niht getuon
wan daz er sîn hûs besazte.
mit schaden er in ergazte
865   der liebe der er dem keiser truoc.
der phalzgrâve im genuoc
schaden in sînem lande tete
beide an bürge und an stete,
der er im manige an gewan
870   und besazte die mit sînen man.
daz ander man verbrennen sach.
von grôzer lüge daz geschach.
dô der phalzgrâve Heinrich
den grôzen schaden umbe sich
875   frumte in dem lande
mit roube und mit brande
durch sînen mortlîchen haz,
Nüerenberc er besaz
mit starker unminne.
880   dô vant er dar inne
vil manigen urliuges degen
die beide lîp unde leben
harte wol werten.
vil manigen sie verherten
885   umbe an allen sîten,
in graben und an lîten,
die ze sturme giengen vor.
aller meist dâtz dem burctor
starp ir vil und genuoc.
890   der phalzgrâve selbe truoc
ze sturme dô des rîches vanen.
er kunde wol dar zuo gemanen
die alden und die jungen
dar zuo sô sêre drungen,
895   daz sie grôzen schaden nâmen
ê daz sie dannen kâmen,
wan sie muosen dô entwîchen

sagte er sich von seinem Stiefsohne los.
Dieser konnte nichts dagegen unternehmen,
als daß er seine Burg verteidigte.
Mit Verwüstungen ließ man ihn
865 die Liebe vergessen, die er zum Kaiser empfand.
Der Pfalzgraf fügte ihm
viele Schäden an Burgen und an Städten
in seinem Lande zu,
von denen er viele einnahm
870 und mit seinen Truppen besetzte.
Die übrigen sah man brennen.
Dies alles geschah wegen der großen Verleumdung.
Nachdem der Pfalzgraf Heinrich
aus seinem mörderischen Hasse
875 mit Rauben und Brennen
große Verwüstungen um sich
im Lande angerichtet hatte,
begann er Nürnberg zu belagern
in hartem Kampfe.
880 Damals fand er in der Stadt
so manche Kriegshelden,
die Leib und Leben
sehr tapfer verteidigten.
Über viele, die ringsherum an allen Seiten,
885 in den Gräben und auf den Leitern,
anzustürmen suchten,
errangen sie den Sieg.
Die meisten starben
dort am Stadttor.
890 Der Pfalzgraf selbst trug dort
zum Sturme die Fahne des Kaisers.
Er verstand es gut, alle anzutreiben.
Die Alten und die Jungen
drängten so sehr hinzu,
895 daß sie großen Schaden erlitten,
bevor sie wieder hinwegkamen,
denn sie mußten

her abe vil fürsteclîchen
vor der bürge ûf daz velt,
900 und brâchen abe ir gezelt.
vil kûme se dan entrunnen
und liezens ungewunnen.

Der phalzgrâve mit here lac
dar nâch in weiz wie manigen tac
905 mit roube und mit brande
in des herzogen lande,
daz im daz nieman werte.
daz lant er vaste herte,
dorf hûs unde stete.
910 dâ wider nieman entete.
der edel rîche mære
er wiste daz ez wære
von des rîches gewalt.
dô gienc der edel recke balt
915 mit den sînen ze râte,
die besten die er hâte,
waz im nu guot wære getân.
dô sprach grâve Wetzel sîn man
„tuot ir nû dâ wider iht,
920 sô muget ir iuch entreden niht,
so ir ze rehte soldet stân,
irn hætet wider daz rîche getân,
und belibet in der schulde.
sus muget ir des rîches hulde
925 verrer baz erwerben.
wil er iuch über daz verderben,
sô weiz man", sprach der helt guot,
„daz iu der keiser gwalt tuot.
ich enrâte iu nû deheine wer,
930 wan möhtet ir hân tûsent her,
ir solt iuch wider in niht setzen.
er mac iuch es wol ergetzen
swaz er iu schaden hât getân,

54

nämlich als erste
von der Stadt auf das Feld zurückweichen
900 und ihr Gezelt abbrechen.
Sie konnten gerade noch entkommen
und ließen die Stadt uneingenommen.

Der Pfalzgraf hielt sich dann mit dem Heere
– ich weiß nicht wie lange –
905 mit Rauben und Brennen
im Lande des Herzogs auf,
da ihm das niemand verwehrte.
Er verwüstete das Land sehr stark,
Dörfer, Schlösser und Städte.
910 Keiner gebot ihm Einhalt.
Der edle und berühmte Herzog
wußte, daß es
im Auftrage des Kaisers geschah.
Schließlich ging der tapfere Ritter
915 mit den Seinen, den Besten,
die ihm verblieben waren, zu Rate,
was jetzt zu tun richtig wäre.
Da sprach Graf Wetzel, sein Lehnsmann:
„Wenn Ihr dagegen irgend etwas unternehmt
920 und Ihr müßtet Euch in einem Rechtsverfahren
so könnt Ihr Euch nicht ausreden,   [verantworten,
Ihr hättet nicht gegen das Reich gehandelt,
und bliebet daher in Schuld.
Ihr solltet die Huld des Kaisers
925 weiterhin zu erwerben suchen.
Wenn er Euch trotzdem verderben will,
so weiß man", sagte der vortreffliche Ritter,
„daß der Kaiser gegen Euch Gewalt anwendet.
Ich rate Euch daher zu keiner Gegenwehr;
930 denn hättet Ihr auch tausend Heere,
so solltet Ihr Euch ihm trotzdem nicht widersetzen.
Er vermag Euch ja den Schaden,
den er Euch zugefügt hat, zu ersetzen,

wil er iuch ze rede komen lân.
935 die wîle lât ez blîben.
wil er iuch danne vertrîben,
sô wert iuch frümeclîche.
ê daz ir im daz rîche
rûmt und iwer eigen lant,
940 im wirt diu arbeit erkant
daz im vil wê von uns geschiht.
wir rûmen imz sô lîhte niht:
wir suln uns vil wol bewarn.
die wîle sult ir baz ervarn
945 umb mîne frowen die künigîn,
waz disiu mære mügen sîn,
daz man iu die ungenâde tuot:
daz râte ich", sprach der helt guot.

Einen boten er dô sande
950 sîner muoter hin ze lande
und bat ir diu mære sagen
und den grôzen schaden klagen
den man im tæte âne reht.
die botschaft warp ein guoter kneht
955 dem er wol getriuwete dar zuo.
dannen reit der helt duo:
mit listen und mit sinnen
quam er zer küniginnen
und begunde ir diu mære sagen.
960 daz muose sie leitlîche tragen
mit weinenden ougen.
sie bat den boten tougen
über naht belîben dâ.
zuo dem keiser quam sie sâ
965 dâ sie in heimlîch wiste.
sie sprach im zuo mit liste.
„ich bite dich, keiser hêre,
durch dîn selbes êre
und durch got den rîchen,

wenn er einer Unterredung mit Euch zustimmt.
935 Solange unterlaßt den Widerstand.
Will er Euch aber dann weiterhin vertreiben,
so wehrt Euch tapfer.
Bevor Ihr ihm das Reich
und Euer eigenes Herzogtum räumt,
940 soll ihm das Kämpfen gezeigt werden,
so daß ihm mancher Schmerz durch uns zuteil wird.
Wir werden ihm das Land nicht so leicht räumen,
wir werden uns tüchtig wehren.
Inzwischen solltet Ihr bei unserer Herrin,
945 der Königin, zu erfahren suchen,
was wohl die Gründe dafür sind,
daß man Euch solche Ungnade erweist.
Das ist mein Rat!" sagte der edle Ritter.

Daraufhin schickte der Herzog einen Boten
950 hin zu seiner Mutter
und bat ihn, ihr zu berichten
und den großen Schaden zu schildern,
den man ihm zu Unrecht antue.
Diese Botschaft überbrachte ein tüchtiger Ritter,
955 dem er wohl vertraute.
Dieser Ritter ritt sogleich hinweg.
Mit List und Klugheit
gelangte er zur Königin
und berichtete ihr das Geschehene.
960 Voller Schmerz und mit weinenden Augen
vernahm sie die Kunde.
Heimlich bat sie den Boten,
über Nacht dazubleiben.
Dann ging sie sogleich zum Kaiser,
965 dorthin, wo sie ihn allein wußte.
In kluger Überlegung sprach sie zu ihm:
„Ich bitte dich, hehrer Kaiser,
um deiner Ehre willen
und um Gott, den Allmächtigen,

daz du genædeclîchen
970 geruochest vernemen mich.
ez hât gesant ane dich
Ernest der sune mîn
und mir geklaget den schaden sîn
975 und daz er âne schulde
verlorn habe dîn hulde:
er enweiz wie er die hât verlorn,
und daz du in durch dînen zorn
sîns landes wellest enterben
980 und mit alle verderben
âne rede und âne reht.
nu bitet dich der guote kneht
daz du in lâzest vür komen.
habe ieman iht vernomen
985 von im daz er dir habe getân,
des welle er dir ze buoze stân,
als im arme und rîche
erteilent rehtlîche.
swes du von im niht wilt enbern,
990 des wil er gerne dich gewern,
ob du genâde gên im hâst
und im sô lange fride lâst
unz daz er dir daz bescheine
daz er dich mit triuwen meine
995 und dir ie âne valschen list
mit triuwen holt gewesen ist."

Dô sprach der künic rîche
in grimme zorneclîche
und in vil starken unsiten
1000 „dar umbe ensult ir mich niht biten,
wan ich enmac es niht getuon.
frouwe, ez hât mich iuwer sun
gelestert alsô sêre,
daz er darf nimmer mêre
1005 komen dâ ich müge gesîn,

58

970 daß du mich gnädig
anhören mögest.
Zu dir hat
mein Sohn Ernst geschickt
und mir seinen Schaden klagen lassen
975 und daß er ohne seine eigene Schuld
deine Huld verloren habe.
Er begreift nicht, wie er sie verloren hat
und daß du ihn in deinem Zorne
seines Herzogtums enterben
980 und ihn durchaus ohne Rechenschaft
und ohne Rechtsurteil verderben willst.
Nun bittet dich der edle Ritter,
daß du ihn vorlassen mögest.
Wenn jemand etwas von ihm vernommen habe,
985 das er dir angetan habe,
dafür wolle er dir Sühne leisten,
so wie es ihm alle
nach dem Rechte auferlegen.
Was immer du von ihm wünschest,
990 das will er dir gern gewähren,
wenn du ihm Gnade erweisen willst
und ihn so lange in Frieden läßt,
bis er es dir beweisen kann,
daß er dir treu gesinnt ist
995 und dir ohne betrügerische Täuschung
stets treu ergeben war."

Darauf antwortete der König
voll grimmigen Zornes
und gegen alle guten Sitten:
1000 „Darum dürft Ihr mich nicht bitten,
weil ich es nicht gewähren kann.
Edle Frau, Euer Sohn hat mich
so sehr beleidigt,
daß er niemals mehr dorthin
1005 kommen soll, wo ich sein könnte.

des sol er gewis sîn.
ezn sî daz mirs lîbes zerinne,
ich bringe in vil wol inne
daz er mir leides hât getân.
1010 daz sult ir wizzen âne wân:
ich erleide im daz lant.
einen strengen vîant
hât er an mir die wîle ich leben:
des wil ich iu mîn triuwe geben.“

1015 Dô diu frouwe vil guot
disen grimmigen muot
an dem künige vernam,
dâ von sie grôzlîche erkam:
si getorste in dô niht mêr gebiten.
1020 mit vil wîplîchen siten
gienc sie dô dannen drâte
hin zir kemenâte.
den boten sie dô sande
balde wider ze lande
1025 und enbôt ir sun dem herzogen,
in hete der phalzgrâve verlogen
wider den künec grôzlîche,
daz im wærlîche
nieman kunde gewegen,
1030 „daz er tuo als ein degen
und sîn lant alsô bewar,
swie halt sîn dinc gevar,
daz er behüete sîn êre.
der keiser zornet sêre
1035 und giht des offenlîche,
ern rûme im daz rîche,
daz er in des lîbes ergetze
und vil gar entsetze
aller sîner êren.“
1040 daz enbôt sie dem hêren.

Darüber soll er sich im klaren sein.
Ich werde ihm beweisen,
daß er mir Böses zugefügt hat.
Es sei denn, daß ich das Leben verliere.
1010 Das sollt Ihr ohne Illusionen wissen:
Ich werde ihm das Land verleiden,
einen unerbittlichen Feind wird er
an mir finden, solange ich lebe.
Darauf könnt Ihr Euch verlassen!"

1015 Als die edle Frau
diesen grimmigen Sinn
beim König bemerkte,
worüber sie sehr erschrak,
wagte sie nicht, ihn noch weiter zu bitten.
1020 Sie wahrte ihre Würde als Frau
und eilte sogleich hinweg
in ihre Kemenate.
Den Boten sandte sie daraufhin
schnell in sein Land zurück
1025 und entbot ihrem Sohne, dem Herzog,
der Pfalzgraf habe ihn
beim König ungeheuer verleumdet,
so daß ihm in Wahrheit
niemand helfen könne.
1030 „Daß er handeln möge wie ein Held
und sein Land ebenso beschütze,
wie immer auch seine Angelegenheiten stehen,
er möge seine Ehre bewahren.
Der Kaiser ist sehr erzürnt
1035 und erklärt öffentlich,
wenn er nicht das Land verlasse,
werde er ihm das Leben nehmen
und ihn all seiner Ehren
ganz und gar berauben."
1040 Das ließ sie dem Herzog sagen.

Do er daz vernomen habete,
der bote wider drabete,
sô er baldest kunde,
und kam in kurzer stunde
1045 ze Beieren in daz lant,
dâ er sînen herren vant
ûf einer sîner veste.
der frâgte in ob er weste
war umb im der keiser mære
1050 sô starke vîent wære,
waz er ime habe getân.
des antwurte im der küene man
„des bringe ich dich wol inne:
dir enbiutet holde minne
1055 diu künigîn dîn muoter,
und daz du, helt vil guoter,
schaffest dîne warheit.
dir ist ein michel arbeit
ûf erstanden âne schulde.
1060 dir hât des keisers hulde
der phalzgrâve heimlîch erwant.
nu gedenke, biderbe wîgant,
wie ez im ze leide werde.
dich wil der vil unwerde
1065 von dînem erbe vertrîben.
læstu ez alsô blîben,
daz ist iemêr ir herzeleit.
mîn frouwe hât mir geseit,
sie habe daz wærlîch vernomen,
1070 dir mac nieman ze helfe komen:
er welle dir starke vîent sîn.
nu lâz, helt, wesen schîn
daz du ie wære ein guot kneht.
dir tuot der keiser unreht:
1075 dir hilfet got deste baz.
nu schaffe mit ime daz,
swenn er dich vertriben habe,

Als der Bote das gehört hatte,
ritt er zurück,
so schnell wie er konnte,
und kam in kurzer Zeit
1045 wieder ins Land Bayern,
wo er seinen Herrn
auf einer seiner Burgen antraf.
Dieser fragte ihn, ob er wüßte,
warum der Kaiser
1050 sein erbitterter Feind sei
und was er ihm denn getan habe.
Darauf antwortete ihm der mutige Mann:
„Darüber will ich dir berichten:
Zunächst entbietet dir die Königin,
1055 deine Mutter, ihre Zuneigung und Liebe,
ferner, daß du, vortrefflicher Held,
dich rechtfertigen mögest.
Dir ist viel Kummer erwachsen
ohne deine Schuld.
1060 Aus der Huld des Kaisers
hat dich der Pfalzgraf heimlich verdrängt.
Nun überlege, tüchtiger Kämpfer,
wie es ihm verleidet werden kann.
Dieser Bösewicht will dich
1065 aus deinem Erbe vertreiben.
Wenn du untätig bleibst,
so wäre dies ein steter Kummer für sie.
Die Königin sagte mir,
sie habe es wirklich gehört,
1070 daß niemand sonst dir helfen könne.
Der Kaiser will dir ein unerbittlicher Gegner sein.
Nun zeige, Herzog, daß du
stets ein tüchtiger Ritter warst.
Der Kaiser tut dir unrecht.
1075 So wird dir Gott um so mehr helfen.
Nun bewirke zusammen mit ihm,
daß man, wenn er dich auch vertreiben sollte,

daz man immer von dir sage,
wie dîn erbe nâch dir bleip,
1080   daz dich der keiser dâ von treip.

Doch râte ich imz niht umbe daz:
er sol ez noch versuochen baz,
tuo ez den fürsten bekant
nâch den der keiser hât gesant.
1085   er wil ein sprâche mit in hân.
daz ist wæn ich ûf in getân.
man sie mit friuntlîchen siten,
daz sie den keiser umb in biten.
swie man dort von im geseit,
1090   daz wirt im schiere bereit:
dar nâch rihte sich dan.“
daz enbôt sie dem werden man.

Einen boten er dô sande
der balde dâ hin rande
1095   da er die fürsten alle sach.
in einer naht daz geschach.
do in der bote sagete
und al die nôt geklagete
die in sîn herre dar enbôt,
1100   do erbarmte sie diu starke nôt
die er âne schulde hâte erliten.
sie jâhn sie wolden umb in biten
und gerne sprechen dar zuo.
des andern morgens vil fruo,
1105   dô sie hâten messe vernomen
und ze hove wâren komen,
vür den keiser sie giengen.
ir bete sie an viengen,
daz se im vielen zuo den füezen.
1110   „obe wir iuch biten müezen,
so erloubt uns, herre, mit guoten siten
ein bete der wir iuch wellen biten

stets von dir erzählen wird,
wie dir dein Erbland naheging,
1080 daß nur der Kaiser dich daraus vertreiben konnte.

Doch rate ich es ihm nicht nur deshalb:
Er soll es noch auf bessere Art versuchen.
Mache es den Fürsten bekannt,
nach denen der Kaiser gesandt hat.
1085 Er will mit ihnen eine Besprechung halten,
die sich, so glaube ich, mit ihm beschäftigen wird.
Er ermahne sie in freundschaftlicher Weise,
daß sie den Kaiser für ihn bitten sollen.
Wie man dort über ihn sprechen wird,
1090 das soll er sogleich erfahren,
danach soll er sich dann richten."
Das ließ sie dem Herzog übermitteln.

Er entsandte nun einen Boten,
der sogleich dorthin aufbrach,
1095 wo er die Fürsten antreffen konnte.
Das geschah in einer Nacht.
Als ihnen der Bote berichtet
und die gesamte Notlage dargelegt hatte,
wie ihm sein Herr aufgetragen hatte,
1100 rührte sie diese Bedrängnis,
die er ohne Schuld erlitten hatte.
Sie versprachen, daß sie für ihn bitten
und gern darüber reden wollten.
In der Frühe des andern Morgens,
1105 als sie die Messe gehört hatten
und zum Hofe kamen,
gingen sie zum Kaiser.
Sie trugen ihre Bitte vor,
indem sie sich ihm zu Füßen warfen.
1110 „Wenn wir Euch schon bitten müssen,
so erlaubt uns, Herr, der guten Sitte gemäß,
ein Anliegen vorzutragen,

und daz ez sî âne zorn."
dô sprach der fürste wol geborn
1115 „stêt ûf unde sît gewert,
ob ir betelîche gert.
lât hœren waz der bete sî."
dô sprach ein fürste dâ bî
„sô biten wir, edel keiser guot,
1120 daz ir senftet iuwern muot
benamen durch got den rîchen,
sô daz ir gnædeclîchen
tuot an dem herzogen
der sêre wider iuch ist belogen,
1125 daz er âne schulde
mangelt iuwerr hulde,
die hât er vlorn ern weiz wie.
des bitent iuch die fürsten hie,
sît er genâde suochet,
1130 daz ouch ir des geruochet
und in genædeclîch bestât.
swaz er wider iuch getân hât,
daz wellen wir im helfen büezen,
unz wir iwern unmuot wol gesüezen
1135 und iwern zorn gestillen,
gar nâch iwerm willen
iwer herzeleit verkêren
wol nâch des rîches êren,
nâch urteil und iur selbes kür.
1140 nu lât in, herre, komen vür:
swaz er wider iuch hât getân,
des lât in ze buoze stân
niwan swie ir selbe welt:
daz wir dienstlîch sîn verselt
1145 gên iu immer mêre;
sô lât in, fürste hêre,
ân schulde sô niht verderben.
er wil umbe hulde werben
in getriuwelîchem muote.

nehmt es bitte ohne Zorn auf."
Darauf sagte der König:
1115 „Steht auf, es sei euch gewährt,
wenn ihr etwas als Bitte begehrt.
Laßt hören, welche Bitte ihr habt."
Da sagte einer der Fürsten:
„So bitten wir, edler Kaiser,
1120 daß Ihr Euren Sinn wirklich
um Gottes willen besänftigen
und dem Herzog
Gnade erweisen möget,
der Euch gegenüber schändlich verleumdet wurde,
1125 so daß er ohne eigene Schuld
Eure Huld entbehren muß.
Er hat sie verloren und weiß nicht wie.
Darum bitten Euch die Fürsten hier,
daß Ihr geruhen möget,
1130 ihm gnädig zu sein,
da er um Gnade nachsucht.
Alles, was er gegen Euch getan hat,
wollen wir ihm büßen helfen,
bis es uns gelingt, Euren Unmut
1135 zu versöhnen und Euren Zorn zu vertreiben
und ganz nach Eurem Willen,
nach Eurem Urteil und Eurer Wahl
Euer Herzeleid umzuwandeln
zur Ehre des Reiches.
1140 Nun laßt ihn, Herr, hier erscheinen!
Was er auch gegen Euch getan haben möge,
dafür laßt ihn Buße leisten,
so wie Ihr es wollt,
auf daß wir in Dienstbarkeit
1145 Euch immer mehr ergeben sein mögen.
So laßt ihn, hehrer Fürst,
nicht unschuldig zugrunde gehen.
Er will ja in treuer Gesinnung
um Huld bitten.

1150   mit lîbe und mit guote
    wil er sich an iwer gnâde lân.
    lât in die wîle fride hân,
    unz wir in für iuch bringen
    ze rehten teidingen.
1155   swes ir von im niht welt entwesen,
    des welle wir vür in bürge wesen,
    unz iu sîn unschult werde erkant.
    dô sprach der künic alzehant
    in zorne unsiteclîche
1160   „ir bitet unbetelîche.
    ich hân ez sô sêre versworn
    daz nimmer von mir wirt verkorn.
    fride noch suone er nimmer gwinnet.
    swer mich und daz rîche minnet,
1165   der sol mich dirre bete erlân,
    welle er mich ze friunde hân.
    wand er wil mich verstôzen
    und wil sich mir genôzen
    an edele und an frümekeit.
1170   sol ich leben, ez wirt im leit.
    ich vertrîbe in oder er mich:
    des sol er wol versehen sich.
    swelch fürste in des vertrôst hât
    daz er im wider mich gestât,
1175   des vîent wil ich immer sîn:
    daz habet ûf die triuwe mîn."

    Die fürsten ûf hôher muosen stân
    und die bete durch vorhte lân.
    swie liep in der fürste mære
1180   dâ vor gewesen wære,
    und die im gerne wârn gestanden,
    mit ûf gerahten handen
    die muosen hervart ûf in swern:
    des torsten sie sich niht gewern,
1185   sie muosen im alle widersagen.

1150 Mit seinem Leben und Besitz
will er sich Eurer Gnade übergeben.
Gewährt ihm so lange Frieden und Sicherheit,
bis wir ihn zur gerichtlichen Verhandlung
vor dich bringen werden.
1155 Für alles, was Ihr von ihm noch zu
fordern habt, wollen wir für ihn bürgen,
bis seine Unschuld erwiesen ist."
Darauf antwortete der König sogleich
unbeherrscht und voller Zorn:
1160 „Ihr seid in eurer Bitte unbescheiden.
Ich habe mich dieser Sache so verschworen,
daß ich niemals nachgeben kann.
Weder Sicherheit noch Versöhnung soll er jemals
Wer mir und dem Reiche zugetan ist,   [erhalten.
1165 der soll mich mit einer solchen Bitte verschonen,
wenn er mich zum Freunde behalten will;
denn jener will mich verjagen
und will sich mir
im Adel und in der Leistung gleichstellen.
1170 Bei meinem Leben, das soll ihm leid werden!
Entweder vertreibe ich ihn oder er mich:
Das möge er gut bedenken.
Dem Fürsten, der ihn dazu ermuntert hat,
daß er sich gegen mich stellt,
1175 dem werde ich immer feind sein.
Darauf könnt ihr euch verlassen!"

Die Fürsten mußten sich wieder erheben
und ihre Bitte aus Furcht fallen lassen.
Wie lieb ihnen der Herzog
1180 auch vorher gewesen war
und wie gern sie ihm auch
mit aufgereckten Händen beistehen wollten,
sie mußten die Heerfahrt gegen ihn beschwören.
Sie wagten es nicht, sich dagegen aufzulehnen,
1185 sie mußten ihm alle widersagen.

sîne mâge muosen gên im tragen
wâfen, daz er inz gebôt.
des wart harte grôz diu nôt
in allen tiutschen rîchen,
1190   wan er sich manlîchen
sehs jâr des rîches werte,
unz man in sô gar verherte:
dô muose er sich lân vertrîben,
wan er mohte niht belîben
1195   von des rîches krefte
und von ander vîentschefte.

Dô der bote wider kam
und er diu hovemære vernam,
dô sprach der dietdegen
1200   „nu müeze unser got phlegen
in sîner diemüete
und reche mich durch sîn güete
an dem vil ungetriuwen man,
von dem ich disen schaden hân
1205   und dise grôze arbeit,
wande nie dehein leit
von mir geschach dem rîche.
ich sage iu wærlîche,
er arnet den mortlîchen rât
1210   dâ mit er mir enwendet hât
mînn vil lieben hêren,
dem ich sîner êren
mit triuwen ie wol gunde.
unz an dise stunde
1215   was mir ie sîn schade leit“,
sprach der ritter gemeit.
„nu muoz ich werben sînen schaden.
mohte ich mich des wol entladen
gein im mit den êren mîn,
1220   des wolde ich immer frô sîn.
des weiz got wol die wârheit

Selbst seine Verwandten mußten gegen ihn
Waffen tragen; das gebot ihnen der Kaiser.
Daraus erwuchs große Not
in allen deutschen Ländern,
1190 weil er sich mannhaft
sechs Jahre lang gegen den Kaiser wehrte,
bis man ihn ganz besiegte.
Daraufhin mußte er das Land räumen,
denn er konnte gegen die Macht des Kaisers
1195 und gegen andere Feinde
nicht mehr widerstehen.

Als der Bote zurückgekehrt war
und der Herzog die Nachrichten vernommen hatte,
sagte der beliebte Held:
1200 „Jetzt muß sich Gott
in seiner Gnade unserer annehmen
und mich in seiner Güte
an jenem treulosen Kerl rächen,
durch den mir dieser Schaden
1205 und diese großen Mühen erwachsen sind,
denn ich habe dem Kaiser
keinerlei Unheil zugefügt.
Ich verspreche euch das:
Er wird noch für diese Verleumdung büßen,
1210 durch die er mir meinen lieben Herrn
entfremdet hat.
Ich habe diesem seine Würde
in Treue stets gegönnt.
Bisher bedrückte mich jeder Schaden,
1215 der ihm widerfuhr",
erklärte der ritterliche Herzog.
„Nun zwingt man mich, auf seinen Schaden zu denken.
Könnte ich mich ihm gegenüber
ehrenvoll davon befreien,
1220 so würde ich stets froh darüber sein.
Gott kennt die Wahrheit,

daz ich mit keiner tumpheit
sîne hulde hân verlorn.
nu bewart er sînen zorn
1225   vil ungenædeclîche.
ich wil noch in sîm rîche
ein wîle mit im bûwen.
des sol er mir getrûwen.
ez sî im liep oder leit,
1230   daz sî im vür wâr geseit,
mich entwinge noch græzer nôt,
siechtuom armuot oder der tôt,
als ez noch vil manigen tuot,
ich hân sô manigen helt guot
1235   der mich niht vertrîben lât
die wîle und er den lîp hât,
daz ich im wol mac widerstân.
ez wirt alsô niht getân
daz er mir neme mîn lant
1240   daz mich", sprach der wîgant,
„von art an geerbet is:
er hât ez noch vil ungewis."

Der keiser hâte einn hof geleit
ze Spîre. do im daz was geseit,
1245   dô dâhter „benamen, ich muoz dar,
swie ich halt dar umbe gevar.
ich muoz komen über Rîn
zuo den vîenden mîn
die mir daz leit habent getân."
1250   do erwelte er zwêne sîne man
der ellen er bekande,
mit den er dâ hin rande.
dô sie kâmen über Rîn,
dô sagete er den gesellen sîn
1255   beide willen unde muot.
dô dûhte sie der rât guot
den er erfunden hâte.

72

daß ich durch keine Torheit
des Kaisers Huld verscherzt habe.
Jetzt läßt er seinem Zorn
1225 erbarmungslos freien Lauf.
Ich will aber in seinem Reiche
noch einige Zeit mit ihm leben,
das muß er mir schon zugestehen.
Ob es ihm gefällt oder nicht,
1230 es sei ihm offen gesagt.
Nur größere Not, Krankheit, Armut oder der Tod,
die so manchen bezwingen,
können mich davon abhalten.
Ich habe viele tapfere Kämpfer,
1235 die nicht zulassen, daß ich vertrieben werde,
solange sie das Leben besitzen,
so daß ich ihm wohl widerstehen kann.
Es kommt also nicht in Frage,
daß er mir mein Land nimmt,
1240 das mir", so fuhr der Held fort,
„durch meine Herkunft zugefallen ist;
er hat dafür noch keinerlei Sicherheit."

Der Kaiser hatte einen Hoftag nach Speyer
einberufen. Als dies dem Herzog berichtet wurde,
1245 dachte er: „Ich muß auf alle Fälle dorthin,
ganz gleich, wie es mir ergehen möge.
Ich muß hinziehen über den Rhein
zu meinen Feinden,
die mir dieses Leid angetan haben."
1250 Darauf wählte er zwei seiner Männer aus,
deren Tapferkeit er kannte;
mit ihnen ritt er dorthin.
Als sie über den Rhein setzten,
erläuterte er seinen Gefährten
1255 seine Absicht und seinen Plan.
Sie hielten das für gut,
was er sich ausgedacht hatte.

ez was harte spâte,
do er ûf den hof geriten kam.
1260 den grâven Wetzel er zuo im nam
und bat den andern sînen degen
der ros mit guoter huote phlegen
und des mit flîze nemen war
daz er wære bereit und gar,
1265 ob ir wille ergienge,
ê daz man sie gevienge,
daz sie dan riten âne danc.
der herzoge balde hin spranc
in zorne für des rîches tür.
1270 dâ stuonden kameræere vür
und heten ez übele bewart.
die tür fundens ungespart,
der herzoge und sîn man.
ob sie gewünschet solden hân,
1275 ez hete sich niht gefüeget baz.
der künic mit sînem neven saz
heimlîch an eime râte.
in die kemenâte
kâmen dise recken wert.
1280 vil balde zucten sie diu swert
und zestôrten dar inne
daz gespræche mit unminne.
der künic entran vil kûme.
er spranc von sînem rûme
1285 vil snelle über eine banc.
in dûht diu wîle gar ze lanc.
in ein kappellen er entran.
der phalzgrâve sîn man
wart des râtes vil unfrô.
1290 der herzoge sluoc im dô
einen alsô swinden slac
daz er vil smæhelîche lac.
daz houbet verre von im spranc.
er sprach „der keiser habe undanc

Es war sehr spät,
als er in den Hof der Pfalz einritt.
1260 Er nahm den Grafen Wetzel mit sich
und bat den zweiten Gefährten,
gut für die Pferde zu sorgen
und sorgfältig darauf zu achten,
daß er bereit und gerüstet sei,
1265 wenn sie ihn brauchten,
um ohne Zögern abreiten zu können,
bevor man sie gefangennehme.
Der Herzog eilte entschlossen
und voller Zorn zur Tür des Kaisers.
1270 Zwar standen Kämmerer davor,
doch bewachten sie sie schlecht.
Der Herzog und sein Begleiter
fanden die Türe unverriegelt.
Wenn sie sich das gewünscht hätten,
1275 so hätte es sich nicht besser fügen können.
Der König saß mit seinem Vetter
allein bei einer Beratung.
In diese Kemenate
drangen nun die wagemutigen Ritter ein.
1280 Kurz entschlossen zückten sie ihre Schwerter
und beendeten darin
recht unfreundlich dieses Gespräch.
Der König konnte gerade noch entkommen.
Er sprang von seinem Platze
1285 geschwind über eine Bank.
Ihm kam der Augenblick zu lang vor.
Doch konnte er in eine Kapelle fliehen.
Der Pfalzgraf, sein Begleiter,
büßte für seinen falschen Rat.
1290 Der Herzog versetzte ihm sogleich
einen so gewaltigen Schlag,
daß er schmählich zu Boden stürzte
und sein Haupt von ihm wegrollte.
Er sprach: „Der Kaiser sei verwünscht,

1295   daz er ie gevolgte dir.
         nâch im stuont mîns herzen gir,
         der mir sus enpharn is:
         er hæte von mir gewis
         enphangen den grimmen tôt.
1300   er hât gedienet wol die nôt
         daz er ie gevolgte dir.
         waz maht du vâlant an mir?
         daz dir got gebe leit!
         ich begienc nie kein archeit
1305   an dir noch an keinem man.
         des solde ich wol genozzen hân
         wider dich und wider daz rîche.
         nu ligestu hie jæmerlîche
         mit bluote berunnen.
1310   daz hâstu dran gewunnen.
         du tæte mirz ân alle nôt.
         ez geliget vil maniger tôt
         durch dînen ungetriuwen rât.
         der aller dinge gewalt hât,
1315   der ruoche dîner sêle phlegen.“
         zuo den rossen gienc der degen.
         dannoch was dâ nieman bî.
         ûf sâzen sie dô alle drî
         und riten dan mit gewalt,
1320   sô daz mit den recken balt
         nieman streit noch envaht.
         dô half in diu vinster naht
         daz sie wol kâmen über Rîn.
         sît tet der herzoge schîn
1325   wer mit ellenthafter hant,
         ê daz er gerûmte sîn lant.

         In der bürge über al
         huop sich vil grôzer schal,
         dô man diu mære bevant
1330   daz Ernest der wîgant

1295 daß er dir jemals folgte.
Auf ihn hatte ich es abgesehen,
der mir nun so entkommen ist.
Er hätte sonst von mir gewiß
den grimmigen Tod erlitten.
1300 Er hat diese Bedrängnis verdient,
weil er dir stets gefolgt ist.
Was hattest du Teufel gegen mich unternommen?
Dafür strafe dich Gott!
Ich habe dir oder einem anderen Menschen
1305 nie etwas Böses getan.
Das hätte mir eigentlich von dir
und dem Kaiser gelohnt werden sollen.
Jetzt liegst du hier in deinem Blute
als Bild des Jammers.
1310 Das hast du nun dabei gewonnen.
Du handeltest gegen mich ohne Notwendigkeit.
Wegen deiner verbrecherischen Vorschläge
mußten viele sterben.
Der Herr über alle Dinge
1315 möge deiner Seele gnädig sein."
Zu den Pferden eilte der Held.
Noch war niemand hinzugekommen.
Dann saßen die drei auf
und ritten in großer Eile hinweg,
1320 so daß niemand diese kühnen Ritter
in Kämpfe verwickeln konnte.
Die finstere Nacht half ihnen dabei,
daß sie wohlbehalten über den Rhein gelangten.
In der folgenden Zeit leistete der Herzog
1325 mit tapferer Hand Widerstand,
bevor er sein Land räumte.

In der gesamten Pfalz
erhob sich lauter Lärm,
als es bekannt wurde,
1330 daß Ernst, dieser gewaltige Held,

den phalzgrâven hæte erslagen.
beide weinen unde klagen
wart dô harte vernomen.
daz er alsô hin was komen,
1335   daz dûhte jene ein wunder grôz.
der ludem allenthalben dôz.
dar zuo ûf allen wegen
die tiwerlîchen degen
ersuochten daz gevilde
1340   mit speren und mit schilde,
verren unde wîten,
daz sie ir niht errîten
mohten noch enkunden.
dô sie ir niht gevunden,
1345   in die stat sie wider riten:
mit vil jâmerlîchen siten
si begunden harte sêre klagen
daz sie niht mêre mohten jagen.
swie vil dô jâmers wart vernomen,
1350   dise wârn an ir gewarheit komen.

Dô sich der herzoge sus gerach
und der künic daz gesach
daz sîn neve tôt was
und der herzoge genas
1355   und mit gewalt enwec reit,
daz was im ein herzeleit.
„im sol immer widersaget sîn
durch dich, vil werde helt mîn.
er hât mir daz herze guot
1360   betrüebet mit unmuot.
du riuwest mich sêre!
ich enwil ouch nimmer mêre
in mîme herzen werden frô,
ich enreche dich alsô
1365   daz man immer dâ von sagen mac.
gelebe ich morgen den tac,

den Pfalzgrafen erschlagen hatte.
Weinen und Wehklagen
konnte man dort hören.
Es erschien ihnen wie ein Wunder,
1335 daß er so entkommen konnte.
An allen Ecken ertönte Geschrei;
auf allen Wegen
suchten tüchtige Ritter
mit Speer und Schild
1340 die Umgebung in der Nähe
und in der Ferne ab;
aber sie konnten sie weder entdecken
noch einholen.
Nachdem sie sie nicht gefunden hatten,
1345 ritten sie in die Stadt zurück.
In leidvollen Worten
beklagten sie sehr,
daß sie sie nicht mehr verfolgen konnten.
Aber wieviel auch darüber gejammert wurde,
1350 diese waren in Sicherheit.

Nachdem sich der Herzog auf solche Weise
gerächt hatte und der König feststellen mußte,
daß sein Vetter tot war,
der Herzog aber lebte
1355 und in aller Eile entkommen war,
da beklagte er dies sehr.
„Um deinetwillen, mein lieber Held,
soll er stets verfolgt werden.
Er hat mein Herz
1360 mit Unwillen erfüllt.
Dein Tod geht mir so nahe!
Ich werde auch in meinem Herzen
niemals mehr froh werden,
wenn ich dich nicht ebenso rächte,
1365 daß man immer davon erzählen soll.
Erlebe ich den morgigen Tag,

mir entwîchen alle die ich hân,
mîne mâge und mîne man
und ander die friunde mîn,
1370 ich sol vil schiere bî im sîn
dâ heime in sînem lande.
daz leit und disiu schande
müeze gote geklaget sîn.
nu man ich al die friunde mîn
1375 daz siez in lâzen wesen leit
daz er ie her ze hove reit
ûf sô grôze unêre.
daz sol mich riuwen immer mêre
die wîl ich den lîp hân,
1380 daz er ie getorste begân
diz laster an dem mâge mîn.
er sol des gewis sîn,
ez gestêt im niht vergebene.
bî niemannes lebene
1385 geschach ez keinem künige ê.
mir tuot daz laster immer wê
daz mir bî allen mînen man
sô frevelich hie ist getân.“

Sus was der keiser unfrô.
1390 den lîchamen hiez er dô
schône ûf eine bâre legen.
die naht hiez er obe dem degen
wachen, als wir noch site haben.
des morgens wart er begraben
1395 mit vil grôzen êren.
dar nâch hiez er die hêren
alle hin ze hove laden.
dô klagete er den grôzen schaden
beide armen unde rîchen,
1400 daz in sô lasterlîchen
Ernest der herzoge
hæte gesuochet dâ ze hove

so werde ich sehr bald bei ihm
in seinem Lande sein,
wenn mich auch alle verließen, die zu mir
1370 gehören, meine Verwandten und meine Ritter
und alle meine übrigen Freunde.
Dieser Schmerz und diese Schande
sollen Gott geklagt sein.
Nun fordere ich alle meine Freunde auf,
1375 daß sie es ihm verleiden sollen,
daß er jemals zu diesem Hoftage
zu einer solchen Schandtat geritten ist.
Das wird mich immer betrüben,
solange ich lebe,
1380 daß er es gewagt hat,
eine solche Untat an meinem Verwandten zu begehen.
Er soll es wissen,
daß es für ihn keine Vergebung gibt.
Zu keiner Zeit bisher
1385 ist so etwas einem Könige geschehen.
Mich wird die Schmach stets bedrücken,
daß mir in Anwesenheit aller meiner Lehnsleute
ein solcher Frevel angetan wurde.

So war der Kaiser unglücklich.
1390 Er befahl dann,
den Leichnam würdig aufzubahren.
In der Nacht ließ er zu Häupten des Ritters
Wache halten, wie dies noch heute Sitte ist.
Am nächsten Morgen wurde er
1395 feierlich beigesetzt.
Anschließend ließ er die Fürsten
alle zur Pfalz kommen.
Dann trug er allen
den großen Verlust vor
1400 und klagte an, daß der Herzog Ernst
und sein Lehnsmann, Graf Wetzel,
ihn so verbrecherisch

und der grâve Wetzel sîn man,
daz sie im hæten getân
1405 sô grôz laster unde schaden,
des er sich nimmer kunde entladen
die wîle und er mohte leben:
er kunde im nimmer mêr vergeben
die schulde umb sînes neven tôt.
1410 noch wære diz ein grœzer nôt,
sie heten im nâch den lîp benomen:
wær er niht in ein kappellen komen,
sô hæte er den lîp verlorn.
„helde, lât iu wesen zorn
1415 daz er iuch und daz rîche
sô rehte lasterlîche
bediu alle hât geschant.“
dô verteilten si im zehant,
dô sie in muosen vêhen,
1420 beide eigen unde lêhen,
dar zuo gar sîn erbe.
„swie man in verderbe,
des habet ir, herre, michel reht“,
sprach dâ vil manic kneht.
1425 „er hât verdienet wol die nôt.“
der keiser über in gebôt
sîn âhte und über die sîne.
ê daz man in von Rîne
von dem hove scheiden sach,
1430 ein hervart der fürste sprach
in des herzogen lant.
diu wart geboten zehant
den die ze werke tohten
und schilt getragen mohten,
1435 er wære junc oder alt.
vil manigen helt balt
gwan er ze tiutschem lande,
der guoten wîgande
drîzic tûsent unde mêr.

in der Pfalz aufgesucht
und daß sie ihm eine solche Schande
1405 und einen solchen Verlust zugefügt hätten,
die er nie vergessen könne,
solange er lebe.
Er könne ihm niemals die Schuld
am Tode seines Vetters vergeben.
1410 Dazu käme auch noch dieses weitere Verbrechen:
Sie hätten auch ihn umgebracht;
wenn er nicht in eine Kapelle entflohen wäre,
hätte auch er das Leben verloren.
„Nun, ihr Ritter, laßt euren Zorn walten,
1415 daß er euch und das Kaisertum
so freventlich und verbrecherisch
entehrt hat."
Darauf beschlossen sie sogleich,
ihn zu befehden und dazu ihm
1420 seinen Eigenbesitz, sein Lehen
und auch sein ganzes Erbe abzuerkennen.
„Ihr habt in allem recht, Herr,
daß man ihn auf jeden Fall zugrunde richten muß!"
beteuerte dort mancher Ritter.
1425 „Er hat ein solches Vorgehen verdient."
Der Kaiser verhängte über ihn
und seine Begleiter die Reichsacht.
Bevor er von dieser Pfalz
und vom Rheine wegzog,
1430 gebot der Kaiser eine große Heerfahrt
in das Land des Herzogs.
Dazu wurden sogleich alle aufgerufen,
die waffenfähig waren
und zum Ritterstand gehörten,
1435 Junge wie Alte.
Gar manchen kühnen Helden
bot er in deutschen Landen auf,
mehr als dreißigtausend
mutiger Kämpfer.

1440 ouch fuoren dô die fürsten hêr
mit vil guoten knehten
die wol getorsten vehten
und ze flîze wâren gar.
dô hiez er wîsen die schar
1445 mit sînem vanen an der hant
ze Beiern in des fürsten lant
durch des herzogen haz.
Regensburc er besaz
und lac dâ vor mit gewalt.
1450 des vil manic helt balt
den tôt muost dô kiesen
und sînen lîp verliesen.

Des keisers van wart getragen
dar zuo mit kreftigen magen,
1455 als man noch ze sturme tuot.
sich garte manic helt guot
in die liehten ringe.
die stolzen jungelinge
die stat al umbe viengen.
1460 mit gewalt sie dô giengen
allenthalben an die mûre.
ritter und gebûre
beleip dâ vil zen stunden.
des herzogen man hâten an gebunden
1465 einen vanen grüenen.
dô huoben sich die küenen
mit scharn vür daz burctor.
aldâ bestuonden sie vor
den künic unde sîne man.
1470 schaden wart dâ vil getân,
dô sie die geste enphiengen.
zesamene sie dô giengen
und huoben einen sturm hart.
dâ wurden liehte helme schart.
1475 vil manic swert dar ûf erklanc,

1440 Auch die hohen Fürsten
zogen mit vielen tüchtigen Rittern auf,
die wohl zu kämpfen wagten
und voller Kampfeseifer waren.
Dann befahl der Kaiser die Scharen
1445 unter seinem Banner
gegen den Herzog
in dessen Land nach Bayern zu führen.
Regensburg wurde erreicht
und mit einem großen Heere belagert.
1450 Mancher wagemutige Kämpfer
mußte dort den Tod erleiden
und sein Leben verlieren.

Die Fahne des Kaisers wurde nun
von kräftigen Männern herbeigetragen,
1455 wie man es noch vor dem Anstürmen tut.
Viele tüchtige Ritter
legten ihre glänzenden Kettenpanzer an.
Die stattlichen Ritter
umschlossen die Stadt
1460 und stürmten mit dem Heere
von allen Seiten gegen die Mauern.
Viele Ritter und Knechte
mußten dabei ihr Leben lassen.
Die Kämpfer des Herzogs
1465 trugen ein grünes Feldzeichen.
Dann erhoben sich die Tapferen
und stürmten in Scharen vor das Stadttor.
Hier standen sie dem König
und seinen Truppen gegenüber.
1470 Manche Verluste fügten sie ihnen zu,
als sie die Feinde empfingen.
Sie prallten aufeinander
und begannen ein heftiges Gefecht.
Da wurden die glänzenden Helme schartig;
1475 manches Schwert erklang darauf,

dâ schar wider schar dranc.
manec helt wart dâ verhouwen
mit bluote bestrouwen.
dâ wart manic solt gegeben.
1480   da verkouften helde daz leben
durch ruom in dem strîte.
dâ wurden wunden wîte
geslagen durch liehte ringe.
die stolzen jungelinge
1485   vil lützel sies genuzzen.
sie sluogen unde schuzzen
mit spern und mit gêren.
da begunnen manigen sêren
die burger und die geste.
1490   die kalten mitereste
kôs dâ vil manic küene man
den man tôten truoc von dan.

Der sturm werte unz an die naht.
mit vil ellenthafter maht
1495   wart beidenthalp gevohten,
wan sie sich nie enmohten
gescheiden von des keisers diet,
unz sie diu vinster naht geschiet.
die burger fuoren in die stat.
1500   die geste man sich legen bat
allenthalben ûf daz velt.
beide hütten und gezelt
was dâ manigez ûf geslagen.
die tôten wurden dan getragen,
1505   geleget ûf die bâren,
die dâ beliben wâren
tôt mit ellenthafter wer.
die innern heten daz ûzer her
mit solhem jâmer überladen
1510   daz der keiser den schaden
klagen sêre sît began.

als Schar gegen Schar kämpfte.
Mancher Ritter wurde dort verwundet
und von Blut besudelt.
Manche Vergeltung wurde dort heimgezahlt.
1480 Um des Ruhmes willen gaben Helden
ihr Leben im Kampfe hin.
Große Wunden wurden dort
durch glänzende Panzerringe geschlagen.
Die stattlichen Kämpfer
1485 achteten nicht darauf.
Sie hieben dazwischen und
warfen mit Spießen und mit Speeren.
Verteidiger und Angreifer
verwundeten viele.
1490 Mancher kühne Streiter,
den man tot von dannen trug,
hatte die kühle Ruhe erwählt.

Der Kampf währte bis zur Dunkelheit.
Mit ungeheurem Einsatz
1495 wurde auf beiden Seiten gefochten,
so daß die Belagerten sich nicht von
den Truppen des Kaisers trennen konnten,
bis die finstere Nacht sie schied.
Die Bürger zogen sich nun in die Stadt zurück.
1500 Die Angreifer mußten sich ringsumher
auf dem Schlachtfeld ausruhen.
Allerlei Hütten und Zelte
hatte man dort aufgeschlagen.
Die Ritter, die in erbittertem Kampfe
1505 tot liegengeblieben waren,
legte man auf Bahren
und trug sie hinweg.
Die Eingeschlossenen hatten den Belagerern
solche schmerzlichen Verluste zugefügt,
1510 daß der Kaiser diese Opfer
später noch sehr beklagte.

er hâte mêr dan tûsent man
in dem sturme verlorn.
daz was im leit unde zorn
1515 und muote in harte sêre.
er verlôs ir sider mêre
die niht genesen kunden
von den starken wunden
vil jâmerlîch ersturben,
1520 die si in dem wal erwurben.

Die burger hâten ouch genomen
schaden, als ich hân vernomen,
an tôten und an wunden,
den sie müelîch überwunden:
1525 die muosen sie dô varn lân,
als man dicke hât getân
dâ man urliuges phlac.
der keiser dô die stat belac
gewalteclîch mit sîme her.
1530 die burger machten ir rincwer
ûf türnen und ûf zinnen.
sie brâhten in wol innen
daz sie im wolden widerstân.
dô hiez man ze sturme gân
1535 daz volc gemeinlîche,
beide arme und rîche,
ritter und gebûre.
vaste unz an die mûre
si an allen enden giengen.
1540 dâ von die geste enphiengen
einen schaden ungefuoge grôz.
von den türnen man sie schôz
mit geschôze, daz was scharf.
von den zinnen man sie warf
1545 mit steinen ûz den erkêren.
vil manigen verhsêren
sach man vallen in den graben,

Er hatte mehr als tausend Mann
bei diesem Angriff verloren.
Das bedrückte ihn sehr,
1515 und er war darüber betrübt und erzürnt.
Später kamen noch die Verluste
derer hinzu, die nicht wieder
von den schweren Wunden genasen,
die sie am Ringwall erlitten hatten.
1520 Sie mußten qualvoll sterben.

Wie ich hörte, haben auch die Bürger
Verluste an Toten und Verwundeten
hinnehmen müssen,
die sie nur mühevoll ertrugen.
1525 Sie mußten sie damals aufgeben,
wie man das schon oft tun mußte,
wenn man Krieg führte.
Der Kaiser unternahm nun mit seinem Heer
eine gewaltige Belagerung.
1530 Die Bürger besetzten ihre Befestigungen
auf Türmen und auf den Zinnen
und zeigten ihnen,
daß sie Widerstand leisten wollten.
Darauf ließ man wiederum
1535 das gesamte Heer,
alle, Ritter und Nichtritter,
zum Sturme gehen.
Von allen Seiten
zogen sie bis dicht an die Mauer.
1540 Aber daraus erwuchsen den Angreifern
ungeheure Verluste.
Aus den Türmen schleuderte man ihnen
gefährliche Wurfgeschosse entgegen,
mit Steinen aus den Erkern
1545 warf man sie von den Zinnen.
Manchen Todwunden
sah man in den Graben stürzen;

der des sturmes muose haben
genuoc unz an sînen tôt.
1550 man sach dâ von bluote rôt
vil der liehten ringe.
die stolzen jungelinge
den tôt dô vaste holden,
die ruom erwerben wolden.

1555 Der keiser zornes sich verwac,
daz er vür der stat lac
sehs mânet unde mê.
doch tete im âne mâze wê
daz er sô vil het verlorn.
1560 er hæte gerne sînen zorn
gerochen an der grôzen stat.
vil balde er dô würken bat
igel katzen berchfrît
ûf solhen langen strît
1565 hiez er dar zuo gerehten.
do er sie niht mohte ervehten,
daz sie niht wolden dingen,
mit küenen jungelingen
treip er sie vaste unz an den graben.
1570 dô wart zuo der bürge erhaben
ein sturm mit unminnen.
dô trâten an die zinnen
die küenen burgære.
swie vil ir hers wære
1575 dar brâht von fremden landen,
mit ellenthaften handen
sô werten si ir mûre.
der strît wart in ze sûre.
sie vielen dicke als der snê.
1580 sie riefen ach und owê
die niht langer mohten stên.
dô hiez vaste dar gên
der künic allez sîn her.

er hatte bis zu seinem Tode
des Stürmens genug.
1550 Manch glänzenden Panzer
sah man rot von Blut.
Die stolzen jungen Ritter,
die hier Ruhm erlangen wollten,
erwarben hier nur den Tod.

1555 Der Kaiser geriet immer mehr in Zorn,
daß er länger als sechs Monate
vor der Stadt liegen mußte.
Am meisten aber schmerzte es ihn,
daß er so große Verluste hatte.
1560 Er hätte gern seinen Unmut
an dieser großen Stadt gerächt.
Er ließ nun sehr schnell
Igel, Katzen und Angriffstürme bauen
und sie für einen solchen langen Kampf
1565 dort bereitstellen.
Als er die Bürger nicht besiegen konnte
und sie sich nicht unterwerfen wollten,
trieb er das Gerät, mit wagemutigen Streitern
besetzt, dicht bis an den Graben.
1570 Dann wurde gegen die Stadt
ein neuer heftiger Angriff begonnen.
Nun stellten sich die tapferen Bürger
wieder hinter die Zinnen.
Wie groß auch das Heer war,
1575 das man aus fernen Gegenden dorthin gebracht hatte,
sie verteidigten ihre Mauern
mit großer Tapferkeit.
Der Kampf brachte ihnen aber große Verluste.
Sie fielen so dicht wie der Schnee.
1580 Die nicht länger widerstehen konnten,
schrien „Ach" und „Weh".
Da ließ der König sein ganzes Heer
dort anstürmen.

do zewurfen sie die brustwer
1585 vil vaste mit den mangen.
swaz sie ir mohten erlangen,
vil lützel man die sparte.
sie nôten sie sô harte
mit schôze von den berchfriden.
1590 die burger woldenz gerne friden,
wan sie diu antwerc vorhten
diu die geste gên in worhten.
vil manic helt dâ tôt gelac.
der sturm werte al den tac
1595 mit vil ellenthafter maht
von fruo morgen unz an die naht,
daz sie nie âne strît beleip,
unz sie diu vinster naht vertreip.

Diu stat die naht alsô genas.
1600 dâ der herzoge Ernest was,
verholn ein bote wart gesant
der im diu mære tet bekant,
wie sie sich solden nu genern.
sie möhten die stat niht erwern,
1605 sie müesen drinne ligen tôt.
sie hæten sich mit grôzer nôt
unz her dar inne enthalden.
sie möhten ir behalden
mit keiner wîs nu vürbaz mêr.
1610 do enbôt in der fürste hêr
daz er die stat ê verkür,
ê er ir einen drûz verlür.
„swâ halt ich belîbe,
heiz sie mit dem lîbe
1615 ûz der burc dingen
und des keisers zorn ringen,
der mir ist sô starke gram.“
der bote balde wider kam,
diu mære er in dô sagete.

Mit den Steinschleudern
1585 zertrümmerten sie die Brustwehr;
man ließ nichts von ihr übrig,
wo man sie treffen konnte.
Sie zermalmten sie
mit Geschossen aus den Bollwerken.
1590 Die Bürger hätten gern Frieden gehabt,
weil sie die Belagerungsgeräte fürchteten,
die die Feinde gegen sie einsetzten.
So manchen Kämpfer hatte dort der Tod ereilt.
Der Kampf dauerte den ganzen Tag,
1595 vom frühen Morgen bis in die Nacht
mit unverminderter Gewalt,
so daß der Streit nie aussetzte,
bis die finstere Nacht sie vertrieb.

Die Stadt nutzte die Nacht in folgender Weise:
1600 Heimlich schickte man einen Boten dorthin,
wo sich der Herzog Ernst aufhielt,
und überbrachte ihm die Frage,
wie sie sich retten sollten.
Sie könnten die Stadt nicht mehr verteidigen,
1605 sie müßten sonst in ihr sterben.
Sie hätten sich mit großer Mühe
bisher dort behaupten können.
Sie könnten sie aber jetzt
auf keinen Fall weiter halten.
1610 Daraufhin entbot ihnen der edle Fürst,
daß er eher die Stadt aufgebe,
als einen aus ihr zu verlieren.
„Ganz gleich, wo ich bleiben werde,
laßt sie verhandeln,
1615 um ihr Leben aus der Stadt zu retten
und den Zorn des Kaisers zu besänftigen,
der mir so sehr gram ist."
Der Bote kehrte schnell zurück
und überbrachte ihnen die Nachricht.

1620 des morgens dô ez tagete,
dem keiser kâmen mære
daz im die burgære
sich ûf genâde wolden geben,
ob er die helde mit dem leben
1625 mit fride wolde lâzen
varn heim ir strâzen.
daz begunde den gesten allen
von herzen wol gevallen
durch daz grôze ungemach.
1630 der keiser zuo den fürsten sprach
waz sie dar umbe diuhte guot.
sie vielen alle an einen muot
daz sie ez gerne wolden sehen.
der keiser sprach „nu sî geschehen.“

1635 Dô der fride wart getân,
als ich iu ê gesagt hân,
daz in der keiser die hant rahte,
sînen vanen er dô stahte
ûf einen turn, der was hôch.
1640 dâ mit er sich zer stat zôch.
des wâren sumelîche unfrô.
iedoch muose ez sîn alsô,
wan er selbe dâ vür lac.
sie hâten als vil manigen tac
1645 gewert dem rîche sêre,
unz sie niht mohten mêre
geherten wider dem rîche.
sie hâten sich frumlîche
vil dicke von in gehouwen,
1650 daz man wol mohte schouwen
an den vil guoten knehten
daz si wol getorsten vehten.
dem keiser und al sînen man
geschach vil liebe dar an
1655 daz in diu burc wart gegeben.

1620 Am Morgen, als es tagte,
     erhielt der Kaiser die Kunde,
     daß sich die Bürger
     seiner Gnade übergeben wollten,
     wenn er den Kämpfern
1625 das Leben ließe und sie
     in Frieden heimziehen dürften.
     Wegen der bisherigen hohen Verluste
     gefiel dies auch allen Belagerern
     von Herzen wohl.
1630 Der Kaiser fragte die Fürsten,
     was sie hierbei für gut hielten.
     Sie stimmten alle darin überein,
     daß sie es gerne sähen.
     Darauf sagte der Kaiser: „So soll es denn sein!"

1635 Nachdem der Friede abgeschlossen war,
     wie ich euch vorher berichtet habe,
     und der Kaiser ihnen die Hand gereicht hatte,
     ließ er seine Fahne
     auf einem hohen Turme aufrichten.
1640 Damit zog er in die Stadt ein.
     Darüber waren einige unglücklich,
     aber es mußte so sein,
     da er ja die Stadt belagert hatte.
     Sie hatten sich so viele Tage
1645 so sehr gegen den Kaiser gewehrt,
     bis sie sich nicht mehr
     gegen ihn behaupten konnten.
     Sie hatten sich oft tapfer
     mit ihnen geschlagen,
1650 so daß man an diesen Männern
     gut erkennen konnte,
     daß sie wohl zu kämpfen wagten.
     Dem Kaiser und seinem Heere
     war es eine große Freude,
1655 daß ihnen die Stadt übergeben wurde.

man liez sie drûz mit dem leben
varn die dannen solden
swar sie selbe wolden.
da beleip vil manic weise.
1660   dô wârn ouch âne freise
die mit dem keiser wâren komen.
etelîche hâten dâ genomen
daz sie überwunden nimmer mêr.
do besazt der künic hêr
1665   die burc mit sînen mannen
und schiet zehant von dannen.
sie brâchen abe ir gezelt
unde rûmten daz velt
und branten die herberge.
1670   die liehten halsberge
sach man von in schînen dan.
ob in swebt des rîches van,
dem volgte manic degens genôz:
daz her was kreftic unde grôz.

1675   Dô fuor der künic rîche
vil gar zorneclîche
durch des herzogen lant.
er stifte roup unde brant.
er schuof im grôz ungemach.
1680   sîne bürge er nider brach:
daz muose er allez vertragen.
er hete sô kreftigen magen
daz im niht mohte vor gestân.
er wolde im niht belîben lân:
1685   er muose allez hân verlorn.
sus rach der keiser sînen zorn
daz er verdarp im daz lant.
dar umbe er manigen wîgant
dar under liez ze phande,
1690   der nimmer mê ze lande
kam mit sînem lebene.

96

Man ließ die am Leben und abziehen,
wohin sie wollten,
die heraus mußten.
Zurück blieben viele Waisen.
1660 Nun waren auch die ohne Sorge,
die mit dem Kaiser gekommen waren.
Manche hatten jedoch dort Schäden erlitten,
die sie niemals mehr überwinden konnten.
Der König ließ daraufhin
1665 die Stadt von seinen Leuten besetzen
und nahm sogleich Abschied von dort.
Die Zelte wurden abgebrochen,
das Feld geräumt
und die Lagerhütten verbrannt.
1670 Nun sah man wieder an ihnen
die glänzenden Rüstungen blitzen,
und über ihnen flatterte die Fahne des Kaisers,
dem viele tapfere Ritter folgten:
das Heer war wieder mächtig und groß.

1675 Jetzt zog der Herrscher
voller Zorn
durch das Land des Herzogs.
Er stiftete Raub und Brand
und fügte ihm großen Schaden zu,
1680 indem er seine Burgen und Städte zerstörte.
Das mußte er alles hinnehmen,
denn der Kaiser besaß solche Macht,
daß ihm nichts mehr entgegenstehen konnte.
Er wollte dem Herzog nichts übriglassen,
1685 alles sollte er verlieren.
So verschaffte der Kaiser seinem Zorne Genugtuung,
indem er ihm das Land verheerte,
wobei er manchen tüchtigen Kämpfer
als Gegenleistung lassen mußte,
1690 der niemals mehr lebend
nach Hause kam.

ez gestuont im niht vergebene
swaz er schaden von im gewan.
die von des herzogen man
1695 vil manlîche sluogen,
wan sie in niht vertruogen,
dô sie ir lant herten.
vil manlîch sie daz werten
die wîle daz sie mohten
1700 und sie ze strîte tohten.

Do der herzoge Ernest ervant
daz im verhert was sîn lant
und man im die veste an gewan,
dô klagete ez der küene man
1705 den sînen die im in der nôt
gestuonden bî unz in den tôt,
wan er ir mit flîze phlac.
dar umbe sie im naht unt tac
hulfen rechen sîn herzeleit.
1710 dem künige er vaste zuo reit.
die sîne ouch vaste branden
mit ellenthaften handen
beide vür unde wider.
vil bürge brach er im nider.
1715 do er die obern hant gewan,
er stummelt sîne dienestman:
sumlîche er ze tôde sluoc.
er tete im leides genuoc.
die ûf in hâten gesworn,
1720 die muosen alle haben verlorn
beide lîp unde guot.
sus wont der degen hôchgemuot
in sînem lande vür wâr
mêr danne fünf jâr
1725 mit urliuge gên dem rîche
sô daz der ellentrîche
dar inne âne ir danc beleip,

Er wollte ihm nicht vergeben,
was er ihm auch an Schaden zufügte.
Die Truppen des Herzogs
1695 kämpften sehr mannhaft,
weil sie es nicht zulassen wollten,
daß ihr Land verheert wurde.
Tapfer leisteten sie Widerstand,
solange sie es vermochten
1700 und zum Kampfe fähig waren.

Als der Herzog Ernst einsah,
daß ihm sein Land verheert worden war
und man ihm seine Burgen abgenommen hatte,
da klagte es der tapfere Mann
1705 den Seinen, die ihm in der Not
bis zum Tode beigestanden hatten,
weil auch er stets für sie gesorgt hatte.
Deshalb hatten sie ihm auch Tag und Nacht
geholfen, sein Herzeleid zu rächen.
1710 Nun ritt er in das Gebiet des Königs.
Seine Leute brandschatzten nun
ebenfalls in großem Maße.
So ging es hin und her.
Viele Burgen zerstörte er ihm.
1715 Wo er die Oberhand gewann,
verstümmelte er die Lehnsleute des Königs
und tötete auch einige.
Er fügte ihm viel Leid zu.
Die sich gegen ihn verschworen hatten,
1720 die sollten alle
Leben und Besitz verlieren.
Auf diese Weise hielt sich der Herzog
in seinem Lande
länger als fünf Jahre
1725 mit Feldzügen gegen den Kaiser,
so daß sich der Kühne
gegen ihren Willen dort behauptete

daz in noch nieman vertreip
mit keiner slahte listen.
1730 er kunde sich wol fristen
mit ellen und mit wîsheit.
die sîne wâren im bereit
und behielten im sîn êre
sô lange unz daz der hêre
1735 durch des urliuges herte
vergap und ouch verzerte
allez daz er mohte hân.
dô muose er sich vertrîben lân.

Dô Ernest der fürste hêr
1740 daz urliuge niht mêr
moht haben gein dem rîche,
dô tete er wîslîche,
„sît ichz durch nôt muoz lân":
do besande er alle sîne man,
1745 die besten von dem lande,
der ellen er bekande.
er las ûz den nôtvesten
fünfzic die aller besten
die im nie geswichen
1750 noch in keiner nôt entwichen:
sie wolden mit im vertriben sîn.
er sprach „ir sît die friunt mîn
die mich noch verliezen nie.
swelich nôt mich an gie,
1755 ir sît frumlîch bî mir gestân.
iuwern rât wil ich hân,
wan ich ie triuwe an iu vant.
nu liget verwüestet mîn lant,
beide beroubet und verhert.
1760 dar zuo hân ich gar verzert
allez daz ich ie gewan.
nu wellent mînen schatz hân
die lieben helfære mîn.

und ihn niemand mit irgendeiner Kriegslist
vertreiben konnte.
1730 Er verstand es,
sich mit Kraft und Klugheit zu halten.
Seine Leute waren ihm ergeben
und hielten sein Ansehen aufrecht,
so lange, bis der Fürst
1735 alles, was er besaß,
wegen der Härte des Krieges
vergeben und verbraucht hatte.
Dann erst mußte er das Land verlassen.

Als Ernst, der geachtete Fürst,
1740 den Krieg gegen den Kaiser
nicht mehr führen konnte,
da handelte er klug,
„weil ich jetzt gezwungen bin, ihn aufzugeben".
Dann ließ er alle seine Ritter zusammenrufen,
1745 die Besten aus dem Lande,
deren Kampfgeist er kannte.
Er wählte von den Kampferprobten
fünfzig der Allerbesten aus,
die ihn nie im Stich gelassen hatten
1750 und in keinem Kampfe zurückgewichen waren.
Sie wollten mit ihm in die Fremde gehen.
Er sagte: „Ihr seid meine besten Freunde
und habt mich noch niemals verlassen.
In welcher Notlage ich mich auch befand,
1755 ihr habt mir stets tapfer zur Seite gestanden.
Euern Rat will ich jetzt hören,
weil ich stets Treue bei euch gefunden habe.
Jetzt liegt mein Land verwüstet,
ausgeplündert und verheert,
1760 außerdem habe ich meinen Besitz
völlig aufgebraucht.
Nun hoffen meine lieben Helfer,
aus meinem Schatz etwas zu erhalten;

sie wellent des gewis sîn,
1765   ich habe goldes die fluot.
nu bin ich", sprach der helt guot,
„verurliuget harte sêre.
ouch ist mir der künic hêre
vîent und al sîne man:
1770   daz ich vil wol vernomen hân.
sie râtent an mîn êre.
ich mac leider mêre
niht dem rîche widerstân.
ich hân alsô vil getân
1775   dês alle liute wunder nimt,
swâ manz hœret und vernimt,
deich im sô lange ie vor gesaz.
dâ macht ez aller meiste daz:
ir hulfet mir frumlîchen.
1780   nu muoz ich im entwîchen
durch vorhte und durch gehôrsam.
swer swimmet wider wazzers stram,
ergêt ez im ein wîle wol,
vür wâr ich iu daz sagen sol,
1785   er vert ze jungest doch ze tal.
nu vürhte ich den selben val,
wan der ist uns ze hûse komen.
ir habet daz dicke wol vernomen,
swer lange urliuge wider daz rîche hât,
1790   ob er im ein wîle widerstât,
ze jungest muoz er an dem schaden stên:
alsô mac ez ouch mir ergên.

Wir haben uns dem rîche
gewert sô manlîche
1795   und dar zuo allen sînen man
sô grôzen schaden her getân,
deich in dem lande niht mac langer sîn.
ir wizzet ouch, lieben friunde mîn,
wir habenz umb uns gar verhert

        sie vermuten, daß ich
1765   noch Gold im Überfluß besitze.
        Doch bin ich jetzt", so fuhr der Held fort,
        „durch den Krieg völlig verarmt.
        Auch sind noch der König
        und alle seine Untertanen meine Feinde.
1770   Wie ich vernommen habe,
        beraten sie über meine Würde.
        Zu meinem Unglück kann ich
        dem Kaiser keinen Widerstand mehr leisten.
        Ich habe so viel getan,
        indem ich mich ihm so lange widersetzt habe,
1775   daß sich alle Leute darüber wundern,
        wohin man auch hört.
        Das lag aber vor allem daran,
        daß ihr mir so tüchtig geholfen habt.
1780   Nun muß ich ihm doch weichen,
        aus Sorge muß ich nachgeben.
        Wer gegen den Strom schwimmt,
        wird sich wohl eine Weile halten können,
        zuletzt wird er doch abwärtsgetrieben,
1785   das muß ich euch als Wahrheit sagen.
        Ich muß jetzt den selben Fall befürchten,
        denn diese Situation ist bei uns eingetreten.
        Ihr habt es oft schon gehört:
        Wer Krieg gegen Kaiser und Reich führt,
1790   wenn er ihnen auch einige Zeit widerstehen kann,
        zuletzt unterliegt er doch.
        Ebenso ergeht es auch mir.

        Wir haben uns gegen den Kaiser
        so tapfer gewehrt
1795   und auch seinen Leuten
        so hohen Schaden zugefügt,
        daß ich in diesem Lande nicht länger bleiben kann.
        Ihr wißt es, meine lieben Freunde,
        daß wir um uns alles verheert

1800	und unser selber guot verzert,
	daz wir müezen verderben.
	möhten wir noch iht erwerben,
	als wir ê gewinnes phlâgen,
	do wir ûf der vînde schaden lâgen,
1805	dô mohten wir niht vollenzern
	und uns der vînde wol gewern.
	nu suln wir wîslîchen
	dem keiser entwîchen.
	wir sîn nu gar âne wer.
1810	daz wir füeren über mer,
	dar stêt vaste mir der muot.
	ob ez iuch herren dunket guot,
	sô sol uns des durch got gezemen
	daz wir durch in daz kriuze nemen
1815	ze dienste dem heilegen grabe.
	sô komen wir sîn mit êren abe,
	ê wir uns sus vertrîben lân.
	wir haben wider gote getân
	daz wir im billîch müezen
1820	ûf sîn hulde büezen,
	daz er uns die schulde ruoche vergeben
	her nâch, obe wirz geleben,
	und wider heim ze lande komen.
	swaz uns der keiser hât benomen,
1825	daz wirt uns allez wider lân.
	nu bite ich iuch mâg unde man
	alle gemeine,
	daz ir mich niht eine
	lât varn von dem lande.
1830	des hât ir wîgande
	almuosen und êre.
	ouch wil ichz immer mêre
	gegen iuwern hulden
	mit guote verschulden
1835	und mit dienste widerwegen",
	sprach der tiwerlîche degen.

1800 und unsern Besitz völlig aufgebraucht haben,
so daß wir umkommen müßten.
Könnten wir noch irgend etwas erlangen,
so wie wir früher Beute machten,
als wir den Feinden Schaden zufügten,
1805 dann brauchten wir nicht zu darben
und könnten uns der Feinde wohl erwehren.
Jetzt sollten wir klug
dem Kaiser entweichen.
Wir sind ja jetzt ganz ohne Heeresmacht.
1810 Meine Absicht ist es,
daß wir über das Meer fahren.
Wenn ihr Ritter das ebenfalls für gut haltet,
so wird es uns um Gottes willen wohl anstehen,
daß wir uns für ihn zum Kreuzzug verpflichten
1815 und in den Dienst des Heiligen Grabes treten.
So können wir uns ehrenvoll zurückziehen,
bevor wir uns sonst vertreiben lassen.
Wir haben ja auch Gott zuwidergehandelt,
so daß wir ihm zu Recht
1820 Buße leisten müssen, daß er uns
unsere Schuld vergebe und wir seine Huld gewinnen.
Wenn wir es erleben sollten
und danach wieder in dieses Land heimkehren können,
dann wird uns alles wiedergegeben,
1825 was uns der Kaiser genommen hat.
Nun bitte ich euch alle,
Verwandte und Lehnsleute,
daß ihr mich nicht allein
aus diesem Lande ziehen laßt.
1830 Auch euch, ihr Kampfgefährten,
würden dadurch gute Werke und Ansehen zuteil,
und auch ich werde dafür
allezeit eurer Treue
Geschenke schuldig bleiben
1835 und dies durch Gegendienste ausgleichen."
So sprach der geachtete Held.

Dô sprâchen die helde guote
alle ûz einem muote,
im hæte got den sin gesant.
1840 sie wolden durch den wîgant
ûf ein wâge setzen den lîp,
dar zuo kint unde wîp
got hie heime bewarn lân,
und wolden mit im bestân,
1845 durch got varn über mer.
dâ wider enstüende kein wer,
ez enwær der tôt alleine.
daz lobtens alle gemeine,
sie wolden mit im an die vart.
1850 daz wart dô langer niht gespart.
der herzoge und sîne man
giengen frôlîche dan
dâ sie daz kriuze nâmen.
diu mære schiere kâmen
1855 vil wîten in daz lant,
daz Ernest der wîgant
daz kriuze hæte genomen,
(daz was in liep vernomen)
und daz fünfzic sîner man
1860 mit im wolden varn dan,
die der tiwerlîche helt
ze sîner verte hæte erwelt,
gote ze dienste über sê.
dar nâch wart ir verre mê
1865 die sich zeichenten ûf die vart.
der herzoge wol bereitet wart
dar zuo mit grôzem flîze:
die halsberge wîze,
dar zuo die hosen îserîn,
1870 die herten helme stehelîn,
dar zuo diu scharphen swert,
sie wâren alles des wol wert,
die tiuren wîgande.

Darauf erklärten die Ritter
alle übereinstimmend,
dieser Gedanke sei ihm von Gott gekommen.
1840 Sie würden für den Helden
ihr Leben wagen
und Frau und Kinder zu Hause
Gottes Schutz anvertrauen
und wollten mit ihm es aushalten
1845 und für Gott übers Meer fahren.
Nichts könne sie davon zurückhalten
als allein der Tod.
Sie wollten mit ihm ziehen,
das versprachen sie alle.
1850 Nun wurde nicht mehr länger gezögert.
Der Herzog und seine Begleiter
zogen nun frohgemut dorthin,
wo sie das Kreuz empfingen.
Die Nachricht wurde bald
1855 weit im Lande bekannt,
daß Ernst, der Held,
das Kreuz genommen hätte
(das vernahmen alle gern)
und daß fünfzig seiner Ritter
1860 mit ihm zögen,
die der hohe Fürst
zu dieser Fahrt ausgewählt habe
zum Dienste für Gott jenseits des Meeres.
Daraufhin wuchs die Zahl derer,
1865 die sich zu einer solchen Fahrt entschlossen.
Der Herzog rüstete sich sehr gut
und sehr sorgfältig aus:
Die hellen Brustpanzer,
dazu die eisernen Beinschienen,
1870 die festen stählernen Helme
und dazu noch die scharfen Schwerter –
die ausgezeichneten Kämpfer
waren all dessen wohl würdig.

mit sô rîchem gwande
1875 rûmten sie daz rîche,
daz man wærlîche
in keinem lande funde
noch immer vinden kunde
die mit der rehten wârheit
1880 zer verte wâren baz bereit.
ern wolde unschulde rechen,
nieman getorste sprechen
daz die helde guote
durch ir armuote
1885 gerûmet hæten ir lant.
daz wart in allen wol erkant.

Si bereiten sich übers meres fluot.
des fröut sich manic helt guot
die ouch gote dienen wolden,
1890 daz sie mit im varn solden.
genuoge in tiutschem lande
tiure wîgande
wâren sîner verte frô.
sîn muoter diu künigin sande im dô
1895 fünf hundert marc ze stiure
und manic pheller tiure,
hermîn unde sîden wât,
mit golde harte wol genât
und manic hêrlîch bettegwant.
1900 die gâbe enphienc der wîgant
und neic ir ze lône.
die gâbe teilte er schône
mit sînen jungelingen.
er was in allen dingen
1905 ein ritter vil tugentlîch.
waz mohte des der fürste rîch,
daz man in âne schult vertreip?
die wîle er in dem lande beleip,

Mit solch wertvoller Rüstung
1875 verließen sie das Reich,
daß man wirklich
in keinem Lande jemanden fand
oder heute zu finden wüßte,
der in Wahrheit
1880 besser zur Fahrt in die Fremde gerüstet wäre.
Niemand, der nicht ohne Grund Übles tun wollte,
wagte zu behaupten,
daß diese Ritter
wegen ihrer Armut
1885 ihr Land verlassen hatten.
Das war allen wohl bekanntgeworden.

Sie rüsteten sich zur Fahrt übers Meer.
Darüber freute sich manch einer der Ritter,
die auch Gott dienen wollten,
1890 daß sie mit ihm fahren durften.
Viele vortreffliche Ritter
in den deutschen Landen
freuten sich über seinen Zug.
Seine Mutter, die Königin,
1895 schickte ihm als Beisteuer fünfhundert Mark
und viele kostbare Stoffe,
Kleidung aus Seide und Hermelin,
mit Gold schön verziert,
und manches kostbare Bettzeug.
1900 Der Held empfing das Geschenk
und dankte ihr dafür.
Die Gaben teilte er ganz
mit seinen Gefährten.
Er war eben in allem
1905 ein vorbildlicher Ritter.
Was konnte dieser Fürst dafür,
daß man ihn unschuldig vertrieb?
Solange er im Lande weilte,

dô leit er solhe arbeit
1910   daz man immer dâ von seit.

Der tac sich nâhen began
daz der herre und sîne man
gên dem mere solden varn.
zuo im kam mit manigen scharn
1915   vil ritter ûz fremden landen,
die in wol bekanden,
die in bâten durch got
und durch sîner zuht gebot,
daz er die lieze werden schîn
1920   und in genædic ruochte sîn,
daz sie möhten mit im varn,
wan er kunde sie bewarn,
swelich nôt sie ane kæme,
daz er ir dienest drumbe næme
1925   unz in die burc ze Jêrusalêm.
swaz er an wolde gên,
daz woldens al mit im bestân
und nimmer dienstes abe gân
durch deheiner slahte nôt.
1930   sie wæren im bereit unz in den tôt
mit lîbe und mit guote.
„des ist uns wol ze muote:
gebietet über al daz wir hân.“
dô sprach der ellenthafte man
1935   „ich hân iur rede wol vernomen.
nu sît gote willekomen,
vil lieben friunde, unde mir,
und sît sicher daz ir
nimmer werdet von mir verlân
1940   die wîle und ich den lîp hân:
der wirt durch iuch geveilet
und sî mit iu geteilet
beide grôz und kleine
sol iu sîn gemeine,

hatte er solche Kämpfe ausgefochten,
1910   daß man noch stets davon erzählen wird.

Der Tag rückte näher,
an dem dieser Fürst und seine Ritter
dem Meere entgegenziehen wollten.
Zu ihm stießen mit manchen Scharen
1915   noch viele Ritter aus fremden Ländern,
die ihn bereits gut kannten.
Sie baten ihn um Gottes
und seiner ritterlichen Erziehung willen,
daß er diese beweisen
1920   und ihnen gegenüber gnädig sein sollte,
auf daß sie mit ihm ziehen dürften,
da er sie zu beschützen verstehe,
in welche Not sie auch geraten möchten,
und daß er deshalb ihre Dienste
1925   bis hin zur Burg von Jerusalem annehmen möge.
Was immer er unternehmen werde,
das wollten sie alles mit ihm bestehen
und niemals diesen Dienst
in irgendeiner Notlage versagen.
1930   Sie seien mit ihrem Leben und Besitz
für ihn bereit bis in den Tod.
„Das ist unsere Gesinnung:
gebietet über alles, was wir haben!"
Darauf antwortete der tapfere Held:
1935   „Ich habe eure Worte wohl gehört.
Nun, liebe Freunde, seid Gott
und mir willkommen
und seid sicher, daß ich euch
niemals verlassen werde,
1940   solange ich lebe.
Alles werde für euch miterworben
und werde mit euch geteilt;
Großes und Kleines,
was mir Gott gegeben hat,

1945   swaz mir got gegeben hât.
           sît ir iuch an mich lât
           und des ze mir geruochet,
           daz ir an mir suochet
           helfe mit triuwen,
1950   ez sol iuch niht geriuwen
           die wîle ich mînen lîp hân.
           ich wil iuch alle gerne enphân
           ze bruodern und ze gesellen.
           ich ensol mich nimmer gezellen
1955   iwer keinem ze hêren.
           ir muget alle mit êren
           sîn mîn genôze an dirre var,
           und wizzet daz ich iuch bewar
           beide naht unde tac,
1960   sô ich aller beste mac."
           des dancten im die helde guot.
           der herzoge was vil wol gemuot
           daz er sô manigen werden man
           ze sîner reise gewan.
1965   er het ze flîze wol gar
           tûsent ritter an sîner schar,
           erwelter wîgande,
           die mit im ûz dem lande
           zuo den zîten fuoren
1970   und im alle swuoren
           daz sie im wæren undertân
           und lobten in ze houbetman.

           Do der herzoge bereit wart
           mit flîze ûf sîne mervart,
1975   als dem fürsten wol gezam,
           dô er urloup genam
           und er sich huop von dannen,
           von sînen mâgen und mannen
           wart geklaget alsô sêre
1980   daz man nimmer mêre

1945 soll euch mitgehören.
Da ihr euch mir angeschlossen
und deshalb mir anvertraut habt,
daß ihr an mir
treue Hilfe findet,
1950 soll es euch nicht gereuen,
solange ich lebe.
Ich will euch gerne als Brüder
und Gefährten aufnehmen.
Ich werde darauf achten,
1955 niemals jemanden von euch hervorzuheben.
Ihr sollt mir alle im Ansehen
auf dieser Fahrt gleich sein
und sollt wissen, daß ich euch
Tag und Nacht beschützen werde,
1960 so gut ich kann."
Dafür dankten ihm die Ritter.
Der Herzog war sehr froh darüber,
daß er so viele tüchtige Männer
zu seiner Ritterfahrt gewonnen hatte.
1965 Er hatte in seiner Schar
wohl tausend sorgfältig gerüstete Ritter,
ausgezeichnete Kämpfer,
die mit ihm zu dieser Zeit
das Land verließen
1970 und ihm alle geschworen
und ihm als Hauptmann gelobt hatten,
daß sie ihm untertan sein wollten.

Als der Herzog zur Fahrt übers Meer
gerüstet war,
1975 so wie es sich für einen Fürsten geziemte,
und, nachdem er Abschied genommen hatte,
aufbrach und loszog,
da klagten alle seine
Verwandten und Lehnsleute,
1980 als sie sich von ihm

vernimt von solhen leiden,
dô sie sich von im scheiden
muosen unde solden.
alle sîne holden
1985 hâten trûrigen muot,
wande sie der recke guot
ie mit grôzen triuwen hielt
die wîl daz ir der helt wielt.
dô rûmte er daz rîche
1990 harte frümeclîche,
der vil edele wîgant,
und liez bürge unde lant,
dar zuo eigen und dienstman
sînen mâgen, den erz solde lân,
1995 ob manz in niht sît nam.
sus fuor der fürste hêrsam
ûz von sînen selden
mit ûzerwelten helden.

Der herzoge Ernest was gemeit
2000 daz sîn schar was sô breit,
wan im volgte gên dem mer
ein vil kreftigez her.
sie fuoren frôlîche dan.
der grâve Wetzel sîn man
2005 was ein ûz erwelter degen.
den hiez er dô des hers phlegen:
daz tete er manlîche.
sie fuoren sô werlîche
daz sie muosen fride hân.
2010 alsô fuoren sie dô dan
frôlîch hin in Ungerlant.
dô daz dem künige wart erkant,
er was im grôze willekomen
durch daz er hâte vernomen
2015 von im solich manheit,
daz er mit sîner frümekeit

verabschieden mußten,
so sehr, wie man niemals mehr
bei solchem Leid vernehmen wird.
Alle seine Untergebenen
1985 waren traurigen Sinnes,
weil der vortreffliche Held
stets treu für sie gesorgt hatte,
solange er über sie herrschte.
Dann verließ der edle Fürst
1990 mit unerschrockenem Mute
das Land
und überließ Burgen und Land,
seinen Grundbesitz und seine Lehnsleute
seinen Verwandten, denen er es geben wollte,
1995 falls man es ihnen später nicht entzog.
So ritt nun der herrliche Gebieter
mit den auserwählten Rittern
von seiner Heimat fort.

Der Herzog Ernst war stolz darauf,
2000 daß seine Schar so groß war,
denn ihm folgte auf dem Wege zum Meere
ein stattliches Heer.
Sie zogen fröhlich dahin.
Der Graf Wetzel, sein Gefährte,
2005 war ein ausgezeichneter Ritter.
Ihm vertraute er das Heer an.
Er meisterte diese Aufgabe mannhaft.
Sie zogen so wehrhaft daher,
daß sie in Frieden gelassen wurden.
2010 So gelangten sie frohgemut
nach Ungarn.
Als es der König dort erfuhr,
hieß er ihn herzlich willkommen,
weil er von seiner Mannhaftigkeit
2015 schon vernommen hatte und
daß er sich in seiner Tapferkeit

sich sô lange hæte erwert
unde vor dem rîche ernert.
er begunde vil wol enphân
2020   den herren und al sîne man.
dô er nâher zuo im kam,
die helde er zuo im nam
und bôt in michel êre.
des dancte er im dô sêre.
2025   er schuof im nahtselde.
dô gap er dem helde
sîn gâbe frôlîche
und hiez in wirdeclîche
leiten durch sîniu lant.
2030   die gâbe enphienc der wîgant
unde schiet von im vil frô.
der künic frumte sie dô
durch der Bulgære walt.
sus fuoren dise helde balt
2035   dannen frôlîche
ze Kriechen in diu rîche.

Sus riten die helde guote
mit frôlîchem muote
ze Constantînopel in die stat.
2040   sînen marschalc er dô bat
daz er langer niht bite
und vür mit den knehten rite
und herberge næmen:
sô sie nâch hin kæmen,
2045   daz sie gemach möhten hân.
daz wart schiere kunt getân
dem der des rîches dô wielt.
mit grôzem flîze er enthielt
den herzogen und sîn geste,
2050   wan er von sage wol weste
daz er âne schulde was vertriben,
und wie lange er dô was beliben,

so lange verteidigt
und vor dem Kaiser behauptet hatte.
Er empfing den Herzog
2020 und seine Ritter sehr freundlich.
Als sie in seine Nähe kamen,
lud er die Helden zu sich ein
und ließ ihnen große Ehrungen zuteil werden.
Dafür dankten sie ihm sehr.
2025 Er hatte ihnen Nachtquartiere bereitet.
Dann gab er dem Herzog
freundlichen Sinnes Geschenke
und befahl, ihn ehrenvoll
durch sein Land zu geleiten.
2030 Der Herzog nahm die Gaben an
und schied beglückt von ihm.
Der König half ihnen dann noch
durch das bulgarische Waldgebirge.
So zogen die kühnen Ritter
2035 frohen Mutes hin
in das griechische Kaiserreich.

Die tüchtigen Helden
zogen ebenso glücklich
in die Stadt Konstantinopel.
2040 Seinen Marschall bat der Herzog,
nicht länger zu zögern,
sondern mit den Knechten vorzureiten
und ein Quartier zu suchen,
damit sie, wenn sie nachgeritten kämen,
2045 sogleich sich ausruhen könnten.
Ihre Ankunft wurde aber sehr bald
dem Herrscher des Reiches berichtet.
Mit großem Eifer empfing und bewirtete er
den Herzog und seine Begleiter,
2050 denn er hatte schon von ihm gehört und wußte,
daß er unschuldig vertrieben worden war,
daß er sich sehr lange behauptet,

daz er sich des keisers werte
und doch daz rîche herte,
und wie frumeclîche er dan schiet.

2055

do gebôt er aller sîner diet
daz sie ir wol phlægen
die wîle sie dâ lægen,
der herzoge mit sînen man.

2060

daz wart mit flîze getân.
sie wæren arm od rîche,
man phlac ir hêrlîche
und baz dan sie solden.
man tet swaz sie wolden.

2065

Dâ was der herzoge hêre
drî wochen oder mêre,
ê der künic erwerben kunde
ein scheph oder funde
daz dem herren tohte

2070

und daz getragen mohte
ir spîse, dar zuo ir gewant.
einen kiel er doch ze jungest vant
der in zer verte wol gezam.
der edel künic lobesam

2075

hiez si in daz schef wîsen
und volleclîche spîsen
mit guoter frischer lîpnar
diu sie werte ein halbez jâr,
und gap in dar zuo sîn golt.

2080

er was dem herzogen holt
durch sîn grôze frümekeit.
dô ez allez was bereit
und daz sie solden varn dan,
dô gienc der wætlîche man

2085

vür den künic rîchen.
dô warp gezogenlîchen
urloup der degen mære,
sît er bereit wære

gegen den Kaiser gewehrt und zudem
dessen Reich angegriffen,
2055 und auch, daß er ehrenvoll sein Land verlassen hatte.
Dann gebot er seinem ganzen Volke,
daß sie sich des Herzogs und seiner Gefährten
wohl annehmen sollten,
solange diese sich dort aufhielten.
2060 Das wurde auch sorgfältig beachtet.
Alle, ob arm oder reich,
bemühten sich um sie besser,
als es ihnen geboten war.
Man tat alles, was sie wünschten.

2065 So weilte der angesehene Herzog
drei Wochen oder länger dort,
bevor es dem Kaiser gelang,
ein Schiff zu finden und zu kaufen,
das den Rittern geeignet erschien
2070 und Nahrungsmittel sowie Kleidung und Rüstung
zu fassen vermochte.
Zuletzt fand er doch ein Schiff,
das ihnen zur Weiterfahrt gefiel.
Der edle preiswürdige Kaiser befahl dann,
2075 sie zum Schiff zu geleiten
und ausreichend mit
guten frischen Lebensmitteln
für ein halbes Jahr zu versorgen.
Außerdem gab er ihnen Gold aus seinem Schatz.
2080 Er war dem Herzog
wegen dessen Leistungen sehr gewogen.
Als alles vorbereitet war,
so daß sie in See stechen konnten,
da trat der stattliche Herzog
2085 vor den mächtigen Herrscher.
Der berühmte Held bat sehr höflich
um die Erlaubnis zur Abreise,
da er vorbereitet und

und voleclîche wol bewart
2090   mit spîse ûf sîne hervart.
„daz ist von den genâden dîn:
dar umb wir immer suln sîn
dir mit dienest undertân,
die wîle wir daz leben hân,
2095   daz wir got biten um dîn leben.
du solt uns nu urloup geben",
sprach der tiwerlîche degen.
dô hiez im der künic wegen
sînes goldes genuoc.
2100   ze sînem schiffe man daz truoc.
dô sprach der künic rîche
„got lâze iuch suntlîche
in sînem dienste gevarn
und iuch alsô bewarn
2105   daz ir im gedienet alsô
daz wir mit iu werden frô.
des wünsche ich iu und iuwer diet."
der herzoge dô dannen schiet
von dem künic rîche.
2110   mit den sînen frôlîche
trat der helt an sînen kiel.
den Kriechen vil wol geviel
der herzoge und sîn her.
dô schifte mit im über mer
2115   durch liebe und durch friuntschaft
der Kriechen ein michel kraft
mit fünfzic schiffen unde mê,
die mit im fuoren über sê
und wâren im gehôrsam.
2120   durch daz er sô wol dar kam
mit den sînen in daz lant,
des lobten sie den wîgant.

Dô sie alle urloup genâmen
unde zuo den schiffen kâmen,

　　　　reichlich mit Nahrungsmitteln
2090　für die Weiterfahrt ausgestattet sei.
　　　　„Das ist durch deine Milde geschehen,
　　　　weshalb wir dir immer
　　　　mit unserem Dienste ergeben bleiben müssen,
　　　　indem wir Gott für dein Leben bitten werden,
2095　solange wir leben.
　　　　Nun laß uns von dir scheiden!"
　　　　So sprach der vornehme Held.
　　　　Der Herrscher ließ ihm daraufhin
　　　　noch genug von seinem Golde reichen.
2100　Das trug man zu ihrem Schiffe.
　　　　Der Kaiser sagte zuletzt:
　　　　„Gott möge jeden von euch
　　　　in seinem Dienste ziehen lassen
　　　　und euch ebenso bewahren,
2105　wie ihr ihm dienet,
　　　　damit wir uns mit euch freuen werden.
　　　　Das wünsche ich dir und deiner Schar!"
　　　　Der Herzog schied darauf
　　　　von dem mächtigen Herrscher.
2110　Fröhlich bestieg er
　　　　mit den Seinen das Schiff.
　　　　Er und sein Heer
　　　　hatten den Griechen gut gefallen.
　　　　So zog aus Liebe und Freundschaft
2115　eine große Zahl von Griechen
　　　　mit ihm übers Meer,
　　　　auf über fünfzig Schiffen
　　　　durchfuhren sie die See
　　　　und gehorchten ihm.
2120　Sie gelobten dem Helden,
　　　　daß er mit seinen Leuten
　　　　dadurch sicher ins Heilige Land käme.

　　　　Nachdem sie alle Abschied genommen hatten
　　　　und auf ihre Schiffe gegangen waren,

2125	ir segel wurden gezogen hô.
	dannen huoben sie sich dô,
	die edelen wîgande,
	gên Sûrîe dem lande.
	sie wâren guotes rîche
2130	und fuoren frôlîche,
	daz ir freude nie gelac.
	do ez kam über den fünften tac
	daz si wâren ûf dem hôhen sê,
	dô huop sich jâmer unde wê
2135	underm gotes gesinde.
	ein sturm harte swinde
	diu schef alle sô zetreip
	daz einz bîm andern niht beleip.
	zwelve zehant versunken,
2140	die liute drinne ertrunken
	unde kurn den grimmen tôt.
	die andern liten grôze nôt
	ûf dem vil freislîchem mer.
	dâ wart des herzogen her
2145	sô verre getriben ûf den sê
	daz ir keiner nimmer mê
	den andern lebendic sît gesach.
	des leit er michel ungemach.

	Dem herzogen begunde leiden
2150	daz er alsô solde scheiden
	von den kriechischen mannen.
	der wint treip sie dannen
	verre ûf des meres fluot.
	doch hâte der helt guot
2155	dar an wîslîchen getân:
	er hâte alle sîne man
	und die küenen wîgande,
	die im von tiutschem lande
	und ûf der strâzen wâren komen,
2160	die hâte er alle genomen

122

2125 wurden die Segel hochgezogen.
Die edlen Streiter
segelten nun hinweg
zum Lande Syrien.
Sie waren reichlich mit Gütern ausgestattet
2130 und fuhren zufrieden dahin,
so daß es ihnen an Freude nicht mangelte.
Als sie jedoch fünf Tage
auf hoher See waren,
da erhob sich Jammer und Wehgeschrei
2135 unter der Streiterschar Gottes.
Ein heftiger Sturmwind
trieb die Schiffe auseinander,
so daß keines beim andern blieb.
Zwölf versanken sogleich,
2140 ihre Besatzungen ertranken
und erlitten einen schrecklichen Tod.
Die anderen mußten große Not
auf dem gefährlichen Meere erdulden.
Die Schar des Herzogs wurde dort
2145 auf dem Meere so weit abgetrieben,
daß keiner von ihnen
jemals die andern lebend wiedersah.
Das beunruhigte ihn sehr.

Der Herzog war darüber bekümmert,
2150 daß er auf solche Weise von den
griechischen Rittern getrennt worden war.
Der Wind trieb sie nun immer weiter
auf dem Meere hinweg.
Doch hatte der tüchtige Held
2155 auf folgende Weise klug gehandelt:
Er hatte alle seine Leute
und die tapferen Ritter,
die aus Deutschland und unterwegs
zu ihm gestoßen waren,
2160 gemeinsam bei sich

zuo im ûf sînen kiel:
daz im sider vil wol geviel
daz sie alsô wâren bliben.
dô sie wurden zetriben
2165   sô verre ûf dem wilden sê
dâ weder sît noch ê
nie kein mensche hin kam,
dô leit der helt vil lobesam
mit sînen mannen grôze nôt,
2170   dô sie den grimmigen tôt
mit ir ougen muosen sehen.
man mac mit wârheite jehen
daz im geschach vil dicke wê.
man gehôrte nie sagen mê
2175   von alsô starker arbeit
sô der herzoge Ernest leit.

Do der herzoge mit sînem her
fuor alsô swebende ûf dem mer
drî mânet unde mêre,
2180   daz die recken vil hêre
nie kâmen ze lande,
dô was dem wîgande
dâ von der muot harte swâr,
wan in was der lîpnar
2185   nu vil gar zerrunnen,
und hâten sich verkunnen
daz si nimmer mohten genesen.
sus muosen die recken wesen
gevangen mit den sorgen.
2190   fruo wider einen morgen,
dô der tac ûf gienc,
der luft lûtern gevienc.
dô wart gestillet diu nôt.
lieht wart der morgen rôt
2195   und wart daz weter harte guot,
als ez nâch ungewitere tuot.

auf einem Schiffe vereinigt;
darüber war er nun sehr froh,
daß sie auf diese Weise zusammengeblieben waren.
Als sie dann auf dem wilden Meere
2165 so weit abgetrieben wurden,
wohin weder früher noch später
jemals ein Mensch gelangte,
da durchlebte der tapfere Held
mit seinen Mannen große Gefahren,
2170 da sie den grimmigen Tod
nun stets vor Augen hatten.
Man kann wirklich sagen,
daß sie viele Schmerzen ertrugen.
Niemals wieder hörte man
2175 von solchen Mühen, wie sie
der Herzog Ernst erlitten hatte.

Als er nun mit seiner Schar
über drei Monate
so auf dem Meere segelte
2180 und die wackeren Kämpfer
nicht mehr an eine Küste gelangten,
da erwuchs dem Helden
mancher Kummer,
denn mittlerweile waren
2185 ihre Lebensmittel völlig aufgezehrt,
und sie glaubten nicht mehr daran,
daß sie jemals wieder gerettet würden.
So mußten die Recken
in diesen Sorgen ausharren.
2190 Aber an einem Frühmorgen,
als es hell wurde,
begann sich der Himmel aufzuklären.
Da war ihre Not zu Ende.
Die Morgenröte strahlte,
2195 und das Wetter wurde wieder schön,
wie es nach Unwettern geschieht.

der himel wart vil wol gevar,
daz mer lûter unde clâr:
ouch gelâgen die winde
2200 die sie dâ vor sô swinde
wurfen her unde dar.
die helde wurden gewar
daz in trôst wolde nâhen.
sie sâhn in allen gâhen
2205 ein vil hêrlîchez lant:
daz was Grippîâ genant.
des wurden sie dô vil frô.
des endes kêrten sie dô
unde sigelten in ein habe.
2210 ir anker sie dô wurfen abe:
guoten grunt sie funden.
do gesâhen si an den stunden
ein hêrlîche burc stân,
diu was al umbevân
2215 mit einer guoten miure.
diu was harte tiure
von edelem marmelsteine.
die wâren algemeine
gel grüene und weitîn,
2220 daz sie niht schœner mohte sîn,
swarz rôt und wîze:
dâ mite was sie ze flîze
geschâchzabelt und gefieret,
manigen ende gezieret
2225 von maniger hande bilde,
beide zam und wilde,
die man kunde genennen
oder ieman mohte erkennen,
lûter lieht als ein glas.
2230 ein grabe dar umb geworfen was,
dâ durch ein wazzer flôz
daz die burc gar beslôz.
ouch wâren die zinnen

Der Himmel leuchtete wieder blau,
das Wasser war klar und rein.
Auch der Wind, der sie vorher
2200 so heftig hin und her geschleudert hatte,
hatte sich beruhigt.
Die Ritter wurden gewahr,
daß ihnen Hilfe nahte.
Sie entdeckten auf einmal
2205 ein sehr schönes Land.
Es wurde Grippia genannt.
Darüber waren sie nun sehr froh.
Sie steuerten darauf zu
und segelten in einen Hafen.
2210 Dort warfen sie Anker
und fanden guten Grund.
Nun erblickten sie dort
eine herrliche Stadt.
Sie war ringsherum
2215 von einer starken Mauer umgeben.
Diese war sehr kostbar
und bestand aus edlen Marmorsteinen,
die alle gelb,
grün und blau
2220 und schwarz und rot und weiß leuchteten
und nicht schöner sein konnten.
Damit war sie sorgfältig
mosaikartig und regelmäßig
2225 und zugleich durch verschiedene Bilder
von vertrauten und fremden Dingen
geschmückt,
die man nur zu nennen wußte
oder erkennen konnte,
klarer leuchtend als ein Glas.
2230 Sie war von einem Graben umgeben,
durch den ein Fluß geleitet war,
so daß die Stadt ganz umschlossen war.
Die Zinnen waren ebenfalls,

beide ûzen und innen
2235 meisterlîch gezieret,
mit golde wol gevieret
und mit edelem gesteine,
beide grôz unde kleine,
allez meisterlîch geworht.
2240 diu burc stuont gar unervorht:
sie vorhte niemannes her.
werchûs berfrît brustwer
gemâlt und meisterlîch ergraben,
als wirz von den buochen haben
2245 dâ ez an geschriben stât.
wol im derz uns getihtet hât
sô rehte wol ze tiute.
wunderlîche liute
. . . . . die veste
2250 der schîn vil verre gleste.

Do die guoten wîgande
kâmen dar ze lande,
die sigel sie nider liezen.
ir barken sie ouch stiezen
2255 unde ankerten zehant.
dô sprach Ernst der wîgant
beidiu ze friunden und ze man
„mich dunket vil wol getân,
sît daz uns got hât gesant
2260 her in ditze schœne lant,
ze dirre bürge wol getân,
sît wir sô lützel spîse hân,
daz wir hie umb spîse werben,
ê daz wir gar verderben.
2265 wir hân mit kumber vil gelebt
und lange ûf dem mer geswebt,
daz wir niender zuo komen kunden.
nu wir dise burc hân vunden
sô wünneclîch erbûwen,

nach außen wie nach innen,
2235 meisterhaft gearbeitet,
mit Gold schön verziert
und mit großen und kleinen
Edelsteinen besonders
kunstvoll ausgeschmückt.
2240 Die Stadt wirkte sehr mächtig.
Sie brauchte kein Heer zu fürchten.
Schutzbauten, Türme und Brustwehr
waren sinnvoll geplant und ausgeführt,
wie uns die Bücher bezeugen,
2245 in denen es berichtet wird.
Wohl dem, der uns dies dichtete,
so, daß wir es gut verstehen können.
Seltsame Menschen (bewohnten)
diese Stadt,
2250 deren Pracht weithin leuchtete.

Als die tapferen Kämpfer
sich dem Lande dort näherten,
ließen sie die Segel streichen,
setzten ihre Barke aus
2255 und ankerten dort sogleich.
Dann sagte Ernst, der Held,
zu seinen Freunden und Gefährten:
„Mir scheint es eine gute Fügung zu sein,
daß Gott uns hierher
2260 in dieses schöne Land,
zu dieser prächtigen Stadt geschickt hat,
da wir ja so wenig Nahrung haben,
damit wir hier uns Lebensmittel beschaffen,
bevor wir sonst ganz zugrunde gehen.
2265 Wir haben in großen Sorgen gelebt,
als wir auf dem Meere segelten
und nirgends hingelangen konnten.
Jetzt, da wir diese
so prächtige Stadt gefunden haben,

2270 sô wil ich des wol getrûwen,
sie habe liute dies bewarn.
daz sulen wir hiute ervarn,
ob sie heiden sîn od cristen,
unde handeln daz mit listen,
2275 daz sie uns spîse ze koufe geben.
habent sie niht cristen leben,
sô lâzent sie uns niht genesen.
sô lân wir uns als mære wesen,
ob uns der lîp hie wirt genomen.
2280 sît wir durch got sîn ûz komen,
deste baz suln wirz verklagen,
ob wir hie werden erslagen,
danne wir durch hungers nôt
in disem schiffe lægen tôt."

2285 Dô sie die rede heten vernomen,
sie sprâchen „wir sîn ûz komen
durch got und anders keine nôt":
sie wolden gerne den tôt
in sîme dieneste holn
2290 und immer gerne durch in doln
beide liep unde leit.
die helde küene und gemeit
garten sich mit flîze
in die halsberge wîze.
2295 dô sie sich gewâfent hâten,
an die barken sie trâten.
dô sie kâmen ûz an daz lant,
der herzoge Ernest an bant
einen vanen, der was rôt.
2300 dem grâven Wetzel er gebôt
daz er in næme in die hant.
dô leite sie der wîgant
vil manlîche von dan.
sie hâten ir wâfen an,
2305 dar zuo helme und schilde.

130

2270   will ich doch meinen, daß sie
      auch Menschen hat, die sie bewachen.
      Wir werden es heute erfahren,
      ob sie Heiden oder Christen sind,
      und werden mit List vorgehen,
2275   auf daß sie uns Lebensmittel verkaufen.
      Wenn sie keine Christen sind,
      so lassen sie uns nicht heil entkommen.
      Dann soll es uns ebenso lieb sein,
      wenn wir hier unser Leben verlieren.
2280   Da wir für Gott ausgezogen sind,
      werden wir um so weniger klagen,
      wenn wir hier fallen sollten,
      statt an Hunger
      im Schiffe zu sterben."

2285   Als sie diese Worte gehört hatten,
      sagten sie: „Ja, wir sind für Gott ausgezogen
      und in keiner anderen Absicht!"
      In seinem Dienste wollten sie gern
      den Tod erleiden
2290   und Freud und Leid
      willig für ihn ertragen.
      Die kühnen und edlen Helden
      legten nun mit Sorgfalt
      ihre glänzenden Rüstungen an.
2295   Nachdem sie sich bewaffnet hatten,
      stiegen sie in die Barke.
      Als sie das Land betraten,
      hißte der Herzog
      eine rote Fahne.
2300   Dem Grafen Wetzel gebot er,
      diese zu tragen.
      Dann führte dieser Held
      sie alle mutig an.
      Sie trugen ihre Rüstungen,
2305   dazu noch Helme und Schilde.

über daz gevilde
wîste sie der küene man.
dô truoc er manlîche dan
den vanen unz an daz burctor.
2310　dâ gestuonden sie dô vor.

Diu burctor wâren ûf getân.
dô sâhen die küenen man
nieman an den zinnen,
weder ûze noch innen.
2315　des nam sie michel wunder.
sie sprâchen alle besunder
„ich enweiz waz diz diute.
diz sint seltsæne liute,
daz sie sich niht sehen lânt.
2320　ich wæn sie sich verborgen hânt,
daz sie sich vor uns fristen.
sie wellent uns mit listen
in die burc bringen,
daz si deste baz geringen
2325　mit uns, sô wir dar în gân.
ez ist durch anders niht getân,
daz si sich niht wellent erbarn.
sie suln sich vil wol bewarn,
sie mugen komen von uns in nôt.
2330　ê daz wir von in ligen tôt,
wir frumen etlîchen tôten
ze verhe verschrôten.“
dô sprach Ernst der küene man
„wir suln ez alsô ane vân,
2335　ê wir hie kiesen den tôt,
und erwerben wîn und brôt
und ander unser lîpnar.
wir sîn ze strîte wol gar
in veste liehte ringe.
2340　nu sult ir jungelinge
iuch zesamene drucken

132

Der tapfere Ritter
zog mit ihnen über das Land.
Mannhaft trug er die Fahne
bis hin vor das Stadttor.
2310 Dort blieben sie stehen.

Die Torflügel waren weit geöffnet.
Die kühnen Ritter sahen jedoch
niemand auf den Mauern,
weder von außen noch von innen.
2315 Darüber wunderten sie sich sehr.
Sie sagten zueinander:
„Ich weiß nicht, was das bedeuten soll.
Es sind seltsame Menschen,
daß sie sich nicht sehen lassen.
2320 Ich glaube, sie haben sich versteckt,
um sich vor uns zurückzuhalten.
Sie wollen uns mit List
in die Stadt locken,
damit sie um so besser über uns Herr werden,
2325 wenn wir dort hineingehen.
Daß sie sich nicht zeigen wollen,
hat keinen anderen Grund.
Doch sollten sie sich hüten:
Sie könnten durch uns noch in Not geraten.
2330 Bevor wir von ihnen den Tod erleiden,
werden wir manchen den Tod bringen
und den Leib zerhauen."
Darauf sagte Ernst, der kühne Held:
„Wir werden es so anfangen,
2335 daß wir Wein und Brot
und andere Lebensmittel erwerben,
bevor wir hier den Tod erleiden.
Wir sind ja zum Kampfe
in harten glänzenden Kettenpanzern gut gerüstet.
2340 Nun sollt ihr jungen Ritter
euch zusammenschließen

und über die brücke rucken
mit dem vanen in daz burctor.
ê sie uns immer dâ vor
2345 verdringen mit ir sinnen,
wir sîn mit in dar innen,
daz wizzet, recken, mit gewalt.
dâ verkouft iuch, helde balt,
noch hiute in dirre veste,
2350 daz man sulher geste
gedenke immer mêre
mit leide und mit sêre."

Dô giengen die helde guote
mit ellenthaftem muote
2355 vaste zuo dem vanen stân.
den truoc der vil küene man
manlîch in sînen henden
und brâhte die ellenden
vür die burc in daz burctor.
2360 dâ enwar in nieman vor.
sie liefen unde sprungen.
dô si in die burc drungen,
dô was dâ nieman innen,
der in keiner unminnen
2365 büte zuo der selben zît.
dô giengen die helde âne strît
mitten in die burc stân.
ob ieman wolde zuo in gân,
des warten noch die küenen.
2370 einen hof grüenen,
ze allen zîten küele,
sie funden manic gestüele
in einer würmelâge hêrlîch,
daz nie keiser wart sô rîch,
2375 er möhte ze tische dar în gân.
dô sâhen si innerthalben stân,
die edelen jungelinge,

und mit der Fahne über die Brücke
in das Stadttor eindringen.
Bevor sie zur Besinnung kommen
2345 und uns dort verjagen können,
werden wir gewaltsam
mit ihnen zugleich eindringen, das sollt ihr wissen.
Ihr kühnen Helden, setzt euch heute
dort in dieser Festung so ein,
2350 daß man solcher Gäste
allezeit mit Leid und Schmerzen
gedenken soll."

Dann scharten sich die bewährten Kämpfer
in mannhafter Entschlossenheit
2355 um die Fahne.
Diese hielt der tapfere Graf
fest in seinen Händen
und führte die Fremden
in das Stadttor vor der Stadt.
2360 Dort stellte sich ihnen niemand entgegen.
Sie eilten und rannten hinein.
Als sie in die Stadt eingedrungen waren,
fand sich auch in ihr niemand,
der ihnen zu dieser Zeit
2365 mit Kampf entgegengetreten wäre.
So gelangten die Helden
kampflos bis mitten in die Stadt.
Die Tapferen waren auch weiterhin gespannt,
ob ihnen jemand begegnen würde.
2370 In einem prächtigen Tiergarten
entdeckten sie einen grünen Hof,
der zu allen Zeiten kühl war,
und viele Sitzgelegenheiten.
Niemals war ein Kaiser so mächtig,
2375 daß er dort zu Tisch gehen könnte.
Dann sahen die jungen Ritter
in einem Ringe

al umbe ze ringe
manigen tisch vil wünneclîch,
2380 dar ûf phelle und golt rîch,
vil spæhe dâ zen orten
genât mit edelen borten.

Daz gesidele daz was reine.
die tische al gemeine
2385 wârn gerihtet vil wol,
als ich iu sagen sol.
sie sâhen ûf ieclîchem tische
fleisch brôt unde vische,
môraz met clârêt und wîn,
2390 daz beste daz iender kunde sîn,
dar zuo wilt unde zam.
wâ manz in dem lande nam,
des ist ze frâgen lützel nôt.
köphe näphe goltrôt,
2395 die schüzzel von silber wol getân.
swaz sie dem lîbe wolden hân,
des fundens dâ die wirtschaft.
dô sprach ze sîner ritterschaft
Ernest der vil küene degen
2400 „nu sult ir iuwer zühte phlegen,
sô tuot ir wîslîchen:
und sult vil flîzeclîchen
gedanken unserm trähtîn
der vil rîchen gâbe sîn
2405 die er uns hiute hât gesant“,
sprach der küene wîgant,
„da wir vinden unde mugen nemen.
swaz uns spîse mac gezemen,
die mugen wir âne sünde hân.
2410 daz ander sult ir ligen lân.
got wil uns lîhte versuochen.
nu sult ir niht enruochen
ir goldes noch ir zierheit.

im Innern viele prächtige Tische
ringsherum stehen,
2380 auf denen seidene Tischdecken lagen,
an deren Rändern prächtiger Goldschmuck
mit wertvollen Borten kunstvoll angenäht war.

Die Sessel waren ebenso vollkommen.
Die Tische waren alle
2385 in schöner Ordnung gedeckt,
wie ich euch berichten kann.
Auf jedem der Tische
sahen sie Fleisch, Brot und Fische,
Maulbeer-, Met-, Honig- und anderen Wein,
2390 das Beste, das man je zu finden wüßte.
Dazu Fleisch von wilden und zahmen Tieren.
Woher man es in diesem Lande beschaffte,
brauchen wir nicht zu fragen.
Trink- und Speisegefäße waren aus Gold,
2395 die Schüsseln aus Silber kunstvoll gearbeitet.
Alles, was sie zum Leben benötigten,
fanden sie bei diesem Gastmahl.
Nun sagte Ernst, der tapfere Held,
zu seinen Rittern:
2400 „Jetzt sollt ihr erst für eure Nahrung sorgen,
dann handelt ihr klug!
Ihr sollt aber auch inständig
unserm Herrgott danken
für seine reichen Gaben,
2405 die er uns heute zukommen ließ.“
Dann fuhr der kühne Held fort:
„Wo wir etwas finden und erlangen können,
was uns als Nahrung taugt,
das können wir ohne Sünde nehmen;
2410 alles übrige laßt liegen.
Vielleicht will uns Gott versuchen!
Von ihrem Golde und ihrem Schmuck
sollt ihr deshalb nichts begehren.

dise pheller alsô breit
2415 lât iu gar unmære sîn.
danket unserm trähtîn
der uns vil dicke hât ernert
und dise spîse hât beschert.
der wart uns noch nie sô nôt.
2420 wir wærn des übelen hungers tôt
lasterlîch und âne wer
gelegen ûf dem wilden mer.
des lobt in alle besunder.
ez ist ein michel wunder
2425 daz got mit uns hât getân.
nu sult ir zuo den tischen gân
beide arme und rîche
und ezzet frôlîche,
daz ir den lîp wol gelabet.
2430 swanne ir daz getân habet,
sô volget mînem râte,
und ladet vil wunderndrâte
iwer schif mit der spîse,
unze uns got gewîse
2435 ze Jêrusalêm in daz lant.
wirn mugen hie", sprach der wîgant,
„niht langer sîn unze fruo:
(dâ warnt iuch allesamt zuo)
sô müezen wir varn hinnen.
2440 ich bin des worden innen:
disiu burc ist nie sô frî,
ir liute sint etwâ hie bî
vil nâhen", sprach der jungelinc.
„dar nâch schaffen unser dinc.
2445 sie koment uns vil schiere."
dô giengen die helde ziere
und twuogen ir hande.
die küenen wîgande
über die tische sâzen.
2450 sie trunken und âzen,

Auch die kostbaren Stoffe
2415 sollen euch gleichgültig sein.
Danket unserm Herrgott,
der uns so oft errettet
und uns diese Speise beschert hat.
Wir hatten sie niemals so nötig.
2420 Wir wären sonst schmachvoll und ohne Kampf
dem Hungertode
auf dem wilden Meere erlegen.
Dafür lobt ihn alle ganz besonders.
Es ist ein großes Wunder,
2425 das Gott an uns gewirkt hat.
Nun sollt ihr alle
zu den Tischen gehen
und frohgemut essen,
damit ihr euch gut erquickt.
2430 Sobald ihr das getan habt,
so folget meinem Rate
und beladet sehr schnell
euer Schiff mit Nahrung
für die Zeit, bis uns Gott
2435 nach Jerusalem gelangen läßt.
Wir können hier", so betonte der Herzog,
„nicht länger als bis zum Tagesbeginn bleiben.
Darauf stellt euch alle ein.
Wir müssen dann hinwegsegeln.
2440 Ich habe nämlich bemerkt,
daß diese Stadt nicht völlig verlassen ist;
ihre Bewohner sind hier in der Nähe",
fuhr der junge Fürst fort.
„Wir müssen uns darauf einstellen,
2445 sie werden bald zu uns kommen."
Daraufhin gingen die stattlichen Ritter
und wuschen sich die Hände.
Die tapferen Kämpfer
setzten sich an die Tische.
2450 Sie aßen und tranken,

unz si sich des hungers erwerten.
swie vil sie der spîse verzerten,
man mohte ir lützel mangel hân.
sie stuonden von den tischen sân,
2455 die helde vermezzen.
dô sie hâten gezzen,
der wîse und ouch der tumbe
in der bürge giengen umbe
und sâhen alle besunder
2460 diu manicvalden wunder
von golde und von gesteine,
von grôzer zierde reine.
dô sie des war nâmen,
in ein hûs sie kâmen:
2465 dâ fundens, als in got gebôt,
fleisch wîn unde brôt.
des was dar în sô vil getragen
daz iu daz nieman kan gesagen.
ein künic und allez sîn her
2470 hæte dâ von rîche zer
daz sie dar inne funden.
zuo den selben stunden
wurdens alle vil frô.
ir schif daz spîsten sie dô.
2475 vil balde daz geschach.
sie fuoren wider an ir gemach
und liezen die burc wol getân
offen und alsô wüeste stân.
ze schiffe kâmen die recken gmeit
2480 und ruoten nâch ir arbeit.

Dô sie ein wîle also gelâgen
und ir gemaches phlâgen,
dô sprach der herzoge Ernest sân
zem grâven Wetzel sînem man
2485 „mich lustet vil sêre
daz ich hin wider kêre

bis sie ihren Hunger gestillt hatten.
Es herrschte kein Mangel,
wieviel sie auch von den Speisen verzehrten.
Dann standen die kühnen Helden
2455 sogleich von den Tischen auf.
Nachdem sie gegessen hatten,
gingen alle, Erfahrene wie Unerfahrene,
in der Stadt umher
und betrachteten genau
2460 die vielen Schätze
aus Gold und Edelsteinen
und aus erlesenem Schmuck.
Nachdem sie dies gesehen hatten,
gelangten sie in ein Haus,
2465 in dem sie, nach Gottes Fügung,
Fleisch, Wein und Brot vorfanden.
Davon war dort so viel gelagert worden,
daß euch das keiner zu erzählen vermag.
Von dem, was sie hier fanden,
2470 hätte ein König mit seinem ganzen Heere
genügend Nahrung gehabt.
Darüber waren sie nun
voller Freude.
Ihr Schiff beluden sie dann sogleich;
2475 das geschah sehr schnell.
Sie zogen dann hin, um sich auszuruhen,
und ließen die schöne Stadt
offen und leer zurück.
Die tapferen Helden bestiegen ihr Schiff
2480 und gönnten sich nach den Mühen etwas Ruhe.

Nachdem sie eine Weile so gelegen
und sich ausgeruht hatten,
sagte der Herzog Ernst plötzlich
zum Grafen Wetzel, seinem Gefährten:
2485 „Ich habe ja große Lust,
noch einmal zurückzukehren

und die burc baz besehe,
swaz halt mir dar inne geschehe:
sie ist sô rehte wol getân.
2490 welt ir mit mir dar gân,
daz lât mich wizzen hie zehant."
„jâ ich", sprach der wîgant,
„ich wil benamen mit iu gân.
ob ich den lîp dâ solde lân,
2495 des sult ir gar ân angest sîn.
nu sult ir, lieber herre mîn,
unser geverten alle biten
daz sie mit bruoderlîchen siten
uns ze helfe sîn bereit
2500 durch ir selber wirdekeit
und benamen durch den rîchen got
und durch ir zühte gebot
uns schiere mit dem vanen komen,
swanne sie daz haben vernomen
2505 daz wir dort sîn bestanden,
mit ellenthaften handen
uns ze helfe komen über al,
sô sie vernemen den schal,
daz sie uns lœsen enzît.
2510 diu burc ist kreftic unde wît:
wir sulns noch baz beschouwen.
ich mac des niht getrouwen,
dâ sîn noch inne liute.
swaz man dâ mit bediute
2515 daz si sich niht wellent enbarn,
ich wæn sie wellen uns ervarn
waz wir wellen an gân.
nu sie uns niht wellent bestân,
sô suln wir mit sinnen
2520 an in werden innen
wes in gên uns ze muote sî.
der rîche got stê uns bî!
swes sie dâ mit gedâht hân,

und die Stadt genauer anzusehen,
was mir auch dort geschehen möge:
Sie ist so schön angelegt.
2490 Wenn Ihr mit mir dorthin gehen wollt,
so sagt es mir sogleich."
„Ja", antwortete der Graf,
„ich will gerne mit Euch gehen.
Macht Euch keine Sorgen,
2495 daß ich das Leben dort verlieren könnte.
Doch sollt Ihr, mein lieber Herr,
unsere Gefährten alle bitten,
daß sie in brüderlicher Verbundenheit
zu unserer Hilfe bereit bleiben,
2500 daß sie um ihrer eigenen Ehre
und vor allem um Gottes
und des Gebotes ihrer Erziehung willen
uns sogleich mit einer Streitschar
zu Hilfe eilen, sobald sie merken,
2505 daß wir dort angegriffen wurden,
und daß sie mit tapferem Einsatz
uns sogleich beistehen,
wenn sie den Kampflärm hören,
damit sie uns zur rechten Zeit befreien können.
2510 Die Stadt ist groß und ausgedehnt:
Wir sollten sie noch genauer ansehen.
Ich kann aber nicht glauben,
daß dort drin keine Menschen sind.
Wie man es auch deuten mag,
2515 daß sie sich nicht zeigen wollen,
ich meine, sie wollen nur beobachten,
was wir unternehmen werden.
Wenn sie uns nicht angreifen wollen,
nun, dann müssen wir
2520 eben herausbekommen,
was sie gegen uns vorhaben.
Möge uns der Herrgott beistehen!
Was sie aber auch ausgedacht haben,

wir suln benamen dar gân,
2525 ez gê ze schaden oder ze fromen.
ob wir hiute nimmer dâ von komen,
wir sulnz noch versuochen baz."
do gelobten in die helde daz,
sie hulfen in von der nôt
2530 oder sie gelægen bî in tôt.

Dô sie wider kâmen gegân,
dô fundens in der bürge stân
manic werc hêrlîch,
von golde harte zierlîch.
2535 vil maniger hande wunder
sâhen sie besunder
von golde und von gesteine.
manigen palas reine
sâhen sie dar inne stân
2540 schœne unde wol getân,
vil gar wunderlîch geworht.
ouch sâhn die helde unervorht
manic gewelbe und hôhe tür,
die lûhten sam die sternen vür,
2545 die niender ûf der erden
baz gezieret mohten werden.
beide ûzen und innen
von meisterlîchen sinnen
was sie gebûwen über al.
2550 vil manigen hêrlîchen sal
sâhen sie dar inne stân.
disiu burc vil wol getân
stuont sô nâhe bî dem mer,
ein rîcher künic mit sînem her
2555 wolde ir der geschadet hân,
er müeses mit gemache lân.

Dô sie daz wunder dô gesâhen,
dô begundens dannen gâhen.

wir werden bestimmt dorthin zurückgehen,
2525 bringe es uns nun Schaden oder Nutzen.
Wir werden es weiter versuchen,
auch wenn wir dieses Mal nicht entkommen sollten."
Daraufhin versprachen ihnen die Ritter,
daß sie ihnen im Kampfe helfen
2530 oder mit ihnen sterben würden.

Als sie wieder zurückkamen,
entdeckten sie in der Stadt
viele prächtige Kunstwerke
aus sehr kostbarem Golde.
2535 Allerlei erstaunliche Dinge
aus Gold und Edelsteinen
konnten sie einzeln betrachten.
Manchen vornehmen Palast
sahen sie dort
2540 schön und prächtig stehen,
sehr kunstvoll erbaut.
Auch nahmen die unerschrockenen Helden
manches Gewölbe und manche hohe Tür wahr,
die wie die Sterne leuchteten
2545 und nirgends auf der Erde
hätten besser verziert werden können.
Sowohl außen als auch innen
war alles meisterhaft ausgeführt,
was hier errichtet worden war.
2550 Manchen prächtigen Saal
fanden sie dort innen vor.
Diese herrliche Stadt
lag so nahe am Meere,
daß auch ein mächtiger König mit einem Heere,
2555 wenn er ihr Schaden zufügen wollte,
sie in Ruhe lassen mußte.

Nachdem sie das Sehenswerte betrachtet hatten,
eilten sie weiter.

wider zer würmelâge se kâmen
2560 dâ sie die spîse ê dâ nâmen.
dâ vür begunden sie dô gân.
dô sâhens dâ bî nâhe stân
ein vil rîchez palas
daz mit golde wol bedecket was,
2565 von smâragde sîne wende,
wol gemacht in allem ende,
durchliuhtic grüene.
do gesach der vil küene
Ernest der vil werde man
2570 ein kemenâten wol getân:
diu was gezieret innen
von meisterlâchen sinnen
von edelem gesteine.
die wâren algemeine
2575 in liehtem golde schône erhaben
und meisterlîche wol ergraben.
dô sie dar în begunden gân,
ein spanbette sie sâhen stân,
als wir daz mære hœren sagen,
2580 daz was mit golde wol durchslagen
beide schône und rîche,
und was vil meisterlîche
mit berlîn gefieret
und mit steinen wol gezieret
2585 von vil fremden sachen.
lewen unde trachen,
nâtern unde slangen,
die lâgen an den spangen
geworht von golde, daz was lieht.
2590 sie wâren des versûmet nieht
sin wærn geworht mit vollen.
oben ûf den vier stollen
lâgen vier edele steine.
die wâren nicht ze kleine.
2595 die gelîchten wol der sunnen

146

Sie gelangten wiederum zum Tiergarten,
2560 wo sie vorher gespeist hatten.
Als sie dort herausgingen,
sahen sie ganz in der Nähe
einen herrlichen Palast,
der ganz mit Gold gedeckt war.
2565 Die Wände waren kunstvoll
an allen Seiten
aus grünleuchtenden Smaragden.
Dann entdeckte der tüchtige Ritter,
der kühne Herzog Ernst,
2570 ein prächtig eingerichtetes Zimmer,
das innen meisterlich
mit Edelsteinen ausgeschmückt war,
die alle erhaben in glänzendem Golde
schön eingelegt und
2575 kunstvoll eingefaßt waren.
Sie gingen hinein und
sahen dort ein bequemes Bett stehen.
Es war, wie uns die Erzählung überliefert,
mit Einlagen aus Gold
2580 schön und herrlich durchsetzt
und sehr meisterhaft
mit Perlen im Viereck geschmückt
und mit Edelsteinen
in ungewöhnlicher Weise
2585 sehr prächtig verziert.
Löwen und Drachen,
Nattern und Schlangen,
aus leuchtendem Golde getrieben,
waren an den Pfosten angebracht.
2590 Man hatte nichts daran versäumt;
sie waren mit aller Vollkommenheit hergestellt.
Auf den vier Pfosten
waren oben vier Edelsteine angebracht,
die nicht zu klein waren.
2595 Sie glichen der Sonne

und lûhten sam sie brunnen.
sie glasten als ein glüendiu gluot.
des fröwete sich der helt guot,
Ernst der recke vil gemeit.
2600 zwei bette wâren drûf geleit,
mit rîchem pheller wol bezogen,
an hôher kost vil unbetrogen.
diu lînlachen [wâren] sîdîn,
ein deckelachen hermîn,
2605 dar umbe ein lîste wol genât,
die man in hôher koste hât,
von edeln gesteine manicvalt.
dar obe ein sîdîn blîalt,
mit guotem golde wol durchslagen,
2610 liehte sîden drîn getragen,
ein lîste wît unde rîch.
daz dûhte michel wunderlîch
die zwêne jungelinge.
swære und niht ze ringe
2615 eine sidel wol getân
die sâhens vor dem bette stân:
diu was algemeine
von wîzem helfenbeine
vil spæhelîchen ergraben
2620 und mit golde wol erhaben
mit meisterlîchen listen.
vier grôze âmetisten
ûf den knöphen obene
stuonden wol ze lobene
2625 wît und rôt als ein bluot.
ein pheller tiure unde guot
was dar über gespreitet.
sus was diu sidel bereitet
vor dem rîchen bette dâ.
2630 ein samît vierecke unde blâ
was geleit an den esterîch,
geziert mit einem borten rîch

und leuchteten, als ob sie brannten.
Sie glänzten wie glühende Glut.
Darüber freute sich der gebildete Ritter,
Ernst, der wackere Recke.
2600 Zwei Bettdecken waren dort aufgelegt,
die mit kostbaren Stoffen bezogen waren,
deren Wert sehr groß war.
Die Bettücher waren aus Seide,
ein Decklaken aus Hermelinpelzen,
2605 um das eine Borte mit vielen Edelsteinen
kunstvoll genäht war,
die sehr teuer waren.
Darüber lag ein seidenes Gewebe,
mit dicken Goldstreifen kräftig durchsetzt.
2610 An der leuchtenden Seide war
eine prächtige lange Borte angesetzt.
Das alles verwunderte
die beiden jungen Ritter sehr.
Vor dem Bette erblickten sie
2615 einen großen, wuchtigen Sessel
von sehr schöner Ausführung.
Er war überall
mit kunstvollen Schnitzereien
aus weißem Elfenbein
2620 und mit goldenen Beschlägen
in meisterhafter Gestaltung verziert.
Vier große Amethyste,
dick und rot wie Blut,
waren in vortrefflicher Weise
2625 oben auf den Lehnen befestigt.
Ein kostbares, teures Tuch
war darüber gebreitet.
Auf diese Weise war der Sitz
neben dem prächtigen Bette wohl bereitet.
2630 Ein viereckiger blauer Samtteppich,
der mit Borten und
kostbaren Stickereien reich geschmückt war,

und an koste stiure.
zwên guldîn köphe tiure
2635 bî dem bette nâhen
sie dô stên sâhen,
dar inne was der beste wîn
der in dem lande mohte sîn
oder immer man enbîze.
2640 sus schône was mit flîze
der grôze dienest bereit.
dâ was diu grœstiu rîcheit
diu in der werlde mohte sîn:
daz was an manigen dingen schîn.

2645 Dô die ritter vil gemeit
besâhn die grôzen rîcheit
in der kemenâten
und wider ûz getrâten,
dâ neben sâhen sie dô stân
2650 einen grôzen hof wol getân,
wît und vil schône.
manigen zêder grône
funden sie dar inne stân.
si begunden dar nâher gân.
2655 sie sâhen zwêne brunnen
die ûz dem hove runnen,
der ein was warm, der ander kalt.
mit listen sô was daz gestalt
daz sie vil schône schuzzen
2660 und reineclîche duzzen
mit ein ander an ein stat.
dâ bî stuont ein schœne bat:
daz was algemeine
von grüenem marmelsteine
2665 wol gewelbet und überzogen,
gevest mit starken swibogen.
wie möhte daz zierlîcher sîn?
zwô bütten rôt guldîn

war auf den Fußboden gelegt worden.
Zwei wertvolle goldene Becher
2635 sahen sie in der Nähe
des Bettes stehen.
Darin war der beste Wein,
den es in diesem Lande geben mochte
oder den man jemals trinken würde.
2640 So schön und sorgfältig
war ein großer Empfang vorbereitet worden.
Hier fand sich die größte Pracht,
die es in der Welt geben mochte;
das wurde an vielen Einzelheiten sichtbar.

2645 Nachdem die wackeren Ritter
diese große Pracht in der Kemenate
angesehen hatten
und wieder nach draußen kamen,
entdeckten sie daneben
2650 einen gutangelegten, großen Hof,
der sehr ausgedehnt und schön war.
Viele grüne Zedernbäume
sahen sie darin stehen.
Sie eilten näher hinzu
2655 und erblickten zwei Quellen,
die aus dem Hofe flossen;
eine war warm, die andere kalt.
Mit kluger Überlegung war es so eingerichtet,
daß sie in schöner Weise
2660 beide an der gleichen Stelle
nebeneinander flossen und lieblich plätscherten.
Dicht daneben stand ein schönes Badehaus,
das ganz mit grünen Marmorsteinen
kunstvoll überwölbt und
2665 verkleidet und mit
starken Schwibbögen gestützt war.
Konnte es überhaupt schöner sein?
Zwei rotgoldene Badewannen

die stuonden in liehtem schîne.
2670 zwô rôre silberîne,
geworht mit grôzen fuogen,
die daz wazzer dar în truogen.
mit listen sô was daz getân.
swederez man wolde hân,
2675 warm wazzer oder kalt,
des truogen die rôre mit gewalt
den beiden bütten genuoc.
ein êrîn antwerc ez truoc
anderthalp ûz dem bade dan,
2680 als wir daz vernomen hân.
ez was ouch geleitet,
über al die burc gebreitet:
daz geschach mit sinne.
die strâzen dar inne
2685 beide grôz und kleine
wârn von marmelsteine,
sumlîche grüene als ein gras.
so in der burc erhaben was
und man dâ schône wolde hân,
2690 sô liez man daz wazzer sân
über al die burc gên.
sô mohte dâ niht bestên
weder daz hor noch der mist.
in einer vil kurzen frist
2695 sô wart diu burc vil reine.
ich wæne burc deheine
ûf erden ie sô rîch gestê:
ir strâzen glizzen sô der snê.

Als Ernst der edel recke balt
2700 disiu wunder manicvalt
in der bürge gesach,
ze dem grâven Wetzel er dô sprach
„vil sneller degen hêre,
mich lustet vil sêre

152

standen in glänzender Helle.
2670 Zwei silberne Rohre,
kunstvoll angefertigt,
leiteten das Wasser hinein.
All das war sehr überlegt geschaffen worden.
Was man von beiden auch wünschte,
2675 warmes oder kaltes Wasser,
das führten die Rohre mit Druck
den beiden Wannen zu.
Wie wir vernommen haben,
floß es auf der anderen Seite
2680 durch ein Rohr aus Erz wieder aus dem Bade ab.
Es wurde auch weitergeleitet
und durch die ganze Stadt geführt.
Das geschah mit gutem Bedacht:
Die Straßen in der Stadt,
2685 die großen wie die kleinen,
waren aus Marmorsteinen,
manche so grün wie das Gras.
Wenn man in der Stadt aufgestanden war
und dort Sauberkeit wünschte,
2690 so ließ man sogleich das Wasser
durch die ganze Stadt fließen.
So konnte dort weder Staub
noch Unrat bleiben.
In kürzester Zeit
2695 wurde die ganze Stadt gereinigt.
Ich glaube, daß es auf der ganzen Erde
keine so prächtige Stadt gibt:
Ihre Straßen glitzerten nämlich wie der Schnee.

Als Ernst, der edle, kühne Held,
2700 alle diese wunderbaren Dinge
in der Stadt gesehen hatte,
meinte er zum Grafen Wetzel:
„Mein lieber tapferer Gefährte,
ich habe große Lust,

2705　daz wir in daz bat gân.
　　　wir durfen kein angest hân.
　　　als ich mich versinne,
　　　hie ist niht lebendes inne
　　　daz uns künne geschaden
2710　unze daz wir gebaden.
　　　wil ieman zuo der bürge komen,
　　　daz haben wir schiere vernomen
　　　und bereiten uns ze wer.
　　　wir haben ûf dem wilden mer
2715　erliten sô grôz ungemach,
　　　daz uns lützel gnâde geschach.
　　　nu loben wir unsern trähtîn
　　　daz wir her komen sîn,
　　　dâ wir gemach mugen hân."
2720　dô sprach der grâve sîn man
　　　„sît ir des niht welt enbern,
　　　sô muoz ich iuch sîn gewern.
　　　ir sult aber gewis sîn,
　　　und stüende ez an dem willen mîn,
2725　sô müest irz underwegen lân.
　　　nu irs niht", sprach der küene man,
　　　„wellet sîn ze râte,
　　　sô gên ouch vil drâte
　　　und baden kurzlîche,
2730　und wizzet sicherlîche,
　　　es ist uns wunderlîche nôt,
　　　wan daz ich vürhte den tôt
　　　hie âne wer enphâhen."
　　　dô begundens balde gâhen
2735　sliefen ûzme gewande.
　　　die edeln wîgande
　　　in die bütten sâzen.
　　　sie muosen selbe lâzen
　　　daz bat dar în fliezen.
2740　die rôre sie ûf stiezen.
　　　lûter wazzer dar ûz flôz

154

2705 in das Bad zu gehen.
Wir brauchen ja keine Angst zu haben.
Soweit ich feststellen kann,
gibt es hier nichts Lebendiges,
das uns schaden könnte,
2710 während wir baden.
Wenn jemand hierher kommen will,
so bemerken wir das bald
und bereiten uns auf die Gegenwehr vor.
Wir haben ja auf dem wilden Meere
2715 so viele Stürme überstanden,
wobei uns wenig Ruhe vergönnt war.
Jetzt wollen wir unsern Herrgott preisen,
daß wir hierhergelangt sind,
wo wir Ruhe finden können."
2720 Da antwortete der Graf, sein Begleiter:
„Da Ihr ja nicht darauf verzichten wollt,
so muß ich Euch wohl nachgeben.
Ihr solltet aber wissen,
daß Ihr es unterlassen müßtet,
2725 wenn es nach meinem Willen ginge.
Da Ihr aber darin keinen Rat annehmen wollt",
so fuhr der tapfere Ritter fort,
„so werde auch ich schnell dorthin gehen
und ein kurzes Bad nehmen;
2730 doch seid Euch bewußt,
daß es eine seltsame Situation ist,
wobei ich fürchte, hier den Tod
ohne Gegenwehr erleiden zu müssen."
Daraufhin beeilten sie sich
2735 und zogen ihre Kleidung aus.
Die vornehmen Helden
setzten sich in die Wannen.
Sie mußten selbst
das Badewasser einfließen lassen.
2740 Sie öffneten die Rohre
und klares Wasser,

155

daz in die bütten zuo in gôz
beide warm unde kalt.
des wâren die helde balt
2745   in ir muote vil frô.
alsô badeten sie sich dô.
do si wol gebadet hâten,
ûz dem bade sie trâten,
und daz in nieman schade was.
2750   durch den vil liehten palas
sie begunden gâhen,
dâ sie nieman sâhen,
in die kemenâte.
dô leiten sie sich drâte
2755   an daz spanbette wol getân
daz si dâ gezieret sâhen stân,
und ruoten nâch ir bade dô.
des wart vil maniger sît unfrô.

Dô der herre und sîn degen
2760   ein wîle wâren gelegen,
der grâve Wetzel sprach duo
deme edelen herren zuo
„ez ist zît daz wir ûf stân
und wider ze unserm schiffe gân
2765   da wir unser geverten liezen.
sie mac des wol verdriezen
und von schulden erlangen,
wie ez uns sî ergangen
hie in dirre burge.
2770   ich hân des grôze sorge,
sie zurnen uns sêre.
nu sult ir, fürste hêre,
sliefen balde in iuwer wât,
swie ez uns dar nâch ergât,
2775   daz wir ze wer doch sîn bereit.
wir hân die grôze rîcheit
in dirre bürge wol gesehen.

warmes und kaltes, floß heraus
und ergoß sich zu ihnen in die Wannen.
Darüber waren die Ritter'
2745 freudig bewegt
und badeten nun sogleich.
Nachdem sie gut gebadet hatten,
traten sie aus dem Badehause heraus,
damit ihnen keiner schaden konnte.
2750 Als sie niemand sahen,
eilten sie ohne Zögern
durch den herrlichen Palast
in die Kemenate
und legten sich dann sogleich
2755 in das schöne Gurtbett,
das sie dort wohlgeschmückt gesehen hatten,
und ruhten sich nach dem Bade aus.
Das brachte vielen später Unglück.

Nachdem der Herzog und sein Begleiter
2760 eine Weile geruht hatten,
schlug Graf Wetzel
seinem Herrn vor:
„Es ist Zeit, daß wir aufstehen
und zu unserem Schiffe zurückgehen,
2765 wo wir unsere Gefährten zurückgelassen haben.
Sie sorgen sich gewiß darüber,
wie es uns hier
in dieser Stadt ergangen ist,
und mit Recht wird es ihnen zu lange dauern.
2770 Ich befürchte, daß sie
über uns erzürnt sind.
Edler Fürst, Ihr solltet jetzt
in Eure Kleider schlüpfen,
damit wir zu jeder Gegenwehr bereit sind,
2775 wie immer es uns auch danach ergehen möge.
Wir haben uns die große Pracht
in dieser Stadt angesehen.

wir mugen des mit wârheit jehen,
daz wir noch nie gesâhen
2780   weder verre noch nâhen
niht glîches dirre rîcheit.
sie ist lanc unde breit,
wît unde kreftic,
schœne unde mehtic,
2785   wert und êrbære.
ez wart nie burc sô mære
geworht ûf dirre erden
noch nimmer kunde werden
erbûwen alsô schône.
2790   sist aller bürge ein krône,
die man in der werlde hât gesehen:
des muoz ich ir immer jehen.“

Die zwêne degen hêre
enbeiten dô niht mêre,
2795   sie garten sich vil schiere.
sie wâren helde ziere:
dem tâten sie dicke gelîch.
ir wâfen daz was hêrlîch
unde lobelich genuoc.
2800   nie keiser sô rîche krône truoc,
sie zæmen wol an sîner schar.
sie wârn sô ritterlîch gevar.
ir schilde sie geviengen:
zehant sie dannen giengen
2805   ûz der kemenâte
durch den palas drâte:
der lûhte algemeine.
von edelem gesteine
manic gewelbe drinne was.
2810   gezieret was der palas
schône unde wünneclîch.
daz wunder was unmæzlîch
daz dar ane ergraben lac.

Wir können in Wahrheit sagen,
daß wir noch niemals,
2780 weder fern noch nah,
etwas dieser Pracht Gleiches gesehen haben.
Sie ist so groß und ausgedehnt,
so stattlich und so wohlbewehrt,
so schön und doch so mächtig,
2785 so eindrucksvoll und herrlich.
Nie wurde auf der Erde
eine so prächtige Stadt erbaut,
und niemals wird man
eine ebenso schöne erbauen können.
2790 Sie ist die Krone aller Städte,
die man in der Welt je gesehen hat.
Das muß ich ihr allzeit zugestehen."

Die beiden vornehmen Ritter
verweilten nun nicht länger.
2795 Eilig legten sie ihre Rüstungen an.
Wie stattliche Streiter sahen sie wieder aus
und verhielten sich auch so.
Ihre Rüstungen waren prächtig
und großen Lobes wert.
2800 Kein Kaiser war je so mächtig,
daß sie nicht in seine Schar gepaßt hätten:
so kriegerisch waren sie anzusehen.
Nun ergriffen sie ihre Schilde
und gingen dann sogleich
2805 aus diesem Prachtzimmer
und schnell durch den Palast,
in dem es überall glitzerte.
Manches Gewölbe aus edlen Steinen
fand sich dort im Innern.
2810 Sehr prachtvoll und wohlgefällig
war der Palast ausgeschmückt.
Des Wunderns war kein Ende über das,
was hier eingearbeitet war.

jâ belûhte der tac
2815 keinen alsô rîchen sal
in der werlt über al.

Dô sie daz wunder gar gesâhen,
dô hôrten sie in allen gâhen
ein wunderlîche stimme,
2820 starc unde grimme,
vor der bürge an dem gevilde,
ob ez kraniche wilde
bevangen hæten über al,
alsô ungefüegen schal
2825 alse ie man vernam.
vil lût unde freissam
was dâ ir gebrehte.
des nam die guoten knehte
beide vil michel wunder.
2830 dô giengen dan besunder
die zwêne ritter gemeit
stên an ein gewarheit
undr ein gewelbe vinster.
dar ûz gienc ein venster
2835 ob der würmelâge hô.
dar în leneten sie dô.
übr al die burc sie wol sâhen,
beide verre unde nâhen,
swaz dar inne und vor geschach,
2840 und daz sie doch nieman sach.
dar inne muosen sie dô stên:
nieman kunde zuo in gên.
sie wurden sîn wol innen:
si bewarten sich mit sinnen.

2845 Dô sie ein wîle heten gestân,
die vil ellenthaften man,
und allenthalben sâhen,
dô wurdens in allen gâhen

Das Licht des Tages erhellte
2815 wohl nirgends sonst in der Welt
einen solch herrlichen Saal.

Als sie die Seltsamkeiten genau betrachtet hatten,
hörten sie ganz plötzlich
auf dem Felde vor der Stadt
2820 eine seltsame Stimme,
gewaltig und schrecklich,
als ob überall
wilde Kraniche schrien.
Es war ein ungewöhnlicher Lärm,
2825 wie man ihn hier vernahm.
Sehr laut und furchterregend
war ihr Geschrei.
Darüber wunderten sich
die beiden Ritter sehr.
2830 Die tüchtigen Helden
gingen nun zur Seite,
um sich unter einem dunklen Gewölbe
in Sicherheit zu bringen.
Dort war, hoch über dem Tiergarten,
2835 ein Fenster, in das
sie sich lehnten.
So konnten sie die ganze Stadt
in der Ferne und in der Nähe überblicken
und sehen, was innerhalb und vor der Stadt geschah,
2840 ohne daß sie gesehen wurden.
Dort innen mußten sie nun warten:
Niemand konnte zu ihnen gelangen,
sie hätten ihn schon bemerkt,
denn sie schützten sich in kluger Weise.

2845 Als die tapferen Ritter
eine Weile dort gewartet
und überall hingespäht hatten,
entdeckten sie auf einmal

vor dem burctor gewar
2850 einer seltsænen schar
von mannen und von wîben.
die wâren an ir lîben,
sie wæren junc oder alt,
schœne unde wol gestalt
2855 an füezen und an henden
und in allen enden
schœne liute und hêrlîch,
wan hals und houbet was gelîch
als den kranichen getân.
2860 der sâhens rîten unde gân
gein der bürge ein michel her.
die fuorten kein ander wer
wan ir schilt unde bogen
unde kocher wol gezogen,
2865 dar inne strâle freislîch.
daz truoc umbe ir ieclîch.
rîche phelle und samît,
sumlîche von timît,
dar nâch als ieclîch wolde,
2870 von sîden und von golde
was gezieret ir gewant.
an ir lîbe nieman vant
zer werlt deheiner slahte kranc,
wan daz in die helse wâren lanc,
2875 ritterlîch übr al den lîp.
beide man unde wîp
wâren alle alsô gestalt.
sie fuorten kraft und gewalt.

Noch wil ich iu baz betiuten
2880 von den seltsænen liuten,
als ich von in vernomen hân.
in was diu burc undertân:
dâ wârn si ûf gesezzen,
ir lîbes vil vermezzen,

eine seltsame Schar
2850 von Männern und von Frauen
vor dem Stadttor.
Ihre Körper, ob sie nun
jung oder alt waren,
waren schön und wohl
2855 an Händen und Füßen,
in jeder Weise waren es
schöne und stattliche Menschen,
nur ihr Hals und ihr Haupt
glichen völlig den Kranichen.
2860 Ein großes Heer dieser Wesen
sahen sie gegen die Stadt ziehen.
Sie trugen keine anderen Waffen
als Schild und Bogen
und kunstvoll gearbeitete Köcher,
2865 in denen gefährliche Pfeile steckten.
Dies trug jeder von ihnen.
Prächtige Seidenstoffe und Samt
und andere kostbare Gewebe
und dazu noch, wie es jedem gefiel,
2870 mit Gold und Seide geschmückt,
so waren ihre Gewänder.
An ihren Körpern konnte niemand
irgendwelche Gebrechen entdecken,
nur daß ihnen die Hälse zu lang waren.
2875 Der ganze Körper sah dagegen stattlich aus.
Alle Frauen und Männer
sahen ebenso aus.
Sie besaßen jedoch Macht und Kraft.

Ich will euch noch mehr
2880 von den seltsamen Menschen erzählen,
was ich weiter über sie vernommen habe.
Ihnen gehörte diese Stadt;
dort herrschten sie
und führten ein verwegenes Leben,

2885   und wâren stolz und gemeit,
und hâten grôze rîcheit
an silber unde an golde,
als vil und ieman wolde.
sie hâten micheln gewin.
2890   einen künic hâtens under in,
dem beide wîp unde man
mit dienste wâren undertân.
der was gevarn mit sîme her
mit vil galîen ûf daz mer
2895   in daz lant ze Indîâ.
den künic selben hâte er dâ
brâht von dem lîbe,
do er mit sîme wîbe
zeiner sîner bürge wolde varn.
2900   dô kunde er sich des niht bewarn
ern müese lîden herzen sêr.
von Grippîâ der künic hêr
sluoc in ze tôde an der stunt.
den kiel sancte er an den grunt
2905   mit der küniginne.
da genas dô nieman inne
wan des küniges tohter von Indîâ.
diu behielt daz leben alleine dâ
(der andern einez niht genas,
2910   swaz ir in dem schiffe was)
durch die schœne an ir lîbe.
dâ wold er sie hân ze wîbe
der rîche künec von Grippîâ.
heim fuorte er sie dâ
2915   mit fröiden lobelîche.
gên der was sô grôzlîche
solh wirtschaft bereit dar,
und wâren gegen ir ûz gar
gevarn wîp kint und man,
2920   und wolden sie mit freude enphân,
dô sie zuo dem stade kâmen

2885 waren übermütig und lebensfroh.
Sie besaßen große Reichtümer
an Silber und an Gold,
soviel wie jeder begehrte.
Zudem hatten sie große Einkünfte.
2890 Sie besaßen einen eigenen König,
dem Männer und Frauen
untertan waren und dienten.
Dieser war mit seinem Heere
und vielen Schiffen über das Meer
2895 in das Land India gefahren.
Den König dieses Landes
hatte er dort getötet,
gerade als jener mit seiner Frau
zu einer seiner Städte aufbrechen wollte.
2900 Er konnte sich nicht davor schützen
und mußte große Schmerzen erleiden.
Der mächtige König von Grippia
erschlug ihn in diesem Moment.
Sein Schiff mit der Königin darin
2905 versenkte er.
Niemand außer der Tochter des Königs
von India wurde dort gerettet.
Sie allein blieb wegen ihrer Schönheit
am Leben.
2910 (Von den anderen, die mit ihr
im Schiffe waren, überlebte keiner.)
Der mächtige Herrscher von Grippia
wollte sie zur Frau nehmen
und führte sie deshalb
2915 voller Freuden heim.
Für sie war das Gastmahl
in solcher Pracht vorbereitet worden
und ihr waren alle,
Frauen, Kinder und Männer, entgegengezogen
2920 und wollten sie mit Freuden empfangen,
nachdem sie am Gestade angelangt waren

und die burger daz vernâmen.
dise wunderlîche liute
kâmen mit der briute

2925 mit schalle vür daz burctor.
dâ wâren sie erbeizet vor
beide wîp unde man.
ir wât diu was wol getân
von gezierde manicvalt.

2930 dô dise recken vil balt
disiu wunder vernâmen
und rehte war genâmen
diser seltsænen diet,
dô envorhten sie in niet.

2935 sie huoben sie vil unhô.
der herzoge sprach dô
zuo dem grâven sînem man
„ich wil daz wir hie stân.
uns kan doch von in niht geschehen.

2940 hie mugen wir allez daz sehen
swes sie beginnen.
wir komen doch wol von hinnen
ze dem schiffe ân ir aller danc.
ez ist zem âbent noch lanc:

2945 wir mugen wol langer hie stân
unz wir allez daz gesehen hân
swaz sie nu wellen machen.
ich mac des wol gelachen
daz in die helse sint sô kleine.

2950 ich weiz wol daz sie algemeine
in dise würmelâge gênt
zuo den tischen die dâ stênt,
dâ solh wirtschaft ist ûf geleit.
disiu spîse was bereit

2955 gein in hiute morgen.
sie wârn des âne sorgen,
dô sie sie sus liezen eine,
daz in grôz oder cleine

und die Bürger dies vernommen hatten.
Diese seltsamen Menschen
kamen nun unter großem Lärm
2925 mit der Braut zum Stadttor.
Dort hatten sich Männer und Frauen
zum Empfange aufgestellt.
Ihre Kleidung war
durch vielen Schmuck besonders schön.
2930 Als die kühnen Ritter
diese Seltsamkeiten erblickt
und dieses seltsame Volk
genau wahrgenommen hatten,
da hatten sie keine Furcht vor ihnen.
2935 Sie schätzten sie gering ein.
Der Herzog sagte daraufhin
zu seinem Gefährten, dem Grafen:
„Ich möchte, daß wir hier bleiben.
Uns kann ja von ihnen nichts geschehen.
2940 Hier können wir alles erkennen,
was sie unternehmen.
Wir werden auch gegen ihren Willen
gut von hier zum Schiffe zurückkommen.
Bis zum Abend ist noch lange Zeit.
2945 Wir können doch noch länger hier warten,
bis wir alles gesehen haben,
was sie nun vorhaben.
Ich kann nur darüber lachen,
daß sie so zierliche Hälse haben.
2950 Ich weiß, daß sie jetzt alle
in diesen Tiergarten gehen werden,
hin zu den Tischen, die dort stehen,
wo das Gastmahl vorbereitet ist.
Diese Speisen waren heute morgen schon
2955 für sie bereitet.
Sie machten sich, als sie diese
so allein ließen, keine Sorgen darum,
daß ihnen ein kleinerer oder

schade dâ von solde ergên:
2960 des mahtu selbe dich verstên."

Des antwurte der grâve sân
„herre, ich bin dîn man:
du versihst dich triuwen her ze mir.
die wil ich gerne leisten dir
2965 mit lîbe und mit guote.
des ist mir wol ze muote.
diz volc hât gein uns kleine wer.
ob noch græzer wære ir her,
sô vorhte ich sie vil kleine.
2970 ich wil alters eine
tûsent bestân und mê.
den geschiht allen von mir wê,
koment sie mir ze mâze.
ich houwe eine strâze
2975 durch sie mit dem swerte mîn.
des solt du wol gewis sîn,
daz ich sie vil wênic spar.
wir sîn ze strîte wol gar.
underloufen wir in die phîle,
2980 wir machen in einer wîle
solhen mort under in,
mich betriege dan mîn sin,
daz wir sie der bogen ergetzen
und des houptes geletzen
2985 noch hiute vil manigen man.
ez sol in schedelîch ergân.
in sint die helse alsô smal,
hie wirt ein vil michel val,
ob sie uns an springen.
2990 wir suln sie innen bringen
hie in ir eigen veste,
daz sie sô leider geste
in ir lant nie mê gewunnen
noch niemer gewinnen kunnen."

größerer Schaden dabei entstehen könnte.
2960 Das verstehst du gewiß auch!"

Der Graf antwortete ihm darauf sogleich:
„Herr, ich bin dein Lehnsmann:
Du rechnest mit meiner Treue;
ich will sie dir gern
2965 mit meinem Leben und meinem Besitz leisten.
Da bin ich zuversichtlich.
Dieses Volk besitzt gegen uns nur geringe Waffen.
Wenn ihr Heer auch noch größer wäre,
so fürchte ich sie doch nicht.
2970 Ich werde ganz allein mit
tausend und mehr fertig werden.
Ihnen werde ich Schmerzen zufügen,
wenn sie meiner überhaupt ebenbürtig sein sollten.
Ich werde mit meinem Schwerte
2975 einen Weg durch sie hindurchhauen.
Das sollst du wissen,
daß ich sie nicht schonen werde.
Wir sind zum Kampfe gut vorbereitet.
Wenn wir ihre Pfeile unterlaufen,
2980 so können wir in kurzer Zeit
ihnen solche Verluste zufügen,
daß wir sie, wenn mich mein Urteil nicht trügt,
ihre Bögen vergessen lassen
und noch heute manchen
2985 des Kopfes berauben werden.
Es wird ihr Schaden sein.
Ihre Hälse sind ja so schmal,
daß es ein großes Gemetzel geben wird,
wenn sie uns anspringen sollten.
2990 Wir werden ihnen hier
in ihrer eigenen Festung beibringen,
daß sie mit solchen Kriegern
noch niemals zu tun hatten
und niemals mehr zu tun haben werden."

2995	Alsô begunden sie dô stên.
	dô sâhens zuo dem tor în gên
	neben ein ander zwêne man.
	die sâhen sie tragen an
	zwei vil rîcher hemde
3000	von sîden vil fremde
	wol durchleit und genât.
	zwêne rocke tribelât
	die herren truogen dar obe.
	die kleider stuonden wol ze lobe.
3005	ir beider hosen ûz gesniten,
	zerhouwen wol nâch hübeschen siten.
	dar über manic goltdrât.
	dâ durch schein diu lînwât
	wîzer danne kein snê.
3010	in wârn dar über gespannen ê
	zwêne guldîne sporn.
	die zwêne wâren erkorn
	ze den besten nâch dem künige hie.
	dar umbe man sie vor im gên lie.
3015	schœne und hêrlîch was ir ganc,
	ir helse smal unde lanc,
	gelîch den kranichen gevar
	von dem houpte unz ûf den lîp gar.
	dar zuo truoc ir ieclîch
3020	einen kocher hêrlîch
	von wîzem helfenbeine,
	mit edelem gesteine,
	al umbe an den orten
	gevazt mit guoten borten,
3025	mit pheller wol underzogen.
	ieclîcher truoc einen bogen
	wol geworht hürnîn.
	diu senewe was sîdîn,
	ir schilt von golde wol getân.
3030	dâ diu buckel solde stân,
	dâ stuont ein grôzer almâtîn,

2995 So blieben sie denn dort stehen.
Da sahen sie zwei Männer nebeneinander
zum Tore eintreten,
die, wie sie erkannten,
zwei sehr prächtige Gewänder trugen,
3000 die mit fremder Seide
wohl verziert und bestickt waren.
Darüber trugen diese Herren
zwei Röcke aus dreifarbigem Stoff.
Diese Kleidung stand ihnen gut.
3005 Ihre Hosen waren
wie höfische Kleider geschnitten und geschlitzt.
Darüber hingen viele Goldschnüre.
Dazwischen leuchtete das Leinengewand
weißer als der Schnee.
3010 Darüber hatten sie
zwei goldene Sporen geschnallt.
Die beiden Männer waren zu den besten
nach dem König erwählt worden.
Deshalb ließ man sie vor ihm gehen.
3015 Ihr Schritt war würdig und feierlich.
Ihre Hälse waren lang und schmal,
ihr Aussehen glich vom Haupte bis zum Leib
ganz den Kranichen.
Außerdem trug jeder
3020 einen prächtigen Köcher
aus weißem Elfenbein;
Edelsteine waren hier
ringsum an den Rändern
in kostbaren Fassungen eingelegt,
3025 er war mit wertvollem Stoff ausgeschlagen.
Jeder trug einen Bogen,
der aus Horn gediegen gefertigt war.
Die Bogensehne war aus Seide.
Ihre Schilde waren wohlgeformt aus Gold.
3030 Dort, wo sonst der Schildbuckel war,
befand sich ein großer Almandin,

der niht liehter mohte sîn:
des die recken beide jâhen.
nâch den zwein sie komen sâhen
3035   zwên ander in der selben zît.
die truogen den besten samît
der in der werlt mohte sîn.
ir kleider wâren sîdîn
diu si an ir lîbe hâten.
3040   mit liehten goltdrâten
was er genât vil spæhe,
mit berlîn vil wæhe
geworht hin nider an diu bein.
dâ von vil hêrlîchen schein
3045   manic edel stein vür unbetrogen.
ir beider kocher und ir bogen
die wâren tiure genuoc.
ietweder einen schilt truoc,
der was mit golde alsô beslagen
3050   daz iu daz nieman kan gesagen
ze gelouben mit fuogen
daz si an und umbe truogen,
wie wol daz gezieret wære.
ir zuht und ir gebære
3055   die herren dûht vil lobelîch.
sie wâren kranichen ouch gelîch.

Dise helde ziere
wâren alle· viere
nu in die burc gegangen.
3060   mit freuden bevangen
gienc nâch in ein schœne man.
den selben sach man tragen an
wât diu vil verre schein.
der truoc umbe sîniu bein
3065   zwô hosen die wârn vil tiure
und kosten rîche stiure,
dar ane vil edeler steine,

der nicht leuchtender sein konnte,
wie die beiden Ritter zugeben mußten.
Nach den ersten beiden

3035 sahen sie gleichzeitig zwei andere kommen,
die in den besten Samtstoff gekleidet waren,
den es in der Welt geben mochte.
Ihre Leibgewänder waren
aus Seide gefertigt.

3040 Mit glänzenden Goldfäden
waren die Stoffe geschickt genäht worden;
bis hinunter zu den Beinen
waren Perlen kunstvoll eingestickt.
Die zahlreichen klaren Edelsteine

3045 gaben einen herrlichen Schein.
Köcher und Bögen der beiden
waren ebenfalls sehr wertvoll.
Jeder der beiden trug einen Schild,
der so gut mit Gold beschlagen war,

3050 daß euch das niemand
angemessen begreiflich machen kann,
ebenso wie den schönen Schmuck,
den sie an sich trugen.
Auch ihr zuchtvolles Verhalten und ihre Gebärden

3055 erschienen den Rittern lobenswert.
Doch glichen auch diese beiden Männer Kranichen.

Diese prächtigen Gestalten
waren nun zu viert
in die Stadt eingetreten.

3060 Nach ihnen erschien nun
voller Freude ein schöner Mann.
Er trug Gewänder,
die weithin leuchteten.
An seinen Beinen

3065 trug er zwei prächtige Hosen,
die viel Geld gekostet hatten.
Daran befanden sich viele Edelsteine,

berlîn grôz und kleine,
mit golde verwieret.
3070 sus wârn die hosen gezieret
nider ûf die spitze vorn.
dar ûf truoc er zwêne sporn,
die wâren rôt guldîn,
sîn hemde wîz sîdîn,
3075 und einen roc blîât
mit einer lîsten wol genât
von dem halse unz ûf die hende.
von der ahsel nider unz an daz ende
wâren borten rîch und breit.
3080 einen gurtel hâte er umbe geleit,
der was mit golde wol durchslagen.
einen zirkel sâhens in ûf tragen,
der was vil wol gesteinet.
hie mite was daz gemeinet
3085 daz er des landes hete gewalt.
als ein swan was im gestalt
der hals und ouch daz houbet.
daz wizzet und geloubet,
ez was der künic von Grippîâ.
3090 zwêne giengen nâch im sâ,
die truogen alsô guot gewant
daz man niender bezzers vant.
die wâren vil hôchgeborn.
die hete der künic dar zuo erkorn,
3095 daz sie fuorten zwischen in
daz aller schœnste megetîn
daz ie wart geborn mê.
ir hût was wîzer dan der snê.
nie schœner kint dorfte werden.
3100 ir hâr unz ûf die erden
mohte wol gelangen.
mit golde bevangen
was der juncfrouwen lîp.
ez wart nie dehein wîp

174

große und kleine Perlen,
in Gold eingefaßt.
3070 Auf diese Weise waren die Hosen
bis unten zu den Füßen verziert.
An ihnen trug er zwei Sporen,
die aus rotem Golde waren.
Sein Hemd war aus weißer Seide,
3075 sein Obergewand golddurchwirkt.
Ein Saumstreifen war ihm aufgenäht,
der vom Hals bis zu den Händen reichte.
Von der Achsel bis zum Rand
fanden sich prächtige breite Borten.
3080 Er trug einen Gürtel,
der mit Goldschmuck besetzt war.
Sie sahen auch, daß er eine Krone trug,
die reich an Edelsteinen war.
Dadurch wurde ausgedrückt,
3085 daß er der Herrscher des Landes war.
Sein Hals und sein Haupt
hatten aber die Gestalt eines Schwanes.
Ihr sollt es wissen und glauben:
Es war der König von Grippia.
3090 Zwei Männer gingen dicht hinter ihm,
die ebenfalls kostbare Gewänder trugen,
daß man nirgends bessere finden konnte.
Sie waren von hohem Adel.
Der König hatte sie dazu auserkoren,
3095 das schönste Mädchen,
das jemals geboren wurde,
in ihrer Mitte zu führen.
Ihre Haut war weißer als der Schnee.
Ihre Schönheit war unübertreffbar.
3100 Ihr Haar reichte wohl
bis zur Erde hinab.
Der Leib des Mädchens
war mit Gold umhüllt.
Niemals war auf dieser Erde

3105   ze dirre werlt baz getân.
      die sâhen sie trûric gân:
      ir weinen was unmæzlîch.
      rehten liuten gelîch
      was ir antlütze gar.
3110   ein pheller ir den schate bar,
      der die hitze undervienc,
      dâ diu frouwe under gienc.
      den truogen ob ir vier man
      an vier ruoten wol getân,
3115   die wâren rôt guldîn.
      daz vil edel megetîn
      was geborn von Indîâ.
      der künic het sie geroubet dâ,
      als ich iu dâ sagete ê.
3120   ir was von jâmer starke wê.
      des twanc sie êhaftiu nôt
      von kumber und ir vater tôt
      und daz ir muoter bî im starp:
      dâ von sie selbe ouch sint verdarp.

3125   Dô sie sie alsô brâhten dan,
      dô dranc wîp unde man
      nâch in zuo der bürge tor.
      dâ beleip dô nieman vor,
      weder die alden noch die jungen.
3130   in ir wîse sie dô sungen
      einen wunderlîchen lût.
      hin fuorten sie die brût
      in ein vil wünneclîchez gadem.
      vil michel was der kradem,
3135   dô sich huop diu hôchgezît.
      daz gesidel was harte wît,
      schœne unde wol getân.
      dar în gienc der künic sân
      mit der schœnen juncvrouwen.
3140   dâ mohte man jâmer schouwen,

3105 irgendeine Frau besser ausgestattet.
Diese sahen sie traurig schreiten.
Ihr Weinen war maßlos.
Ihr Angesicht glich aber ganz
dem richtiger Menschen.
3110 Ein Seidenbaldachin, unter dem die Prinzessin schritt,
gab ihr Schatten
und dämpfte die Hitze.
Vier Männer trugen ihn
mit vier wohlgeformten Stangen
3115 aus rotem Golde.
Dieses vornehme Mädchen
war in Indien geboren.
Der König hatte sie dort geraubt,
wie ich euch schon zuvor erzählt habe.
3120 Ihr Herzeleid schaffte ihr große Schmerzen.
Das bewirkte die unerbittliche Not,
der Kummer um den Tod ihres Vaters
und den gleichzeitigen Tod ihrer Mutter.
Daran sollte sie später auch sterben.

3125 Nachdem sie so hereingeführt worden war,
drängten nun Frauen und Männer
hinter ihnen durch das Stadttor.
Niemand blieb außerhalb,
weder von den Jungen noch von den Alten.
3130 In ihrer Sprache und Melodie sangen sie
einen wunderlichen Gesang.
Man führte die Braut
in einen sehr schönen Raum.
Als nun das Fest begann,
3135 entstand ein großer Lärm.
Die Sitzgelegenheiten waren recht geräumig,
schön und gut eingerichtet.
Dorthin führte der König
sogleich die schöne Jungfrau.
3140 Dort konnte man erst großen Jammer erleben,

dô sie alles um sich sach
und ir nieman zuo sprach
den sie vernemen kunde.
des vielen ir alle stunde
3145 die trähene von den ougen
offenlîch und tougen
nider ûf die bruste,
wan sie niht freuden luste.
ir wât was sal die sie truoc.
3150 sie hâte jâmers genuoc.

Swie sie liuten glîch wâren,
ir sprechen und ir gebâren
kunde disiu niht verstân.
sie hôrte wîp unde man
3155 schrîen nâch der kraniche site.
waz sie bediuten dâ mite,
daz ist mir vil unbekant.
man sach sie zeigen mit der hant,
als noch liute undr ein ander tuont.
3160 der truhsæze vor dem tische stuont
der dem herren die sedele gap.
in sîner hende was ein stap
der die liute sitzen hiez.
nieman er belîben liez,
3165 ern schüefe in truhsæzen dar
die ir mit dienste næmen war
und die in solden schenken.
swaz ieman mohte erdenken,
des vant man den vollen dâ.
3170 dô gienc der künic von Grippîâ
hêrlîch zuo sînem tische gân.
die juncvrouwen wol getân
sazt man an sîne sîten dar.
diu was alsô jâmervar
3175 daz sie freuden niht gezam.
der künic mit ir wazzer nam

als sie alles um sich erblickte
und niemand, den sie verstehen konnte,
zu ihr sprach.
Deshalb rollten ihr ständig,
3145 verdeckt und auch für alle sichtbar,
die Tränen von den Augen
auf die Brüste herab,
weil sie sich nicht freuen konnte.
Ihre Kleidung, die sie trug, war dunkel.
3150 Sie war zu sehr in Trauer.

Sosehr sie auch Menschen gleichen mochten,
ihre Reden und ihre Gebärden
konnte sie nicht verstehen.
Sie hörte alle nur
3155 in der Art der Kraniche schreien.
Was sie damit ausdrücken,
ist auch mir völlig unbekannt.
Man konnte sie mit der Hand gestikulieren sehen,
wie noch heute Menschen untereinander tun.
3160 Der Truchseß stand vor den Tischen
und wies den Vornehmen die Plätze an.
Er hielt einen Stab in der Hand,
mit dem er den Leuten den Platz zeigte.
Er ließ niemanden stehen,
3165 es sei denn die, die als Bedienstete
eingesetzt waren und ihre Aufgaben zu erfüllen
und den Gästen einzuschenken hatten.
Was man sich nur denken konnte,
das wurde ihnen dort angeboten.
3170 Dann schritt der König von Grippia
würdevoll zu seinem Tische.
Die schöne Jungfrau
setzte man an seine Seite.
Sie sah so jammervoll aus,
3175 daß sie gar nicht zur Freude paßte.
Der König ließ ihr und sich

ûz guldîn becken swære.
vil hôhe kamerære,
die hôchsten von dem lande,
in rîchem gewande,
die knieten unde buten dar
die twehelen vil wîz gevar:
si gebârten zühteclîche,
dâ der künic rîche
ze tische mit der briute saz.
in vil manic goltvaz
gôz man met unde wîn.
dâ stuonden schüzzel silberîn
mit maniger hande lîpnar.
dô nam der truhsæze war,
der was hübesch unde wîse,
daz verzert was diu spîse.
des nam sie besunder
alle michel wunder,
wer sie hæte vertân.
dô hiez der truhsæze dan
ze kuchen balde springen
und ander spîse bringen:
der wart getragen dar genuoc,
unde nieman gewuoc
wâ diu hin wære komen.
sie wânden sie hæte genomen
ir selber eigen diet.
si versâhen sich der geste niet
die bî in wâren in der stat.
swie sie nieman dar bat
zuo der wirtschefte komen,
iedoch hâtens dâ genomen
ir spîse von in ungeladet
und hâten schône und wol gebadet
als ez got von himel gap.
daz frumte manigen sît inz grap.

aus schweren goldenen Becken Wasser reichen.
Angesehene Kammerherren,
die vornehmsten aus dem Lande,
3180 knieten in prächtigen Gewändern
und boten ihnen
die schneeweißen Handtücher dar.
Sie verhielten sich sehr wohlerzogen
dort, wo der König
3185 mit der Braut zu Tische saß.
In manches Goldgefäß
wurde Met oder Wein eingegossen.
Silberne Schüsseln mit verschiedenen Speisen
hatten dort gestanden.
3190 Jetzt entdeckte der Truchseß,
der höfisch gebildet und klug war,
daß die Speisen verzehrt waren.
Darüber wunderten sich
alle sehr und fragten sich,
3195 wer sie wohl verzehrt habe.
Dann befahl der Truchseß,
zur Küche zu eilen
und andere Speisen zu bringen.
Davon wurde genügend aufgetragen,
3200 so daß schließlich niemand mehr daran dachte,
wohin die übrigen geraten sein könnten.
Sie glaubten, ihre eigenen Leute
hätten sie genommen.
Sie dachten nicht an die Fremden,
3205 die dort in ihrer Nähe waren.
Obwohl sie niemand dorthin
zum Gastmahl gebeten hatte,
hatten diese trotzdem ungeladen
die Speisen von ihnen genommen
3210 und noch angenehm gebadet,
wie es ihnen Gott vom Himmel beschert hatte.
Das sollte manchen noch ins Grab bringen.

Die liute tâten dâ wol schîn
daz sie met unde wîn
3215   heten ze gebenne genuoc.
balde man dô vür truoc
fleisch kæse und fische.
dô rihte man die tische
den gesten in dem wîten sal.
3220   man gap wazzer über al
und hiez sie an die sedele gân.
dar inne was dô nieman
weder sô træge noch sô laz,
ern twüege über ein guldîn vaz.
3225   dô sich der kreftige magen
aller hâte getwagen,
dô giengen sie mit êren
vür den künic hêren:
beide arme und rîche
3230   nigen gezogenlîche
dem künige ê sie sæzen.
dô kâmen truhsæzen
und teilten vür die tische sich.
nie wirtschaft wart sô lobelich
3235   von der ie man noch vernam.
man gap dâ wilt unde zam.
alle die dâ sâzen
trunken und âzen
alles des ir lîp gezam,
3240   ân diu frouwe minnesam:
diu wolde niht enbîzen.
daz dorfte ir nieman verwîzen,
ob sie es übele luste.
als dicke er sie kuste,
3245   den snabel stiez er ir in den munt.
solh minne was ir ê unkunt
die wîl sie was in Indîâ.
dô muoses sich in Grippîâ

        Das Volk dort bewies,
        daß man Met und Wein
3215   in ausreichender Menge anzubieten hatte.
        Bald danach trug man
        Fleisch, Käse und Fische auf.
        Nun richtete man die Tische
        für die Gäste im großen Saal.
3220   Man reichte überall Wasser
        und ließ die Leute zu den Plätzen gehen.
        Niemand war dort,
        der so matt oder so träge gewesen wäre,
        daß er sich nicht über einem goldenen Gefäß
3225   Nachdem sich nun alle   [gewaschen hätte.
        gewaschen hatten,
        traten sie ehrerbietig
        vor den hohen König hin:
        Alle, Vornehme wie Geringe,
3230   verneigten sich mit Anstand,
        bevor sie sich setzten.
        Nun kamen Diener
        und verteilten sich zu den einzelnen Tischen.
        Nie war ein Gastmahl,
3235   von dem man jemals hörte, so zu loben.
        Man reichte dort Wildbret und Fleisch von Haustieren.
        Alle, die dort saßen,
        tranken und aßen,
        was ihnen gefiel,
3240   nur die liebliche Jungfrau nicht.
        Sie wollte nichts essen.
        Deshalb sollte sie niemand tadeln,
        wenn es ihr keine Freude machte.
        Sehr oft küßte sie der König
3245   und stieß ihr seinen Schnabel in den Mund.
        Eine solche Form der Liebe war ihr unbekannt
        geblieben, solange sie in Indien lebte.
        Nun mußte sie in Grippia

sô getâner minne nieten
3250 under unkunden dieten.

Man muost der edelen frouwen
ir liehten ougen schouwen
von weinen trüebe unde rôt.
diu enmohte ir starken nôt
3255 leider nieman dâ gesagen.
do vernam ir weinen und ir klagen
Ernst der fürste hêre.
ez erbarmte in vil sêre
und den grâven sînen man,
3260 daz diu frouwe wol getân
undr in allen nieman sach
dem sie klagete ir ungemach
von ir starkem leide.
daz erbarmte sie dô beide.
3265 dô der herzoge ir jâmer sach,
wider den grâven er dô sprach
„möht wir mit keinen sinnen
gehelfen von hinnen
disem minneclîchem wîbe,
3270 sô möhte mînem lîbe
nimmer lieber geschehen.
ich hân ir jâmer wol gesehen.
sie muoz mich riuwen immer mê.
ez tuot mir ame herzen wê
3275 daz sie sich alsô sêre quelt.
nu gedenke, tiwerlîcher helt,
wie wir ir ze staten stân.
sol disiu frouwe wol getân
in disem ellende
3280 belîben an ir ende,
daz wære ein wunderlîch geschiht.
sie vernimt ir sprâche niht:
sie kan ir sprâche niht verstân.
diuhte ez iuch nu wol getân,

184

eine solche Minne
3250 zwischen den seltsamen Leuten erdulden.

Die Augen des vornehmen Mädchens,
die vorher klar leuchteten,
waren nun trüb und gerötet anzusehen.
Sie konnte ihre große Notlage
3255 niemandem anvertrauen.
Jetzt bemerkte der edle Herzog Ernst
ihr Weinen und Klagen.
Es erbarmte ihn und seinen Gefährten,
den Grafen, so sehr,
3260 daß diese schöne Prinzessin
unter allen niemanden erblicken konnte,
dem sie klagen konnte,
wie das ihr angetane Leid sie schmerzte.
Davon waren beide bewegt.
3265 Als der Herzog diesen Jammer erblickte,
sagte er zum Grafen:
„Wenn wir dieser lieblichen Frau
durch keine überlegte Tat
helfen können, hier hinwegzukommen,
3270 so möchte ich in meinem Leben
nichts Gutes mehr erleben.
Ich habe ihren Jammer gesehen.
Sie wird mir immerdar leid tun.
Es tut mir im Herzen weh,
3275 daß sie solche Qual erdulden muß.
Jetzt überlege, teurer Freund,
wie wir ihr beistehen können.
Wenn dieses schöne Mädchen
bis an ihr Lebensende
3280 in diesem fremden Lande bleiben sollte,
so wäre dies ein ungewöhnlicher Zustand.
Sie begreift die Sprache dieser Leute nicht
und kann sie nicht verstehen.
Wenn es Euch recht ist

3285   sô wære ez wol der wille mîn,
und liezenz an unsern trehtîn,
daz wir slîchen hin ze tal
und zuo in springen in den sal
mit den swerten under sie.

3290   ê sie sich dort oder hie
immer ze wer gerihtet hân,
wir haben under in getân
den mort und ouch den schaden
des sie sich nimmer mugen entladen.

3295   wir slahens als daz vihe nider.
dâ sint sie ungewarnet wider.
wir trenkens mit ir bluotes flôz.
sie habent niht wan ir geschôz:
waz schadet daz unsern ringen?

3300   dâ mit suln wir dringen
dâ sie dem künige sitzet bî
und machen sie der angest frî.
wir slahen den künic tôt
und lœsen sie von dirre nôt,

3305   dise frouwen wol getân:
die bringen wir vil wol dan,
ê daz sie komen ze wer.
ob sie noch hæten græzer her,
wir sîn vür daz burctor.

3310   dâ komen wir ân ir danc vor.
der swert wel wir gewalden
und unsern lîp behalden
unz ze unsern helfære.
nu solt du, degen mære,

3315   volgen mînem râte,
daz wir hin în drâte
springen, als ich geredet hân:
mich riwet diu frouwe wol getân."

Der grâve sprach „fürste hêre,
3320   nu volge mîner lêre

3285 und wir es Gott anbefehlen,
      so hätte ich vor,
      mit den Schwertern hinunterzuschleichen
      zu ihnen in den Saal
      und zwischen sie zu springen.
3290 Bevor sie dort überhaupt
      zu einer Gegenwehr kommen,
      haben wir unter ihnen
      eine solche Vernichtung und solchen Schaden angerichtet,
      daß sie sich davon niemals befreien können.
3295 Wir werden sie wie die Tiere niederschlagen.
      Sie sind dagegen nicht gerüstet.
      Wir tränken sie mit ihrem Blute.
      Sie haben ja nur ihre Pfeile;
      was können diese unsern Panzern schaden.
3300 So werden wir dorthin vordringen,
      wo das Mädchen neben dem König sitzt,
      und sie von ihrer Angst befreien.
      Wir werden den König totschlagen
      und sie aus ihrer Not erlösen.
3305 Diese schöne Prinzessin
      bringen wir wohlbehalten hinweg,
      bevor sie zur Gegenwehr kommen.
      Und hätten sie ein noch größeres Heer –
      wir schafften es trotzdem zum Stadttor.
3310 Auch gegen ihren Widerstand gelangen wir dorthin.
      Wir werden bis hin zu unsern Gefährten
      die Schwerter gebrauchen
      und unser Leben verteidigen müssen.
      Jetzt solltest du, mein tapferer Ritter,
3315 meinem Vorschlage folgen,
      auf daß wir nun schnell unter sie springen,
      wie ich es gesagt habe,
      denn mich bekümmert diese schöne Frau.“

      Der Graf dagegen erwiderte: „Hoher Fürst,
3320 folge meinem Vorschlage,

und lâ dir niht sô gâch sîn.
ich tuon doch den willen dîn,
swaz mir dâ von mac geschehen.
du hâst ez selbe wol gesehen,
3325   hie ist michel volc inne.
wir bedürfen guoter sinne
daz wir behalden hie daz leben.
ist daz wir den strît heben,
die wîl sie alsô umbe gân,
3330   sie slahent die frouwen wol getân
under unsern handen.
ê sies uns nâch ir schanden
liezen hinnen bringen,
sien ruochent mit welhen dingen
3335   sies scheiden von dem lîbe.
wir mugen dem schœnen wîbe
verre baz ze staten komen.
alse wir daz haben vernomen,
sô sie von den tischen stên,
3340   so beginnet der künic gên
zuo den gesten in den sal,
und rûment die würmelâge über al
die helde gemeinlîche.
sô mugen wir gemellîche
3345   in die kemenâten gân
unde slahen den künic sân:
des kan er sich niht ernern.
weln sie sich unser danne wern,
ir wirt manic von uns erhouwen,
3350   unde nemen dann die frouwen:
die bringen wir von hinnen.
ê sie des werden innen,
sô sîn wir vor der bürge tor.
dâ koment uns ze helfe vor
3355   die unsern vartgesellen
mit manlîchen ellen.
wir gên über daz gevilde

und laß es dir nicht so eilig sein.
Ich werde zwar deinem Befehle folgen,
was mir auch daraus erwachsen möge;
doch hast du ja selbst bemerkt,
3325 daß hier viel Volk versammelt ist.
Wir müssen also gut überlegen,
damit wir unser Leben behalten.
Wenn wir den Kampf beginnen,
solange sie hier alle umhergehen,
3330 so werden sie die schöne Prinzessin
unter unseren Händen töten.
Bevor sie uns – zu ihrer Beschämung –
mit ihr ziehen lassen,
werden sie auf irgendeine Weise versuchen,
3335 ihr Leben zu zerstören.
Wir können der schönen Frau
dann weit besser helfen,
wenn wir bemerken,
daß sie von den Tischen aufstehen.
3340 Dann wird nämlich der König
zu seinen Gästen in den Saal gehen,
und die Krieger werden gemeinsam
den Tiergarten verlassen.
So können wir dann unbekümmert
3345 in die Kemenate eindringen
und den König sogleich erschlagen.
Dort wird er sich nicht retten können.
Wenn sie sich dann noch gegen uns wehren,
so wird mancher durch uns erschlagen werden.
3350 Dann nehmen wir die Prinzessin
und bringen sie von hier weg.
Bevor sie dessen gewahr werden,
sind wir schon vor dem Stadttor.
Dort werden uns unsere Weggefährten
3355 mit starker Macht
zu Hilfe kommen.
Wir ziehen dann über das Feld

und nemen sie under die schilde:
sô bringe wirs in daz schef hin,
3360   mich entriege mîn sin."

Des râtes wart der fürste frô.
vil kûme erbeiten sie dô
daz der künic hâte gezzen.
die vor im wâren gesezzen,
3365   die stuonden ûf über al.
der künic gienc in den sal.
vil manic wol geslahter man
giengen vür den künic stân.
sie tanzten unde sungen,
3370   sie spilten unde sprungen.
dâ was ruofen unde schrîen
alse kraniche unde wîen.
dâ mite êrten sie die brût.
alsô michel was der lût
3375   in der bürge über al,
si gehörten nie sô grôzen schal.
do die grippiânischen liute
getâten vor der briute
alsô maniger hande spil,
3380   beide wunderlîch unt vil,
swie nâhe sie dem künige saz,
si gehabte sich doch lützel baz,
wan ir jâmer was sô grôz
daz es den rîchen künec verdrôz.
3385   daz volc hiez er rûmen sân:
er wolt ze kemenâten gân.
die dâ geschaffet wâren zuo,
die brâhten die frouwen duo
nâch im in daz schœne gadem.
3390   im volgte nâch grôzer kradem
von gesange al vür daz palas.
al daz in der bürge was
daz zefuor after stete hie.

und nehmen die Prinzessin unter die Schilde;
so bringen wir sie zum Schiffe hin,
3360 wenn ich mich nicht sehr täuschen sollte."

Über diesen Vorschlag war der Fürst sehr froh.
Sie brauchten nicht lange zu warten,
bis der König gegessen hatte.
Alle, die vor ihm gesessen hatten,
3365 standen nun auf.
Der König ging jetzt in den Saal.
Viele vornehme Personen
drängten sich zum König.
Es wurde nun getanzt und gesungen,
3370 musiziert und im Reigen gesprungen.
Man hörte dort lautes Rufen und Schreien
wie bei Kranichen und bei Weihen.
Damit suchten sie die Braut zu ehren.
Der Lärm war in der
3375 ganzen Stadt so groß,
wie man ihn noch nie gehört hatte.
Als die grippianischen Leute
vor der Braut
solche verschiedenartigen Spiele trieben,
3380 seltsam und zahlreich zugleich,
fühlte sie sich nicht besser,
wie nahe sie auch beim König saß;
denn ihr Kummer war so groß,
daß es schließlich den König verdroß.
3385 Er befahl sogleich, daß das Volk gehen sollte:
Er wollte ins Brautgemach gehen.
Diejenigen, die dafür bestimmt waren,
geleiteten nun die Frau
hinter ihm in das schöne Zimmer.
3390 Ihm folgte ein großer Lärm,
der vom Gesange vor dem Palast stammte.
Alle, die sich in der Stadt befanden,
trennten sich an dieser Stelle;

ieclîch ze herberge gie,
3395 als noch dicke ze hove geschiht.
si versâhen sich des schaden niht
der in doch sider dâ geschach.
sie schuofen alle ir gemach
und giengen an ir gwarheit:
3400 des kâmens sît in arbeit.

Daz volc was allez dan gegân,
beide wip unde man,
dô man sie von hove treip,
daz dâ nieman beleip
3405 wan zwelf sîner hœchsten man
die der künic muose bî im hân
durch wîsen und durch râten.
die wârn in der kemnâten,
dô man die brût enkleiden solde.
3410 einer des küniges holde
kam in den winkel hin gegân
und sach dise zwêne stân
in ir halsbergen gar.
als er ir dâ wart gewar,
3415 er kêrte wider drâte
in die kemenâte.
er begunde offenlîche jehen,
er hæte zwêne man gesehen.
dô wânden die von Grippîâ,
3420 sie hæten in von Indîâ
vîentlîch gevolget dar.
des erkâmen sie gar.
ane liefen sie dô sân
dise frouwen wol getân:
3425 an ir sie sich râchen.
mit den snebelen sie sie stâchen
allenthalben durch den lîp.
dô schrei daz vil edele wîp
in einer vil lûten stimme.

jeder ging zu seiner Herberge,
3395 wie dies noch bei Hoftagen üblich ist.
Sie dachten noch nicht an die Verluste,
die ihnen später erwachsen sollten.
Sie suchten alle ihre Ruhe
und gingen in ihre Häuser.
3400 Später sollten sie noch in Kampfesnot geraten.

Alles Volk, Frauen und Männer,
waren also weggegangen,
nachdem man sie vom Hofe fortgeschickt hatte,
so daß dort niemand zurückgeblieben war
3405 als zwölf seiner höchsten Gefolgsleute,
die der König als Ratgeber
stets bei sich behielt.
Sie waren in der Kemenate,
wo die Braut entkleidet werden sollte.
3410 Einer der Diener des Königs
kam nun in den Winkel
und sah die beiden Ritter
in ihrer Rüstung dort stehen.
Sogleich als er sie entdeckt hatte,
3415 kehrte er ganz schnell
in die Kemenate zurück.
Er berichtete laut,
er habe zwei Männer gesehen.
Daraufhin glaubten die Grippianer,
3420 diese seien ihnen von India her
in feindlicher Absicht gefolgt.
Darüber waren sie sehr erschrocken.
Sogleich griffen sie
die schöne Prinzessin an,
3425 an ihr suchten sie sich zu rächen.
Mit den Schnäbeln stachen sie
ihr überall in den Leib.
Da schrie diese edle Frau
mit lauter Stimme.

3430 des erschrâken vil grimme
dise herren beide.
dô wart in harte leide,
dem herzogen und sînem man.
er sprach „wir hân ze lange gestân:
3435 sie schrîet von grôzer nôt.
sie habent der frouwen den tôt
in dem gademe getân.
nu sol diu râche über sie gân
vil wunderlîche schiere."
3440 dô sprungen die helde ziere
gên der kemenâte.
dâ liezen sie vil drâte
die liehten ekkel schînen.
den künic mit den sînen
3445 valten sie mit swerten.
des tôdes sie dô werten
swaz in der kemenâten was,
daz ir keiner genas
ern müese vor in ligen tôt.
3450 wan einer gnas mit grôzer nôt,
der sie gemeldet hâte.
der entran niht ze spâte,
do er erhôrt der swerte klanc.
hinder in er ûz der tür spranc
3455 daz er niht urloubes von in nam.
mit dem lîbe er kûme entran.

Disiu mære brâhte dan
der ûz der kemenâte entran
in die burc über al.
3460 dô huop sich ein vil grôzer schal
von dem volke in der stat.
der herzoge über die frouwen trat
und gruozt daz hêrlîche wîp.
er sprach „dîn wætlîcher lîp
3465 der riuwet mich vil sêre.

194

3430 Die beiden Ritter
erschraken und ergrimmten darüber sehr.
Jetzt reute es den Herzog
und seinen Gefolgsmann sehr.
Er sagte: „Wir sind zu lange hier geblieben.
3435 Sie schreit in höchster Not.
Sie haben diese Frau
in der Kammer getötet.
Jetzt sollen sie die Rache
in ungewöhnlicher Weise sogleich erleben."
3440 Dann rannten die jungen Helden
hin zur Kemenate.
Dort ließen sie sogleich
die glänzenden Schneiden blitzen.
Sie fällten mit ihren Schwertern
3445 den König und die Seinen.
Alle, die in der Kemenate weilten,
wurden von ihnen getötet,
so daß keiner dort entkam,
sondern jeder tot vor ihnen liegen mußte;
3450 nur einer rettete sich mit knapper Not:
Der nämlich, der sie gemeldet hatte.
Er war rechtzeitig entronnen,
als er den Klang der Schwerter vernommen hatte.
Hinter den Helden sprang er aus der Tür,
3455 ohne sich zu verabschieden.
Er rettete ja kaum sein Leben.

Der aus der Kemenate Entkommene
verbreitete nun die Kunde
in der ganzen Stadt.
3460 Daraufhin erhob das Volk
in der Stadt einen großen Lärm.
Der Herzog aber beugte sich über die Prinzessin
und begrüßte diese herrliche Frau.
Er sagte: „Dein schönes Leben,
3465 das schmerzt mich so sehr.

ich enwil ouch nimmer mêre
in mînem herzen dich verklagen.
ez wirt in weiz got niht vertragen
daz sie an dir hânt begân.
3470   nu sage mir, frouwe wol getân,
ob dich ieman müge ernern.
wil mir got daz heil beschern
daz du genesest, megetîn,
des soltu âne zwîvel sîn,
3475   ich enbringe dich ze lande
mit manigem wîgande
die ich in mînem schiffe hân.
solt aber du, frouwe wol getân,
alsô verliesen dînen lîp,
3480   sô riche ich dich, vil edel wîp,
noch hiute an dînen vînden sô
daz sie immer sîn unfrô
die wîle daz sie mugen leben.
in wirt noch hiut der lôn gegeben
3485   von uns ellenden,
ê daz wir widerwenden,
daz sie ez immer mugen sagen
und [allen] ir nâchkomen klagen.“

Des küniges tohter von Indîâ
3490   lac vil jâmerlîche dâ
trûric in grôzem sêre.
dô mohte sie niht mêre,
wan ir nâhete der tôt.
in dem heizen bluote rôt
3495   lac bewollen daz megetîn.
wie kunde ir immer wirs gesîn?
sie twanc der grôze smerze.
do begunde ir daz herze
bresten in dem lîbe.
3500   dem vil edelem wîbe
was ir kraft worden swach.

Ich werde niemals aufhören,
dich in meinem Herzen zu beklagen.
Bei Gott, es soll ihnen nichts erlassen werden,
was sie dir angetan haben.
3470 Nun sage mir, schöne Prinzessin,
ob dich noch jemand retten kann.
Sollte Gott mir die Gnade schenken,
daß du, o Mädchen, gesund würdest,
so zweifle nicht daran,
3475 daß ich dich mit den vielen Rittern,
die ich in meinem Schiffe habe,
nach Hause bringen werde.
Solltest du, schöne Prinzessin,
jedoch so dein Leben verlieren,
3480 so werde ich dich, edelste Frau,
noch heute an deinen Feinden so rächen,
daß sie stets unglücklich sein sollen,
solange sie noch leben können.
Ihnen wird noch heute von uns Fremden,
3485 bevor wir weiterfahren,
die Vergeltung so zuteil werden,
daß sie davon allezeit
ihren Nachkommen erzählen und klagen können."

Die Tochter des Königs von India
3490 lag dort leidvoll und traurig
in großen Schmerzen.
Sie vermochte nichts mehr,
denn ihr nahte sich der Tod.
Das Mädchen lag überströmt
3495 vom warmen roten Blute.
Konnte es ihr überhaupt schlimmer ergehen?
Die heftigen Schmerzen quälten sie sehr.
Da begann ihr das Herz
im Leibe zu brechen.
3500 Die Kräfte der hochgeborenen Frau
wurden immer schwächer.

zuo dem fürsten sie dô sprach
„got lône dir der arbeit
die du, recke vil gemeit,
3505   durch mich hâst bestanden
in disen fremden landen
alsô angestlîchen.
des lobe ich got den rîchen,
swie ez nû umb mich ergât,
3510   daz er mir gesendet hât
dîne helfe und dînen trôst,
daz du mich, recke, hâst erlôst
von manicvalden wêwen,
dar inne ich ze êwen
3515   immer müese sîn gewesen.
vür wâr und solde ich nu genesen,
daz mir daz got wolde geben,
und solde ich danne langer leben,
des möhtestu immer frô sîn.
3520   gehülf dir unser trähtîn
daz du mich bræhtst in Indîâ,
woldestu danne bestân dâ,
ich tæt dich, edel recke balt,
hôher rîcheit gewalt,
3525   und maniger grôzer êre.
du würdest immer mêre
aller künige genôz.
dîn rîchtuom würde alsô grôz
daz du wol möhtest gebieten
3530   und dich maniger freuden nieten
mit kurzwîl maniger hande.
ob manigem rîchem lande
müesest du herre sîn:
ez solde allez wesen dîn,
3535   als ich dir gesagt hân.
mînem vater was undertân
vil manic helt vermezzen.
al die im wârn gesezzen,

Sie sagte dann noch zum Herzog:
„Gott möge dir deine Mühe lohnen,
die du, edler Ritter,
3505 um meinetwillen in solcher Gefahr
in diesem fremden Lande
aufgewendet hast.
Wie es mir auch weiter ergehen sollte,
dafür will ich den Herrgott preisen,
3510 daß er mir deine Hilfe
und deinen Trost gesandt hat,
daß du, Ritter, mich befreit hast
von den vielen Schmerzen,
die ich in einer solchen Ehe
3515 hätte erleiden müssen.
Wenn es Gott fügen sollte,
daß ich wirklich wieder genesen
und noch länger leben sollte,
so könntest du darüber stets glücklich sein.
3520 Wenn dir unser Herrgott hülfe,
daß du mich nach India brächtest
und wenn du dort bleiben möchtest,
so würde ich dir, edler und tapferer Ritter,
die höchste Herrschergewalt
3525 und viele große Ehren verleihen.
Du würdest allezeit
allen Königen gleich sein.
Deine Macht wäre so groß,
daß du gut herrschen
3530 und viele Freuden
durch alle Arten der Unterhaltung genießen könntest.
Du würdest Herrscher
über viele reiche Länder sein.
Es würde alles dir gehören,
3535 wie ich es dir gesagt habe.
Meinem Vater waren
viele kühne Helden untertan.
Alle seine Lehnsleute,

grâven unde herzogen,
3540 dienten im vür unbetrogen
mit vil grôzen êren.
swar er sie wolde kêren,
dâ hulfens im ze sîner nôt.
dô gap er in daz golt rôt:
3545 des muose er in allen
von schulden wol gevallen
die wîle daz er mohte leben.
sît wart im daz unheil geben
von dem künic von Grippîâ.
3550 der suochte in mit den sînen dâ,
ûf dem mer er uns zuo kam,
dâ er im den lîp genam
und der lieben muoter mîn
und allem dem gesinde sîn
3555 daz mit im in dem schiffe was,
daz dâ nieman genas,
weder grôz noch kleine,
wan ich alterseine.
sus brâhten sie mich dannen sint.
3560 mîn vater hâte kein kint
wan mich, dô er wart erslagen.
von rehte sol dâ nieman tragen
krône wan daz houbet mîn:
des solt du wol gewis sîn.
3565 daz ist leider anders gwant.
ich muoz diz ellende lant
bûwen unz an den suontac,
wan ich niht langer leben mac.
mir ist doch lieber der tôt
3570 denne daz ich solhe nôt
müese lîden mîn leben.
got ruoche dir daz glücke geben
daz du wol wider komest ze lande."
dô neic sie dem wîgande.

Herzöge und Grafen,
3540 dienten ihm untadelig
und sehr ehrenhaft.
Wohin er sie auch führte,
dort halfen sie ihm stets im Kampf.
Dafür schenkte er ihnen rotes Gold.
3545 Deshalb wurde er zu Recht
von allen sehr geschätzt,
solange er lebte.
Dann aber wurde ihm Unheil zuteil
durch den König von Grippia.
3550 Dieser überfiel ihn mit seinem Heere.
Auf dem Meere stieß er zu uns,
wo er ihm und meiner lieben Mutter
sowie ihrem ganzen Gesinde,
das mit ihm im Schiffe war,
3555 das Leben nahm,
so daß dort niemand gerettet wurde,
weder von den Vornehmen noch von den Dienern,
außer mir allein.
Mich brachten sie danach hierher.
3560 Mein Vater besaß nur mich als Kind,
als er erschlagen wurde.
So darf niemand anders als ich
die Krone mit Recht tragen.
Das solltest du wissen.
3565 Aber leider ist es anders gekommen.
Ich muß in diesem fremden Lande
bleiben bis zum Jüngsten Tag,
weil ich nicht länger leben kann.
Doch ist mir der Tod lieber,
3570 als daß ich eine solche Not
mein ganzes Leben lang leiden müßte.
Gott möge dir das Glück schenken,
daß du wieder wohlbehalten nach Hause gelangest."
Darauf verneigte sie sich vor dem Helden

zehant dô sie daz wort verlie,
diu sêle ir ûz dem munde gie.

Den herzogen und den man sîn
rou daz schœne megetîn.
vor jâmer und vor leide
weinden sie dô beide,
wan ir tôt tet in wê.
dô leiten sie sie an den rê
die juncvrouwen minneclîch.
einen pheller von golde rîch
leitens über daz megetîn,
und bâten unsern trähtîn,
al der werlde schephære,
daz er ir genædic wære
durch sîn diemuote.
mit erbermdem muote
giengen die recken drâte
ûz der kemenâte,
dâ diu nôt ergangen was,
hin ûz vür daz palas,
in die burc vür die tür.
die schilde sazten sie dâ vür,
wan sie strîten gerten.
mit den scharpfen swerten
woldens prîs erwerben
oder in strîte ersterben
durch die frouwen wol getân.
alsô giengen sie dô dan,
die edelen wîgande,
verborgen under rande.

Nu wâren in der bürge tor
beide hinden unde vor
mit volke gar vergangen.
sie wâren umbevangen
mit den liuten von Grippîâ.

3575 und in dem Augenblick, als ihre Stimme verstummte,
ging ihr die Seele aus dem Munde.

Dem Herzog und seinem Begleiter
ging das Schicksal des schönen Mädchens sehr nahe.
Vor Kummer und Jammer
3580 weinten sie beide,
denn ihr Tod tat ihnen weh.
Dann bahrten sie
die schöne Jungfrau auf.
Eine kostbare goldene Decke
3585 breiteten sie über das Mädchen
und baten unsern Herrgott,
daß er ihr
in seiner Milde
gnädig sein möge.
3590 Voller Mitleid und Kummer
gingen die Ritter dann
sogleich aus der Kemenate,
in der das Unglück geschehen war,
hinaus vor den Palast
3595 und vor die Tür in die Stadt.
Ihre Schilde hielten sie so vor sich,
als ob sie Streit begehrten.
Mit ihren scharfen Schwertern
wollten sie Ruhm erwerben
3600 oder im Kampfe
für die schöne Prinzessin fallen.
So schritten die edlen Helden
hinter dem Schilde geschützt
dann voran.

3605 Nun waren ihnen aber die Stadttore
vorn wie hinten
durch Kriegsvolk ganz versperrt.
Sie waren überall umgeben
von den Leuten aus Grippia.

die strâzen wâren vol dâ
in der bürge über al.
dô wart vil freislîch der schal,
do si liefen in zegegene.
dô mohten dise degene
niender komen ûz der stat.
mit den swerten sie daz phat
durch sie muosen houwen.
dâ moht man wunder schouwen
an der seltsænen diete.
die freislîchen miete
buten sie den helden dâ.
die schilde nâmen sie sâ
vil manlîche vür sich.
dô sprungen die helde hêrlich
mit ellen under dise magen.
dâ wart mit nîde geslagen
von in manic swertswanc.
ir helse smal unde lanc
ir beider swert vil wênic miten.
ir wart von in sô vil versniten
daz es grôz wunder was.
vil wênic ir genas.
swâ sie hin geneicten,
die helde wol erzeicten
daz sie sie lützel sparten,
swer des wolde warten,
daz ir vil dô starp.
vil maniger von in verdarp,
der in kam ze mâze.
sie hiuwen eine strâze
vaste unz an daz burctor.
dâ beleip vil maniger vor,
ê daz sies durch liezen gân.
diu burctor wâren zuo getân,
mit rigelen beslozzen.
dâ von die unverdrozzen

3610
3615
3620
3625
3630
3635
3640
3645

204

3610 Die Straßen in der ganzen Stadt
waren voll davon.
Es entstand ein schrecklicher Lärm,
als sie ihnen entgegengingen.
Die Ritter konnten so nirgends
3615 aus der Stadt entkommen.
Sie mußten sich mit den Schwertern
einen Weg durch die Stadt bahnen.
Man konnte dort ungewöhnliche Taten
bei diesem seltsamen Volke sehen.
3620 Grimmige Vergeltung
boten die Ritter den Kämpfern dort.
Ihre Schilde hielten sie sogleich
sehr mannhaft vor sich.
Dann stürzten sich die herrlichen Helden
3625 mit ganzer Kraft zwischen diese Menge.
In erbitterter Feindschaft wurde dort
mancher Schwertstreich von ihnen vollbracht.
Ihre Schwerter verfehlten
die langen und schmalen Hälse nicht.
3630 So viele davon wurden von ihnen abgeschnitten,
daß es sehr ungewöhnlich war.
Kaum einer rettete sich vor ihnen.
Wohin sie sich auch wandten,
da bewiesen die Ritter,
3635 daß sie keinen schonten,
der ihnen entgegentrat,
so daß viele durch sie starben.
So mancher wurde von den Rittern getötet,
der ihnen ein ebenbürtiger Kämpfer zu sein schien.
3640 Sie hauten sich so eine Straße
beinahe bis zum Stadttor.
Dort blieb so mancher noch liegen,
bevor man sie hindurchließ.
Das Stadttor war zugesperrt
3645 und mit Riegeln verschlossen.
Deshalb mußten nun die Unverdrossenen

muosen lîden grôze nôt:
des lac vil maniger vor in tôt.

Dô kêrten die helde tiure
3650 die rucke an ein miure
und schirmden ir verhes.
sleht und twerhes
wertens sich dô beide.
daz wart des tages ze leide
3655 vil manegem in kurzen wîlen.
mit bogen und mit phîlen
giengens in allenthalben zuo.
sie mohten in anders duo
nie getuon keinen schaden.
3660 ir schilde wurden dô geladen,
daz sie sie kûme getruogen.
mit den swerten sies ab sluogen
und trâtens under die füeze nider.
alsô werten sie sich sider
3665 daz sie vil manigen sluogen tôt.
alsô kreftic wart ir nôt
daz si vorhten niht dannen komen.
nu heten den strît ouch vernomen
ûf dem kiele ir geverten.
3670 mit scharpfen swerten herten
kâmen die helde ziere
in ze helfe harte schiere
mit dem vanen vür daz burctor.
unlange stuonden sie dâ vor:
3675 sie hiuwen ûf die porten.
mit den eckels orten
sô trâten sie wider in
verre durch die burc hin.
des was den edelen recken nôt:
3680 sie wæren anders beide tôt.
in kam helfe unde trôst:
des wart des lîbes erlôst

noch große Kämpfe bestehen:
Gar mancher fiel dabei vor ihnen.

Nun stellten sich die tapferen Ritter
3650 mit dem Rücken gegen eine Mauer
und schirmten so ihr Leben.
Nach vorn und nach den Seiten
wehrten sie sich beide.
In kurzer Zeit wurde manchem
3655 deshalb der Tag leid.
Mit Pfeil und Bogen
stürmte man von allen Seiten auf sie ein.
Auf andere Art konnte man
ihnen keinen Schaden zufügen.
3660 Ihre Schilde wurden dort so beladen,
daß sie sie kaum noch tragen konnten.
Mit den Schwertern schlugen sie die Pfeile davon ab
und traten sie unter ihre Füße.
So wehrten sie sich weiterhin
3665 und schlugen noch viele tot.
Ihre Bedrängnis war aber so groß,
daß sie fürchteten, nicht mehr zu entkommen.
Nun hatten aber ihre Gefährten auf dem Schiffe
den Kampflärm gehört.
3670 Mit großen scharfen Schwertern
kamen ihnen diese Ritter
sogleich mit ihrer Fahne
vor das Stadttor zu Hilfe.
Sie warteten nicht lange davor:
3675 Sie schlugen die Tore auf.
Mit den Spitzen der Schwerter
rückten sie ihnen von weitem
durch die Stadt entgegen.
Das hatten die edlen Ritter nötig,
3680 sonst wären sie beide gefallen.
Nun kam ihnen Hilfe und Trost.
In diesem Sturme verlor

in dem sturme manic man.
oben an die wer stân
3685   muosen sie entrinnen.
sie wurfen von den zinnen
mit steinen vil swinde.
der herzoge unde sîn gesinde
mohten niht langer dô genesen.
3690   dô liezens alliu dinc wesen
und schieden von in âne schaden.
diu kurzewîle und daz baden
was in worden swære.
dô giengen die helde mære
3695   âne ir danc dannen
frôlîch mit ir mannen
gegen ir schiffe zuo dem mer.
dô het der herzoge und sîn her
überkomen ein michel herzeleit.
3700   doch litens sît græzer arbeit.
dô sie zem schiffe solden gân,
dô kâmen die vil küenen man
in ein vil angestlîche nôt:
do beleip ir dâ maniger tôt.

3705   Do der herzoge ûz der bürge kam,
daz er dâ niht schaden nam,
als ich iu ê hân geseit,
dô gienc der jungelinc gemeit
gegen sîner selde.
3710   dô wolde er sîne helde
wider bringen ûf daz mer.
dô sâhens ein vil kreftic her
der herren von dem lande.
ez wâren wîgande
3715   und wolden die brût hân gesehen.
do begunden die kristen jehen,
ir wærn zwelf tûsent oder mêr:
die wâren rîch unde hêr.

mancher Ritter sein Leben.
Sie mußten nun denen entrinnen,
3685 die oben auf den Wehren standen.
Diese warfen hastig Steine
von den Zinnen herab.
Der Herzog und seine Gefolgschaft
konnten dort nicht länger bleiben.
3690 Sie kümmerten sich um nichts mehr
und entkamen ihnen ohne Verluste.
Der Ausflug und das Baden
waren ihnen teuer zu stehen gekommen.
Dann eilten die bekannten Helden,
3695 unfreiwillig, doch froh zugleich,
mit ihren Mannen zu ihrem Schiff
an das Meer.
Jetzt aber wurden der Herzog und sein Heer
von einem großen Schrecken überrascht,
3700 obwohl sie später noch größere Mühen ertrugen.
Als sie nämlich zum Schiff gehen wollten,
da gerieten die kühnen Streiter
in eine beängstigende Notlage,
in der noch mancher sein Leben verlor.

3705 Als nämlich der Herzog aus der Stadt entkommen war,
ohne daß er dort Schaden erlitten hatte,
wie ich euch schon vorher erzählt habe,
da eilte der stattliche junge Held
sogleich seinem Schiff entgegen.
3710 Er wollte seine Helden
wieder auf das Meer zurückbringen.
Da sahen sie auf einmal
ein großes Heer des Landadels.
Es waren lauter Ritter,
3715 die die Braut sehen wollten.
Die Christen meinten,
es seien ihrer zwölftausend oder noch mehr.
Diese waren stattlich gerüstet und ansehnlich.

die sâhens gein in rîten
3720 ûf den schœnsten ravîten
die in der werlde mohten sîn.
sie fuorten bogen hürnîn.
ir kocher und ir schilde
wârn geworht wilde.
3725 ir schar was lanc unde breit.
dô dise helde gemeit
gên ir schiffe solden gâhen,
ane rîten sie sie sâhen
und erhuoben einen grimmen strît:
3730 des verlôs manc den lîp sît.

Dô der fürste vil gemeit
dise schar alsô breit
dort her zuo im rîten sach,
zuo den sînen er dô sprach
3735 „wie nû, lieben friunde mîn?
hiute sult ir lâzen schîn
daz ir wol türret vehten.
gelîch vil guoten knehten
sul wir mit strîte an sie komen
3740 nu si uns die strâze hânt benomen
dâ wir ze schiffe solden gân,
nu sult ir zuo dem vanen stân
unde wert iuch manlîche.
hie sul wir daz himelrîche
3745 koufen mit dem lebene.
ez hât nieman vergebene
die himelischen êre.
da gebrist ouch nimmer mêre
freude diu niht zegât
3750 und ouch nimmer ende hât:
daz sul wir dienen hiute.
diz sint ungetoufte liute
unde ahtent niht ûf got.
ezn sî mîns trähtîns gebot

Sie sahen sie gegen sich anreiten
3720 auf den schönsten Streitrossen,
die es in der Welt geben mochte.
Sie trugen Bögen aus Horn.
Ihre Köcher und ihre Schilde
waren von fremdartiger Beschaffenheit.
3725 Ihre Schar war sehr groß.
Als die vortrefflichen Ritter
zu ihren Schiffen eilten,
sahen sie sie anreiten,
und begannen einen erbitterten Kampf,
3730 in dem viele ihr Leben verloren.

Als der edle Herzog
diese mächtige Schar
auf sich zureiten sah,
sagte er zu den Seinen:
3735 „Wie ist es, meine lieben Freunde?
Heute sollt ihr zeigen,
daß ihr gut zu kämpfen wagt.
Tapferen Rittern gleich,
werden wir ihnen im Kampfe begegnen.
3740 Da sie uns den Weg abgeschnitten haben,
den wir zum Schiffe hin benützen müssen,
sollt ihr euch jetzt um die Fahne sammeln
und euch mannhaft wehren.
Hier werden wir das Himmelreich
3745 mit unserm Leben erkaufen.
Niemand wird die himmlische Ehre
umsonst erlangen.
Dort aber wird niemals mehr
die Freude fehlen, die unvergänglich
3750 und ohne Ende ist.
Dafür sollen wir heute kämpfen.
Diese hier sind ungetaufte Leute,
die Gott nicht achten.
Wenn es nicht der Wille meines Herrgotts ist,

3755 daz wir hie suln belîben,
sie mugen uns niht vertrîben
verrer danne zuo dem mer.
sie habent ein kreftigez her:
daz ist ze bîle kein guot.
3760 nu sult ir alle iuwern muot
wenden an unsern trähtîn,
daz er uns gnædic ruoche sîn
und uns helfe ûz dirre nôt.
helde, nu vürhtet niht den tôt:
3765 wir sîn durch got ûz komen.
wirt uns hie der lîp benomen,
wir sîn doch vor in genesen.
deste küener sult ir wesen
und strîtet ûf den gotes trôst
3770 der uns vil dicke hât erlôst
und ûz angest genomen.
welnt sie uns sô nâhe komen
daz wir sie erreichen mugen,
die wîle uns diu swert tugen,
3775 ir wirt sô vil von uns erslagen
daz sie ez nimmer mugen verklagen."

Dô der vil edele wîgant
sîn recken hâte alsô gemant,
niht langer sie dô beiten.
3780 ze strît sie sich bereiten
als küenen helden gezam.
der herzoge selbe den vanen nam
und wîste sîn gesinde.
gegen in harte swinde
3785 wart gesprenget manic ravît.
alsô erhuoben sie den strît.
sie hâten vil wîte erzogen
mit geschôze manigen starken bogen,
dâ mite sie liezen ûf sie gên.
3790 dâ vor kunde niht gestên

3755 daß wir hier umkommen sollen,
so können sie uns nicht weiter
als bis zum Meere vertreiben.
Sie besitzen ein starkes Heer.
Da ist zum Zögern keine Möglichkeit.
3760 Nun sollt ihr alle euer Herz
unserm Herrgott zuwenden,
auf daß er uns gnädig sei
und uns aus dieser Not helfe.
Ritter, nun fürchtet den Tod nicht!
3765 Wir sind für Gott ausgezogen.
Sollte uns hier das Leben genommen werden,
so sind wir trotzdem vor ihnen gerettet.
So sollt ihr um so kühner sein
und streiten im Vertrauen auf die Hilfe Gottes,
3770 der uns so oft errettet und
aus Bedrängnissen befreit hat.
Wenn sie uns so nahe kommen,
daß wir sie erreichen können,
so werden wir, solange uns unsere Schwerter nützen,
3775 so viele von ihnen erschlagen,
daß sie diese niemals alle beklagen können."

Nachdem der edle Held
seine Krieger so ermahnt hatte,
zögerten sie nicht länger.
3780 Sie bereiteten sich zum Kampfe vor,
wie es tapferen Helden geziemte.
Der Herzog ergriff selbst die Fahne
und führte seine Gefährten an.
Gegen ihn wurde mit Schnelligkeit
3785 manches Streitroß geführt.
So begannen die Feinde den Kampf.
Sie spannten manchen starken Bogen
mit den Geschossen sehr weit
und ließen diese gegen sie fliegen.
3790 Dagegen konnten weder

weder halsberc noch der rant.
dâ von den edelen wîgant
muoten sie mit maniger schar
und schuzzen verre zuo in dar.
3795 dô schirmden in die schilde.
ûf dem wîten gevilde
wâren sie al umbevangen.
sie mohten ir niht erlangen
leider mit den swerten.
3800 die heiden sie dô werten
dâ von sie wâren überladen.
sie mohten in niht geschaden.
sie wolden ir niht enbîten.
ûf den snellen ravîten
3805 kâmens in selden sô nâhen
daz si in diu ros mohten vâhen.
daz muote harte sêre
den herzogen hêre
und was im vaste unwerde
3810 daz sie in ûf der erde
niht strîtes staten wolden:
dâ von die recken dolden
schaden unde ungemach.
dô der herzoge daz gesach
3815 daz sîn wer was sô kranc,
mit dem vanen er dô dranc
durch daz kreftige her,
unz vil nâhe zuo dem mer,
dâ er sînen kiel vant.
3820 dô leit der edele wîgant
arbeit unde starke nôt.
im beleip dâ wunt und tôt
fünf hundert sîner manne.
den andern half er danne
3825 als eime helde wol gezam.
dô stuont der recke lobesam
ûf des meres sande

Rüstung noch Schild helfen.
So bedrängten sie den edlen Herzog
mit vielen Scharen
und schossen von weitem auf sie.
3795 Doch boten diesen die Schilde Schutz.
Auf dem weiten Felde
waren sie ganz eingeschlossen.
Sie konnten die Feinde leider auch nicht
mit ihren Schwertern erreichen.
3800 Sie wehrten die Heiden ab,
von denen sie so sehr bedrängt wurden.
Sie konnten ihnen aber keine Verluste zufügen,
denn diese warteten nicht auf sie.
Auf ihren schnellen Pferden
3805 kamen sie ihnen selten so nahe,
daß sie die Pferde hätten fangen können.
Das bekümmerte
den edlen Herzog sehr,
und es erschien ihm recht schmachvoll,
3810 daß sie ihnen einen Kampf auf der Erde
nicht erlauben wollten.
Dadurch erlitten die Ritter
Verluste und Unglück.
Als der Herzog das bemerkte,
3815 daß seine Verteidigung so wirkungslos war,
da brach er mit der Fahne
durch das starke Heer
bis hin zum Meere,
wo er sein Schiff vorfand.
3820 Hierbei mußte der edle Held
Kämpfe und große Drangsal bestehen.
Fünfhundert seiner Mannen
wurden hier verwundet oder getötet.
Den übrigen half er weiter,
3825 wie es einem Helden wohl ziemte.
Dann stand der rühmenswerte Fürst
am Strande des Meeres

under sînes schildes rande.
der grâve bî im vaste stuont,
als gesellen bî ein ander tuont,
3830 und hiez alle sîne man
balde zuo dem schiffe gân,
daz sie den lîp generten.
die helde sich dô werten
3835 unz ir schifliute kâmen
und sie einzigen nâmen
mit der barken von in
und fuortens ûf daz schif hin.
dô sie sie brâhten gar dar an,
3840 dô sprungen dise zwêne man
ûf ir barken unde fuoren hin.
dô sande in unser trähtîn
zehant den aller besten wint
der ê des oder sint
3845 keinen liuten dorfte komen.
des wart in sorge vil benomen
und wurden in ir muote frô.
ir segel sie dô zugen hô
und sigelten ûf den wilden sê.
3850 doch tet in herzeclîche wê
umb ir geverten die sie liezen dâ.
dô fuorte sie der wint sâ
verre ûf des meres strâm.
die heiden wâren in sô gram
3855 daz sie in kurzen wîlen
in nâch begunden îlen
von den starken leiden
in snellen galeiden
den armen ellenden.
3860 sie wolden gerne wenden
daz si mit dem lîbe iht kœmen dan.
der herzoge und sîne man,
die edelen recken ziere,
entfuoren in vil schiere

hinter seinem Schilde.
Der Graf stand tapfer neben ihm,
3830 so wie Gefährten einander beistehen,
und befahl seinen Mannen,
eilig zum Schiffe zu gelangen,
auf daß sie ihr Leben retteten.
Die Helden wehrten sich dann so lange,
3835 bis die Schiffsleute kamen
und sie noch allein
mit ihrer Barke dort wegholten
und zum Schiffe hinbrachten.
Als sie dort anlegten,
3840 sprangen die beiden aufs Schiff
und fuhren nun fort.
Jetzt sandte ihnen unser Herrgott
sogleich den allerbesten Wind,
wie ihn vorher oder später
3845 kein anderer hatte.
Dadurch wurden ihnen viele Sorgen genommen
und sie wurden wieder im Herzen froh.
Sie hatten ihre Segel hochgezogen
und segelten auf dem unbekannten Meere.
3850 Allerdings empfanden sie großen Schmerz
um die Gefährten, die sie zurücklassen mußten.
Nun führte sie der Wind sogleich
weit hinaus aufs offene Meer.
Die Heiden waren ihnen so feindlich,
3855 daß sie nach kurzer Zeit
wegen der erlittenen Verluste
den armen Fremdlingen
in schnellen Galeeren
nachzusegeln suchten.
3860 Sie wollten es so gern erreichen,
daß diese nicht lebend entkommen sollten.
Der Herzog und seine Leute jedoch,
die vornehmen ansehnlichen Ritter,
entkamen ihnen sehr schnell,

	daz si ir niht mohten gesehen.
3865	daz si ir niht mohten gesehen.
	dô kunde in leider niht geschehen:
	sie kêrten wider alzehant.
	dô daz volk diu mære ervant,
	daz der künic von Grippîâ
3870	und vil der sîne mit im dâ
	ze tôde lægen erslagen,
	daz begunden sie dô sêre klagen,
	als sie sie funden in nôten.
	dô truogen sie die tôten
3875	und begruoben sie vil drâte,
	und gewunnen arzâte
	die in heilten die wunden,
	unde welten zuo den stunden
	ze ir rîche einen andern man.
3880	disen muosen sie dô varn lân,
	den der tôt niht wolde lâzen leben.
	dise wârn gevarn gote ergeben.

Der herzoge und die sîne,
die edelen pilgerîne,
3885   kêrten dô êrst in den tôt.
sie muosen lîden grôze nôt
ûf des meres ünden.
dô wart in ir sünden
abe gewaschen harte vil,
3890   als ich iu nu sagen wil.
nâch der âventiure sage
sie kâmen an dem zwelften tage
eim lande sô nâhen,
dâ die helde sâhen
3895   einen kreftigen berc stên.
des endes begunde daz schef gên.
der was geheizen Magnes.
ir sult wol gelouben des
daz sie sîn nâmen gerne goume.
3900   dô sâhen sie vil masboume

218

3865 so daß sie sie nicht mehr entdecken konnten.
So hatten die Verfolger also keinen Erfolg.
Sie kehrten denn sogleich zurück.
Als das Volk die Nachricht hörte,
daß der König von Grippia
3870 und viele seiner Leute
dort mit ihm erschlagen lagen,
beklagten sie sie sehr,
besonders als sie diese schmerzvoll entdeckten.
Dann trugen sie die Toten fort
3875 und begruben sie in Eile,
sie holten Ärzte herbei,
die den anderen die Wunden behandelten.
Außerdem wählten sie sogleich
einen anderen Mann zu ihrem Herrscher.
3880 Den bisherigen, dem der Tod das Leben genommen
hatten sie ja aufgeben müssen.   [hatte,
Die Fremden aber waren gottergeben fortgesegelt.

Der Herzog und die Seinen,
die ritterlichen Pilger,
3885 fuhren aber nun erst recht dem Tode zu.
Sie mußten auf den Wogen des Meeres
große Not leiden
Hier wurden ihnen
viele ihrer Sünden abgewaschen,
3890 wie ich euch jetzt berichten will.
Nach Angabe der Erzählung
kamen sie am zwölften Tage
einem Lande sehr nahe,
wo die Ritter
3895 einen mächtigen Berg aufragen sahen.
Auf dessen Rand trieb das Schiff zu.
Er wurde der Magnetberg genannt.
Ihr könnt wohl glauben,
daß sie ihn sehnsüchtig wahrnahmen.
3900 Dann sahen sie die Mastbäume

in den schiffen stên als ein walt.
des wâren die helde balt
in ir gemüete vil gemeit.
sie wânden alle ir arbeit
3905 dâ solden überwinden.
sie wânden ouch dâ vinden
bürge und liute im lande dâ
als sie tâten in Grippîâ.
dô was ez noch vil unnâhen.
3910 masboume als türne sie sâhen
in den schiffen als ich iu sagete ê.
die wâren wîz als der snê
erblichen von dem weter gar.
sie stuonden blôz und missevar.

3915 Die helde entwalden dô niht mê.
sie fuoren ûf dem wilden sê
in frôlîchem muote.
dô wânden die helde guote
daz in sô wol solde ergân.
3920 dô steic der eine schifman
ze oberest ûf den masboum.
dô treip sie des meres stroum
vaste gegen der selben habe.
do erschrac er sêre dar abe,
3925 do er den berc erkande.
dô was im leide und ande:
her nider in daz schif dô
ruofte er den recken sô
„ir helde alsô ziere,
3930 nu warnet iuch vil schiere
hin zuo dem êwigen wesen.
wir sîn hie ungenesen,
wan wir müezen hie bestân.
den berc den wir gesehen hân
3935 daz ist ûf dem lebermer.
ez sî dan daz uns got erner,

vieler Schiffe wie einen Wald dort stehen.
Darüber waren die kühnen Helden
in ihren Herzen sehr froh.
Sie glaubten, daß sie alle Mühsalen
3905 dort überwinden würden.
Sie glaubten auch, Städte und Menschen
im Lande dort zu finden,
wie in Grippia.
Noch war es aber weit entfernt.
3910 Sie sahen die Mastbäume wie Türme
in den Schiffen, wie ich euch schon sagte.
Diese waren so weiß wie der Schnee,
erblichen von Wind und Wetter.
Unbedeckt und fahl standen sie dort.

3915 Die Ritter hielten sich nun nicht mehr zurück.
Sie fuhren auf dem fremden Meere
in fröhlicher Stimmung.
Die edlen Helden glaubten nämlich,
daß es ihnen nun gut gehen würde.
3920 Dann stieg jedoch einer der Schiffsleute
in die Spitze des Mastbaumes,
als die Meeresströmung sie sehr stark
gegen diesen Schiffsplatz trieb.
Da erschrak der Mann sehr,
3925 als er den Berg erkannte.
Kummer und Schmerz erfüllten ihn.
Er rief den Rittern
unten im Schiffe zu:
„Ihr tüchtigen Ritter,
3930 jetzt rüstet euch sehr bald
für das ewige Leben!
Wir sind hier nicht gerettet,
denn wir müssen stets hierbleiben.
Der Berg, den wir hier sehen,
3935 liegt im Lebermeer.
Es sei denn, daß uns Gott errettet,

wir sterben hie gemeine.
wir varn gein dem steine
dâ von ir mich ê hôrtet reden.
3940 nû sult ir iuch verwegen
gên gote mit wâren riuwen,
in dem herzen gar verniuwen
swaz ir wider in habt getân.
ich wil iuch, helde, wizzen lân
3945 von des steines krefte
und von sîner meisterschefte
die er von sîner art hât.
swaz schiffe dar engegen gât
inner drîzic mîlen,
3950 in vil kurzen wîlen
hât er sie zuo im gezogen.
daz ist wâr und niht gelogen.
habent sie et nietîsen,
diu darf dar nieman wîsen:
3955 sie müezen âne ir danc dar gên.
diu schif diu wir dort sehen stên
vor dem tunkeln berge dort,
rehte vor des steines ort,
dâ müezen wir ersterben
3960 und von hunger verderben:
des mugen wir kein wandel hân;
als alle die hânt getân
die ie gesigelten her.
nu bitet alle got daz er
3965 uns helfe und genædic sî:
wir sîn dem steine nâhe bî.“

Dô der herzoge daz vernam,
dô sprach der fürste lobesam
ze den herren sunderlîche
3970 „nu sult ir inneclîche,
vil lieben nôtgesellen mîn,
manen unsern trähtîn

222

sonst sterben wir hier gemeinsam.
Wir treiben gegen den Felsen,
von dem ihr mich vorher erzählen hörtet.
3940 Jetzt sollt ihr euch in wahrer Reue
zu Gott wenden
und euch im Herzen ganz neu darauf besinnen,
was ihr gegen ihn getan habt.
Ich will euch, ihr Ritter,
3945 von der Kraft des Felsens
und von seiner Fähigkeit erzählen,
die er von seiner Natur her besitzt.
Was an Schiffen ihm innerhalb von
dreißig Meilen entgegensteuert,
3950 das hat er in kurzer Zeit
zu sich angezogen.
Das ist wahr und nicht gelogen!
Besitzen sie irgendwelche eisernen Nägel,
so braucht sie niemand dorthin zu steuern:
3955 Sie müssen dann zwangsläufig dorthin segeln.
Dort wo wir die Schiffe
vor dem dunklen Berge stehen sehen,
dort am Rande des Felsens,
dort müssen wir sterben
3960 und aus Hunger verderben:
Das können wir nicht ändern.
Ebenso ist es allen ergangen,
die jemals hierher gesegelt sind.
Bittet nun Gott, daß er
3965 uns helfe und uns gnädig sei.
Wir sind jetzt nahe am Felsen.“

Als der Herzog das vernommen hatte,
da sagte der berühmte Fürst
noch besonders zu den Rittern:
3970 „Meine lieben Kampfgefährten,
nun sollt ihr ganz innig
den Herrgott anflehen,

daz er uns gnædeclîche
enphâhe in sîn rîche.
3975 wir verderben an disem steine:
nu lobet in algemeine
mit herzen und mit zungen.
uns ist vil wol gelungen,
sterben wir ûf disem wilden sê:
3980 wir sîn behalden immer mê
bî gote in sîme rîche.
nu freut iuch alle gelîche
daz wir im sô nâhe komen."
dô sie daz hâten vernomen,
3985 si behieldenz in ir muote.
dô tâten die helde guote
nâch des fürsten râte
und schuofen ir dinc drâte
mit allen dingen hin ze gote
3990 und bekliben an sîme gebote
mit bîhte und mit buoze,
mit hôher unmuoze,
die man gên gote haben sol:
dâ mite bereiten sie sich wol.

3995 Dô die vil ellenden man
ir gebete heten getân
und al ir dinc geschuofen,
jâmerlîch was ir ruofen
daz sie ze gote tâten.
4000 ir schepher sie dô bâten
daz er in die sêle ruochte bewarn.
nu wârn die helde gevarn
dem steine alsô nâhen
daz sie bescheidenlîche sâhen
4005 diu schif mit den boumen hôch.
der stein die helde zôch
alsô snelleclîche zuo.
sîn kraft fuort daz schif duo

daß er uns gnädig
in seinem Reiche empfangen möge.
3975 Wir werden an diesem Felsen zugrunde gehen.
Nun lobet Gott gemeinsam
mit dem Herzen und mit dem Munde.
Uns ist es gut ergangen,
wenn wir auf diesem fremden Meere sterben sollen;
3980 denn wir sind dann aufgenommen
bei Gott in seinem Reich für alle Zeit.
Nun freut euch alle,
daß wir ihm so nahe gekommen sind."
Als sie das gehört hatten,
3985 bedachten sie es in ihrem Herzen.
Dann verhielten sich die edlen Ritter
nach dem Rate des Fürsten
und richteten sogleich ihre Angelegenheiten
mit aller Zuversicht auf Gott hin
3990 und befolgten sein Gebot
mit Beichte und Buße
und mit einer heiligen Unruhe,
die sich vor Gott geziemt.
Auf diese Weise bereiteten sie sich gut vor.

3995 Nachdem die heimatlosen Männer
ihre Gebete verrichtet
und ihre Angelegenheiten geordnet hatten,
erscholl ihre jammervolle Klage,
die sie zu Gott erhoben.
4000 Sie flehten ihren Schöpfer an,
daß er ihnen die Seele bewahren möge.
Inzwischen waren die Helden
dem Felsen so nahe gekommen,
daß sie deutlich die Schiffe
4005 mit den hohen Mastbäumen sehen konnten.
Der Felsen zog die Helden
so schnell an sich heran.
Seine Kraft führte das Schiff

dar an sô krefteclîchen,
4010 daz disem schiffe entwîchen
muosen diu andern schif gar.
ez kam sô hertlîchen dar
gevarn zuo dem steine
daz diu schif algemeine
4015 sich an ein ander stiezen.
die masboume ouch niht enliezen,
sie gâben ein ander manigen stôz.
die stœze wâren alsô grôz
daz manic schif dâ zebrast.
4020 sus was enphangen manic gast
die ouch dâ verdurben sider,
die nimmer mê kâmen wider.
ouch mac man daz vür wunder sagen
daz dise niht wurden erslagen
4025 von den masboumen in den kielen,
die von andern schiffen vielen
in ir schif mit gewalt,
die vûl wâren und alt.
dô sie nider begunden gên,
4030 dâ kunde niht vür gestên
swaz iender umb daz schif was.
daz diz schif ie genas,
daz was ein michel wunder.
ez muose besunder
4035 allez vallen in daz mer.
dô muost der herzoge und sîn her
lîden ungefüege nôt,
dô sie den freislîchen tôt
dicke vor in sâhen stân.
4040 iedoch sô kâmen die küenen man
mit dem lîbe vür den stein.
diu gotes helfe an in dô schein.

Dô der recken kiel gestuont,
sie tâten als noch liute tuont

mit solcher Macht dorthin,
4010 daß diesem Schiffe
alle anderen weichen mußten.
Es kam so gewaltig
dort zum Felsen gefahren,
daß alle Schiffe
4015 aneinanderprallten.
Die Mastbäume, die dabei ins Schwanken kamen,
stießen oftmals gegeneinander.
Diese Stöße waren so stark,
daß manches Schiff dort zerbarst.
4020 Auf diese Weise waren schon viele Gäste empfangen
die später dort zugrunde gegangen waren   [worden,
und niemals mehr zurückkehrten.
Man kann das für ein Wunder halten,
daß die Ritter nicht von den Mastbäumen
4025 erschlagen wurden,
die von anderen Schiffen
mit Gewalt auf ihr Schiff fielen
und alt und faul waren.
Als sie niederstürzten,
4030 konnte nichts standhalten,
was irgendwie in der Nähe des Schiffes war.
Daß dieses Schiff dabei bewahrt wurde,
das war ein großes Wunder.
Es stürzte nämlich sonst
4035 alles einzeln ins Meer.
Nun mußte der Herzog mit seinem Heere
große Not erleiden,
als sie den schrecklichen Tod
so dicht vor sich sahen.
4040 Jedoch die kühnen Männer
gelangten lebendig bis zum Felsen.
Gottes Hilfe wurde also an ihnen offenbar.

Als das Schiff zur Ruhe kam,
handelten die Ritter, wie es Menschen tun,

4045   die lange an einer stat hânt legen
         und gerne barkens wolden phlegen:
         dô sprungen die helde ziere
         abe dem schiffe schiere
         und giengen alle besunder
4050   schouwen daz wunder
         in den schiffen manicvalt.
         sie stuonden dicke als ein walt
         al umb den berc ûf dem sê.
         ez gesach sît noch ê
4055   nieman sô grôze rîcheit
         sô die helde vil gemeit
         an den schiffen funden,
         daz ez ze langen stunden
         erahten nimmer kunde ir muot.
4060   sie sâhn daz aller meiste guot
         daz ieman zer werlde mohte hân.
         ez wart nie sô wîser man
         der ez immer kunde erahten
         oder volleclîch ertrahten.
4065   silber golt und edel gesteine,
         purpur samît phelle und sîden reine
         lac dâ sô maniger slahte
         deiz nieman ahten mahte.

         Dô sie daz wunder gar besâhen,
4070   sie begunden vürbaz gâhen.
         der herzoge und sîne man
         kâmen ûf den berc gegân,
         ob si iender lant mohten sehen.
         ir keines ouge kunde erspehen
4075   daz si kæmen ze lande.
         daz was den recken ande.
         der berc stuont wîten in dem mer:
         dâ muosen die helde âne wer
         vil jâmerlîchen ersterben
4080   und vor hunger verderben.

228

4045 die lange auf einer Stelle festgelegen hatten
und nun gerne an Land möchten:
Die stattlichen Ritter sprangen
sogleich vom Schiffe ab
und machten sich einzeln daran,
4050 die Seltsamkeiten
in den vielen Schiffen zu sehen.
Diese standen so dicht wie ein Wald
auf dem Meere um den Berg herum.
Weder früher noch später
4055 erblickte jemand einen solchen Reichtum,
wie ihn unsere Ritter
in diesen Schiffen wahrnahmen;
so daß es ihr Sinn
lange Zeit nicht zu fassen verstand.
4060 Sie sahen den größten Besitz,
den jemand auf der Erde haben mochte.
Es hat wohl nie einen solch klugen Menschen gegeben,
der ihn jemals zu zählen
oder ganz zu erfassen verstand.
4065 Silber, Gold und Edelsteine,
Purpur, Samt und leuchtende Seide
lagen dort in vielen Arten,
daß es niemand zählen konnte.

Als sie die Seltenheiten genau betrachtet hatten,
4070 gingen sie weiter.
Der Herzog und seine Ritter
erstiegen den Berg, um zu sehen,
ob sie irgendwo Land erblicken könnten.
Keiner von ihnen konnte aber entdecken,
4075 wie sie an Land kommen sollten.
Darüber waren sie sehr betrübt.
Der Berg stand weit im Meere.
Hier sollten also die Helden ohne Kampf
jämmerlich vor Hunger sterben
4080 und zugrunde gehen.

daz was den recken swære.
dô muosen die helde mære
angest lîden vor dem steine.
sie sprâchen alle gemeine
4085 daz siz dolden guotlîche,
sît daz sie got der rîche
der arbeit niht wolde erlân,
als er alle die het getân
die vor in dar wâren komen,
4090 den ouch der lîp dâ wart benomen.

sît sie diu nôt niht wolde mîden,
sie wolden gerne lîden
durch sîn hulde den tôt,
und wolden dise grôze nôt
4095 ze buoze vür ir sünde hân.
der herzoge und sîne man
hâten trôst ze der meide kinde.
dô swebete daz gesinde
sô lange zît ûf dem sê
4100 daz in weder sît noch ê
mit gesundem lîp sô wê geschach,
wan in der spîse gebrach
und der guoten lîpnar
die sie hâten brâht dar
4105 von Grippîâ dem lande,
dâ sie die wîgande
vil manlîche erwurben.
von hunger sie dô sturben
swaz ir in dem schiffe was,
4110 daz dâ nieman genas
von dem volke algemeine
wan der herzoge alters eine
und noch mit im siben man.
die andern truoc ein grîfe dan
4115 zeinzigen sô sie sturben.
die lebendigen alsô wurben:
swelhen ie der tôt nam,

Das bekümmerte die Ritter doch.
Nun mußten diese berühmten Helden
vor diesem Felsen Not leiden.
Sie sagten jedoch alle,
4085 daß sie es willig erdulden wollten,
weil ihnen der Herrgott
diese Mühsal nicht erlassen wollte,
wie er auch an allen denen gehandelt hatte,
die vor ihnen dorthin gekommen waren
4090 und auch das Leben verloren hatten.
Da diese Not nicht von ihnen wich,
wollten sie tapfer im Dienste Gottes
den Tod erleiden
und dieses große Leid
4095 als Buße für ihre Sünden annehmen.
Der Herzog und seine Ritter
setzten ihr Vertrauen auf den Sohn der Jungfrau.
Die Fahrtgenossen lebten nun
solange auf dem Schiffe,
4100 daß sie schließlich bei gesundem Leibe
mehr als vorher oder nachher leiden mußten,
weil ihnen die Verpflegung ausging,
die gute Nahrung,
die sie aus dem Lande Grippia,
4105 wo die Helden sie tapfer
und mannhaft erworben hatten,
dorthin gebracht hatten.
Alle von ihnen, die im Schiffe weilten,
starben vor Hunger,
4110 so daß niemand
von der gesamten Besatzung überlebte
als allein der Herzog
und mit ihm sechs Mann.
Die anderen schleppte ein Greif einzeln hinweg,
4115 nachdem sie gestorben waren.
Die Überlebenden hatten sich wie folgt verhalten:
Wen der Tod ereilte,

den truogen die helde lobesam
ûz dem schiffe schiere.
4120 in leiten die degen ziere
obene ûf des schiffes bort:
daz habt ir dicke gehôrt
sagen vür ungelogen.
die grîfen kâmen dar geflogen
4125 und fuortens hin zir neste.
alsô wart ouch ze leste
dem herzogen und sînen man
von den grîfen geholfen dan:
dâ von sie sît genâsen.
4130 die andern wurden z'âsen
den grîfen und den jungen.
in was dicke alsô gelungen
an liuten genuogen
die sie von dannen truogen
4135 zir neste nâch gewonheit:
dâ von die helde gemeit,
der herzoge und sîne man,
ze lande kâmen wider dan.

Der fürste leit ungemach,
4140 do er sîne geverten sach
vor hunger verderben
und so jâmerlîche sterben
und in niht gehelfen kunde.
des muose er manige stunde
4145 obe in lîden die jâmers nôt,
als lange unze sie der tôt
vor sînen ougen gar genam,
sô daz der recke lobesam
nieman het wan siben man.
4150 die selben mohten kûme hân
daz leben von des hungers nôt.
sie hâten wan ein halbez brôt:
daz teilten die helde under sich.

232

den trugen die tüchtigen Helden
sehr bald aus dem Schiffe.
4120 Die guten Ritter legten ihn
oben auf das Deck des Schiffes.
Solches ist euch ja schon oft
wahr berichtet worden.
Die Greifen kamen dorthin geflogen
4125 und schleppten ihn zu ihrem Neste.
Ebenso wurde zuletzt
auch dem Herzog und seinen Männern
durch die Greifen hinweggeholfen,
wodurch sie gerettet wurden.
4130 Die andern dienten den Greifen
und ihren Jungen zur Speise.
Das hatten sie schon oft ebenso
bei vielen Menschen getan,
die sie nach ihrer Gewohnheit
4135 zu ihrem Neste gebracht hatten.
Auf diese Weise gelangten die wackeren Helden,
der Herzog und die übrigen Ritter
wieder aufs Festland.

Der Fürst litt sehr darunter,
4140 wenn er seine Gefährten
an Hunger zugrunde gehen
und qualvoll sterben sah
und ihnen nicht zu helfen wußte.
Deshalb mußte er immer wieder
4145 um sie den größten Kummer leiden,
so lange, bis sie der Tod
vor seinen Augen hinweggraffte,
so daß dem berühmten Helden
nur noch sechs Mann übrigblieben.
4150 Diese konnten vor Hunger
kaum noch leben.
Sie hatten nur noch ein halbes Brot:
Das teilten die Ritter unter sich.

daz was genuoc jâmerlich,
4155 wan sie hâten niht mêr.
do ergâben sie sich gote hêr
mit lîbe und sêle in sîn gewalt.
dô vielen die recken vil balt
an ir venje nider in kriuzestal,
4160 und bâten des über al
inneclîch unsern trähtîn
daz er in gnædic wolde sîn
und in hulfe von der grôzen nôt.
harte vorhten sie den tôt.

4165 Dô dise jâmerhafte man
hâten ir gebet getân,
daz in ze helfe sît geschach,
der grâve Wetzel dô sprach
„ich hân an disen stunden
4170 uns einen list ervunden
daz uns niht bezzer darf wesen.
suln wir immer genesen,
daz muoz gwislîch dâ von geschehen
daz wir suochen unde spehen,
4175 ê daz wir erwinden,
unz wir in den scheffen vinden
etelîcher hande hiute,
und sliefen wir ellende liute
in unser guoten sarwât.
4180 sô man uns dan vernæt hât
in die hiute“, sprach der degen,
„sô suln wir uns danne legen
vor ûf daz schif sâ.
sô nement uns die grîfen dâ
4185 und füerent uns von hinnen.
sô mugen uns niht gewinnen
die grîfen vor der sarwât
diu uns dicke beschirmet hât:
diu mac uns ouch dâ ze helfe komen.

Es war beklagenswert genug,
4155 denn sie hatten nichts anderes mehr.
Darauf ergaben sie sich
mit Leib und Seele in die Hand Gottes.
Die tapferen Streiter knieten nun
in Kreuzesform zum Gebete nieder
4160 und flehten inständig
unseren Herrn an,
daß er ihnen gnädig sein wolle
und ihnen aus der großen Not helfen möge,
denn sie fürchteten nun den Tod sehr.

4165 Nachdem diese bekümmerten Männer
ihr Gebet verrichtet hatten,
das ihnen später Hilfe brachte,
machte der Graf Wetzel folgenden Vorschlag:
„Ich habe in diesem Augenblick
4170 eine List für uns ersonnen,
wie wir sie nicht besser brauchen.
Wenn wir jemals gerettet werden sollen,
dann kann dies gewiß nur so geschehen,
daß wir, bevor wir alles aufgeben,
4175 suchen und umherspähen,
bis wir in den Schiffen
eine Reihe von Häuten finden,
dann schlüpfen wir Heimatlosen
in unsere gute Rüstung.
4180 Wenn man uns dann in die Häute vernäht hat",
so fuhr der Graf fort,
„so werden wir uns sogleich
vorn auf das Schiff legen.
Dann werden uns dort die Greifen packen
4185 und uns hinwegtragen.
Wegen der Rüstung,
die uns schon oft geschützt hat,
können uns die Greifen nicht schaden.
Sie wird uns auch dort helfen.

sô wir danne haben vernomen
daz die alden fuotern sint,
sô snîden wir uns ûz sint
und stîgen nider zuo der erden.
sol ez ab anders umbe uns werden
daz got niht wil daz wir genesen,
sô mac uns michel lieber wesen
daz wir dort redelîch ligen tôt
dan wir dise starke nôt
lîden alsô jæmerlîch."
dô sprâchen sie algelîch,
got hæte gegeben im den sin.
zehant dô liefens alle hin
zuo den kielen an den stunden.
merrinder hiute sie funden
in den schiffen ein michel teil.
des wurden dô die recken geil
und in ir muote harte frô.
wider zir schiffe kâmens dô
und gehabten sich nâch freuden siten.
ein hût sie dô ze riemen sniten,
dâ mite sie sich în naejen wolden.
swaz si zir geverte haben solden,
daz wart die naht gar bereit.
die vil grôzen arbeit
bestuondens ûf unsers herren trôst
der sie ê dicke hâte erlôst.

Do ez allez bereit wart
des sie bedorften zuo ir vart,
ze râte se giengen under in
wer der êrste solde sîn
den man vernæte in die hût.
dô sprach der grâve über lût
„daz sol mîn herre unt ich.
ich vernæje in unde mich
in zwô hiute uns beide,

4190 Wenn wir dann bemerken,
daß die alten Greifen auf Futtersuche sind,
so schneiden wir uns dann aus
und steigen zur Erde herab.
Ist es uns aber anders bestimmt
4195 und will Gott nicht, daß wir gerettet werden,
so kann es uns lieber sein,
daß wir dort tapfer sterben,
als daß wir diese Not hier
jammervoll erleiden."
4200 Darauf meinten alle,
Gott habe ihm diesen Gedanken eingegeben.
Sogleich liefen sie
hin zu den Schiffen.
Sie fanden dort eine große Zahl
4205 von Meerrinderhäuten.
Darüber freuten sich die Ritter
in ihrem Herzen sehr.
Sie kehrten wieder auf ihr Schiff zurück
und waren überglücklich.
4210 Eine Haut schnitten sie dann zu Riemen,
mit denen sie sich einnähen wollten.
Was sie für diese Reise benötigten,
wurde in der Nacht vorbereitet.
Diese großen Anstrengungen
4215 vollbrachten sie im Vertrauen auf Gott,
der sie schon vorher oft gerettet hatte.

Als alles vorbereitet war,
was sie zu dieser Fahrt benötigten,
berieten sie untereinander,
4220 wer der erste sein sollte,
den man in die Haut einnähte.
Da sagte der Graf vernehmlich:
„Das sollen mein Herr und ich sein.
Ich werde ihn und mich
4225 in zwei Häute vernähen,

wan ich mich nimmer gescheide
von im lebende noch tôt.
ich wil angest unde nôt
bî im lîden swiez ergât.
4230 swie im sîn dinc enstât
ze genesen oder ze sterben
oder swie wir suln verderben,
daz muoz uns ensamt geschehen.
ir sult iuch des vil wol versehen.
4235 hât uns got daz heil gegeben
daz wir behalden unser leben
und dort von den jungen komen,
ir werdet ouch schiere hie genomen.
ir sult nâch uns niht klagen.
4240 iu kan nieman gesagen
die kraft die der vogel hât.
ist daz uns der lîp bestât,
wir komen zuo ein ander wider."
daz geschach ouch endelîche sider.

4245 Daz dûhte sie dô guot getân.
dô garten sich die zwêne man,
dô sie den tac ersâhen:
do begundens vaste gâhen
in ir guoten sarwât
4250 die ein ieclîcher ritter hât
der ze nôt wol wil gewâfent sîn:
helm schilt und hosen îserîn.
diu swert sie niht umbe gurten.
mit in sie sie sus fuorten.
4255 sie leitens bî in alsô bar.
dô næt mans in die hût gar
[dicke] von eime merrinde.
dô weinte daz gesinde,
dô man sie solde tragen dan.
4260 dô bat er alle sîne man
daz sie ze gote gelouben hæten

238

weil ich mich weder im Leben noch im Tod
von ihm scheiden will.
Ich will Gefahren und Nöte
mit ihm ertragen, wie es ihm auch ergehe.
4230 Wie sein Geschick verlaufen möge,
zur Rettung oder zum Tod
oder wie wir sonst umkommen werden,
das soll uns beiden gemeinsam geschehen.
Ihr sollt das wohl bedenken:
4235 Wenn uns Gott das Glück schenken sollte,
daß wir unser Leben dabei behalten
und dort von den Jungen freikommen,
so werdet auch ihr bald von hier weggetragen.
Ihr sollt uns deshalb nicht nachtrauern.
4240 Niemand weiß euch zu sagen,
welche Kraft dieser Vogel besitzt.
Wenn wir aber am Leben bleiben,
so werden wir uns auch wiedersehen."
Das sollte schließlich später auch wahr werden.

4245 Dies schien ihnen gut überlegt zu sein.
Nun bereiteten sich die beiden Männer vor,
als der Tag anbrach.
Sie beeilten sich,
ihre Rüstungen anzulegen,
4250 die jeder Ritter besitzt,
der in der Not bewaffnet sein will:
Helm, Schild und eisernen Beinschutz.
Die Schwerter gürteten sie nicht um,
führten sie jedoch mit sich
4255 und legten sie entblößt neben sich.
Dann nähte man sie ganz
in die Haut eines Meerrindes ein.
Die Gefährten weinten,
als sie sie wegtragen sollten.
4260 Nun bat der Herzog alle seine Ritter,
daß sie an Gott glauben

unde rehte nâch im tæten,
daz ein den andern besiute
in die starken rindes hiute
4265 und daz sie ir got liezen phlegen.
dô weinden umb den küenen degen
vil sêre recken gelîch.
daz scheiden was jâmerlîch
daz sie von ein ander tâten,
4270 dô sie ez alsô heten gerâten.

Dô der tac wol ûf kam,
dise herren man dô nam,
als ir ê habt gehôrt,
und leitens ûf des schiffes bort,
4275 mit starken hiuten wol durchzogen.
dô kâmen grîfen geflogen
über daz mer vil breit
nâch ir alden gwonheit
aber gein den schiffen dar.
4280 als sie ir wurden gewar,
ieclîcher zuht den sînen dan
snellîchen in sînen klân:
vil harte sie sie twungen
und fuorten sie ir jungen
4285 und liezens vor in allen
in daz nest vallen.
die versuochtenz maniger wîse
und mohten doch der spîse
nie niht gewinnen
4290 noch die hût entrennen.
dô muosen sie sie lâzen ligen.
sie sniten sich ûz unde stigen
abe dem steine in den walt,
dâ den helden vil balt
4295 die grîfen mohten niht geschaden.
sie hâte gnædeclîch entladen

und danach recht handeln sollten,
indem einer den anderen
in die starken Tierhäute einnähe,
4265 und daß sie sich dann Gott anvertrauen sollten.
Da weinten alle Ritter heftig
um den edlen Fürsten.
Das Scheiden voneinander
war doch sehr schmerzvoll,
4270 als sie dann dem Vorschlag folgten.

Als nun die Sonne aufging,
hob man die Fürsten auf,
wie ihr vorher schon gehört habt,
und legte sie auf das Deck des Schiffes,
4275 in starke Häute fest eingewickelt.
Nach ihrer Gewohnheit
kamen die Greifen dann wieder
über das weite Meer
zu den Schiffen geflogen.
4280 Als sie der Bündel gewahr wurden,
packte jeder den seinen
schnell in seine Krallen.
Sie ergriffen sie ziemlich kräftig
und brachten sie zu ihren Jungen,
4285 wo sie sie vor ihnen allen
in das Nest fallen ließen.
Diese versuchten es auf manche Weise,
konnten aber nichts
von dieser Speise genießen,
4290 auch nicht die Haut auftrennen.
So mußten sie sie liegen lassen.
Die Männer schnitten sich heraus und kletterten
von dem Felsen in den Wald hinab,
wo die Greifen den mutigen Männern
4295 nichts antun konnten.
Gott hatte sie in seiner Gnade

got der starken swære.
des danctens ir schephære.

Dise zwêne wârn alsô genesen
4300 daz sie ân angest mohten wesen.
under dicke boume sie sich zugen.
die grîfen dô hin wider flugen
und holden aber zwêne man.
dô sies ze neste brâhten dan,
4305 den geschach als den vordern sider.
die lôsten sich ouch und stigen nider
und genâsen vor den jungen.
die grîfen hin wider swungen
aber zem dritten mâle.
4310 dô heten sich sunder twâle
zwêne benæt vil sêre.
der dritte enmohte mêre
vor unkraft hân dehein wer.
der muose sterben ûf dem mer:
4315 im begunde diu kraft enslîfen.
die andern fuorten die grîfen
ze âse aber ir kinden.
mit griffen harte swinden
versuochten sies in allen enden.
4320 doch muosen sie die ellenden
âne ir danc genesen lân.
die tâten als jene habent getân:
sie stigen abe in den walt.
des fröwete sich der helt balt,
4325 Ernest der vil küene man.
als er sie sach ze ime gân,
dô wart er herzeclîche frô.
gegen in spranc der herre dô
und kustes alle besunder.
4330 dô het got aber ein wunder
begân als er vil dicke hât.
sît wart der herren guot rât,

242

aus dieser großen Not befreit.
Dafür dankten sie ihrem Schöpfer.

Diese beiden waren nun so gerettet,
4300 daß sie ohne Sorge sein konnten.
Sie versteckten sich unter dichte Bäume.
Die Greifen waren inzwischen zurückgeflogen
und holten abermals zwei Männer.
Nachdem diese zum Neste gebracht worden waren,
4305 erging es ihnen ebenso wie den vorigen.
Sie befreiten sich auch und kletterten hinab
und retteten sich so vor den Jungen.
Wiederum waren die Greifen zum dritten Male
dorthin geflogen.
4310 Ohne Säumen hatten sich dort
zwei weitere Männer ganz eingenäht,
der dritte hatte sich vor Schwäche
nicht mehr rüsten können.
Ihn verließen die Kräfte,
4315 und er mußte auf dem Meere sterben.
Die andern wurden ebenfalls von den Greifen
als Nahrung für ihre Jungen entführt.
Mit heftigen scharfen Krallen
versuchten diese, sie an allen Seiten zu packen.
4320 Sie mußten jedoch die Fremden
ungewollt am Leben lassen.
Diese taten, was die andern getan hatten:
Sie kletterten in den Wald hinab.
Darüber freute sich der mutige Held,
4325 der edle und kühne Herzog Ernst.
Als er sah, daß sie zu ihm kamen,
wurde er von Herzen froh.
Er eilte ihnen entgegen
und küßte jeden einzelnen.
4330 Hier hatte Gott wiederum ein Wunder gewirkt,
wie er es schon so oft getan hatte.
Später wurde den Rittern Rettung zuteil;

als got wolde und er gebôt.
sô überwundens alle ir nôt.

4335 Do si alsô zesamene wâren komen,
des wart grôz freude von in vernomen,
wan in unser trähtîn
nâch grôzer erbermde sîn
hâte beide lîp und leben
4340 wider zeichenlîch gegeben,
als er noch tuot genuogen.
daz sie die jungen niht ersluogen,
der herzoge und sîne man,
daz wart durch den list getân:
4345 wærn die grîfen von in erslagen,
sô wære keiner mê getragen
her über von den alden.
sus wart ir aller lîp behalden,
daz sies ir jungen brâhten.
4350 die herren dô gedâhten
daz sie strichen in den walt.
dô wâren die helde balt
vil wünneclîche gar.
vil lützel sie der lîpnar
4355 in dem walde funden.
dô âzens under stunden
wurze und swaz ez mohte sîn.
dô kâmen die armen pilgerîn
an ein wazzer, daz was grôz,
4360 daz vil snelleclîche flôz,
lûter unde wol getân.
des wâren die ellenden man
in ir gemüete vil frô.
dô gelabten sie sich dô,
4365 wan ez was gar vische rîch.
die edeln recken lobelîch
in daz wazzer giengen.
mit den henden si ir geviengen

so wie es Gott wollte und gebot,
so überwanden sie ihre Notlage.

4335 Als sie sich auf diese Weise wieder
zusammengefunden hatten, herrschte unter ihnen
große Freude, weil unser Herrgott
in seiner großen Barmherzigkeit
ihnen Leib und Leben
4340 gleichsam wiedergegeben hatte,
wie er es ja oft noch tut.
Aus kluger Überlegung
hatten der Herzog und der Graf
die jungen Greifen nicht erschlagen:
4345 Wären nämlich die Greifen von ihnen erschlagen
worden, so wäre keiner mehr
durch die Alten herübergebracht worden.
Weil diese sie aber zu ihren Jungen gebracht hatten,
war ihnen allen das Leben erhalten geblieben.
4350 Nun nahmen sich die Ritter vor,
den Wald zu durchstreifen.
Die kühnen Helden
waren nun sehr glücklich.
Im Walde fanden sie
4355 allerdings keine Nahrung.
So aßen sie in der Zwischenzeit
Pflanzen und was man sonst essen konnte.
Schließlich kamen die armen Pilger
an einen größeren Fluß,
4360 der mächtig und schnell,
aber auch klar und schön dahinfloß.
Darüber waren die Umherirrenden
in ihrem Herzen sehr froh.
Hier blieben sie und sättigten sich,
4365 denn er war reich an Fischen.
Die edlen tüchtigen Ritter
stiegen in das Wasser
und fingen so viele Fische mit den Händen,

sô vil daz sie sich ernerten
4370 und dem hunger wol erwerten.
des gnâdeten sie gote tiure.
sie brieten sie bî dem fiure:
daz mohten sie dô wol hân.
dô suochten die vil küenen man
4375 beide vür unde wider,
daz wazzer ûf unde nider
ob si iender über möhten komen.
schier wart in der trôst benomen,
daz sie muosen dannen wenden,
4380 oberhalp von steinwenden,
niderhalp von gebirge hôch
daz sich ûf gên den wolken zôch:
daz wazzer dâ durch hin flôz.
daz was starc unde grôz,
4385 daz iu daz nieman kan gesagen.
do begunden aber die herren klagen
ir jâmerlîch ellende.
sie wânden nemen ir ende.

Sie klageten aber gote ir nôt.
4390 harte forhten sie den tôt,
wan sie niht mohten über komen.
als ir ê habt vernomen,
daz wazzer was tief unde breit.
dô nâhte in michel arbeit.
4395 ir angest was unmâzen grôz.
daz wazzer durch den berc schôz
zeim loche, daz was enge.
mit grôzem gedrenge
ez durch den berc ran.
4400 „nu râtet", sprach der küene man,
„wie wir nû werben.
wir müezen hie ersterben,
suln wir langer hie bestân."
dô sprach der grâve sîn man

daß sie den Hunger vertreiben
4370 und sich satt essen konnten.
Dafür dankten sie Gott sehr.
Sie brieten die Fische am Feuer,
das sie dort entzünden konnten.
Dann suchten die Ritter
4375 nach allen Seiten,
flußauf und flußab,
ob sie an irgendeiner Stelle übersetzen konnten.
Bald mußten sie die Hoffnung aufgeben;
oberhalb waren Steinwände,
4380 unterhalb ein hohes Gebirge,
das bis zu den Wolken aufragte,
so daß sie wieder umkehren mußten.
Das Wasser floß dort hindurch.
Es war so reißend und stark,
4385 daß man es euch nicht beschreiben kann.
Da klagten die Ritter
von neuem über ihr jammervolles Geschick.
Sie glaubten wieder ihr Ende nahe.

Abermals klagten sie Gott ihre Not.
4390 Sie fürchteten sehr den Tod,
weil sie nicht hinübergelangen konnten.
Wie ich schon sagte,
war der Fluß breit und tief.
Nun nahte ihnen also neue große Mühsal.
4395 Ihre Bedrängnis war übermäßig groß.
Der Fluß schoß zwischen den Bergen
zu einem engen Felsloche hin.
Mit großer Stauung
floß es durch den Berg.
4400 „Nun überlegt", sagte der Herzog,
„wie es nun weitergehen soll.
Wir müssen hier sterben,
wenn wir länger hierbleiben müssen."
Ihm antwortete der Graf, sein Gefährte:

247

4405	„uns ist der trôst gar benomen.
	sît wir niht über mugen komen,
	wir müezenz nu wâgen.
	nu lân uns niht betrâgen
	daz wir machen ein flôz,
4410	alsô starc und alsô grôz
	daz wir den lîp dar ûf bewarn.
	wir müezen durch daz loch varn:
	des mac nu niht rât wesen.
	wir sterben oder genesen,
4415	daz muoz nu dâ ze gote stân.“
	dar zuo griffen sie dô sân
	unde worhten schiere ein flôz,
	daz was starc unde grôz.
	starke boume sie dar truogen
4420	die si mit den swerten abe sluogen:
	sien mohten ander wâfen hân.
	starc gespenge sie dar an
	mit wîden vaste bunden.
	dô giengens an den stunden
4425	mit sorgen ûf daz flôz stân.
	do bevulhen sich die küenen man
	flîzeclîch unserm trähtîn
	und der vil lieben muoter sîn
	und allen sînen heiligen.
4430	ze himele sie dicke nigen
	ê sie sich liezen in daz loch.
	daz wunder sagt man uns noch
	daz den helden dô geschach.
	sie liten vil grôz ungemach
4435	ê sie sich dar în liezen.
	vil dicke sie in stiezen
	manigen unsenften stôz.
	ir angest diu was vil grôz
	ê si durch den berc kâmen.
4440	vil manigen schric sie nâmen
	der in den tôt tet bekant.

248

4405 „Die Hoffnung ist uns genommen.
Da wir nicht hinübergelangen können,
müssen wir etwas wagen.
Laßt uns nicht zögern,
ein Floß zu bauen,
4410 so stark und so groß,
daß wir unser Leben damit retten können.
Wir müssen durch das Felsloch fahren.
Eine andere Lösung gibt es nicht.
Wir sterben oder kommen durch,
4415 darüber muß Gott entscheiden."
Sie packten sogleich alle an
und bauten sehr bald ein Floß,
das groß und breit war.
Starke Bäume trugen sie zusammen,
4420 die sie mit den Schwertern gefällt hatten.
Sie hatten ja keine anderen Waffen.
Kräftiges Flechtwerk aus Weiden
banden sie dazwischen.
Dann bestiegen sie sogleich
4425 sorgenvoll das Floß
und befahlen sich inständig
unserm Herrn,
seiner lieben Mutter
und allen seinen Heiligen an.
4430 Sie verneigten sich oft vor dem Himmel,
bevor sie in das Felsloch steuerten.
Die seltsamen Erlebnisse erzählt man uns noch heute,
die diese Ritter dort hatten.
Sie erlebten aber noch manchen Verdruß,
4435 bis sie dort hineingelangten.
Allzu häufig erlitten sie
manchen unsanften Stoß.
Ihre Angst war sehr groß,
ehe sie wieder aus dem Berg kamen.
4440 Manchen Ruck erlebten sie,
der sie an den Tod gemahnte.

dô half in unser heilant
daz sie in den stunden
ir nôt wol überwunden.

4445 Sie liten arbeit iedoch,
ê sie kâmen durch daz loch,
in einer starken vinster,
zer zeswen und zer winster,
dâ sie sich stiezen her und dar.
4450 dô schein der berc inner gar
von maniger hande steine.
die wâren al gemeine
schœne unde wol gevar.
ouch was der grunt unden gar
4455 in der selben mâze erkant.
Ernst der edele wîgant
einen stein dar under sach
den er ûz dem velse brach.
der stein gap vil liehten glast.
4460 den brâhte sît der werde gast
ûz der vil starken freise.
dâ von er wart der weise
durch sîn ellen genant.
er ist noch hiute wol bekant.
4465 ins rîches krône man in siht.
von diu liuget uns daz buoch niht.
ist aber hie dehein man
der dise rede welle hân
vür ein lügenlîchez werc,
4470 der kome hin ze Babenberc:
dâ vindet ers ein ende
ân alle missewende
von dem meister derz getihtet hât.
ze latîne ez noch geschriben stât:
4475 dâ von ez âne valschen list
ein vil wârez liet ist.

Doch half ihnen unser Heiland,
daß sie auch in diesen Stunden
ihre Not heil überstanden.

4445 Sie mußten jedoch in dieser großen Finsternis
zur Rechten und zur Linken,
wo sie überall anstießen,
manche Schwierigkeiten überwinden,
bis sie durch den Stollen hindurch waren.
4450 Da glänzte der Felsen innen
ganz von verschiedenartigen Steinen.
Sie waren alle
wunderschön und farbig zugleich.
Auch leuchtete der Grund unten
4455 ganz in gleicher Weise.
Ernst, der edle Ritter,
erblickte dazwischen einen Edelstein,
den er aus dem Felsen herausbrach.
Dieser Stein gab einen sehr hellen Schein.
4460 Ihn nahm der edle Fürst
aus der schrecklichen Gefahr mit.
Wegen seiner ungewöhnlichen Kraft
wurde dieser Stein „der Waise" genannt.
Er ist noch heute allgemein bekannt,
4465 man kann ihn in der Kaiserkrone erblicken.
Die Erzählung bringt also die Wahrheit.
Sollte aber jemand hier sein,
der diese Dichtung
für ein Lügenwerk hält,
4470 der möge nach Bamberg kommen.
Dort wird er ohne Falschheit
von dem Meister, der dies gedichtet hat,
widerlegt werden.
Es ist auch noch lateinisch aufgeschrieben.
4475 Deshalb ist es ohne Falsch
eine wahre Dichtung.

Do die helde begunden nâhen
dâ sie den tac sâhen,
do begunde ouch daz loch wîten.
4480 sie kâmen in kurzen zîten
in ein vil grôze lant.
des wart der edele wîgant
mit den sînen vil frô.
ze stade kêrten sie dô
4485 und liezen daz flôz stên.
dô begunden dannen gên
die recken küene unde balt.
sie kâmen in einen grôzen walt
dâ sie riutære funden,
4490 der sprâche sie niht enkunden.
ze den begunden sie dô gâhen.
dô sie sie von êrste sâhen,
dô vlôch man wîp unde kint.
des funden die helde sint
4495 so vil brôtes daz sie sich ernerten
und des hungers erwerten.
in was diu kraft entwichen.
durch den walt sie strichen.
got hete sie dar schiere gesant
4500 in ein vil schœne lant:
daz was ein künicrîche,
dâ sie vil hêrlîche
manige bürge sâhen stân.
als wir dâ von vernomen hân,
4505 daz lant hiez Arimaspî.
des was der edele fürste frî
in sînem muote vil frô.
die helde wâren komen dô
in eines herren grâfschaft.
4510 der hâte mit grôzer kraft
ein schœne burc gebûwen.
des sult ir wol getrûwen,
sie was wît und hêrlîch.

Als die Ritter dorthin gelangten,
wo sie wieder Licht sahen,
wurde auch der Stollen immer größer.
4480 Nach kurzer Zeit kamen sie
in ein weites Land.
Darüber war nun der Fürst
mit seinen Gefährten sehr froh.
Sie legten am Ufer an
4485 und ließen das Floß dort stehen.
Die kühnen Ritter
gingen nun weiter.
Sie gelangten in einen großen Wald,
wo sie Rodebauern antrafen,
4490 deren Sprache sie nicht verstanden.
Sie eilten zu ihnen hin.
Als diese sie jedoch erblickten,
da flohen Männer, Frauen und Kinder.
So fanden die Helden jetzt so viel Brot,
4495 daß sie sich des Hungers erwehren
und satt essen konnten,
denn sie waren wieder ganz entkräftet.
Dann durchzogen sie den Wald.
Gott hatte sie hier
4500 in ein sehr schönes Land geführt.
Es war ein Königreich,
in dem sie manche herrliche Stadt
erblicken konnten.
Wie wir vernommen haben,
4505 hieß das Land Arimaspi.
Darüber war der edle Fürst
von Herzen froh.
Die Ritter waren in die Grafschaft
eines Fürsten geraten,
4510 der mit großem Aufwand
eine prächtige Burg erbaut hatte.
Ihr könnt es ruhig glauben,
daß sie groß und gewaltig war.

die liute wâren wunderlîch
4515 die daz lant heten besezzen.
sie wâren vil vermezzen:
des mugen wir niht gelougen.
sie heten niht wan ein ouge
vorne an dem hirne.
4520 sie hiezen einsterne,
ze latîne hiezens Cyclôpes.
die helde nâhten under des
der selben bürge wol getân.

sie muosen grôze angest hân
4525 wie man sie hie enphienge
oder wie ir dinc ergienge
und wie ez dâ solde gestân.
„wir suln", sprach der fürste sân,
„gên ûf die gotes genâde dar."
4530 schiere wurden sie gewar
des grâven vor der bürge tor,
der mit rittern dâ vor
kurzwîlen in den zîten gie,
der sie vil minneclîche enphie
4535 und mit vil grôzen êren.
dô fuorte er die hêren
ûf ein rîchez palas.
vil liep dem wirte zuo in was.
ir sprâche was in unbekant.
4540 der herre wincte in mit der hant
daz si abe tæten die sarwât.
dô was ir worden guot rât.

Der grâve was ein guoter man.
er hiez die geste wol hân:
4545 dar zuo er inz selbe wol erpôt
(des was den recken vil nôt)
in maniger hande wîse,
mit kleidern und mit spîse,
daz sie ez wol mohten lîden.

Die Menschen aber, die dieses Land bewohnten,
4515 waren seltsam.
Sie sahen sehr verwegen aus;
das kann man nicht leugnen.
Sie besaßen nämlich nur ein Auge,
vorn auf der Stirn.
4520 Sie hießen deshalb Einsterne,
auf lateinisch Zyklopen.
Inzwischen hatten sich die Ritter
dieser schönen Burg genähert.
Sie mußten große Ungewißheit erdulden,
4525 wie man sie hier empfangen würde,
wie ihr Schicksal weiter verlaufe
und wie sie hier bestehen sollten.
Der Herzog sagte nun: „Wir werden
im Vertrauen auf Gottes Gnade dorthin gehen."
4530 Bald wurden sie auch des Grafen
vor dem Burgtore gewahr,
der sich dort
mit seinen Rittern unterhielt.
Er empfing sie sehr liebenswürdig
4535 und sehr ehrenvoll.
Dann führte er die fremden Ritter
in einen prächtigen Palast.
Er erzeigte sich ihnen sehr geneigt;
sie aber verstanden seine Sprache nicht.
4540 Der Burgherr winkte ihnen mit der Hand zu,
daß sie ihre Rüstung ablegen sollten.
Nun war ihnen wieder geholfen.

Der Burggraf war ein edler Herr.
Er ließ die Gäste gut versorgen:
4545 Dazu bot er ihnen selbst das,
was die Ritter sehr nötig hatten,
Kleider und Speisen
verschiedenster Art,
wie sie es sich gern gefallen ließen.

4550	mit pheller und mit sîden
	hiez sie der grâve kleiden.
	er was ein man bescheiden,
	er bekande an ir gebæren
	daz sie edele liute wæren:
4555	des erbarmde in ir ungemach.
	dâ von in guotes vil geschach
	von im dar nâch lange sît.
	do geviel ez an ein hôchgezît,
	daz der künic von dem lande
4560	allenthalben sande
	nâch sînen mâgen unde man,
	daz sie niht solden lân
	sie kæmen ze hove gar.
	die fürsten kâmen alle dar
4565	wîten von dem rîche,
	die herren al gelîche,
	beide nâhe und verre.
	dô kam ouch dirre herre
	ze hove mit grôzen êren.
4570	vür den künic hêren
	fuort der grâve mit im dan
	den herzogen und sîne man,
	gewâfent wol ze flîze
	in ir halsberge wîze
4575	und ir hosen îserîn.
	daz gap allez liehten schîn.
	sie wâren vil hêrlîche gar.
	als ir der künic wart gewar,
	er neic in albesunder
4580	und nam in michel wunder:
	wa er die recken hæte genomen,
	oder wannen sie im wæren komen,
	frâgt er den grâven sâ zehant.
	[er sprach] „herre, mir ist unbekant
4585	von wannen oder wer sie sîn.
	sie kâmen in daz hûs mîn

4550 Der Graf befahl, sie mit
kostbaren Stoffen einzukleiden.
Er war ein kundiger Mann;
er erkannte an ihrem Benehmen,
daß sie von edler Herkunft waren.
4555 Deshalb ging ihm ihre Not nahe.
Noch lange Zeit wurde ihnen
durch ihn Gutes zuteil.
Dann geschah es, daß der König
des Landes anläßlich eines Festes
4560 überallhin zu seinen Verwandten
und Lehensleuten sandte,
daß sie es nicht versäumen sollten,
alle zum Königshofe zu kommen.
Von weither, aus dem gesamten Reiche
4565 kamen nun die Fürsten dorthin,
alle adligen Herren,
von fern und nah.
Damals zog auch dieser Burggraf
mit großem Gefolge zum Hofe.
4570 Der Graf führte den Herzog
und dessen Begleiter
mit sich zum König,
sorgfältig gerüstet
in glänzendem Halspanzer
4575 und eisernen Beinschienen.
Dies leuchtete überall hell auf.
Sie waren prächtig anzusehen.
Als der König sie bemerkte,
begrüßte er sie alle einzeln
4580 und bewunderte sie sehr.
Er fragte den Grafen sogleich,
wo er diese Recken hergenommen habe
und von wo sie zu ihm gekommen seien.
Jener antwortete: „Herr, es ist mir unbekannt,
4585 von wo sie stammen und wer sie sind.
Sie sind in meine Burg gekommen,

ichn weiz von wannen gegân,
von hunger jâmerlîch getân.
sît hiez ich ir", sprach der degen,
4590 „mit spîse volleclîche phlegen
mîn liute, man als an in wol siht.
si vernement unser sprâche niht:
ir gebære ist vil manlîch."
dô schouwete der künic rîch
4595 ir helme schilde unde swert.
sie wâren im liep unde wert.
im geviel vil wol ir leben.
dô bater den grâven sie im geben.
der grâve gaps dem künige dô.
4600 des wart er herzeclîchen frô.
der recken er sich underwant
und hiez dô ziehen sâ zehant
ein vil schœne castellân,
starc unde wol getân,
4605 vür in ûf den hof dar.
dâ bî wolde er nemen war
welher der tiurste wære.
Ernest der degen mære
zehant nâch dem zoume greif.
4610 er spranc dar ûf ân stegereif
und reit ez ritterlîche.
dô hiez der künic rîche
in und alle sîne man
mit dienest als in selben hân
4615 mit aller hande sachen
und wol gereiten machen,
und gap in kamerære
der in bereit wære
swes sie bedorften zuo der nôt.
4620 al sînen liuten er gebôt
daz sie in dienen solden
swie sie selbe wolden:

258

ich weiß nicht woher;
vor Hunger sahen sie jammervoll aus.
Deshalb ließ ich sie", so fuhr der Graf fort,
4590 „durch meine Leute gut mit Speise versorgen,
wie man jetzt an ihnen sehen kann.
Sie verstehen unsere Sprache nicht.
Aber ihr Benehmen ist sehr ritterlich."
Daraufhin betrachtete der König
4595 ihre Helme, Schilde und Schwerter.
Er war über die Ritter erfreut und wußte sie zu
Ihr Verhalten gefiel ihm.   [schätzen.
So bat er den Grafen, sie ihm zu überlassen,
und der Graf übergab sie nun dem König.
4600 Darüber war dieser sehr glücklich.
Er sorgte für die fremden Ritter
und ließ dann sogleich
ein schönes kastilisches Pferd,
das kräftig und wohlgebaut war,
4605 zu ihnen in den Hof bringen.
Auf diese Weise wollte er feststellen,
wer der vornehmste von ihnen war.
Ernst, der berühmte Held,
griff sogleich nach dem Zaume,
4610 sprang ohne Stegreif auf
und ritt es nach ritterlicher Manier.
Daraufhin ließ der König
ihn und seine Gefährten
in seinen Dienst aufnehmen
4615 und sie mit vielen Dingen
gut ausrüsten;
er wies ihnen einen Kämmerer zu,
der ihnen bereitstellen mußte,
was sie in ihrer Lage brauchten.
4620 Allen seinen Leuten gebot er,
daß sie ihnen helfen sollten,
wie es ihrem Wunsche entsprach.

daz sie alle gerne tâten.
sus hâte sie got berâten.

4625 Also bliben sie bî dem künige hie.
dô sich der hof dô zerlie,
der künic ir flîzeclîche phlac
dar nâch vil manigen tac.
man huote ir schône, daz ist wâr,
4630 mê danne ein ganzez jâr,
ê sie die sprâche kunden.
dar nâch in kurzen stunden
hiez er den herzogen gewinnen
und bat in mit guoten minnen
4635 im sagen diu rehten mære,
von welhem lande er wære
und wie getânen namen er hæte,
daz er im daz kunt tæte
und im sagt diu rehten mære
4640 waz mannes er selbe wære
und wie er kæme in daz lant.
des antworte im der wîgant
unde tete im kunt diu mære
daz er ein herzoge gwesen wære
4645 dâ heime in sîme lande,
wie in âne schulde und âne schande
vertreip der rîchsten künige ein
der von anegenge kein
ie wurde in dem rîche:
4650 und sagete im sunderlîche
des landes site und gebære
und wie er dar komen wære.
Dô der künic gar vernam
diu mære wie er dar kam
4655 und von manigen landes siten,
und waz er arbeit hæte erliten
sît er von sînem lande schiet,
do gebôt er aller sîner diet

Das taten sie alle gern.
So hatte Gott den Rittern wieder geholfen.

4625 Sie blieben nun bei diesem Könige.
Nachdem der Hoftag auseinandergegangen war,
widmete sich ihnen der König
oft mit Aufmerksamkeit.
Länger als ein ganzes Jahr
4630 kümmerte man sich sorgfältig um sie,
bis sie die Sprache erlernt hatten.
Einige Zeit später ließ der König
den Herzog zu sich kommen
und bat ihn herzlich,
4635 daß er ihm seine Geschichte erzählen möge,
aus welchem Lande er sei
und welchen Namen er habe,
daß er ihm auch berichte
und die Wahrheit sagen möge,
4640 wem er untertan sei
und wie er in dieses Land gekommen sei.
Darauf antwortete ihm der Herzog
und erzählte ihm seine Geschichte,
daß er daheim in seinem Lande
4645 ein Herzog gewesen sei und wie er,
ohne seine Schuld und ohne ehrlos gehandelt zu haben,
von dem mächtigsten Könige,
der seit Gründung dieses Reiches
jemals dort herrschte, vertrieben worden war.
4650 Er erläuterte ihm im einzelnen
die Sitten und Gepflogenheiten seiner Heimat
und wie er nun hierhergelangt war.
Als der König die Geschichte ganz vernommen hatte,
welche Drangsal jener erduldet hatte,
4655 seitdem er sein Land verlassen hatte,
und die Sitten in vielen Ländern
und wie er schließlich dorthin gekommen war,
da befahl er seinen Leuten,

daz sie sich des bewægen
4660 und ir mit flîze phlægen:
daz gebôt er für unde wider.
des was er im immer sider
mit triuwen herzeclîchen holt.
er gap im silber unde golt
4665 und allez daz er wolde hân.
alsô het got ze in getân.

Hie lâzen wir belîben daz:
ich wil iu sagen vürbaz.
dem künic von Arimaspî
4670 sâzen wunderlîche liute bî:
Plathüeve wâren sie genant
und tâten im schaden in sîn lant
und brâhten in dicke in arbeit.
den wârn die füeze vil breit
4675 und alsô den swanen gestalt.
die fuorten grôzen gewalt
über hart und über bruoch.
sie truogen keiner slahte schuoch.
swann ungewiter wolde werden,
4680 sô leite er sich ûf die erden:
sô hebet er einen fuoz über sich.
daz was genuoc wunderlich.
so im daz weter lange war,
den andern fuoz hebte er dar,
4685 sô im dirre muode wart.
alsô wâren sie bewart
daz in ze keiner stunde
kein weter geschaden kunde.

Die Plathüeve alsô gefuoren
4690 daz sie hervart swuoren
ûf den künic von Arimaspî.
sie wâren ir gemüetes frî
und truogen geschôz freislich.

daß sie sich anstrengen und sich
4660 noch sorgfältiger um die Ritter kümmern sollten.
Das wiederholte er mehrfach.
Seitdem war er dem Herzog stets
herzlich in Treue verbunden.
Er schenkte ihm Silber und Gold
4665 und alles, was er sich wünschte.
So hatte Gott für die Fremden gesorgt.

Damit wollen wir das Bisherige sein lassen:
Ich will euch nun weitererzählen.
Dem Könige von Arimaspi
4670 waren seltsame Menschen benachbart.
Platthufe wurden sie genannt.
Sie schadeten seinem Lande sehr
und verwickelten ihn oft in Kämpfe.
Sie hatten sehr breite Füße,
4675 die denen eines Schwanes glichen.
In Wäldern und Sümpfen
übten sie große Macht aus.
Sie trugen keinerlei Schuhe.
Jedesmal wenn ein Unwetter kam,
4680 legten sie sich auf die Erde
und hoben einen Fuß über sich.
Das war ein seltsamer Anblick!
Wenn das Unwetter lange dauerte
und der eine Fuß müde wurde,
4685 erhoben sie den zweiten Fuß.
Auf diese Weise waren sie beschirmt,
so daß ihnen niemals
ein Unwetter schaden konnte.

Die Platthufe hatten sich vorgenommen,
4690 eine Heerfahrt gegen den König
von Arimaspi zu unternehmen.
Sie waren recht übermütig
und besaßen schreckliche Schußwaffen.

dô besanden sie sich
4695 inner tac und inner naht
und wunnen vil grôze maht
gegen des küniges lande.
mit roube und mit brande
wolden sie den künic hern
4700 und sîn rîche gar verhern.
dem künige kam diu botschaft
daz die Plathüeve mit kraft
in sînem lande wæren.

mit disen starken mæren
4705 wart er beswæret sêre.
do gewan der künic hêre
gên in vil schiere
von recken küene und ziere
in vil kurzlîchen tagen
4710 einen kreftigen magen
ûf ein heide, diu was breit.
dar hâten sich diu her geleit.
dâ muose ez durch nôt scheiden
zwischen den hern beiden
4715 daz urteil mit dem lebene.
die Plathüeve vergebene
fuorten ir scharph geschütze.
ez wart in vil unnütze,
do der herzoge in den strît kam.
4720 des küniges vanen er dô nam
und fuorte die vordern schar.
die Plathüeve kâmen gein im dar
mit grôzem übermuote gevarn
und huoben sich mit den scharn
4725 ûf ein ander: dô huop sich nôt.
dâ von lac dô maniger tôt.

Der herzoge und sîne man
kâmen sie frumlîchen an.
sie sluogen unde stâchen

Innerhalb eines Tages und einer Nacht
4695 sammelten sie sich
und brachten so ein großes Heer
gegen das Land des Königs zusammen.
Mit Raub und Brand
wollten sie den König angreifen
4700 und sein Land verheeren.
Der König erhielt nun die Nachricht,
daß die Platthufe mit ihrem Heere
in sein Land eingefallen seien.
Diese bittere Botschaft
4705 bedrückte ihn sehr.
Dann aber stellte der König
sehr rasch und in kürzester Zeit
gegen diese Feinde
ein mächtiges Heer
4710 aus tapferen Streitern
auf einer weiten Heide auf.
Dort lagerten die Heere.
Hier mußte die Entscheidung
durch Kampf auf Leben und Tod
4715 zwischen beiden Heeren herbeigeführt werden.
Die Platthufe schleppten ihr Schießzeug
vergebens mit sich
Es nützte ihnen nichts,
als der Herzog in den Kampf eingriff.
4720 Er übernahm die Fahne des Königs
und führte die vorderste Schar an.
Die Platthufe zogen ihm
mit großem Übermut entgegen
und stürzten sich mit ihren Scharen
4725 auf sie: Da begann der Kampf.
In ihm blieben viele tot liegen.

Der Herzog und seine Leute
stellten sich ihnen unerschrocken entgegen.
Sie schlugen und stachen auf sie ein,

4730	unz sie die schar durchbrâchen:
	dô muosens in entwîchen.
	sie wurden freislîchen
	verhouwen an der walstat.
	ûf dem velde manic phat
4735	mit tôten lac bestrouwen:
	des wart von lîbe gehouwen.
	der künic von Arimaspî
	der stuont dem herzogen bî
	frumlîch mit sîner schar.
4740	sie sluogen die Plathüeve gar
	daz in vil lützel entran.
	der herzoge den sige gewan.
	ez was im wol ergangen.
	erslagen und gevangen
4745	hâte er ir und sîne man
	daz nieman wol ertrahten kan.
	Der sige was gewunnen.
	die dâ wârn entrunnen
	fluhen ze bürge und ze walde,
4750	swâ sie sich mohten behalden.
	der künic besaz die naht daz wal.
	dâ was freude unde schal
	unz an den anderen tac.
	der künîc gebennes sich bewac.
4755	er hiez sîne lieben man
	zuo im ze hove alle gân
	und bat sie danken dem herzogen
	der im sô gar vür unbetrogen
	hâte behalden al sîn êre.
4760	des begunde er in vil sêre
	loben durch sîn frümekeit.
	er sprach „jungelinc gemeit,
	du hâst mir manlîche
	und alsô frumlîche
4765	êre unde lîp behalden.

4730 bis sie die Schlachtreihe durchbrechen konnten.
Dann mußten die Feinde vor ihnen zurückweichen.
Sie wurden grausam
auf dem Kampfplatze niedergehauen,
so daß mancher Pfad auf dem Schlachtfelde
4735 mit Toten übersät war,
die erschlagen worden waren.
Der König von Arimaspi
hatte mit seinem Heere
dem Herzoge tüchtig beigestanden.
4740 Sie besiegten die Platthufe vollständig,
so daß kaum einer entkommen konnte.
Den Sieg hatte der Herzog erfochten,
ihm war der Erfolg zuteil geworden.
Er und seine Männer hatten so viele
4745 von den Feinden erschlagen oder gefangen,
wie es keiner ausdenken kann.

Der Sieg war nun errungen.
Diejenigen, die dort entkommen waren,
flohen auf Burgen und in Wälder:
4750 wohin sie sich nur retten konnten.
Der König blieb über Nacht auf dem Schlachtfelde.
Dort gab es Freuden und Lärm
bis zum nächsten Tage.
Der König wollte sie alle beschenken.
4755 Er ließ seine treuen Ritter
zum Königszelte kommen
und bat sie, dem Herzoge zu danken,
der ihm so treu geholfen hatte,
die Ehre zu bewahren.
4760 Deshalb lobte er ihn
wegen seiner Tapferkeit sehr.
Er sagte: „Herrlicher Ritter,
du hast mir ebenso mannhaft
wie tüchtig
4765 Leben und Ehre gerettet.

du solt immer mêr gewalden
mîns landes swaz dus haben wil.
des sol ich dir lîhen alsô vil
durch liebe die ich zuo dir hân
4770 daz du selbe maht wol hân
beide êre unde ruom."
er lêch im ein herzogentuom
mit liuten und mit lande.
sus lônte er dem wîgande.
4775 dô gab er sînen mannen,
ê daz sie schieden dannen,
daz sie wurden unnôthaft
und geladen mit grôzer kraft.
grâve Wetzel sînen man
4780 den hiezen sie zehant dan
wîsen gwaltic dar în,
und im undertân sîn
daz volc gemeinlîche,
beide arme und rîche.
4785 daz lobeten sie vil gerne.
der künic reit zuo Lûcerne:
sus was ein sîn burc genant.
dô fuorte man den wîgant
ûf sîn lant mit sînen man:
4790 dô was sîn dinc im wol ergân.

Dô der herre daz lant gewan,
dô machte er im sîne man
beide willic unde holt.
er gap in silber unde golt
4795 daz er nieman niht verzêch.
er gap hin unde lêch
daz ieclîcher gerne nam.
des muost der helt vil lobesam
sînen lantliuten allen
4800 von schulden wol gevallen,
und huoten sîner êre

Du sollst immerdar so viel von meinem Lande
beherrschen, wie du willst.
Aus Dankbarkeit, die ich dir gegenüber empfinde,
werde ich dir so viel davon verleihen,
4770 damit du selbst auch Macht,
Ruhm und Ansehen besitzen mögest."
Er verlieh ihm ein Herzogtum
samt Land und Leuten.
So belohnte er den Helden.
4775 Dann gab er den Kriegern,
bevor sie den König verließen,
so viel, daß sie große Geschenke hinwegtrugen
und allzeit gut versorgt waren.
Dem Grafen Wetzel,
4780 dem Lehnsmann des Herzogs,
übertrugen sie sogleich
die Verwaltung dort
und unterstellten ihm
das ganze Volk.
4785 Das wurde feierlich versprochen.
Der König ritt nun nach Lucerne,
wie seine Burg genannt wurde.
Dann zeigte man dem Herzog
sein Land und seine Untertanen.
4790 So hatte sich sein Geschick zum Guten gewendet.

Nachdem der Herzog sein Land übernommen hatte,
gelang es ihm, seine Untertanen so zu gewinnen,
daß sie ihm willig und hold ergeben waren.
Er schenkte ihnen Silber und Gold,
4795 das er niemandem vorenthielt.
Er vergab und verlieh ihnen,
was jeder gern entgegennahm.
So mußte der edle Fürst
allen seinen Untertanen
4800 mit Recht gefallen;
er bewahrte sein Ansehen

mit triuwen immer mêre
durch sîn grôze frümekeit.
er dolde liep oder leit,
4805   des hâtens alle mit im phliht.
ouch versûmte sich der grâve niht:
er hielt mit êrn ouch sîn gewalt.
des wurdens beide dô gezalt
zen aller tiursten herren
4810   die sie nâhe und verren
wisten in keinem lande.
sie lebten gar âne schande.

Uns tuot diu âventiure bekant
daz Ernst der edele wîgant
4815   hôrte sagen mære,
wie ein wunderlîch volc wære
bî sînem lande gesezzen,
gên tumpheit vermezzen,
dâ enebene bî dem mer.
4820   die mohten haben michel her,
swenne sie daz wolden hân.
sie wârn ouch wunderlîch getân,
wol gewahsen, niht ze kranc.
in wârn diu ôren alsô lanc
4825   daz sie in ûf die füeze giengen:
dâ mite sie den lîp umviengen.
sie truogen kein ander wât,
als uns daz mære gesagt hât:
si getorsten wol vehten.
4830   gelîche guoten knehten
wâren sie in der gestalt.
der wart sît harte vil gevalt
von dem herzogen hêre.
sie truogen scharphe gêre,
4835   lieht unde wol getân.
dâ vor kunde niht gestân,
ez enmüese sîn verlorn.

stets durch treues Verhalten
und große Tüchtigkeit.
Er ertrug Freude und Leid
4805   mit ihnen gemeinsam.
Auch der Graf vernachlässigte nichts
und übte seine Macht ebenfalls ehrenvoll aus.
Deshalb wurden beide
zu den allerbesten Fürsten gezählt,
4810   die man nahe oder fern
in irgendeinem Lande kannte.
Sie standen in hohem Ansehen.

Die Geschichte berichtet weiter davon,
daß Herzog Ernst, der edle Held,
4815   erzählen hörte,
daß ein seltsames Volk
in seiner Nachbarschaft lebe,
in einer Ebene am Meer,
das sich sehr weise dünkte.
4820   Wenn sie wollten,
konnten sie ein großes Heer aufstellen.
Sie waren ebenfalls seltsam beschaffen:
groß gewachsen, nicht zu schwächlich.
Ihre Ohren waren ihnen jedoch so lang,
4825   daß sie bis zu den Füßen reichten.
Damit konnten sie ihren Körper bedecken.
Wie uns die Überlieferung berichtet,
trugen sie auch keine andere Kleidung.
Sie hatten den Mut, gut zu kämpfen.
4830   Tüchtigen Rittern
ähnelten sie in ihrer Gestalt.
Der Herzog besiegte aber später
viele von ihnen.
Sie trugen scharfe Wurfspeere,
4835   blank und in gutem Zustand.
Nichts konnte sich ihnen entgegenstellen,
wenn es nicht verloren sein wollte.

sie hâten ûf den künic gesworn
und getân vil dicke grôzen schaden
4840 und mit strîte überladen.
daz was in unze her vertragen.
daz begunden im dô klagen
die liute in sîme lande.
die bâten in daz er daz wande.

4845 Dô Ernst diu mære vernam,
dô sant der fürste lobesam
zehant nâch allen sînen man,
unz daz der herre gewan
gegen in ein vil schœne her.
4850 er fuor nider bî dem mer
und bat sich wîsen in daz lant.
dô hâten sich vil starke besant
die Ôren in den zîten.
sie wolden gerne strîten
4855 mit Ernest dem herzogen.
daz wart niht langer ûf gezogen.
sie gâhten gên im verre.
des engulten sie vil sêre
des tages in dem strîte.
4860 in sluogen wunden wîte
mit swerten des herzogen man.
swelher dô niht entran,
der verlôs daz leben dâ zestunt.
erslagen unde sêre erwunt
4865 lac dô meistec ir bestiu maht.
der strît werte unz an die naht.
der herzoge den sige erstreit.
des wârn die sîne gemeit
und fröweten sich des über al.
4870 die naht besâzen sie daz wal.
dô ez dô tagen began,
dô sâhen sie vil manigen man
verhouwen in dem walbluot.

Sie hatten dem Könige Feindschaft geschworen
und ihm schon oft in Kämpfen
4840 großen Schaden zugefügt.
Bisher hatte man das hingenommen.
Das Volk im Lande
klagte es aber nun dem Herzoge.
Sie baten ihn, daß er es ändern möge.

4845 Als Ernst diese Mitteilung vernahm,
schickte der edle Fürst
sogleich nach seinen Rittern,
bis er gegen diese Feinde
ein stattliches Heer zusammen hatte.
4850 Er zog hinab zum Meere
und ließ sich in das Land führen.
Nun hatten jedoch die „Ohren"
damals ebenfalls tüchtig gerüstet.
Sie waren begierig,
4855 mit dem Herzoge zu kämpfen.
So wurde nicht lange aufmarschiert.
Sie eilten ihm von ferne entgegen.
Dafür sollten sie während des Tages
im Kampfe büßen.
4860 Die Ritter des Herzogs schlugen ihnen
mit den Schwertern tiefe Wunden.
Wer nicht entfloh, der verlor dort
sogleich sein Leben.
Erschlagen oder schwer verwundet
4865 lag dort der größte Teil ihres Heeres.
Der Kampf dauerte bis in die Nacht.
Der Herzog errang aber den Sieg.
Darüber waren seine Leute glücklich
und freuten sich sehr.
4870 Während der Nacht blieben sie auf dem Schlachtfeld.
Als es zu tagen begann,
sahen sie manchen Kämpfer
in seinem Blute liegen.

ez hâten die helde guot
4875 schaden beidenthalp genomen.
der herzoge enwolde dannen komen
ê er mit ellenthafter hant
dez liut über al daz lant
über kurz und über lanc
4880 alsô gewalteclîch betwanc
daz sime den zins sît gâben
und herschildes phlâgen
swar er wolde varn bî dem mer.
dô fuorte er wider sîn her
4885 heim ze sînem lande.
sîner wîgande
hâte er verlorn ein teil.
der herzoge hâte ein guot heil
daz er allewege den sige nam
4890 swa er ze volcwîge kam.

Do er ze hûs kam wider dan,
er was ein harte frô man.
er machte eine wirtschaft
sînen liuten mit grôzer kraft.
4895 er gap in schatz und gewant.
im wart gesaget daz ein lant
im ouch dâ nâhe læge bî,
daz was genant Prechamî:
dâ wârn sô kleiniu liutelîn
4900 daz sie niht kleiner dorften sîn.
ez was ein künicrîche
und lebten vorhteclîche,
als ich iu hie bediuten sol.
ir lant was alzît kraniche vol:
4905 die hâten in daz lant benomen
daz sie ze velde entorsten komen.
sie muosen in starken walden sîn
dâ sich diu kleinen liutelîn
den vogelen kûme erwerten.

Auf beiden Seiten hatten die Kämpfer
4875 Verluste erlitten.
Der Herzog wollte jedoch nicht zurückkehren,
bevor er nicht mit seinem Heere
das Volk dieses Landes
über kurz oder lang
4880 so besiegt hatte,
daß sie ihm Abgaben
und Heeresfolge leisteten,
wohin er am Meere auch ziehen wollte.
Danach erst führte er sein Heer
4885 wieder in sein Land zurück.
Von seinen Rittern
hatte er einen Teil verloren.
Ihm war aber das Glück beschieden,
daß er überall siegte,
4890 wo er im Kampfe auftauchte.

Als er wieder in seine Burg zurückkehrte,
war er sehr froh.
Mit großem Aufwand veranstaltete er
für seine Ritter ein Fest
4895 und schenkte ihnen Gold und Kleidung.
Nun wurde ihm erzählt,
daß es in der Nähe auch ein Land gäbe,
das man Prechami nannte.
Dort gebe es so kleine Menschen,
4900 daß sie nicht kleiner sein konnten.
Es war ein Königreich,
in dem man voller Furcht lebte,
wie ich euch erklären will.
Ihr Land wimmelte stets von Kranichen.
4905 Diese hatten ihnen das Land weggenommen,
so daß sie sich nicht mehr auf die Felder wagten.
Sie mußten in dichten Wäldern leben,
wo sich diese kleinen Menschen
der Vögel nur mühsam erwehren konnten.

4910 ich sage iu wes sie sich nerten:
der eir diu sie verstâlen
den kranichen zallen mâlen,
swaz si ir erslahen kunden.
swaz sie der jungen funden,
4915 die wârn von in verlorn gar.
niht anders was ir lîpnar
und daz sie bûten in den walden.
sie kunden sich niender enthalden:
sie wârn gein in gar âne wer,
4920 ez wære dan daz sie ein her
gên in ze strîte bræhten
und mit in danne væhten.
swaz sie ir in den stunden
slahen und vâhen kunden,
4925 die teilten sie dan gelîche
under arme und under rîche,
unze in aber ein glücke kam.
do der herzoge diu mære vernam,
hundert ritter er gewan
4930 und fuoren in eim schiffe dan.
dô kâmen die wîgande
zuo in ze lande
daz sie erfuoren diu mære
wie daz liut getân wære.
4935 dô giengen die helde balt
in einen kreftigen walt
und funden ir vil an einer stat.
der herzoge im dô sagen bat
welhez ir künic wære.
4940 do gelobte in der helt mære
daz sie ân angest solden sîn:
„daz habt ûf die triuwe mîn.“
des wurden sie dô alle frô.
sie brâhten in zir herren dô:
4945 der kustes alle besunder.
dâ was keiner under,

4910 Ich erzähle euch auch, wovon sie sich nährten:
Von den Eiern, die sie stets
den Kranichen wegstahlen,
soviel sie davon erlangen konnten.
Wenn sie junge Kraniche fanden,
4915 so waren diese ihnen ausgeliefert.
Nur das, was sie im Walde anbauen konnten,
war ihre übrige Nahrung.
Sie wußten sich sonst nirgends aufzuhalten,
denn sie waren den Kranichen gegenüber wehrlos,
4920 es sei denn, sie hätten ein Heer
zum Kampfe gegen sie aufgeboten
und gegen sie gekämpft.
Was sie damals an Kranichen
erschlagen oder fangen konnten,
4925 das verteilten sie dann
in gleicher Weise an alle –
bis sie wieder einmal Glück hatten.
Nachdem der Herzog diese Geschichte vernommen
bot er hundert Ritter auf,   [hatte,
4930 und sie fuhren in einem Schiffe dorthin.
Als die Helden zu ihnen
in das Land gelangten,
um die Umstände zu erfahren,
wie es diesem Volke ergehe,
4935 da mußten die Ritter
in einen dichten Wald ziehen,
wo sie viele von ihnen an einer Stelle entdeckten.
Der Herzog bat, ihm zu sagen,
wer ihr König sei.
4940 Dann versprach ihnen der edle Held,
daß sie ohne Sorge sein sollten:
„Das verspreche ich euch bei meiner Treue!"
Darüber waren sie alle hocherfreut.
Sie geleiteten ihn zu ihrem Herrscher,
4945 der jeden einzelnen küßte.
Da gab es keinen darunter,

er enphienges lieplîche,
er wære arm oder rîche:
daz wizzet vür ungelogen.
4950 der künic dem herzogen
kûme an den gürtel langen kunde.
dô bat er sich an der stunde
wîsen da er daz gevügele sach.
ê daz dô geschach,
4955 dô hete der künic sich besant
dâ er sîne liute vant
dâ bî in sîme rîche.
sie kâmen im algelîche
und wîsten in an die stat,
4960 als er sie dâ vor bat.
sie funden gevügeles alsô vil
in solher mâze zil
deiz nieman kunde ertrahten
noch volleclîch erahten.

4965 Die kraniche fluhen niht ir her.
sie sazten sich manlich ze wer:
sie wâren liute wol gewan
und wolden fliehen niht dan.
dô bestuonden sie sie vaste.
4970 von dem wirte und von dem gaste
wart ir erslagen alsô vil,
vür wâr ich iu daz sagen wil,
daz weder wîp noch man
des wunders ende niht mac hân.
4975 sie wârn ein teil errochen.
sus lâgens dâ sehs wochen
daz sie der künic bat belîben,
dazs im die kraniche vertrîben
hulfen von dem lande.
4980 dô sluogen ir die wîgande
dâ von daz lant erfüllet wart.
des edelen herzogen vart

er wäre arm oder reich,
den er nicht freundlich empfangen hätte.
Das könnt ihr mir glauben.
4950 Dieser König reichte dem Herzog
kaum bis an den Gürtel.
Der Herzog bat sogleich darum, ihn dorthin
zu führen, wo er die Vögel sehen konnte.
Bevor dies jedoch geschah,
4955 hatte der König dorthin geschickt,
wo seine Leute in seinem Reiche
zu finden waren.
Sie kamen sogleich herbei
und zeigten ihm die Stelle,
4960 wie er sie vorher gebeten hatte.
Sie fanden eine so große Menge
an Vögeln, wie sie
niemand beschreiben
noch ganz aufzählen kann.

4965 Die Kraniche flohen nicht vor dem Heer,
sondern wehrten sich tapfer:
Sie waren ein streitbares Volk
und wollten nicht hinwegfliehen.
Darauf wurden sie hart angegriffen.
4970 Durch den König und den Herzog
wurden so viele von ihnen erschlagen,
daß, wie ich gestehen muß,
niemand, weder Mann noch Frau,
diese Zahl ermessen kann.
4975 Sie hatten sich zunächst einmal gerächt.
Sie blieben sechs Wochen dort,
da sie der König darum gebeten hatte,
ihm zu helfen, die Kraniche
aus dem Lande zu vertreiben.
4980 Erst dann hatten die Helden die erschlagen,
von denen das Land erfüllt war.
So gereichte der Kriegszug des Herzogs

kam den liuten ze fromen.
der künic bat in vür sich komen
4985 und bat den helt mære
daz er immer bî im wære:
er wolde im sînen gwalt lân
und gerne wesen undertân.
dô sprach der tiurlîche degen
4990 „herre, ich mac sîn niht gephlegen.
got lâze iu iwer lant sælic sîn:
ez ist niht an den muozen mîn.
ich muoz ze lande kêren.
nu sult ir mich dâ mit êren
4995 daz ir mir der liute ein teil geben.
und wizzet, herre, die wîle ich leben,
sô bin ich iuwerm dienst verselt."
der künic sprach „swie vil ir welt,
die sint iu, herre, von mir bereit."
5000 dô nam der recke vil gemeit
zwên, die wâren siuberlîch,
wol gestalt und hêrlîch,
ûf die sîn gesinde riet.
ê daz er dannen schiet,
5005 der künic im dancte sêre
der vil grôzen êre
der er im erboten hâte.
urloup nam er dô drâte
ze Arimaspî in daz lant.
5010 dar kam der edele wîgant
gevarn frôlîchen:
des lopte er got den rîchen.

Nu was gesezzen niht verre dan
ein freislîch volc, hiez Cânâan,
5015 bî Arimaspî dem lande.
daz wâren wîgande:
Risen wâren sie genant.
die heten betwungen manic lant

dem Volke zum Nutzen.
Der König bat den berühmten Helden,
4985 zu ihm zu kommen
und immer bei ihm zu bleiben.
Er wollte ihm die Herrschaft überlassen
und ihm bereitwillig untertan sein.
Darauf antwortete der edle Held:
4990 „Herr, ich kann das nicht annehmen.
Gott möge Euch Euer Land glücklich bewahren.
Mir bleibt dafür keine Zeit,
denn ich muß zu meinem Lande zurückkehren.
Ihr könnt mir aber dadurch eine Gunst erweisen,
4995 indem Ihr mir einige Eurer Leute überlaßt.
Glaubt mir, Herr: Solange ich lebe,
werde ich Eurem Dienste verpflichtet bleiben."
Der König sagte: „Ich gebe Euch, Herr,
so viele, wie ihr wollt."
5000 Da wählte unser Held
zwei aus, die ein schönes Aussehen,
einen guten Körperbau und ein vornehmes Wesen
Sein Gefolge hatte ihm diese empfohlen.   [hatten.
Bevor er nun wieder zurückkehrte,
5005 dankte ihm der König
für die große Hilfe und Ehre,
die er ihm erwiesen hatte.
Dann verabschiedete er sich
und kehrte in das Land Arimaspi zurück,
5010 wohin er mit frohem Herzen
heimreiste.
Für alles lobte er den Herrgott.

Nicht weit entfernt
vom Lande Arimaspi lebte damals
5015 ein wildes Volk, das Kanaan hieß.
Es waren große Kämpfer:
Riesen wurden sie genannt.
Sie hatten manches Land unterworfen,

daz ez in den zins galt.
5020 vil manic recke balt
muost den lîp von in verliesen
und den grimmen tôt kiesen:
der in den zins niht wolde geben,
der verlôs von in daz leben.
5025 dem künige von Cânâan
rieten alle sîne man
daz er sînen boten sande
ze Arimaspî dem lande
und dem künege enbüte disiu mære,
5030 als liep als im daz leben wære
und daz er belibe bî dem lande,
daz er im den zins sande
und selbe balde zuo im kæme,
daz er sîn lant von im næme,
5035 und im schiere würde undertân.
des wolde er keinen rât hân,
und wære im daz harte swære
daz er so lange frî gewesen wære.

Der bote was ein starker Gîgant.
5040 er kam zArimaspî in daz lant
vür den künic rîche
und sagete im gezogenlîche
als im sîn herre daz gebôt.
dô vorhte er die starken nôt,
5045 obe in die Gîgande
suochten ze lande,
daz möhte er in niht erwern
noch den lip vor in genern,
ern müese in dar ûz entrinnen
5050 oder mit ir guoten minnen
mit eigen lant von in bestân.
der künic besande sîne man,
die besten die er hâte.
die kâmen ze sînem râte.

das ihnen Tribut zahlen mußte.
5020 Viele kühne Recken waren durch sie
des Lebens beraubt worden und
hatten den Tod erwählen müssen,
denn wer ihnen keine Abgaben leistete,
verlor durch sie sein Leben.
5025 Dem Könige von Kanaan
hatten alle seine Krieger geraten,
daß er seine Boten
ins Land Arimaspi senden
und dem dortigen Könige folgendes verkünden solle:
5030 Daß er, wenn ihm das Leben lieb wäre
und er in seinem Lande bleiben wolle,
ihm Abgaben leisten müsse
und selbst bald zu ihm kommen solle,
damit er das Land von ihm als Lehen empfange
5035 und ihm sogleich untertan würde.
Darüber gäbe es kein Verhandeln.
Es sei ihm schon leid genug,
daß jener so lange frei gewesen sei.

Der Bote war ein gewaltiger Gigant.
5040 Er kam ins Land Arimaspi
hin zum Könige
und übermittelte in geziemender Weise,
was ihm sein Herr aufgetragen hatte.
Der König fürchtete nun die Not,
5045 die entstünde, wenn die Giganten
sein Land heimsuchten
und er sich ihrer weder erwehren
noch sich vor ihnen retten könnte,
daß er ihnen dann entfliehen müsse,
5050 oder, nur von ihrer Gnade abhängig,
mit einem Lehen von ihnen bleiben dürfe.
Der König sandte deshalb nach seinen Rittern,
den fähigsten, die er besaß,
und sie kamen zur Beratung zusammen.

5055 herzoge Ernest kam ouch dar.
dô sagte in der künic gar
der Gîgande botschaft.
„sie hânt alsô grôze kraft
daz in kan nieman widerstân:
5060 des muoz ich grôze sorge hân.“

Dô rieten im alle sîne man,
(die dûhte niht sô guot getân)
daz er im den zins sande,
daz sie in ir lande
5065 fride vor in müesen hân.
dô sprach der herzoge sân
„ir sprechet wider iuwern êren,
daz ir râtet iuwerm hêren
hie heime sîne schande.
5070 ez tæte in mînem lande
vil ungerne kein man
daz er sîme genôz würd undertân:
er læge ê tôt mit êren.
ich kan iuch baz gelêren.
5075 enbiet dem künige hin wider:
er sî dar zuo ze nider
daz ir soldet iuwer lant
ze zinse enphân von sîner hant:
daz sî ein vil tumber wân.
5080 welle er frumen und êre hân,
so gewahe der rede nimmer mêre.
ir nemet im alle sîne êre.
welle er iuch dan dar über hern,
ir wellet iur lant alsô wern
5085 daz im der zins vil sûre wirt
und im nimmer mê verswirt
beide zins und ouch der solt
den er uns hie habe geholt.“

284

5055 Herzog Ernst war auch dorthingekommen.
Der König berichtete ihnen nun ausführlich
die Botschaft der Giganten:
„Sie haben eine solch große Macht,
daß ihnen niemand zu widerstehen vermag.
5060 Deshalb bin ich in großer Sorge."

Darauf rieten ihm seine Lehnsleute,
denen nichts günstiger erschien,
daß er ihm die Tribute entrichte,
auf daß sie in ihrem Lande
5065 vor ihnen in Frieden leben könnten.
Der Herzog wandte aber sogleich ein:
„Ihr schädigt durch Eure Rede Euer Ansehen,
da Ihr Euerm Herrscher
solch eine Schande in Euerm Lande vorschlagt.
5070 In meiner Heimat täte dies
niemals ein Ritter,
daß er einem Gleichrangigen untertan würde,
eher erlitte er in Ehren den Tod.
Ich weiß Euch Besseres zu raten.
5075 Entbietet dem König der Giganten:
Er sei dafür zu niedrig,
als daß Ihr Euer Land als Lehen
aus seiner Hand empfangen würdet.
Das sei eine törichte Einbildung.
5080 Wenn er Wohlstand und Ehre behalten wolle,
so solle er eine solche Forderung nie mehr erheben,
Ihr nähmet ihm sonst alle Ehre.
Wenn er Euch jedoch angreifen würde,
so würdet Ihr Euer Land so verteidigen,
5085 daß ihm die Tributforderung sehr sauer würde
und er den Zins und Sold,
den er hier holen wollte,
niemals mehr verschmerzen würde."

Des was der künic vil frô.
5090 nâch dem boten sande er dô
und gâbte in mit êren.
er sprach „du maht wol wider kêren
und sage dînem herren daz
daz er sich gên mir bedenke baz
5095 mit minneclîchen dingen.
wil er schatz an mir ertwingen,
daz ist ein vil tumber wân.
er sol sich niht ze sêre lân
an mîn silber und an mîn golt.
5100 wil er mir sus wesen holt,
daz wil ich umb in verdienen gerne.
stêt ez im dan niht zenberne
und wil dar über mîn vîent sîn,
sô sage im ûf die triuwe mîn,
5105 ez muoz in kosten tiure.
ich gibe im solhe stiure
von mînem frîen lande
daz er den schaden und die schande
nimmer wol verklagen mac
5110 unze an sînes endes tac.“

Dô der bote daz vernam,
wider ze lande er balde kam,
dem künic er sagt diu mære.
daz was im harte swære
5115 daz dem künic von Arimaspî
solh türstekeit wonde bî
daz im daz versmâhen solde.
obe er in begnâden wolde
daz er im zins solde geben,
5120 dar umbe er in lieze leben,
daz diuhte in gar missetân.
dô sprâchen sîne râtman
„edele künic hêre,
nu zornet niht ze sêre:

Darüber war der König von Arimaspi froh.
5090 Er schickte nun nach dem Boten
und beschenkte ihn ehrenvoll.
Er sagte: „Du kannst wieder zurückkehren
und deinem Herrn ausrichten,
daß er sich mir gegenüber
5095 freundlich verhalten solle.
Es ist eine törichte Einbildung, wenn er glaubt,
mir Schätze abgewinnen zu können.
Er soll nicht so sehr
auf mein Silber und Gold bedacht sein.
5100 Will er dagegen mir dienstbar sein,
so will ich ihm dies bereitwillig vergelten.
Will er jedoch auf Tribute nicht verzichten
und deshalb sogar mein Feind sein,
so kündige ich ihm den Frieden auf.
5105 Es wird ihm teuer zu stehen kommen.
Ich werde ihm einen solchen Tribut
aus meinem freien Lande geben,
daß er den Schaden und die Schande davon
bis an sein Lebensende
5110 nie genug bejammern kann."

Nachdem der Bote dies vernommen hatte,
dauerte es nicht lange, bis er zu Hause ankam
und dem König die Botschaft überbrachte.
Diesen ergrimmte es sehr,
5115 daß der König von Arimaspi
eine solche Frechheit besaß
und ihn so schmähte.
Es erschien ihm unmöglich,
daß er jenem Tribute leistete,
5120 damit er ihn leben ließe,
wenn er ihm gnädig sei.
Das sagten seine Ratgeber:
„Edler hoher König,
zürnet darüber nicht zu sehr.

5125   wir schaffen wol sîn gemach."
       der bote antwurte unde sprach
       „sît er dich sus versmâhet hât,
       du solt in suochen, deist mîn rât,
       in sînem lande: des ist zît,
5130   und viht mit im einen strît:
       du solt dich in sehen lân.
       er wære dir gern undertân,
       wan ein wênegez mennelîn,
       daz tet vor im die rede sîn
5135   sô rehte frümeclîche,
       und obe im alliu rîche
       dienstlîche wæren undertân,
       er möht niht manlîcher geredet hân.
       ê daz er von dem râte schiet,
5140   dem künige erz gar widerriet
       daz er dir iht würde gehôrsam.
       sîn lîp ist vil lobesam:
       ich gesach sô wênigez nie.
       ez gêt mir kûme an daz knie.
5145   daz sach ich vür den künic gân
       und alsô degenlîche stân
       an des küniges rât
       daz mich des gewundert hât
       und noch wundert sêre.
5150   erwürbest du dâ niht mêre
       wan daz ez kæme in dîn gewalt",
       sprach der mære degen balt,
       „du hetest die reise wol bewant:
       nu hebe dich schiere in daz lant."

5155   Dem künige was daz ungemach
       daz er wider den zins sô sêre sprach.
       er swuor des vil sêre
       daz er nimmer mêre
       langer wolde belîben,
5160   er wolde in vertrîben

5125 Wir werden ihn schon zum Schweigen bringen."
     Der Bote wandte ein und sagte:
     „Da er dich so geschmäht hat,
     solltest du ihn in seinem Lande
     aufsuchen, das ist mein Vorschlag,
5130 und gegen ihn kämpfen, dazu ist jetzt günstige Zeit.
     Du solltest dich ihm zeigen.
     Er wäre dir ja willig untertan,
     wenn da nicht ein kleines Männchen wäre,
     das vor ihm eine recht
5135 unerschrockene Rede hielt
     und so tat, als seien ihm
     alle Reiche dienstbar und untertan.
     Es hätte nicht mannhafter reden können.
     Bevor der König die Beratung abschloß,
5140 hatte es ihm widerraten, daß er dir
     etwa gehorsam würde.
     Seine Gestalt ist recht rühmenswert.
     Ich habe noch nie einen solchen Kleinen gesehen.
     Er reicht mir kaum bis ans Knie.
5145 Den sah ich vor den König hingehen
     und recht ritterlich
     im Rate des Königs auftreten,
     daß ich mich darüber sehr wundern mußte
     und noch immer wundere.
5150 Wenn du dort auch nicht mehr erreichtest,
     als daß dieser in deine Gewalt käme",
     so fuhr der kühne Bote fort,
     „so hätte sich der Kriegszug schon gelohnt.
     Brich nun bald in dieses Land auf!"

5155 Der König war darüber zornig,
     daß dieser kleine Mann so sehr seiner Tributforderung
     widersprochen hatte, und er schwur heftig,
     nicht mehr länger
     zögern zu wollen.
5160 Er werde ihn vertreiben

oder slahen oder vâhen
oder an einen boum hâhen:
sîn lîp müese lîden schande.
er gewan von sînem lande
5165 tûsent risen siner man.
mit den huop er sich dan
gên Arimaspî in daz lant.
dô truoc ein ieclîch Gîgant
ein stähelîne stange,
5170 grôze unde lange:
dâ mite woldens vehten.
sie huoben grôz gebrehten
über velt und über heide:
daz wart in sider ze leide.

5175 Do die von Arimaspî heten vernomen,
daz die Gîgande wolden komen
zuo ir lande mit gewalde,
dô besanden sie sich balde
unde schuofen ouch ir wer
5180 gên dem kreftigen her,
als in der herzoge riet.
dô mante er alle die diet
daz si hæten keine forhte.
er schuof daz man in worhte
5185 spieze swert unde sper.
„nu sult ir alle“, sprach er,
„varn alse ich dâ var.
wir suln gegen in dar
mit unser wer balde
5190 komen zuo dem walde
dâ sie durch sulen varn.
dâ mugen wir uns vor in bewarn.
wir suln in den walt gân.
aldâ suln wir bestân:
5195 dâ mugen wir den lîp behalden.
dâ mugens der stangen niht gewalden.

290

oder erschlagen oder fangen
oder an einen Baum hängen.
Jener müsse Schande erleiden.
Er bot nun aus seinem Lande
5165 eintausend Riesen als Heer auf,
mit denen er in das Land
Arimaspi aufbrach.
Dabei trug jeder Gigant
eine große und lange
5170 stählerne Stange.
Damit wollten sie fechten.
Sie erhoben auch einen großen Lärm
über Felder und Wiesen.
Das sollten sie später noch büßen.

5175 Als die Bewohner von Arimaspi hörten,
daß die Giganten mit einem Heere
in ihr Land einfallen wollten,
da sammelten sie sich sogleich
und rüsteten ebenfalls
5180 gegen das mächtige Heer,
wie ihnen der Herzog geraten hatte.
Dann ermahnte er alle Scharen,
daß sie keine Furcht haben sollten.
Er hatte veranlaßt, daß man ihnen
5185 Schwerter, Spieße und Speere anfertigte.
„Nun sollt ihr alle", so sagte er,
„so ausziehen, wie ich ausziehe.
Wir werden mit unseren Waffen
entschlossen gegen sie vorrücken
5190 und zu dem Walde kommen,
durch den sie hindurchziehen müssen.
Dort können wir uns vor ihnen schützen.
Wir werden in den Wald gehen,
wo wir warten werden.
5195 Dort können wir unser Leben retten,
weil sie ihre langen Stangen nicht verwenden können.

ir sol dâ vor uns sô vil bestân:
dâ mugen wirs stechen unde slân
daz sie geriuwet diu vart
5200   daz ir ie gedâht wart."

Die Gîgande kâmen an den walt.
dâ funden sie die helde balt
harte kuonlîche gar.
als sie dô wurden gewar
5205   daz sie sie wolden bestên,
die risen liezen an sie gên
mit ir stangen freislîch.
der herzoge entweich hinder sich
under die boume mit sîner schar:
5210   dâ wâren sie sicher gar.
sie sluogens niden an diu bein:
des herzogen wîsheit wol schein:
des die risen muosen misseniezen.
mit spern und mit spiezen
5215   sie ir vil manigen valten
daz sie den walt erschalten,
unde vielen von ir swære,
als ein boum dâ gevallen wære.
sie werten sie mit swerten
5220   zinses des sie gerten,
daz sie in niht vertruogen.
der irn sie dô sluogen
âne ir schaden ein michel teil.
dô hâten sie grôz unheil,
5225   die risen mit ir genôzen.
sie nâmen schaden grôzen
von dem herzogen an der stunt.
vil maniger sêre wart wunt
die man dannen muose tragen.
5230   dô lac vor in ze tôde erslagen
driu hundert risen kreftic.
die andern wurden fluhtic.

Wir werden sie dort überfallen,
denn dort können wir sie stechen und schlagen,
damit sie diesen Feldzug bereuen und auch,
5200 daß sie ihn jemals geplant haben."

Die Giganten kamen nun an den Wald.
Dort stießen sie
auf die tapferen und kühnen Helden.
Als sie bemerkten,
5205 daß sie angegriffen wurden,
gingen die Riesen mit ihren
mörderischen Stangen auf die Angreifer los.
Der Herzog zog sich nun mit seiner Schar
unter die Bäume zurück.
5210 Dort waren sie ganz sicher.
Sie griffen sie unten an den Beinen an.
Jetzt zeigte sich die Klugheit des Herzogs,
die den Riesen Schaden brachte.
Durch Speere und Spieße
5215 fiel mancher von ihnen,
so daß der Wald erschallte.
Wegen ihrer Schwere fielen sie nämlich so,
als ob ein Baum dort umstürzte.
Mit den Schwertern wurde der Tribut verwehrt,
5220 den sie begehrt hatten,
so daß sie ihn nicht davontragen konnten.
Sie schlugen sich sogar untereinander viel,
doch ohne Schaden für die andern.
Dadurch erlitten die Riesen
5225 auch durch ihre Leute großes Unheil.
Sie hatten hier
durch den Herzog auch große Verluste.
Manch einer wurde schwer verwundet,
so daß man ihn wegtragen mußte.
5230 Zuletzt lagen dreihundert kräftige Riesen
erschlagen vor ihnen.
Die anderen flohen.

dô was der strît ergangen.
sie mohten der stangen
5235 von den boumen niht geziehen.
dô begunden sie vliehen
wider gegen Cânânê.
der herzoge enbeit dô niht mê:
do er behielt die walstat,
5240 al die sîne er dô bat,
dô sie begunden entwîchen,
harte flîzeclîchen,
daz sie im einen hulfen vâhen.
einen starken risen sie dô sâhen,
5245 der mohte niht gefliehen.
den begundens umbe ziehen,
wan der was wunt sêre.
dô nôtens in noch mêre:
mit spern und mit spiezen
5250 sie in des niht erliezen
unz er die stangen muose geben.
der herzoge liez in dô leben
und bevalh in sînen mannen.
die fuorten in dô dannen
5255 mit freuden heim ze lande.
dem künige der Gîgande
was harte misselungen.
den sige hâte errungen
der künic von Arimaspî.
5260 sit saz er ledic unde frî
vor in in sînem lande
daz im die Gîgande
gesuochten nimmer mêre:
sus behielt der künic sîn êre.

5265 Der künic was des siges frô.
dannen huop er sich dô
mit freuden heim ze lande.
sîne boten er vür sande

Nun war der Kampf zu Ende.
Sie hatten die Stangen wegen der Bäume
5235 nicht benutzen können.
So flohen sie wieder zurück
nach Canane.
Der Herzog wartete aber jetzt nicht länger.
Nachdem er das Schlachtfeld behauptet hatte,
5240 bat er seine Leute,
daß sie ihm halfen, einen zu fangen,
während die Riesen in großer Eile
hinwegflohen.
Sie entdeckten auch einen starken Riesen,
5245 der nicht entfliehen konnte,
weil er schwer verwundet war.
Diesen umzingelten sie.
Sie bedrängten ihn noch weiter
mit Speeren und Spießen
5250 und hinderten ihn zu entkommen,
bis er die Stange wegwarf.
Der Herzog ließ ihn darauf am Leben
und übergab ihn seinen Leuten,
die ihn dann mit Freuden
5255 in ihr Land heimführten.
Der König der Giganten
hatte eine große Niederlage erlitten.
Der König von Arimaspi
hatte den Sieg errungen.
5260 Seitdem herrschte er unbehindert
und frei in seinem Lande,
in das die Giganten niemals
mehr einfielen.
So hatte er sein Ansehen und sein Reich bewahrt.

5265 Der König war über diesen Sieg sehr glücklich.
In Freuden brach er auf
und zog heim in sein Land.
Seine Boten hatte er vorausgesandt,

die da heime sagten mære
5270 daz in sô wol wære
an den Gîganden gelungen.
die alden mit den jungen
wâren freuden unverhert
daz sie sich heten sô wol erwert
5275 den liuten starc unde lanc.
des sagten sie dô alle danc
dem herzogen Erniste.
sie genuzzen sîner liste
daz sie den sige nâmen.
5280 dô sie ze hûse kâmen,
der künic machte ein wirtschaft
durch der grôzen liebe kraft
die er zem herzogen truoc.
sie buten êren genuoc
5285 Ernest dem hêren
der in sô hôher êren
gehalf und solhes ruomes.
sîns starken wîstuomes
si genuzzen alle gemeine.
5290 golt und edel gesteine
gab im vil der künic guot.
dô huop sich dan der hôchgemuot
aber wider in sîn lant.
da enphiengen wol den wîgant
5295 beide man unde wîp:
er was in liep als der lîp.

Sus was er wider komen dan.
er was ein harte frô man
des risen der dô wunt lac.
5300 mit flize sîn der fürste phlac.
er bant in zallen stunden
und heilte im sîne wunden
unz er vil wol wart gesunt.
der herre liez im werden kunt

damit sie zu Hause die Kunde verbreiten sollten,
5270 daß ihnen der Sieg über die Giganten
so glänzend gelungen war.
Alte und Junge
freuten sich ungemein,
daß sie sich gegen die großen und
5275 starken Menschen so gut verteidigt hatten.
Sie dankten nun alle
dem Herzog Ernst.
Seine List hatte ihnen so geholfen,
daß sie den Sieg errangen.
5280 Als sie zu Hause anlangten,
veranstaltete der König ein großes Fest
zum Ausdruck der großen Zuneigung,
die er dem Herzog gegenüber empfand.
Sie boten dem angesehenen Fürsten
5285 viele Ehrungen an,
der ihnen ja solches Ansehen
und solchen Ruhm verschafft hatte.
Von seiner großen Klugheit
hatten sie alle Vorteile.
5290 Der edle König
schenkte ihm Gold und Edelsteine.
Dann zog der Herzog freudig
in sein Herzogtum zurück.
Auch dort wurde der Held
5295 von allen wohl empfangen.
Er war ihnen so lieb wie das Leben geworden.

So war er nun zurückgekommen.
Er war ein sehr gütiger Herr des Riesen,
der noch verwundet war.
5300 Sorgfältig pflegte ihn der Fürst.
Er verband ihn immer wieder
und behandelte seine Wunden,
bis jener schließlich gesund wurde.
Der Fürst machte ihm klar,

5305 daz er im von herzen liep was.
dô der rise gar genas,
der herre kleitte wol den man
und liez in ledeclîchen gân
swar er selbe wolde.
5310 er sprach daz er nimmer solde
von dem herzogen komen.
er nam sîn sît vil grôzen fromen,
der edel fürste mære.
man saget uns daz er wære
5315 niht wan fünfzehn jâr alt.
noch was niender der helt balt
gewahsen zeinem manne.
ime walde stuont kein tanne
diu im zuo der stunde
5320 an daz knie gelangen kunde.
er was grôz und freissam.
nu het der fürste lobesam
in sînem hove den Gîgant
und zwên von Perkamêren lant,
5325 vil Ôren und manigen Plathuof.
der fürste in flîzeclîche schuof
swaz sie haben solden
und mêre dan sie wolden.
er hâte sie vür im durch wunder.
5330 disiu seltsæniu kunder
vertriben im vil dicke sît
mit kurzwîle die lange zît.

Also was der fürste, daz ist wâr,
in dem lande wol sehs jâr
5335 daz er phlac grôzer êre.
eines morgens gienc der hêre
durch kurzwîl vür sîn burc stân.
er sach ein schif in d'habe gân:
daz was komen von Môrlant.
5340 dô frâgte sie der wîgant

298

5305 daß er ihm von Herzen zugeneigt war.
Als der Riese wieder völlig gesund war,
ließ ihn der Herzog gut kleiden
und ließ ihn frei gehen,
wohin er selbst wollte.
5310 Er antwortete ihm, daß er
niemals sich vom Herzog trennen würde.
Der edle und berühmte Fürst
hatte später an ihm noch manche Hilfe.
Es wird uns erzählt,
5315 daß der Riese erst fünfzehn Jahre alt war;
noch war also der tapfere Held
nicht zum Manne herangewachsen.
Im Walde stand jedoch keine Tanne,
die ihm damals
5320 an das Knie reichte.
Er war groß und furchterregend.
Jetzt hatte also der edle Fürst
an seinem Hofe den Giganten
und zwei aus dem Land der Perkameren,
5325 viele Ohrenmenschen und manchen Platthuf.
Mit Sorgfalt ließ der Fürst herbeischaffen,
was sie brauchten,
und noch mehr, als sie wünschten.
Er hielt sie bei sich als Kuriositäten.
5330 Diese seltsamen Lebewesen
vertrieben ihm später oftmals
durch ihre Kurzweil die Langeweile.

Auf diese Weise lebte der Herzog tatsächlich
sechs Jahre in diesem Lande,
5335 das er ehrenvoll verwaltete.
Eines Morgens nun ging der Angesehene
zur Abwechslung vor seine Burg.
Da sah er ein Schiff in den Hafen einlaufen,
das aus Mohrenland kam.
5340 Daraufhin fragte der Held die Seeleute

umbe niuwiu mære,
und wes daz schif wære.
sie sagten dem wîgande
„wir sîn von Môrlande
5345   ûz nâch koufes site gevarn,
und kunden nie daz bewarn,
uns habe der wint geslagen her.
wir sîn gar ân unser ger
komen her in ditz lant.
5350   nu sult ir, edeler wîgant,
uns durch got genædic wesen,
daz ir uns, herre, lât genesen,
daz wir behalden daz leben.
dar umbe wellen wir iu geben
5355   unsers guotes alsô vil:
des setzen wir iu kein zil
wan als ez an iuwern gnâden stât.
wir biten iuch daz ir uns lât
wan des wir uns des hungers wern
5360   und den lîp kûme hin heim ernern.“

Do er der mære künde gewan,
dô wiste wol der küene man
wie ez umb daz lant wære gestalt.
dô frâgte in der recke balt
5365   ob iht urliuges dâ wære.
dô sagten sie im diu mære
wie ez allez was gewant.
sie sprâchen „von Babilône lant
des küniges wîgande
5370   tuont in dem Môrlande
dem künige dicke grôzen schaden.
sie hânt in dicke überladen
mit strîte vil sêre,
daz der künic hêre
5375   von der kristenheite kêrte
und ir ungelouben mêrte

nach Neuigkeiten
und wem das Schiff gehöre.
Sie antworteten ihm:
„Wir sind als Kaufleute
5345 von Mohrenland weggefahren
und konnten nicht verhindern,
daß uns der Wind hierhertrieb.
Wir sind ganz gegen unsere Absicht
in dieses Land gekommen.
5350 Nun möget Ihr, edler Ritter,
uns um Gottes willen gnädig sein,
indem Ihr, Herr, uns rettet,
damit wir unser Leben behalten.
Wir wollen Euch dafür
5355 sehr viel von unserm Gute geben.
Dabei setzen wir Euch keine Grenze,
weil es in Euerm Belieben steht.
Wir bitten Euch nur, daß Ihr uns so viel
laßt, daß wir uns des Hungers erwehren
5360 und den Körper bis nach Hause ernähren können."

Als er diesen Bericht gehört hatte,
da wußte der kühne Mann,
wie es um das Land bestellt war.
Der Fürst fragte weiter,
5365 ob dort vielleicht Krieg sei.
Da erzählten sie ihm genau,
wie sich alles verhielt.
Sie berichteten: „Die Truppen
des Königs von Babylon
5370 fügen in Mohrenland
dem Könige oft großen Schaden zu.
Sie haben ihn schon oft
mit großen Kriegen heimgesucht,
damit der edle König sich
5375 vom Christentum abwende
und den Unglauben

mit der heidenschefte.
mit grôzer ritterschefte
koments uns dicke nâhen.
5380 waz kan sie daz vervâhen?
sie müezen flühteclîchen
ûz dem lande dicke entwîchen
von des landes krefte
und des küniges ritterschefte.
5385 er kumet von sîme gelouben niht."
do er vernam dise geschiht,
dô frâgte er die koufman
ob sie in möhten helfen dan
verborgen unde stille.
5390 „ez was lange mîn wille
daz ich ze Jêrusalêm wolde komen."
ob sie im dar möhten fromen,
er lônde es in mit guote.
im wære ouch des ze muote,
5395 sît er urliuges dâ funde,
daz er etelîche stunde
bî dem künige dâ belibe,
unz er der zît ein wîle vertribe
daz er ze Jêrusalêm möhte komen.
5400 dô sie die rede heten vernomen,
des wârn die koufman vil frô.
mit triuwen lobten sie im dô,
sie volgten sînem râte.
eins âbendes spâte
5405 hiez der vil küene man
daz beste daz er mohte hân
von silber und von golde
und an andern rîchen solde,
phelle und sîden gewant,
5410 swaz er des besten gevant,
berlîn und edel gesteine,
allez daz gemeine
swaz man genützen mohte

der Heiden mehre.
Mit einem großen Ritterheere
kommen sie oft in unser Land.
5380 Was kann sie dabei hindern?
Sie müssen oft flüchtig
aus dem Land wieder entweichen
wegen der Heere des Landes
und der Ritterschaft des Königs.
5385 Er weicht von seinem Glauben nicht ab."
Als er diese Geschichte gehört hatte,
fragte der Herzog die Kaufleute,
ob sie ihm still und heimlich
aus dem Lande helfen könnten.
5390 „Es war schon lange mein Wunsch,
nach Jerusalem zu gelangen."
Wenn sie ihm dorthin verhelfen könnten,
so würde er es ihnen mit Gütern reichlich lohnen.
Er habe auch im Sinne,
5395 wenn er dort Krieg vorfände,
eine Weile noch dort
beim König zu bleiben,
bis einige Zeit vergangen sei
und er dann nach Jerusalem gelangen könne.
5400 Als die Kaufleute diese Absicht vernommen hatten,
waren sie sehr froh.
Mit Versprechen gelobten sie ihm sogleich,
seinen Weisungen stets zu folgen.
Eines Abends spät
5405 ließ der wagemutige Fürst
das Wertvollste, was er besaß
an Silber und an Gold
und an anderen wertvollen Schätzen,
kostbare Stoffe und prächtige Gewänder,
5410 alles, was er vom Besten vorfand,
Perlen und Edelsteine,
alles dies zusammen,
was man gebrauchen konnte

und im ze füeren tohte,
5415 swaz im dar über geviel,
daz kam allez in den kiel
mit flîze vil wol verholn.
ouch brâhte er dar ûf verstoln
den risen und alle sîniu wunder
5420 brâhte er allez besunder
ûf daz schif zuo den môren:
Plathüeve Prechamî und Ôren.
dô daz allez was getân,
dannoch hâte er zwêne man
5425 liep von Arimaspî.
die wâren im heimlîch bî:
die bat er varn mit im dar.
des wârens willeclîche gar,
wan er in ze herren wol geviel.
5430 daz was allez an den kiel
vil tougenlîche komen.
dô hâte er zwêne und zwêne genomen
die liute die er fuorte dan,
als ich iu ê gesaget hân.

5435 Sie wâren stolz unde frô.
ir segel zugen sie vil hô
und fuoren frôlîche sint.
dô kam in ouch der beste wint
den ie liute gewunnen.
5440 alsô was der helt entrunnen
von dem lant mit sînen mannen.
dô treip sie der wint dannen
ze Môrlande in eine habe.
aldâ giengen sie dô abe,
5445 der herzoge und sîne man.
herberge man in gewan:
dar inne se dô behielten
swaz sie dô guotes wielten.
dô wîsten sie die koufman

und mit sich zu führen wagte,
5415 dazu alles, was ihm gefiel,
das alles ließ er ins Schiff bringen,
eifrig und ganz heimlich.
Auch brachte er ebenso heimlich
den Riesen und die seltsamen Lebewesen dorthin.
5420 Er brachte es alles einzeln
auf das Schiff zu den Mohrländern:
Platthufe, Pygmäen und Ohren.
Als das alles geschehen war,
waren dort noch zwei Männer aus Arimaspi,
5425 die er liebhatte.
Sie waren heimlich dabei,
und er bat sie, mit ihm zu fahren.
Sie waren dazu freudig bereit,
weil sie ihn gern zum Herrn hatten.
5430 Dies war nun alles heimlich
ins Schiff gelangt.
Dann nahm er zu zwein und zwein
die Männer, die er selbst führte,
von denen ich euch früher schon erzählt habe.

5435 Sie waren frohgemut und glücklich.
Ihre Segel zogen sie hoch auf
und begannen fröhlich die Reise.
Sie hatten auch den besten Wind,
den jemals Menschen erhielten.
5440 So entkam der Fürst mit seinen Leuten
dem Lande.
Der Wind trieb sie von dannen
in einen Hafen nach Mohrenland.
Dort gingen sie von Bord,
5445 der Herzog und sein Gefolge.
Man beschaffte ihnen eine Herberge,
wo sie alles aufbewahrten,
was sie an Besitz hatten.
Dann führten die Kaufleute sie

ze einer bürge wol getân,
dâ sie den künic funden,
und sagten im an den stunden
wer der herre wære,
und ouch diu andern mære
5455 wâ sie in hæten genomen
und wie sie dar wæren komen:
daz sagten sie im al besunder.
der herzoge nam al sîn wunder
und kam vür den künic hêren.
5460 der enphienc in wol mit êren.
„du solt mir willekomen sîn
mit dem ingesinde dîn."
des dancte im der fürste frî.
sîn rise stuont im nâhe bî
5465 und ander sîn gesinde.
des wunderte vil swinde
den künic und alle sîne man.
sie muosen im des bî gestân
und des mit wârheite jehen,
5470 sie heten sô seltsæns niht gesehen
noch zer werlde solhes niht vernomen:
in was liep daz er dar was komen.

Dô bat der ellende man
den künic daz er in wolde lân
5475 in sînem dienste dâ belîben,
der zît ein teil vertrîben,
unz er vernæme diu mære
wie sînem geverte wære
ze Jêrusalêm in daz lant.
5480 dô sagte im der wîgant
allez sîn geverte gar.
obe er im gehulfe dar,
daz wolde er dienen sêre.
dô sprach der künic hêre
5485 „ir sult mir des getrûwen:

5450 zu einer schönen Burg,
      wo sie den König trafen.
      Sie berichteten ihm sogleich,
      wer der Fürst sei,
      und auch die anderen Erlebnisse,
5455 wo sie ihn aufgenommen hätten
      und wie sie dorthin gelangt seien,
      das erzählten sie ihm alles genau.
      Der Herzog nahm alle seine Kuriositäten mit
      und kam selbst zum König.
5460 Dieser empfing ihn sehr freundlich und ehrenvoll.
      „Du sollst mir mit deinem Gefolge
      willkommen sein."
      Dafür dankte ihm der edle Fürst.
      Sein Riese stand dicht neben ihm,
5465 ebenso das übrige Gefolge.
      Über dieses wunderten sich
      der König und alle seine Leute sehr.
      Sie mußten sich eingestehen
      und in Wahrheit zugeben,
5470 daß sie solche Seltsamkeit noch nie gesehen
      und noch nie über derartiges in der Welt gehört hatten.
      Sie waren sehr glücklich, daß er dorthin gekommen war.

      Nun bat der heimatlose Mann
      den König, daß er
5475 in seinem Dienste bleiben dürfe,
      um die Zeit ein wenig zu vertreiben,
      bis er Kunde vernehme,
      wie seine Fahrt
      ins Land Jerusalem möglich sei.
5480 Dann erzählte ihm der Held
      alle seine bisherigen Fahrtabenteuer.
      Wenn er ihm dort weiterhelfe,
      wolle er ihm tüchtig dienen.
      Darauf erwiderte der König:
5485 „Ihr könnt mir das glauben:

welt ir nu mit mir bûwen
hie in mînem lande
mit iuwerm gîgande,
ich behielde iu allez iuwer leben
5490 und wolde iu mînes landes geben
daz beide ir und iuwer man
mit êren möht bî mir bestân.
daz leiste ich, welt ir, hie zehant."
des gnâdete im der wîgant
5495 daz er im dise êre erbôt.

er sprach „des ist noch unnôt:
ich hân ez noch verdienet niht.
diene ich iu ab immer iht
daz iu mit êren mac gezemen,
5500 dar nâch mac ouch ich mit êren nemen
swaz ir mir danne genâden tuot."
do enthielt in der künic guot
mit flîze als er wær sîn kint.
vil wol verdiente er daz sint.

5505 Dô kâmen dem künige mære
daz der künic von Babilonje wære
komen gên sînem lande
mit manigem wîgande.
er fuorte ûz der heidenschaft
5510 alsô starke ritterschaft
daz sich ir nieman mohte erwern.
betwingen unde verhern
wolde er gar die cristenheit.
dô daz hie wart geseit,
5515 dô wart dem herren gar zorn.
der edele künic wol geborn
vil balde sich besande
mit den kristen in dem lande.
do die fürsten ze hove kâmen
5520 und disiu mære vernâmen,
beide arme und rîche

308

Wenn Ihr mit mir leben wollt,
hier in meinem Lande,
mit Eurem Riesen,
ich behielte Euch Euer ganzes Leben
5490 und würde Euch von meinem Lande geben,
so daß Ihr und Eure Leute
mit Ehren bei mir leben könntet.
Wenn Ihr wollt, erfülle ich dies sogleich."
Der Herzog dankte ihm dafür,
5495 daß er ihm diese Ehre erwiesen hatte.
Er sagte: „Dazu besteht noch kein Grund,
ich habe es ja noch nicht verdient.
Erst wenn ich bei Euch etwas leiste,
das Euch ehrenvoll erscheint,
5500 erst dann kann ich auch mit Ehren annehmen,
was Ihr mir dann zum Danke gebt."
Fortan kümmerte sich der gute König
mit Sorgfalt um ihn, als sei er sein eigenes Kind.
Später machte sich der Herzog dafür verdient.

5505 Damals erhielt der König die Nachricht,
daß der König von Babylon
mit vielen Kriegern
in sein Land eingefallen sei.
Er führte aus der Heidenschaft
5510 ein solch mächtiges Ritterheer heran,
daß sich niemand dessen erwehren konnte.
Er wollte das Reich der Christen
ganz unterwerfen und zerstören.
Als dem edlen König
5515 diese Kunde überbracht wurde,
war er zunächst sehr erregt.
Doch bot auch er ein Heer
aus den Christen des Landes auf.
Als seine Fürsten zum Hofe kamen
5520 und diese Nachrichten hörten,
da erklärten alle einmütig,

jâhen alle gelîche,
sie wolden ir lant gerne wern.
sie begunden hervart swern
5525   mit willen ûf die heidenschaft.
sie gewunnen vil grôze kraft,
vil manic tûsent ze wer.
dô leite der künic sîn her
ûf ein heide, diu was breit.
5530   des was der herzoge gemeit
daz er dâ solde vehten.
des lobte er unsern trehten
daz er dâ strîten solde.
und wie ern drumbe wolde
5535   rîchen und immer êren,
swenn er solde kêren,
daz tet er im allez kunt.
des wart vil maniger ungesunt.

Die heiden kâmen mit ir kraft.
5540   doch wurden ir vil schadehaft
des tages in dem wîge.
die vil smaln stîge
wurden wît durchhouwen.
man mohte wunder schouwen
5545   des tages in dem strîte.
der herzoge kam enzîte
mit des küniges ingesinde.
der rise truoc vil swinde
den vanen gên der heidenschaft.
5550   dô tet vil guote ritterschaft
der herzoge und sîn schar.
die sîne im volgten vaste dar.
waz er dô sper zerbrach
und wie manigen er nider stach,
5555   daz möhte ich iu müelîche sagen.
der van wart alsô wol getragen
daz dâ vil maniger tôt gelac.

daß sie ihr Land
gern verteidigen wollten.
Sie schwuren ihm bereitwillig
5525 eine Heerfahrt gegen die Heiden.
Es gelang ihnen, ein großes Heer
aus vielen tausend Kämpfern aufzustellen.
Dann führte der König sein Heer
auf eine große Heide.
5530 Der Herzog war darüber froh,
daß er nun hier kämpfen sollte.
Dafür lobte er unsern Herrgott,
daß er hier zum Streit gerufen wurde,
und wie er ihn deshalb beschenken
5535 und immerdar verehren wolle,
wenn er von dort zurückkehren sollte.
Das alles offenbarte er ihm.
Manch einer kam aber nicht heil zurück.

Die Heiden zogen mit ihrer Macht heran.
5540 Doch erlitten sie am Tage der Schlacht
große Verluste.
Die schmalen Pfade
wurden breit ausgehauen.
Manches Erstaunliche sollte man
5545 am Tage in der Schlacht sehen.
Der Herzog kam mit dem Heer
des Königs beizeiten an.
Der Riese trug mit großer Kraft
die Fahne dem heidnischen Heere entgegen.
5550 Dann vollbrachte der Herzog mit seiner Schar
vorbildliche ritterliche Kampfesleistungen.
Die Seinen folgten ihm stets nach.
Was er dort an Speeren zerbrach
und wie viele er niederstach,
5555 das zu erzählen, würde mich einige Mühe kosten.
Die Fahne wurde so gut verteidigt,
daß mancher dort den Tod erlitt.

der strît werte al den tac
unz diu sunne an den âbent schein.
5560   sie hiuwen stahel unde bein
daz daz bluot dar nâch flôz.
die heiden wâren meistic blôz.
des wurden ir vil manige schar
von den cristen verswendet gar.
5565   sie sluogen unde stâchen
unz sie die schar durchbrâchen
dar inne der künic selbe reit,
der ouch vil manlîche streit,
von Babilôn der rîche.
5570   gên im kam ritterlîche
der herzoge: do er in ersach,
den künic er von dem orse stach
und wunde in vil sêre.
der herzoge hêre
5575   vienc in manlîch in grôzer nôt.
dâ lac ein sîn ritter tôt
der mit im ûf dem mere was,
der vor den grîfen sît genas.

Die kristen werten wol ir lant.
5580   der herzoge und sîn Gîgant
sluogens als daz vihe nider.
durch nôt die heiden muosen sider
flühteclîchen kêren.
mit manigem verchsêren
5585   muosens rûmen daz wal.
die kristen sigeten über al
swâ sie ûf dem velde striten.
der heiden her wart sô durchriten
daz die kristen den sige nâmen.
5590   dô sie zesamene kâmen,
des was der künic vil frô.
mit den sînen kêrte er dô
wider gên sîner houbetstat.

Der Kampf währte den ganzen Tag,
bis die Sonne im Westen stand.
5560 Sie hieben auf Panzer und Gebein,
daß das Blut herausdrang.
Die Heiden waren meistens kaum bekleidet.
Deshalb wurde manche ihrer Scharen
durch die Christen völlig aufgerieben.
5565 Diese schlugen und stachen so lange,
bis sie die Schlachtreihe durchbrachen,
in der der König von Babylon
selber ritt,
der ebenfalls sehr tapfer kämpfte.
5570 Gegen ihn stritt ritterlich
der Herzog: Als er ihn erblickte,
stieß er den König von seinem Streitrosse
und verwundete ihn sehr.
Der hehre Herzog nahm ihn
5575 ritterlich in der Kampfesnot gefangen.
Einer seiner eigenen Ritter aber,
der mit ihm die Meerfahrt überstanden hatte und
vor den Greifen gerettet worden war, blieb tot liegen.

Die Christen verteidigten so ihr Land mit Erfolg.
5580 Der Herzog und sein Riese
schlugen die Feinde wie das Vieh nieder.
In der Not mußten die Heiden dann weichen,
kehrten um und flüchteten.
Mit vielen Todwunden
5585 mußten sie das Schlachtfeld räumen.
Die Christen siegten überall,
wo sie auf dem Felde zum Kampf erschienen.
Das Heer der Heiden war so durchritten worden,
daß die Christen den Sieg erlangten.
5590 Als sie sich wieder sammelten,
da war der König sehr froh.
Er kehrte mit den Seinen
wieder in die Hauptstadt zurück.

dem heidenschen künige er dô bat
5595   heilen sîne wunden.
die wurden im wol verbunden.
do er den siechtuom überwant,
dô sande er wider in sîn lant
und hiez im die fürsten gwinnen,
5600   daz sie im mit minnen
wider den künic hulfen dingen
und sîn ungemach ringen.
sîne gîsel er des sazte
unz er in alles des ergazte
5605   swaz er im schaden hâte getân,
daz sie des suone solden hân
die wîl sie beide mohten leben.
des wart dô sicherheit gegeben
daz sie daz wâr liezen.
5610   die gevangen sie dô hiezen
beidenthalben lâzen.
des strîtes sie vergâzen
daz es nimmer mêr gedâht wart.
do begunde ze Jêrusalêm um sîn vart
5615   der herzoge dem künige sagen
und vil inneclîche klagen
sîn manicvalden arbeit.
daz was dem von Môrlande leit
daz er dâ wolde niht bestân.
5620   iedoch bevalh er in dem künige sân
von Babilôn ûf sîn frümekeit,
daz er in mit gewarheit
ze Jêrusalêm bræht in die stat.
vil flîzeclîchen er des bat.
5625   der künic im lobte alzehant
daz er in frumte gesant
dar oder swar er selbe wolde:
des er im immer danken solde,
swann er gefriesche diu mære,
5630   und im immer deste holder wære.

314

Dann ließ er die Wunden
5595 des Heidenkönigs behandeln.
Sie wurden ihm gut verbunden.
Nachdem die Wunden ausgeheilt waren,
entließ er ihn wieder in sein Land
und trug ihm auf, seine Fürsten dazu zu gewinnen,
5600 daß sie ihm in Treue halfen,
einen Vertrag mit dem (christlichen) König zu schließen
und sein eigenes Unglück zu verringern.
Er bot Geiseln für die Zeit,
bis er ihm alles das vergolten hatte,
5605 was er ihm Schaden zugefügt hatte,
daß diese dafür Sühne leisteten,
solange die beiden Herrscher lebten.
Darüber wurden feierlich Versprechen abgegeben,
daß sie dies einhalten wollten.
5610 Nun ließen sie auf beiden Seiten
die Gefangenen frei.
Den Krieg wollten sie vergessen,
so daß dessen nie mehr gedacht werden sollte.
Dann brachte der Herzog beim König
5615 das Gespräch auf seine Fahrt nach Jerusalem
und klagte ihm sehr eingehend
die damit verbundenen Schwierigkeiten.
Der König von Mohrenland bedauerte es sehr,
daß er nicht dort bleiben wollte.
5620 Jedoch empfahl er ihn sogleich der Fürsorge
des Königs von Babylon,
auf daß dieser ihn mit sicherem Geleite
in die Stadt Jerusalem brächte.
Sehr nachdrücklich bat er diesen darum,
5625 der es ihm auch sogleich versprach,
daß er ihn dorthin oder wohin er wolle,
geleiten werde und
daß er ihm immer danken werde,
wenn er eine Kunde von dieser Absicht erhielte,
5630 und ihm dann um so holder sei.

Dô daz alsô gevestet wart,
der herzoge schicte sîne vart.
der künic ouch niht langer beit.
er nam urloup unde reit
5635 ze dem künige und ze sîner diet.
der herzoge ouch von hove schiet
mit manicvalder êre.
im gap der künic hêre
zwêne soumære,
5640 geladen mit golde swære,
und ein dromedâr wol getân.
dô fuor der ellende man
und al sîn massenîe
gên Allexandrîe
5645 mit dem von Babilonje lant.
in sînem hove wont der wîgant
einen mânet unde mêr.
dô mante er den künic hêr
daz er an sîn edelkeit gedæhte
5650 und in ze Jêrusalêm bræhte,
als er im lobte und gehiez.
der künic dô balde gâhen hiez
sîner manne viere
daz sie den degen ziere
5655 bræhten ze Jêrusalêm ze lande,
unde gap dem wîgande
durch sîn grôze frümekeit
golt unde pheller breit,
daz ein olbende kûme truoc.
5660 der künic bôt im genuoc
beide wirde und êre.
dô nam der fürste hêre
urloup und schiet dannen
mit zwein tûsent mannen
5665 ze Jêrusalêm in daz lant:
des fröwete sich der wîgant.

Nachdem alles auf diese Weise festgelegt war,
bereitete der Herzog seine Reise vor.
Der König (von Babylon) wartete auch nicht länger,
sondern ritt zum (christlichen) Könige
5635 und zu seinem Volke und verabschiedete sich.
Der Herzog nahm nun auch
in großen Ehren Abschied vom Hofe.
Der hochgesinnte König
gab ihm noch zwei Lasttiere,
5640 beladen mit schwerem Golde,
dazu noch ein schönes Dromedar.
So reiste nun der heimatlose Mann
und seine ganze Gesellschaft
mit dem König von Babylon
5645 Alexandria entgegen.
Am Hofe dieses Königs blieb der Held
einen Monat und länger.
Dann erinnerte er den König daran,
daß er seiner Verpflichtung gedenken möge,
5650 ihn nach Jerusalem zu bringen,
wie er ihm gelobt und verheißen hatte.
Der König ließ daraufhin sogleich
vier seiner Ritter herbeiholen
und befahl, daß sie den edlen Fürsten
5655 nach Jerusalem bringen sollten.
Er gab dem Helden noch
wegen seiner großen Tapferkeit
Gold und kostbare Gewänder,
daß es ein Kamel kaum tragen konnte.
5660 Der König erwies ihm zudem noch
große Ehrungen.
Dann nahm der edle Fürst
Abschied und reiste weiter
mit zweitausend Begleitern
5665 in das Land Jerusalem:
darüber war er sehr froh.

Do er ze Jêrusalêm kam
und man diu mære vernam
daz der fürste wære komen
5670 von dem sô vil wunder was vernomen,
des fröweten sich wîp unde man.
wol eine mîle gên im dan
sie riten unde giengen,
dâ sie den helt enphiengen
5675 in daz lant mit grôzen êren.
dô fuorten sie den hêren
in daz münster al zehant.
aldâ opherte der wîgant
gote ze êren ûf sîn grap.
5680 sîn wunder er halp dar gap
und ander manige rîcheit,
edel gesteine golt und pheller breit,
der man vil mit im dar truoc.
ze dem tempel gap er ouch genuoc
5685 und swâ er heilige stete vant.
also wont der edele wîgant
ime lande mêre danne ein jâr.
die wîle frumte er, daz ist wâr,
den heiden manic ungemach.
5690 vil dicke man den helt sach
vil angestlîche rîten
und mit den heiden strîten,
swâ sie zesamene kâmen,
daz die heiden von in nâmen
5695 schaden unde schande,
daz er sîn wîgande
wol mit êren brâhte dan.
des dûhte er sie ein werder man.

Der herre alsô daz jâr vertreip
5700 daz er vil selden beleip,
ern tæt den heiden etewaz:
dâ von sie wâren im gehaz.

Als er sich Jerusalem näherte
und man dort die Nachricht vernommen hatte,
der Fürst sei gekommen, von dem man
5670 schon so viel Erstaunliches gehört hatte,
da freuten sich alle.
Sie gingen und ritten
ihm eine Meile entgegen,
um den Helden in diesem Lande
5675 mit großen Ehren zu empfangen.
Dann geleiteten sie den Edlen
sogleich in die Grabeskirche.
Dort brachte der Herzog
zur Ehre Gottes über dem Grabe Christi ein Opfer.
5680 Seine Seltsamkeiten stiftete er zur Hälfte dort
und dazu manches edle Gut,
Edelsteine, Gold und feinste Stoffe,
von denen er große Mengen mit sich führte.
Auch dem Tempel stiftete er viel
5685 und wo er sonst heilige Stätten fand.
So blieb der edle Held
mehr als ein Jahr im Lande.
In dieser Zeit bereitete er gewiß
den Heiden manche Bedrängnis.
5690 Oft sah man den Herzog
furchterregend reiten
und mit den Heiden kämpfen,
wo immer sie zusammenstießen,
so daß die Heiden durch die Christen
5695 Schaden und Schande erlitten,
während er seine Kämpfer
wohlbehalten und ruhmreich zurückbrachte.
Deshalb wurde er sehr geschätzt.

Auf diese Weise verbrachte der Herzog das Jahr,
5700 so daß er nie untätig blieb
und stets den Heiden schadete.
Deshalb waren sie ihm feindlich gesonnen.

er was al zît gên in ze wer.
die zît kâmen über mer
5705 bilgerîn von diutschem lande,
die dem wîgande
diu rehten mære sageten
und in niht verdageten
wie man sîn dishalp gedâhte.
5710 vil maniger ouch von im brâhte
mære so er her wider kam.
dâ von der keiser dô vernam
von im diu rehten mære
daz er ze Jêrusalêm wære
5715 und wære vil wol gesunt.
daz tet im ein ritter kunt
der in dort hâte gesehen.
er begunde im wærlîche jehen
umb alliu sîniu wunder
5720 sagte er im besunder,
und allez daz im was geschehen,
und als er dort hâte gesehen
sîn wunder maniger slahte,
und des mit im brâhte
5725 wârez urkünde
und daz bî im noch fünde.
do enbôt der keiser rîche
den fürsten algelîche
von liebe disiu mære,
5730 daz Ernst der herzoge wære
ze Jêrusalêm wol gesunt.
do in diu mære wurden kunt,
dô was in liep um sîn leben.
sie sprâchen „nu sî im vergeben
5735 al daz er uns habe getân.
wir sulen dem edelen man
helfen umb des rîches hulde
und des herzogen schulde

Er stand allezeit im Kampfe gegen sie.
In dieser Zeit kamen Pilger
5705 aus Deutschland übers Meer,
die dem Herzog
das Neueste berichteten
und ihm nicht verschwiegen,
wie man zu Hause über ihn dachte.
5710 Mancher brachte auch von ihm Kunde zurück,
wenn er wieder heimkehrte.
So erfuhr auch der Kaiser
die Neuigkeiten über ihn,
daß er in Jerusalem weile
5715 und gesund sei.
Das überbrachte ihm ein Ritter,
der ihn dort gesehen hatte.
Er erzählte ihm genau
und bis ins einzelne
5720 von allen seinen Seltsamkeiten
und allem, was ihm widerfahren war,
und wie er selbst dort diese
verschiedenartigen Lebewesen gesehen hatte
und davon wirkliche Angaben
5725 machen könne
und daß man sie dort bei ihm noch fände.
Daraufhin sandte der Kaiser
allen seinen Fürsten
mit Freuden diese Nachricht,
5730 daß der Herzog in Jerusalem
lebe und gesund sei.
Als ihnen diese Nachricht bekanntgeworden war,
da waren sie besorgt um sein Leben.
Sie sagten: „Jetzt sei ihm vergeben,
5735 was er uns angetan hat.
Wir müssen dem edlen Herzog
wieder zur Huld des Kaisers verhelfen
und die Schuld des Herzogs

hin legen mit minnen
5740 und des keisers hulde gewinnen."

Dem keiser wart alsô nôt,
als ez von himele got bôt,
durch der künigîn Adelheiden bete,
daz er im unreht tete,
5745 Ernest dem herzogen:
und daz in hæte verlogen
der phalzgrâve Heinrîch.
do enbôt im der künic rîch
daz er tougenlîche
5750 kæme vür daz rîche:
al daz er im hæte genomen,
daz wolde erm wider lâzen komen
und wolde dem tiurlîchen degen
allez sîn dinc vergeben
5755 und ergetzen immer mit guote:
des wære ime wol ze muote.

Ouch wil ich iu sagen mêr:
die wîle daz der fürste hêr
ze Jêrusalêm wont in dem lant,
5760 in was der werde wîgant
liep durch sîn grôze frümekeit.
den heiden frumte er solch leit
daz sie den schaden muosen klagen.
der herre hôrte dicke sagen
5765 daz der rœmisch keiser rîche
vil genædeclîche
rede von im tæte
und got des dicke bæte
daz er heim ze lande kæme,
5770 daz er von ime vernæme
diu manicvalden wunder:
die fürsten alle besunder
rieten wol sîniu dinc.

in Güte tilgen
5740 und die Gnade des Kaisers gewinnen."

Wie es Gott vom Himmel geboten hatte
und auf Vorstellungen der Königin Adelheid
schmerzte es auch den Kaiser,
daß er dem Herzog Ernst
5745 unrecht getan
und daß ihn der Pfalzgraf Heinrich
verleumdet hatte.
Daraufhin entbot ihm der Kaiser,
daß er heimlich zu ihm
5750 zurückkommen möge.
Alles, was er ihm genommen hatte,
das wollte er ihm wiedergeben,
und er wollte dem edlen Fürsten
alle seine Schuld vergeben
5755 und durch Geschenke ihn alles vergessen lassen.
Das habe er im Sinn.

Aber ich will euch noch weiter berichten:
Solange der edle Fürst
im Lande Jerusalem lebte,
5760 war dieser edle Held bei allen
wegen seiner großen Tapferkeit beliebt.
Den Heiden fügte er solche Niederlagen zu,
daß sie darüber sehr klagten.
Der Herzog hörte nun oft sagen,
5765 daß der römische Kaiser
sehr gnädig von ihm
gesprochen habe
und Gott oft darum bitte,
daß er heimkommen möge,
5770 auf daß er von ihm
die vielen seltsamen Erlebnisse vernähme.
Die Fürsten im einzelnen
sprächen ebenfalls wohl über seine Sache.

urloup nam der jungelinc
5775 ze Jêrusalêm übr al die stat.
der herre sich dô wîsen bat
von Jêrusalêm der bürge abe
gegen Ackers in die habe.
dô schiffete er ûf dem sê:
5780 sehs wochen unde mê
fuor er dannen ûf dem mer.
in treip der wint âne wer
dâ sie liten grôze nôt.
dô lac sîn Plathuof tôt:
5785 daz muote in zewâre.
in die habe ze Bâre
kam sîn schif gegangen:
dâ wart er wol enphangen.

Ê daz er schiet dan,
5790 sîn opher leit der küene man
ûf sante Niclâsen grap.
vil willeclîchen er dar gap
lieht pheller unde golt breit.
dannen schiet der helt gemeit
5795 und kam ze Rôme in kurzer stunt.
dô daz den Rômæren wart kunt,
dô wart er wol enphangen.
geriten und gegangen
kam gên im vil manic man.
5800 do beleiten sie den werden man
ze sante Pêter in daz münster wît
dâ vil heiltuomes lît.
dâ gap er ouch daz opher sîn
von guoten tuochen sîdîn,
5805 rîche pheller von golde,
daz niht bezzer wesen solde.
ê daz er von in fuor dan,
do behielden sie den küenen man
ze Rôm mit grôzen êren.

Da nahm der junge Fürst Abschied
5775 von der ganzen Stadt Jerusalem.
Der Herzog ließ sich den Weg
von der Stadt Jerusalem
zum Hafen Akkon zeigen.
Dort schiffte er sich ein.
5780 Etwa sechs Wochen lang
fuhren sie auf dem Meere.
Der Wind trieb sie ohne Kraft,
so daß sie große Not erlitten.
Dabei starb sein Platthufmann.
5785 Das ging dem Herzog sehr nahe.
Schließlich lief das Schiff
doch in den Hafen von Bari ein,
wo er wohl empfangen wurde.

Bevor er dann die Stadt verließ,
5790 legte der kühne Ritter
sein Dankopfer auf das Grab des heiligen Nikolaus.
Bereitwillig stiftete er dort
leuchtende Stoffe und Goldstreifen.
Dann schied er von dort
5795 und gelangte in kurzer Zeit nach Rom.
Als die Römer das vernahmen,
empfingen sie ihn ehrenvoll.
Viele Menschen zogen
ihm entgegen.
5800 Dann geleiteten sie den würdigen Mann
nach Sankt Peter, in die große Kirche,
wo viele Reliquien ruhen.
Auch dort stiftete er
gute seidene Stoffe und golddurchwirkte Tuche,
5805 die nicht besser sein konnten,
als sein Opfer.
Bevor er von ihnen weiterreiste,
behielten sie den tapferen Mann
mit großen Ehren in Rom.

5810   dâ dienten sie dem hêren
    siben tage unde mê,
    daz sin niht liezen dannen ê
    keine wîs von in komen,
    unz daz sie hâten vernomen
5815   sîn mære besunder.
    sîn seltsæniu wunder
    dûhten sie vil wunderlîch.
    dô bat sie der fürste rîch
    got von himele bewarn,
5820   wan er wolde gerne varn
    mit ir urloube dan.
    daz was in leide getân:
    doch muosen sie in lâzen varn.
    sie bâten in got bewarn.
5825   also kêrt von in der wîgant.
    er kam ze Beiern in daz lant,
    daz in nieman bekande.
    verholn er dô sande
    nâch einem sînem man
5830   an den er sich mohte lân,
    daz er unvermeldet wære.
    der sagte im dô diu mære
    daz ze Babenberc wesen solde
    ein hof, dâ der keiser wolde
5835   krône tragen, als ich iu sage,
    ze wîhennaht an Kristes tage:
    daz hæte er wærlîche vernomen.
    „dâ sult ir, herre, hin komen,
    ir und grâve Wetzel verholn.
5840   ich behalte iu wol verstoln
    iur gesinde, swaz ir mir des lât,
    daz ir wol ân angest gât,
    daz des nieman inne wirt
    die wîle ir under wegen birt.“

5810 Dort diente man dem Herzog
über sieben Tage lang;
sie ließen ihn auf keinen Fall
früher weiterziehen,
als bis sie alle seine Erlebnisse
5815 genau vernommen hatten.
Seine seltsamen Lebewesen
erschienen ihnen zu wunderlich.
Dann bat der edle Fürst,
daß Gott im Himmel sie bewahre,
5820 denn er wollte gern
von ihnen Abschied nehmen.
Das tat ihnen zwar leid,
doch mußten sie ihn ziehen lassen.
Auch sie empfahlen ihn dem Schutze Gottes.
5825 So schied er von ihnen
und kam dann ins Land Bayern,
aber so, daß ihn niemand erkannte.
Heimlich sandte er nun
zu einem seiner Lehnsleute,
5830 auf den er sich verlassen konnte,
daß er nicht verraten würde.
Dieser erzählte ihm,
daß zu Bamberg ein Hoftag
stattfinden sollte, wo der Kaiser
5835 in der Christmette am Weihnachtstag
die Krone tragen wolle, wie ich es euch noch erzähle.
Das habe er ganz sicher vernommen.
„Dort solltet Ihr, Herr, heimlich hinkommen,
Ihr und Graf Wetzel!
5840 Ich will gern Euer Gefolge heimlich beherbergen,
soweit Ihr es mir überlassen wollt,
damit Ihr ganz ohne Angst ziehen könnt
und damit niemand Euch erkenne,
solange Ihr unterwegs seid."

5845   Daz dûhte sie dô wol getân.
dannen huoben sich die man
gên Babenberc vil drâte
an Kristes âbent spâte
dâ bî nâhe in einen walt.
5850   dâ bliben dô die helde balt
unz hin gên der mettîn.
dô giengens zuo der bürge în
verholn in den stunden,
da si heimlîch ligen funden
5855   die küniginne an ir gebete.
dô vielen sie dâ ze stete
vür die küniginne.
dô sie ir wart inne,
sie frâgte wer daz wære.
5860   der grâve sagte ir mære,
ez wære der herzoge ir sun:
daz si gnâde an im solde tuon
und in hulfe umbe hulde,
daz der keiser die schulde
5865   ime durch got ruochte lân.
ûf spranc diu küniginne sân
und umbevienc in zuo der stunt.
sie kuste in dicke an sînen munt
mit weinenden ougen.
5870   sie hiez den helt tougen
gên zuo der herberge sîn.
daz gebôt im diu künigîn
daz er vür den keiser niht kæme
unz er vil rehte vernæme
5875   daz man Kristes messe sunge:
daz er vür den künic drunge;
alsô bereit solde er wesen,
so daz êwangeljum wurde gelesen,
und im viele an den fuoz.
5880   „die wîl ich die fürsten sprechen muoz,
daz sie uns helfen dar zuo.“

328

5845 Das hielten sie für einen guten Vorschlag.
Die Ritter brachen eilig
nach Bamberg auf.
Am Weihnachtsabend spät
blieben die mutigen Helden
5850 in der Nähe in einem Walde,
fast bis zur Frühmesse.
Dann gingen sie heimlich
zu dieser Zeit in die Stadt hinein,
wo sie die Königin allein
5855 während ihres Gebetes antrafen.
Da fielen sie auf der Stelle
vor der Königin nieder.
Als sie sie bemerkte,
fragte sie, wer das sei.
5860 Der Graf erklärte ihr,
daß es ihr Sohn, der Herzog, sei
und daß sie ihm Gnade erweisen
und ihm zur Huld verhelfen möge,
auf daß ihm der Kaiser die Schuld
5865 um Gottes willen erlasse.
Die Königin sprang sofort auf
und umarmte ihn sogleich.
Sie küßte ihn oftmals auf den Mund
mit weinenden Augen.
5870 Sie riet dem Herzog
heimlich zur Herberge zu gehen,
und gebot ihm,
nicht vor den Kaiser zu treten,
bevor er nicht wirklich höre,
5875 daß man die Christmette singe,
und dann erst vor dem König zu erscheinen.
Er solle sich so bereithalten,
daß er, wenn das Evangelium vorgelesen werde,
ihm zu Füßen falle.
5880 „Inzwischen muß ich mit den Fürsten sprechen,
daß sie uns dabei helfen."

dannen gienc der fürste duo
an ein stat verborgen.
aller sîner sorgen
5885   er des tages ein ende sach:
von gotes helfe daz geschach.

Dô diu rede was ergân,
diu frowe zehant dar gewan
die fürsten alle gelîche
5890   und sagete in tougenlîche
von ir sune diu mære,
daz er komen wære
ûf ir aller gnâde dar:
daz sie ir bete næmen war
5895   und daz durch got tæten
und den keiser umbe in bæten
daz er im lieze sîne hulde
und ime vergæbe sîne schulde,
daz si inz bevolhen liezen sîn.
5900   do gelobten sie der künigîn
daz sie sich durch den werden degen
wolden alles des verwegen
gewaldes des sie möhten hân.
er müese im die hulde lân
5905   oder verzîhn vil übellîch.
daz lobtens alle gelîch.
des was diu küniginne frô.
der keiser garte sich dô
in sîn küniclîch gewant.
5910   die fürsten kâmen alzehant
in daz münster frône.
der keiser under krône
bî der küniginnen stuont,
als sie ze hôchgezîte tuont.
5915   ein bischof vor in messe sanc.
von liuten vil grôz gedranc
in dem wîten münster was.

Der Herzog ging nun hinweg
zu einer verborgenen Stelle.
Er sah an diesem Tage
5885 ein Ende aller seiner Sorgen:
Dies geschah durch Gottes Hilfe.

Nachdem sie das gesagt hatte,
suchte die Herrscherin sogleich
alle Fürsten zu gewinnen
5890 und erzählte ihnen heimlich
die Nachricht von ihrem Sohne,
daß er in der Hoffnung auf die Gnade aller
zurückgekommen sei
und daß sie auf ihre Bitte hören möchten
5895 und um Gottes willen
den Kaiser für ihn bitten sollten,
daß er ihm seine Huld wieder schenke
und ihm seine Schuld vergebe.
Sie sollten sich dies anbefohlen sein lassen.
5900 Darauf versprachen sie der Königin,
daß sie um des teuren Herzogs willen
allen Einfluß, den sie hätten,
geltend machen wollten.
Der Kaiser müsse ihm so seine Huld schenken
5905 oder ihm in übler Art verzeihen.
Das versprachen sie alle in gleicher Weise.
Die Königin war darüber sehr froh.
Der Kaiser kleidete sich dann
in sein königliches Gewand.
5910 Die Fürsten kamen nun sogleich
in das Gotteshaus.
Der Kaiser stand gekrönt
neben der Königin,
wie sie es bei einem Feste tun.
5915 Ein Bischof sang vor ihnen die Messe.
Im weiten Münster herrschte
großes Gedränge von den vielen Menschen.

do man daz êwangeljum gelas,
der bischof trat ûf den lector
5920 und sagt der kristenheite vor
die süezen gotes lêre.
dise ensûmten sich niht mêre:
sie kâmen wullen und barfuoz.
sie vielen dem künige an sînen fuoz:
5925 sîner gnâden sie in bâten.
die fürsten dar zuo trâten
und manten in sunderlîchen
daz er durch got den rîchen
und durch sîne marter hêre
5930 und durch des heiligen tages êre
in sîn hulde lieze hân.
„swaz er mir nu hât getân,
hæte er mir genomen mîn leben,
daz sî im durch got vergeben.
5935 ich wil michs gên im begeben."
niht erkande er den degen:
er rihte in ûf zuo der stunt
und kuste in an sînen munt.
des gnâdet er im tugentlîch.
5940 do erkande in der fürste rîch,
do er im under ougen sach.
ez gerou in deiz geschach.
als er in erblihte,
der keiser nider nihte:
5945 er wolde im niht sprechen zuo.
die fürsten riefen alle duo
„herre her keiser rîche,
daz ir sô offenlîche
vor dem rîche habt getân,
5950 daz sult ir billîch stæte lân:
ir liezetz durch uns und durch got.
ir welt iu selbe grôzen spot
machen swenne ir alsô tuot."
„nu ez iuch herren dunket guot

332

Als das Evangelium verlesen wurde,
trat der Bischof an das Lesepult
5920 und trug der Gemeinde
die gütigen Worte Gottes vor.
Die Geächteten säumten nun nicht länger:
Barfuß und im wollenen Bußgewand traten sie hervor.
Sie warfen sich dem König zu Füßen
5925 und flehten ihn um seine Gnade an.
Die Fürsten traten hinzu,
und jeder von ihnen mahnte,
daß er um Gottes und
der erhabenen Leiden Christi willen
5930 und wegen der Würde des heiligen Weihnachtstages
ihnen seine Huld schenken möge.
„Was er mir auch getan hat,
und hätte er mir das Leben genommen,
das sei ihm um Gottes willen vergeben.
5935 Ich will diese Dinge gegen ihn vergessen."
Er hatte den Herzog aber noch nicht erkannt.
Er richtete ihn nun auf
und küßte ihn auf seinen Mund.
Dafür dankte ihm dieser in gesitteter Form.
5940 Da erkannte ihn der Herrscher,
als er ihm in die Augen sah.
Es reute ihn nun, daß es geschehen war.
Als er ihn erkannt hatte,
beugte sich der Kaiser nieder,
5945 er wollte ihn nicht ansprechen.
Darauf riefen die Fürsten alle:
„Hoher Herr Kaiser,
was Ihr so in der Öffentlichkeit
vor dem ganzen Reiche getan habt,
5950 das sollt Ihr zu Recht weiter gelten lassen.
Ihr habt ja um Gottes und um unsertwillen vergeben.
Ihr würdet Euch selbst zum Gespött machen,
wenn Ihr nun anders handelt."
„Nun, wenn es euch Fürsten gut dünkt

5955   und ir sîn gnâde wellet hân,
          sô wil ich mînen zorn lân
          und wil im immer wesen holt."
          er gap im silber unde golt
          und ergazte in frümeclîche.
5960   die fürsten gemeinlîche
          verzigen ir schaden ûf in dô
          und wâren sîner künfte frô.

          Dô man die messe dâ gesanc,
          umbe in wart vil grôz gedranc
5965   von allen den hêren.
          die enphiengen in mit êren
          und bâten in willekomen sîn.
          sîn muoter diu künigîn
          was des sunes von herzen frô.
5970   der keiser in frâgte dô
          wa sîn wunderlîch gesinde wære.
          dô sagte im der fürste mære
          „[ez ist] ze Beiern in dem lande."
          der keiser boten sande
5975   die tac und naht gâhten
          unz sie ez allez brâhten
          ze hove vür den keiser rîch.
          ez dûhte vil wunderlîch
          alle diez gesâhen.
5980   mit gelîchem munt sie jâhen
          si gesæhen nie niht solhes mêre.
          dô bat im der keiser hêre
          ein teil sîner wunder geben.
          dô begunde er widerstreben,
5985   wan er tet ez ungerne.
          doch liez er im den Einsterne
          und dem diu ôren wârn sô lanc
          und der selbe vil wol sanc
          und einz der kleinen liutelîn.
5990   mit den andern muose er selbe sîn,

334

5955 und ihr seine Begnadigung wünscht,
so will ich denn meinen Zorn aufgeben
und will ihm immerdar gewogen sein."
Er schenkte ihm Silber und Gold
und entschädigte ihn gut.
5960 Die Fürsten verzichteten gemeinsam
auf ihre Schadensansprüche
und waren froh über seine Heimkehr.

Als man die Messe zu Ende gesungen hatte,
gab es um ihn ein großes Gedränge
5965 von allen Rittern.
Sie empfingen ihn ehrenvoll
und hießen ihn willkommen.
Seine Mutter, die Königin,
war über ihren Sohn von Herzen froh.
5970 Der Kaiser fragte ihn schließlich,
wo sein wunderliches Gefolge sei.
Da sagte ihm der berühmt gewordene Herzog:
„Es ist in Bayern!"
Der Kaiser sandte sogleich Boten hin,
5975 die Tag und Nacht eilten,
bis sie es alles zum Hofe vor den Kaiser
gebracht hatten.
Es kam allen, die es sahen,
sehr seltsam vor.
5980 Übereinstimmend behaupteten alle,
es gäbe nie wieder solches zu sehen.
Dann bat ihn der Kaiser,
ihm einen Teil der Seltsamkeiten zu überlassen.
Da sträubte er sich dagegen,
5985 denn er tat es ungerne.
Doch überließ er ihm den Einäugigen
und den, dem die Ohren zu lang waren,
und der so schön sang,
und einen von den kleinen Männchen.
5990 Die andern behielt er für sich selbst,

und den grôzen Gîgant
brâht er ze Beiern in daz lant:
des wolde er nieman lâzen phlegen.
der keiser behielt dô den degen
5995   bî im wol bî zwelf tagen,
daz er im allez muose sagen
diu manicvalden wunder
und wa er gewan diu kunder,
daz er niht dar an vergaz,
6000   daz er nie an daz gerihte saz
noch ûz sîner kemenâten kam,
unz er diu wunder von im vernam.
dô liez ers niht belîben,
der keiser hiez dô schrîben
6005   war umbe und wie er in vertreip
und wie lange er in dem lande bleip
und wier hin fuor und wider kam.
swer disiu mære von im vernam,
der muose weinen alzehant.
6010   dô liez er allez sîn lant
wider dem fürsten hêren.
sît gesaz mit grôzen êren
bî sînem erbe der ziere degen.
er begunde hêrlîche phlegen
6015   sîner manne und sîner lande,
gelîche einem wîgande,
daz er gap unde lêch.
der keiser in niht verzêch
unze er was rîche als ê:
6020   es wart niht min, es wurde mê.
er hâte in liep unz an den tôt:
alsô übrwant er sîne nôt.

ebenso brachte er den großen Giganten
wieder in sein Land Bayern.
Ihn wollte er keinem andern überlassen.
Der Kaiser behielt dann den Herzog
5995 noch zwölf Tage bei sich,
damit er ihm alles erzählte,
die vielen seltsamen Abenteuer
und wo er die seltsamen Lebewesen erworben hatte;
es fesselte ihn so sehr, daß er nichts davon überhörte
6000 und keine Gerichtsurteile fällte
noch aus seinem Zimmer kam,
bis er die Geschichten alle vernommen hatte.
Damit ließ er es aber nicht bewenden.
Der Kaiser ließ damals aufschreiben,
6005 warum und auf welche Weise er ihn vertrieben hatte
und wie lange er im Lande geblieben war
und wie er ausgezogen war und zurückkehrte.
Jeder, der diese Geschichte des Herzogs gehört hatte,
der mußte sogleich weinen.
6010 Dann überließ der Kaiser dem edlen Fürsten
wieder sein ganzes Land.
Fortan herrschte der edle Herzog
sehr ehrenvoll in seinem Erblande.
Er kümmerte sich vorzüglich
6015 um seine Leute und um sein Land,
indem er wie ein Held
beschenkte und Lehen vergab.
Der Kaiser hielt ihn nicht für gerechtfertigt,
bevor er nicht wieder so mächtig wie früher war.
6020 Es wurde so nicht weniger, sondern mehr.
Er liebte ihn bis in den Tod.
So hatte er seine Bedrängnisse überwunden.

Anhang

Die Prager Bruchstücke der mittelhochdeutschen (mittelfränkischen) Fassung A

Abgedruckt bei Karl Bartsch, *Herzog Ernst*, 1869, S. 3–8. (Die kursiv gedruckten Ergänzungen stammen von K. Bartsch.)

Es entsprechen hier:

> I: *B* Vers 616–708
> II: *B* Vers 1221–1292
> III: *B* Vers 1510–1586
> IV: *B* Vers 1758–1847
> V: *B* Vers 3590–3683

I

	oug hiez in dicke dâ ze hove
	der kuning an sînen rât gân.
	dâ kunde wale de kûne man
	gesprechen bit sulichen zuhten
5	dat it bit êren hôren mohte
	de kuning ind allit dat rîche.
	he rette wîslîche.
	sves sô her begunde,
	der helit vil wale kunde
10	aller slagte frumicheit
	ind was ein rittêre gemeit.
	Ernest der herzoge
	de mogte wale dâ ze hove.
	ime was de kuning vil gût
15	ind dede ime lîves gnûg:
	dat verdînether wale bit êren
	wider den kuning hêren.
	sô wâ hes bedorfte zu der nôt,
	dâ gaf her ime dat golt rôt
20	dicke âne wâge.
	sament si dô wâren
	vil gûde frunt, dat is wâr,

bit êren vil manig jâr,
dat si nie inwurden gevê.
25 dat dede eim Hênrîche wê,
de was des keiseris neve
ind was ellenclîch sîn râtgeve,
de hatte di pelenze dâ ze Rîne.
de begunde den helit nîden
30 durg anderis inkeine sculde
wene dat he des kuningis hulde
sô gnêdenclîche hette.
dô dâgter wat he rette,
dâ mide hers ime intwente,
35 dat her in sô gescente,
dat her ime van herzen worde gram,
wande man in dâ ze hove niet invernam
alsô wale sô dâ bevorn:
dat was im leit inde zorn.

40 Do begunde de ungetrûwe man
bit listen vor den kuning gân
ind sagede ime wêrlîche,
in wolde vanme rîche
der herzoge stôzen.
45 he hûve sig sô grôze:
„ime sint die vursten alle holt.
ig vorten, herre, dat du solt
dîn êre verliesen.
zwû inwoldis du dir nu kiesen
50 einen anderen trût?
jog sprichet her over lût,
he wille sig dir gelîchen
in geburte jog anme rîche.
ig wil dir wêrlîche sagen,
55 he geit ze râde alle dage
wie he des beginne
dat he dir ane gewinne
dîn lant ind dîne burge.

he wilt dig gerne verderven
60 alsô gerne sô he levet.
    dat hânt mir intrûwen geseget
    di it an der rede hôrten,
    ind bâden dat ig dir sagete
    duse mich*elen mêre*,
65 *ê he dir dîn êre nême.*

II

des weiz got wale di wârheit
dat ig si âne mîne sculde hân verlorn.
nu zounit her mir sînen zorn
vil harte grôzlîche.
5   ig wil dog inme rîche
    eine wîle sament ime bûwen.
    zvâre he mir des getrûwe,
    it sî im leit ove lief,
    ig nerûmen iz ime niet,
10 it indû mir nog grôzer nôt.
    ig hân sô manichen helit gôt
    di mir niet ingeswîchent,
    dat ig ime wêrlîche
    wil vil gerne widerstân.
15 it inis sô schîre niet irgân
    dat ig ime lâze mîn lant
    dat mir", sprag de wîgant,
    „van allen erven ane kumen is:
    he hât it nog vil ungewis."

20 Ernest de helit gût
    de havede einen grimmichen mût:
    dat bescheinede wale der degin hêr.
    dô intwalter niet mêr,
    wande ime leide was gedân.
25 dô nam he zvêne sîne man
    der ellen he wale irkande.

hine ze Franken he dô rande
zu einer burg, di hîz Spîre:
di steit nog bîme Rîne.
30 da besaz de kuninc einen hof.
des wunderit maniche lûde nog
dat he den freisen ie bestût.
des âvendis, dô der helit gût
ûf den hof geriden quam,
35 den grêven Wezzel he zu ime nam
ind hîz den anderin degin bewaren
dat he di ros hette gare,
of sîn wille irginge,
ê si ieman vinge,
40 dat si dannen riten âne danc.
der herzoge dô hine dranc
zeinir kemenâte.
dâ saz de kuninc ze râte
bit deme palenzgrêven sîme trûte.
45 oug was dâ mê lûde
di ig genennin niet inkan.
der herzoge inde sîn man
die sprungen în zu der dure.
de kamerêre stunden dâ vure
50 ind hatten it ubele bewart.
si dô zucten di swert
inde scancten eine minne.
die zvêne jungelinge
zestôrden dat gerûne.
55 der kuninc losede kûme,
des sagede he iemer gode danc:
dô spranc he over eine banc,
dat he in eine kapelle quam.
der palenzgrêve sîn man
60 de wart des râdes unfrô:
der herzoge gaf ime dô
einen alsô freislîchen slag
dat *he vil smêliche lag.*

344

oug nam dâ mich*elen* scaden
der keiser *ind* allit sîn here.
ei*n tûs*int was dere
*di in dem wîge stur*ven
5 âne di vil . . .
die van den wunden irsturv*en*
di si in dem *wale* irwurven.

Alse de sturm *was irgangen,*
dô kêrten si dannen
10 in *freislîchen sorgen*
ind vingen herberg*e.*
dô wurden ûf deme velde
hêrlîc*her gezelde*
harte vil ûf geslagen.
15 dô *hatten michelen* scaden
di mêre burgêre *oug genomen,*
wande sie hatten *verloren*
ein teil ires gesindes.
die helde wîggrimme
20 wunten vil d . . .
sumelîchen d . . . . . .
grôzen sîner . . . .
*dô si bit d*eme vanen da*n*
*kêrten gegin d*eme burge dor*e.*
25 dâ nâmen si grôzi*n sc*aden vore.
dô . . . . .
. . . . hen volle
bit steinen ûz erkêren.
sig wereten *sêre*
30 *di kûnen jungelinge.*
si wolden niet in*trinnen.*

Dô der keiser dit *gesag*
*dat sîn here al*le dôt lag,
der . . . . .

35   ind he di burg ir*wurve*
       bit aller slahte antwerc.
       dô . . . . wert
       dat si niet *wolden gedingen.*
       dô hîz he ime *gewinnen*
40   *vil manichen* boim langen.
       *he wurhte igel ind ma*ngen
       ind berg*fride vîre.*
       di triben di helede scîre
       vaste unze an den graven.
45   *dô* wart zu der *burge irhaven*
       ein sturm alsô grimme
       *bit grôzen unmin*nen.
       di kûne wîgande
       *bit ellenthaft*en handen
50   wereten *ire mûre.*
       dô drungen di hele*de tûre*
       zu der burge over al.
       des *lûdes wart ein michel val*
       beide ûze jog dâ *binnen.*
55   *si vielen vil gedrange*
       alsô ûf den alben der snê.
       do begunde vaste zû *gên*
       der kuninc ind alliz sîn here.
       do zewurfen si di *brustwere*
60   gare bit *den mangen.*
       swaz si ir mogten gelang*en . . .*

IV

       nu lît mir wûste mîn lant,
       dat is berou*bit* ind verherit.
       nu hân ig garwe ver*zerit*
       alliz dat ig ie gewan.
5   nu *wellent* mînen scaz hân
       di lûde di mir dîn*ent,*
       wande si des wênent

dat ig have *goldes* gnûc.
nu bin ig", sprag de helit gût,
„*verurlûget* sêre.
mir is de kuninc *hêre*
vil wunderlîche gram,
dar zû al*le sî*ne man:
di râdent an mîn êre.
n*une* mag ig niet mêre
deme rîche lan*ger* widerstân.
ig hân is alsô vile gedâ*n*
dat it alle di nimet wunder
dit it no*g hân* bevunden,
dat ig ime sô lange vo*r ge*saz.
dat gemachede aver daz:
ir *hul*fet mir frumelîche.
nu mûz ig *ime* intwîchen,
wand ig helfe niet in*hân.*
sver sô svimmet wider wazzers strâm,
al irgâ*t it* ime eine wîle wale,
ze jungest *vert* he ze dale.
alsô is it uns umbe d*en ku*ninc kumen.
ir hât dat alle w*ale* vernumen:
sver lange wider *dat rîche* urlûge hât,
ind of he ein*e wî*le wider ime stât,
ze jung*est kumt he* bit scaden ave.
alsô mag ig ûg van *mir ge*sagen.
wande he is over mir sô rîche,
*des m*ûz ig ime intwîchen.
ig nemag *mig* ime langer niet irweren.
nu wil *ig v*aren over mere
ind sûchen dat hei*lige* graf
ind wil dâ jâr inde dag
an go*des d*îniste sîn.
nu manen ig ûg, lieven *frunt* mîn,
dat ir mir zu derre nôde
helfet einmôde:
sô duit ir frumelîche.

10
15
20
25
30
35
40

45   *wand i*g inmag dit rîche
        langir niet ge*bûw*en.
        nu soldir degenis trûwe
        an mir *beschei*nen,
        ind lâzit mig niet eine
50   va*ren û*zer duseme lande.
        des hât ir wîg*ande*
        allesament êre,
        ind ig versculdent *iemer* mêre
        al di wîle dat ig leven",
55   sprag *der t*ûrlîcher degen.

        Dô sprâchen di helede gûde
        al in eime *mû*de,
        di dâ gesamenet wâren,
        si wol*den* zwâre
60   lâzen kint inde wîf
        inde wol*den d*en lîf
        sezzen an ein urdeil,
        ind *wolde*n ûffe gût heil
        sament ime va*ren o*ver mere:
65   dat inmogte in nie*man* irweren,
        it indêde der doit.

                    V
        *durg ir do*gede willin
        sô wat sis mogten gedûn.
        der hoge drûg si dar zû.
        ir gemûde was grimme ind starg.
5   dô wolden si ellins werg
        wirken in der burge.
        dô gingen si âne sorge
        vor des palasis dor.
        do bestunden si si dâ vor.

10   *Dô* di wîggrimme man
        allenthalben umbe sig gesân,

beide neben inde vor,
dô wâren in di porten ind dor
garwe vorgangin.
15 dô hatten si bevangin
bit nîde di van Crippyâ.
ane lîfen si si sân
ind irhûben einen sturm alsô grimmen
dat van zvein jungelingin
20 nie inkein herter gescag nog inwart.
manig man dâ irstarf.
svâ si sig hine kêrden,
luzzel si ire beleifden.
si slûgen si alle dir nider.
25 it inwart ê nog sider
nie inkein sturm alsô freislig.
di helede gingen vor sig
faste an dat burge dor.
dâ lac des lûdes vile vor.
30 ê dan si se drûz lîzen gân,
di porte was zu gedân
bit grindelin beslozzen.
dô liden van deme gescuzze
di herren michele nôt.
35 dô kêrden di helede vil gôt
di rucke zu der mûre.
dô stunden di degene dûre
ind beschirmeden ir levene.
alse dietdegene
40 wereden si sig beide.
dat wart des dagis ze leide
manicheme an sîme lîve.
bit bogen ind bit pîlen
gingen si allenthalven zû.
45 si inkunden in anderis niet gedûn
dat in mogte gescaden.
ûg inkunde nieman gesagen
des gescuzzis des in zû flôz.

des lag ein michel houf grôz
50 neben den wîganden,
dat van den vîanden
in di wende wart gescozzen.
dat vingen unverdrozzen
di zvêne ellenthafte man
55 ind sô vile des in die scilde quam
dat si it niet mogten bestân,
ind wereden sig in allen gân
alse dîtdegene.
si wânden bit deme levene
60 iemer dannen kumen.
dô hatten dat gestrîde vernumen
di herren in deme kiele,
ind quâmen vil sciere
vor di burg bit eime vanen.
65 dat wart manicheme ze bane.
si hiwen ûf di porte.
si slûgen si bit den swerten
wider in di burg.
des was dem herzogen durft.
70 in deme *sturme manig man*

Die Saganer Bruchstücke der Fassung A

Herausgegeben von Willi Gröber, *Festschrift Theodor Siebs zum 70. Geburtstag*, Breslau 1933, S. 17–32.

Es entsprechen hier:

I^r: *B* Vers 444–478
I^v: *B* Vers 494–520
II^r: *B* Vers 602–638 (vgl. S. 341, I, 1–17)
II^v: *B* Vers 639–689 (vgl. S. 341 f., I, 18–48)

I^r

Was daz mere vil lip
  sich vrowte alle diụ diet.

Otto der kụnic gụt
  vrowte sere sinen mụt
5 Do er rehte vernam.
  ụmb diụ vrowe lustsam
Diụ minneclichen boteschaft
  do hiez er mit craft
Sine brautloft stiften.
10 ụnd gebot in allen gerihten
Mit michelem lobe
  den vursten zụ houe
Do quamen si ze samene
  si hụben sich mit megene
15 Hin nah der vrowen
  do mohte man schowen
Manigen riter gemeit
  do diụ herzoginne adelheit
Dem keiser zụ wibe wart gegebn
20 do reit manig diet degn.
Spilende mit dem schilde
  do was daz gevilde
Mit helden bevangen.

do hubn si sich dannen
25 Zů megunze an diu herberge
vil michel was menige

I^v

in romischem riche.
En newart nie grozer hoft
do was sanc und lost
30 Wnne und ere
des was der kunic here
Gelobt in manigem lande
do gab er den wiganden
Phellel diu breiten
35 more mit den gereiten
Golt und silber
und ander zierde manifalde
Di hiez er in vor tragen
iu kan nieman ge agen
40 Di wnne di si heten.
mit eren si do lebten

Do diu brutloft was getan
di herren begonden vůr gan
Und namen urlop
45 do zerginc der michele hof
Witener wegene
di twrlichen degene
Di schiden sich alle vil vro
dannen reit der kunic do
50 Mit der vrowen wolgetan
iz was im harte wol ergan
Der romiske here

II^r

do gap er im schone
Mit keiserlicher gabe

und allen den zware
Di im gevolgeten dare
 do wart der degen wol geware
Daz ern mit triwen meinte
 wi dikke er im bescheinte
Manige ueterliche dinc
 alṣ sin eigenes kint
Hielt er den herren
 er half ouch siner eren
Swo erz mohte getụn
 beide spate ụnd vrů
Des waṣ er in michelm lobe
 in hiez vil dikke da zụ houe
Der keiser an sinen rat gan.
 do konde wol der kụne man
Sprechen mit sulchen zụchten
 daz iz mit eren horen mohte
Der keiser ụnd daz riche
 er redete wiṣlichen
Swes so er begụnde
 der helt wol kụnde
Aller slachte vrůmekeit
 er waṣ zụ aller zit gemeit
Ernist der herczoge
 mohte wol da zụ houe
Der keiser waṣ im gụt
 ụnd tet im libes gnůc
Daz verdiente der degen mere
 ụmb den kụnic heren

II^v

Swa erṣ bedorfte zů der not.
 des gap er im daz golt rot
Dikke ane wage
 mit triwen si do waren
Gụte vrunt daz ıst war

mit eren vil manig iar

90 Daz sie nie wurde geuee
diz tet eim heinriche woe
Der waʒ ein deʒ keiserʒ neue
und sin ratgebe
Der het di phalinze bi rine
95 der begonde den helt niden
Von keiner slachte sculde
wen daz er deʒ keisers hulde
Also wol hete.
do gedahter waz er tete
100 Daz erʒ im untwente
und in so geschente
Daz erm von herzen wr̂de gram
wend man ze houe niet vernam
Also wol so da bevorn
105 diz waʒ im leit unde zorn.

Do begunt der ungetrwe man
mit listen vor den kunic gan
Er sagt im werlichen
in wolde von dem riche
110 Der herzoge stozen
er hube sich so groze
Im sint di vursten alle holt
er sprah ih vûrhte du solt
114 Din ere verlisen

Die Marburger Bruchstücke der Fassung A

Ergänzt und veröffentlicht von Karl Bartsch, Germania 19 (1874) S. 195 f.

(Kursiv gedruckte Buchstaben sind von Bartsch ergänzt worden.)

Es entsprechen hier:

> 1ᵃ: *B* Vers 3777–3795?
> 1ᵇ: *B* Vers 3802–3817
> 2ᵃ: *B* Vers 4200–4210
> 2ᵇ: *B* Vers 4220–4239

      (1ᵃ) . . . . . hoffeter do
      den er solte besten.
      do in*beit* er niwet m*e*,
      den uanen nam er selbe.
5   do *wi*seder die snellen
      an die grippinisch*en* man.
      *d*ie quamen in mit nide an
      mit maniger schare mehtic.
      do wart ein sturm creftic
10   an deme uelde irhaben.
      des nam maniger den schaden,
      der sin nie ingnoz.
      daz here daz was fil groz
      der grippinischen herren.
15   des guan der herzoge manigen *seren*
      . . s sich ges*ch*ei*d*en.
      alumbe sie

      (1ᵇ) . . . . . uil harte.
      wie wol sie bewarten,
20   daz ir dicheiner were da
      der in quam *so* na,

den enelenden rechen,
daz *sie* in mit den ecken
mohten irlang*en*
25 mit zorne beuangen
was der herzoge here.
sin mût qual ime sere;
zû den libe was ime unwerde
daz sie ime an der erden
30 wolden strides nit gestaden,
daz er sis mohte gesaden
oder ir dicheinen irreichen.
do hub er uf daz ceichen:
der herre mit d . . . . .

35 (2ᵃ) . . . . . zuiuel
alle mit eine*m* *m*ude,
in hetde got der gûde
den geda*nc* gesant in sinen mût;
iz duhte sie allesament gût,
40 sie wolden ime gerne uolgen.
do giengen die godes holden
after den kielen.
sie wnden harte schire
groze merrinder hûde uil.
45 zuare ich uch daz sagen wil,
des wrden die helide uil uro.
zû ir schiffe trugen sie sie do
un schuffen sie na ir willen.
do namen die snellen
50 eine michele hût.
da snieden sie die *riemen uz.*

(2ᵇ) . . . . . sin
der sich *besuwet* in der hût.
do sprac der greue u*b*erlût
55 „daz sal der herzoge unde ich.
besuwet in uñ mich

in disen huden beiden.
ich inwil mich nīmer gescheiden
fan ime lebendic noch dot.
60 ich wil angist uñ not
samet ime liden.
kumet er uz mit deme libe,
so weiz ich wie iz uns irgat.
eintweder unser wirdet rat
65 oder wir uerliesen sament unser leben",
sprach der druliche degen.
„ich sagen uch wèrliche,
un . . . .

Die Klagenfurter Bruchstücke

Herausgegeben von Hermann Menhardt in der Zeitschrift für deutsches Altertum 65 (1928) S. 201–212. (Die gesperrt gedruckten Wörter heben Übereinstimmungen mit der Fassung *B* hervor. Wörter in eckigen Klammern sind vermutete Ergänzungen durch den Herausgeber.)

Es entsprechen hier:

> bl. 1ra: *B* Vers 5265–5295
> bl. 1rb: *B* Vers 5309–5392
> *bl.* 1vb: *B* Vers 5403–5427

Der kvnig was segis vro   bl. 1ra
danne hub her sich do
Mit dem creftigen here.
Das her hette di were
5 des was ir vroude lanc
vnd wistens alle danc
De[m] herczogen ernste.
Di genossen siner liste
das si den sig namen.
10 Do si czu huse quamen
der [kun]ig tet in wirtschaft
Mit vil grosir craft

vnd gab in silbir vnd golt.
Si weren allenthalbe holt
15 Ernst dem herren
der in half czu den eren
vnd des grosen rvmes.
Sines wistumes
Genossen si gemeine

20 Golt vnd gesteine
Gab in der kvnig sant.
Ernst hub sich in sin lant.

do enphingen in man vnd wip

Gan so wo her solde   *bl.* 1rb
25   das her ni enwolde

von dem hsczogen komen
Das nam her sint vromen

vnd michil ere.
Man sait das her were

30   Als [vn]s vor wor ist geczalt
Nich[t] wen vumfczen iar alt.
Kein tanne was so lanc noch
Her enreichte do vbir doch.
Ernst der here
35   Lebete in grosir ere
vnd hatte in sime houe
Sig vnd pris czu loue
Der grosen resen eine
vnd czwei piscineos cleine

40   vnd der plathuben vil

vnd ouch lute an dem czil
Manne vnd wibe
di an irme libe
Nimmer trugen keine wat
45   Di hatte her an siner stat
durch [vroude vnd durch wunder]

lücke.

komen sundir iren danck.   *bl.* 1va

Si baten in das her durch tanck
In genedic wolde wesen

vnd lisse si mit dem l i b e g e n e s e n.
       Als sich der herczoge vorsan
       d o w i s t e w o l d e r k v n e m a n

       [w]i is was vm d a s l a n t.

       d o v r o g e t e her si sant
A b d o o r l o u g e w e r e.
       D o s a g e t e n s i i m m e r e

       d e r k v n i g v o n b a b i l o n e

       T e t d e m k v n i g e schone
       von vbiane manch gitwengen
vnd wolde in v o n gote [br]engen

       czu d e r h e i d e n s c h [e] f t e
       M i t g r o s i [s] heres crefte
       Truge her uf in reide
       vnd tet im vil czu leide.
D o v r o g e t e h e r d i k o u f m a n

       A b s i i n m o c h t e n [d] a n

       G e h [e] l f e n al in s t i l l e n
       Her hettes guten w i l l e n
       Her w o l d e c z u i h e r u s a l ē k o m e n

Der herczoge riche   *bl.* 1vb
       Sante togentliche
       Noch dem grauen sinen man.
       der quam vil schire dan.
       Deme sagete her stillen
wes her welde bevillen
       vnd anderen sinen ma[nn]e.
       do weren si gerne danne

vnd [volgeten] sime [r]ate.
Des [abendes] vil spate
Namen si gemeine
Golt vnd gesteine
vnd michelen schacz
Czu sch[i]ffe trugen si dacz.
des abendes rot holne
Der hˢczoge nam vorstolne
den resen vnd al sin wunder
vnd brachte si besunder
Czu schiffe glich eime dibe.
Do hatte her czwene libe
kemerer von arimaspi
di woren im heimelichen [bi].
di bat her mit sich varen

Anmerkungen

1 Der Form der meisten mittelalterlichen Dichtungen entspre-
chend beginnt das Herzog-Ernst-Epos mit einem Prolog, der
die Erzählabsicht des Dichters darlegt. Auffallend ist hier je-
doch, daß in diesem Prolog (V. 1–56) jeder religiöse Anklang
fehlt. Statt dessen betont der Dichter mit dem Wort

2 *wunder*, das Seltsames, Verwunderliches bezeichnet, die Bin-
dung an die volkstümlichen Erzähltraditionen, in denen dem
wunder eine große Bedeutung zukommt (vgl. *Nibelungen-
lied: Uns ist in alten mæren wunders vil geseit*).

3 *guote knehte* ist eine Bezeichnung für alle Ritter (engl.
knight), die zugleich durch *guot* einen Preis dieses Standes
enthält.

6 ff. Die Betonung der *degenheit*, der Tapferkeit des in die
Fremde ziehenden Ritters, die in den Zuhörern *hôhen muot*,
gesteigertes ritterliches Lebensgefühl, weckt, steht hier in deut-
lichem Gegensatz zum *leit*, zur Ehrlosigkeit, zum mangelnden
Ansehen des „verbauerten" Ritters, der nur im Lande bleibt,
sich nichts zutraut und die Taten anderer nicht glaubt. Zum
Leidbegriff vgl. F. Maurer, *Leid*, 1951.

33 *liet* ist eine ältere Bezeichnung für epische und lyrische, meist
strophische Dichtungen.

34 ff. Dieser Hinweis auf die Erlebnisse Ernsts in der Fremde
setzt vielleicht die „historischen" Taten Ernsts im Reich und
in Bayern als bekannt voraus, was die Auffassung H. Neu-
manns von einem älteren Kurzepos stützen würde.

37 Die Zeile kann sich auf den Vorgang der Vertreibung wie auf
die Erlebnisse danach beziehen.

40 *enthielt: enthalten* = aufnehmen, beschützen.

48 f. Die Bemerkung bezieht sich wohl auf die Abwendung der
Fürsten von Ernst (vgl. V. 1177 ff. *durch vorhte*) und die
Einstellung der Kämpfe nach Erschöpfung der Mittel Ernsts
V. 1732 ff.

51 u. ö. Wie in der übrigen nichthöfischen mhd. Epik werden
auch hier – im Gegensatz zur höfischen Dichtung um 1200 –
häufig ältere Wörter wie *helt*, *recke*, *wigant* zur Bezeichnung
des ritterlichen Kämpfers verwandt. – Die Pluralbedeutung
von *manic* bestimmt hier das folgende Pluralform des Verbs.

71 *welhisch* = französisch oder italienisch. Wegen des geschicht-

lich-geographischen Inhalts in V. 177 und wegen Ernsts Italienaufenthalt (V. 5789 ff.) bedeutet es hier „italienisch".

88 Die Übersetzung abstrakter mhd. Begriffe ist gelegentlich schwierig, weil diese häufiger einem Bedeutungswandel in der Neuzeit unterlagen als andere Wörter. Dabei vollzog sich oft eine Verinnerlichung der Bedeutung. Mhd. *diemuot* kennzeichnet ursprünglich die Gesinnung des Dienens im allgemeinen und gilt heute fast nur noch als religiöser Begriff der Unterordnung gegenüber Gott, mhd. *milte* bezeichnet die äußerlich sichtbare Freigebigkeit und wird erst später zur Charakterisierung des gut Erträglichen, Nichtstrengen. – Die häufige Betonung der *milte* in mhd. Dichtungen diente der Hervorhebung einer besonderen Herrschertugend und war zugleich ein Appell der fahrenden Dichter an die Gebefreudigkeit ihrer adligen Auftraggeber und ihres Publikums.

90 f. Den Schild durfte im Kampfe nur der Ritter tragen, vgl. V. 1434 und *Parzival* 115,11 *schildes ambet ist mîn art*.

110 Eigentlich: solange der Tod ihnen Zeit ließ.

117 Das germanische Wort *ros* (nd. *ors*) kennzeichnet hier das ritterliche Streitroß für den Reiterkampf *(tjost, buhurt, turnier)*, während das Lehnwort *phert* (kelt. *paraverêdus* = Beipferd, Postpferd) meistens ein leichteres Reitpferd meint.

121 Vgl. Anm. zu V. 918.

140 f. Mit der Schwertleite, dem Ritterschlag, wurde der ritterbürtige Knappe in den Ritterstand aufgenommen und oftmals mündig zur Übernahme ererbter Macht (vgl. *Kudrun* 18,1 ff.).

141 *lützel ieman* = „kaum jemand" in der Bedeutung „niemand", die häufig benutzte untertreibende Stilfigur der Litotes (mhd. Ironie).

142 ff. Der nhd. Satzbau verlangt hier Umstellung des Relativsatzes.

146 f. Es handelt sich hier offenbar um eine Form des in früherer Zeit üblichen Huldigungsrittes nach Übernahme der Herrschaft.

155 Durch seine Freigebigkeit erhöht Ernst sein Ansehen *(êre)*.

165 Eigentlich: sie verhielt sich fraulicher Art entsprechend.

167 *tugent:* ursprünglich = Tüchtigkeit, Brauchbarkeit, wird erst allmählich zum ethischen Wertbegriff einer christlichen Tugend.

173 *sterben in kiusche und in reinikeit* bezieht sich hier möglicherweise auf ein Leben im kirchlich gesegneten Witwenstand.

183 Die Wenden (Elbslawen) wurden von Heinrich I. und Otto I. mehrfach besiegt und unterworfen; die Friesen bereits 734 durch Karl Martell. Otto I. festigte hier lediglich die Reichs- und Kirchenordnung in Nordalbingien (Schleswig).

188 *rihten* heißt hier eigentlich, den Witwen und Waisen, deren Schutz zu den Herrscher- und Ritterpflichten zählte, ihr Recht verschaffen.

191 *bî der wîde:* bei der Strafe des Aufhängens.

193 *vür unde wider:* eigentlich = davor und zurück.

196 Otto I. war wie sein Vater Heinrich I. sächsischer Herkunft und Herzog von Sachsen (= Niedersachsen). *Sahsen* konnte im Mittelalter aber auch als Synonym für „Deutsche" gelten (vgl. Siebenbürger Sachsen).

200 ff. Das Mauritiuskloster in Magdeburg wurde 937 von Otto I. begründet. 946 wurde dort Ottos erste Frau, Edgitha, beigesetzt. Ein Erzbistum Magdeburg entstand erst 968.

208 Der hl. Mauritius (Moritz) gehörte zu den Märtyrern der Thebäischen Legion. Er galt so als besonderer Ritterheiliger.

212 ff. Die Verleihung von Landbesitz und Hoheitsrechten an Kirchen und Klöster durch den König bzw. Kaiser bildete die Grundlage des sog. ottonischen Systems der Reichskirche und Reichsverwaltung. Als das Papsttum im 11. und 12. Jh. die Laieninvestitur (Einsetzung geistlicher Würdenträger in ihre Ämter durch Laien) bekämpfte (Investiturstreit), führte das zur Schwächung der kaiserlichen Zentralgewalt.

234 ff. Otto I. (912–973) heiratete 929 die angelsächsische Königstochter Edgitha, die Magdeburg wohl als Morgengabe erhielt. Ihr Name wurde bereits im 11. Jh. zur volkstümlichen Form „Ottogebe" umgebildet (so in den *Casus St. Galli* Ekkehards IV.). Allerdings ist eine Verwechslung mit der älteren Schwester Eadgifu, der Frau König Karls des Einfältigen von Frankreich, die ebenfalls „Ottogeba" genannt wird (bei Flodoard von Reims, MGS III, 401), nicht auszuschließen.

239 Der mhd. Satzbau erlaubt die Anfügung mehrerer Gliedsätze – oft als Rahmung am Anfang und am Schluß – an einen verbalen Kern. Im Nhd. sind dann Umstellungen im Satzbau erforderlich (vgl. V. 266 ff., 322 ff., 511 ff. u. ö.).

244 Die formelhafte Apposition *ein wol berndiu wînrebe* ist im MA als Beiwort Marias gebräuchlich. Die Zuordnung zu Otte-

gebe erhebt diese so in den Rang der Heiligkeit. Auch in Rudolf von Ems' Epos *Der guote Gerhart* (um 1220–25), V. 130 f., gilt Ottegebe als Heilige.

264 Entscheidungen, die das Wohl des Reiches angehen, werden hier – wie meistens im Mittelalter – stets von König und Fürsten gemeinsam getroffen.

288 Der plötzliche Übergang vom Bericht oder von der indirekten Rede in wörtliche Rede ist bereits ein Kennzeichen früher deutscher Heldendichtung, vgl. etwa das *Hildebrandslied*.

320 In den *süezen worten* wie in der Betonung der *minne* spiegelt sich hier der Einfluß des höfischen Minneethos. Die Frau wird hier jedoch kaum als die angebetete Herrin des Mannes angesehen, wie dies etwa im Minnesang um 1200 oft der Fall ist.

322 Nur ein Fürst ist hier als Brautwerber angemessen.

341 *rîche* kann „Reich" wie auch „Herrscher" bedeuten; nach V. 338 f. bitten Kaiser und Fürsten, also die Vertreter des hochmittelalterlichen Personenverbandsstaates *(rîche)*, Adelheid um ihre Zusage.

348 Der Hofkaplan war vielfach Schreiber, Lehrer, Verwaltungsmann und Politiker zugleich am mittelalterlichen Fürstenhofe und gelangte später oft in hohe politische und kirchliche Ämter.

351 ff. *er* kann sich hier auf den Brief oder den Kaplan beziehen; in den Handschriften ist im folgenden beides verwechselt und von Bartsch unzureichend gekennzeichnet worden. Die unpersönlichen Wendungen V. 352–361 (stets in der 3. Person) sind wohl eher als referierende Worte des Kaplans anzusehen, erst ab V. 362 (Wechsel zur 1. Person) folgt der Text des Briefes. In der Hs. *b* beginnen die Aussagen in der ersten Person bereits mit V. 360 *(mir ... meyn lewt)*, was wohl die ursprüngliche Form des Briefes wiedergibt.

355 *vogt* (aus lat. *[ad]vocatus* = Rechtsvertreter). „Vogt des Reiches" ist ein Titel des deutschen Königs im Mittelalter.

368 *dîn ... lîp* meint – wie so oft – die ganze Person des Angesprochenen (Pars pro toto).

370 ff. Die Anrede *frouwe* = adlige Herrin wird hier mehrfach kunstvoll variiert.

378–392 Der Dichter wiederholt hier in abgewandelter Form den Inhalt von V. 360–377. Solche variierenden Wiederholungen finden sich in dieser Dichtung häufig, sie gehören zu den erzählerischen Eigenarten des Dichters (vgl. auch V. 2123 ff., 5096 ff. u. ö.).

434 Die Frau begab sich mit der Eheschließung in die Munt (Rechtsgewalt) des Mannes. Die Ergebenheitsformel der Herzogin bedeutet die Annahme der Werbung.

447 Die Hss. *(a hette geworben, b geworfen het)* lassen hier *geworben hât des rîches êre* als ursprünglich vermuten. Bartsch sucht hier (wie oft) eine sprachlich und metrisch weniger glatte Textform, um der älteren Dichtung nahezukommen.

456 Die Vorbereitungen beziehen sich auf das Fest, das erst V. 457 genannt wird. Die *hôchzît* (= jedes Fest) wird formgerecht sechs Wochen vorher verkündet. Die Trauung (mhd. oft *brûtlouf* genannt) wird allerdings schon vorher in Bayern vollzogen (V. 466 f.). – Otto I. heiratete 951 in Pavia Adelheid, die Witwe des Königs Lothar von Italien und Schwester König Konrads von Burgund. Sie war eine der bedeutendsten Königinnen des Mittelalters und übte in ihrem ereignisreichen Leben (931–999) großen politischen Einfluß aus.

460 Hier dürfte *also* ursprünglich sein *(a, b: also).*

479 ff. Die folgende Schilderung des Hochzeitsfestes zu Mainz erinnert an das prunkvolle Hoffest Barbarossas Pfingsten 1184 auf den Rheinwiesen bei Mainz anläßlich der Schwertleite seiner beiden Söhne, das zum Treffen der abendländischen Ritterschaft wurde und in Heinrich von Veldekes *Eneit* (13221–54) eine dichterische Spiegelung erfuhr.

501 Schöne kostbare Seidenstoffe *(phellel, pheller, phell, blîalt, samît)* waren beliebte fürstliche Gastgeschenke. *samît,* ein ursprünglich sechsfädiges Seidengewebe (mlat. *examitum,* afrz. *samit),* wurde kurz vor 1200 in Deutschland geläufig, vielleicht bewahrt die Hs. *b* hier mit *phel* die ältere (und sonst übliche) Bezeichnung.

508 Das fahrende Volk der Gaukler, Spielleute usw. gehört zum höfisch-ritterlichen Fest wie deren Beschenkung zur *milte* der Fürsten. Deshalb konjiziert hier Bartsch – sehr gewagt – *varnder* aus *freude* in Hs. *a* (in *b* weicht diese Zeile völlig ab). – Erwähnungen der Spielleute wurden früher oft zur Charakterisierung solcher frühhöfischer Dichtungen als „Spielmannsdichtungen" herangezogen.

517 Die zeitliche Reihenfolge konnte im mhd. Satz vertauscht werden *(scheiden : varn)* = sog. hysteron proteron (vgl. Anm. zu V. 4027).

528 f. Der Begriff *minne*, der um 1200 zumeist das Verhältnis der Verehrung eines Ritters für eine verheiratete adlige Dame kennzeichnet, bezieht sich hier und V. 546 – wie u. a. auch bei Wolfram von Eschenbach im *Parzival* – auf das Verhältnis zwischen den Eheleuten.

566 Auch dem Kaiser werden zunächst die guten Eigenschaften zugesprochen, die vorher an Ernst hervorgehoben wurden und später immer wieder betont werden. Der Dichter nennt den Kaiser sogar *degen guoter* und bezieht ihn so in den Ritterstand ein.

580 ff., 602 ff. Der König als oberster Lehnsherr belehnt Ernst mit Gebieten und Herrscherrechten, die über das übliche Maß hinausgehen (etwa ähnlich der Sonderstellung der Babenberger unter Barbarossa in Österreich).

582 Die Anrede *jungelinc gemeit* ist schwierig zu übersetzen, *gemeit* drückt eigentlich das schöne, stattliche Aussehen aus.

632 Ernst, der manche Züge mit Liudolf, dem Sohne Ottos I. aus der Ehe mit Edgitha, gemeinsam hat, wird trotz seiner Jugend wichtigster Berater des Königs, was die politische Klugheit des Herzogs unterstreichen soll.

647 Otto I. hatte nicht nur die Aufstände, sondern auch die Rivalität seines Sohnes Liudolf, des Herzogs von Schwaben, gegen Ottos jüngeren Bruder Heinrich, Herzog von Bayern, zu überwinden.

670 Die Bezeichnung „Pfalzgraf" (*palatinus*) gibt es seit der Merowingerzeit für ein Amt eines Gerichts- und Urkundsbeamten; in der Karolingerzeit konnte der Pfalzgraf den König in bestimmten Fällen vertreten. Als Richter in königlichem Auftrag wirkten Pfalzgrafen später in bestimmten Herzogtümern, wobei dem „Pfalzgrafen bei Rhein" (ursprünglich im Herzogtum Lothringen) nach der Auflösung des Herzogtums Franken durch Otto I. (941) eine besondere Bedeutung als Erztruchseß und Reichsrichter in Fiskusangelegenheiten und bei Thronvakanz, später auch als Sprecher der Reichsstände, zuwuchs. – Die spätere Kennzeichnung des Pfalzgrafen Heinrich vom Rhein (im MA auch *ze* [zu] und *bî* [bei] Rhein genannt), dessen Vorname schon bedeutungsschwer genannt worden war (V. 647), erhöht die Spannung der Zuhörer und unterstrich so eine möglicherweise aktuelle Beziehung auf den Babenberger Heinrich Jasomirgott (vgl. das Nachwort).

680 *von ime* muß hier „über ihn" bedeuten, da der Pfalzgraf

dies nicht von Ernst selbst, sondern von einem Dritten gehört hatte (V. 703 ff.).

690 Die Häufung von *herre* (V. 695, 709, 712, 752, 759, 768) drückt den sich anbiedernden, subalternen Ton des Pfalzgrafen aus.

701 *êre* bedeutet hier die Macht und das darauf beruhende Ansehen.

710 Der Hinweis auf das Eigeninteresse des Pfalzgrafen soll die Verleumdung glaubhaft motivieren.

712 Die Anrede *trût herre mîn* klingt besonders eindringlich und intim.

739 *edel* kennzeichnete ursprünglich nur die Standeszugehörigkeit, etwa ab 1200 erscheint es auch für den geistig-seelischen Bereich, auf den es wohl auch hier bezogen ist.

744 Der Kaiser durchschaut zunächst die Absicht des Pfalzgrafen, die in V. 749 ff. noch deutlicher wird, widersetzt sich aber der Verleumdung nicht und gibt ihr später aus Mißtrauen nach.

756 ff. Die Argumente des Pfalzgrafen bilden ein Gegenstück zur Aufzählung der Tugenden Ernsts (V. 726 ff.) und sollen ebenso die Wahrheit unterstreichen. Der ebenfalls dreifache Hinweis auf die uneigennützige Pflichterfüllung (V. 757, 760, 764: V. 726, 731, 736) soll zudem die Argumente des Kaisers entkräften.

757 *triuwe* kennzeichnet die sittliche Bindung, *friuntschaft* hat im Mhd. eine weitere Bedeutung als heute.

790 Die Wiederaufnahme der Du-Anrede des ersten Gesprächsteils (V. 680–716) nach dem distanzierenden *ir* erhöht die Eindringlichkeit.

798 *im* bezieht sich auf den Herzog. Die Beziehung der Personalpronomen ist in mündlich vorgetragener mhd. Dichtung meist schwieriger durchschaubar als in nur zum Lesen bestimmten Texten.

801 Mhd. *neve* meint Verwandte im allgemeinen.

813 Auch in Konrad von Würzburgs *Heinrich von Kempten* und Rudolf von Ems' *Der guote Gerhart* wird ein negatives Bild von Kaiser Otto gezeichnet. Die dort gegebene Kennzeichnung durch Bart und rotes Haar läßt die Vermutung zu, daß es sich hier um dichterische Charakterisierungen Friedrichs I. (Barbarossa, 1152–90) handelt.

820 Indem der Pfalzgraf Mitwisser ausschaltet, schaltet er auch

Gegenzeugen aus. Der nun folgende Krieg ist keine Reichsexekution, sondern zunächst eine private Fehde zwischen Kaiser und Herzog mit Hilfe des Pfalzgrafen.

827 Mhd. *burg* bezeichnet ursprünglich die Fluchtburg und befestigte Einzelsiedlung, später auch die daraus entstehende Stadt. Ernsts *bürge* können also Burgen oder befestigte Städte sein.

878 Nürnberg gehörte seit dem 11. Jh. zum Reichs- und Königsgut. 1130–39 war es jedoch im Besitz des Bayernherzogs Heinrich des Stolzen, bevor es wieder staufisch wurde. Der Text bezieht sich vielleicht auf diese Zeit.

903 ff. Die Verwüstung des feindlichen Landes gehörte zur mittelalterlichen Kriegstechnik. Sie sollte den Herzog zur Gegenwehr, zum Abfall seiner Anhänger und zur Abdankung und Flucht führen.

918 ff. Der Graf Wetzel, der Gefährte Ernsts bei der Schwertleite (V. 121), tritt hier erstmals als treuer Berater und Helfer des Herzogs auf. Der Name geht wohl auf den Freund und Gefährten Ernsts II. von Schwaben, Werinher (Wezzilo) von Kyburg, zurück, der zusammen mit Ernst II. gegen dessen Stiefvater, Kaiser Konrad II., Widerstand leistete (vgl. Nachwort). Wetzel spielt hier erstmals auf die erhabene Würde und die Macht des Kaisertums an, warnt vor deren Verletzung und rät zur Versöhnung. Eine Ablehnung der Versöhnung durch Otto würde diesen vor aller Welt bloßstellen. Wetzels Vorschlag ist so vermittelnd und taktisch klug zugleich.

934 *ze rede* meint eine Rechtfertigung Ernsts vor dem Kaiser oder einem Lehnsgericht.

966 Die *list* (Klugheit) besteht in der wohlerzogenen Redeweise Adelheids, die Ernsts Standpunkt geziemend darlegt. Ernst verlangt ein Fürstengericht, was wiederum der Kaiser und der Pfalzgraf wegen der möglichen Parteinahme der Fürsten für Ernst fürchten (vgl. V. 688).

1000 ff. Der Kaiser wählt die distanzierende *ir*-Anrede.

1009 Otto erwähnt nur, daß Ernst ihm *leit* (Beleidigung, Kummer) zugefügt habe; er nennt sonst keine Gründe für die Feindschaft.

1020 Dem unmäßigen Zorn des Kaisers gegenüber (vgl. V. 999) bewahrt Adelheid höfische Zucht und Sitte.

1022 Die Kemenate war ein Zimmer der Burg oder Pfalz mit Kaminheizung (mlat. *caminata*), meistens das Frauengemach.

1026 Es bleibt unklar, woher die Königin von der Verleumdung weiß.

1030 Die wichtigeren Stellen der Botschaft erfolgen in wörtlicher Rede.

1037 *ergetzen*, nhd. *ergötzen*, heißt ursprünglich „vergessen machen", hier also „wegnehmen".

1054 f. *minne* heißt ursprünglich „Gedenken, Gemeinsamkeit". Es wird um 1180 zum Hauptbegriff des ritterlichen Frauendienstes und der Liebeslyrik und später zum Wort für sinnliche Liebe.

1057 *warheit* kann hier „rechtliche Beweisführung, Rechtfertigung" bedeuten, doch legt der Zusammenhang auch den Sinn von „Sicherheit" (vgl. nhd. *Gewahrsam*) nahe (vgl. V. 1350, 3399).

1067 *ir herzeleit* bezieht sich auf die Königin.

1075 Hier liegt die mittelalterliche Vorstellung zugrunde, daß Gott dem Unschuldigen beisteht, eine Vorstellung, die auch die bis 1200 üblichen Gottesurteile begründete. Ernsts Kampf wird so als eine Art Gottesurteil begriffen.

1076 f. Die Rede der Königin bezieht bereits Ernsts Niederlage und Ruhm mit ein, empfiehlt aber trotzdem noch einen Versöhnungsversuch über die Fürsten.

1109 Der Fußfall der Fürsten für Ernst zeigt die Anteilnahme an Ernsts Schicksal und die Hartherzigkeit Ottos.

1152 ff. Auch die Fürsten verlangen ein Gerichtsverfahren, in dem sich Ernst rechtfertigen soll.

1160 *unbetelich*, eigentlich: um was man nicht bitten soll.

1182 Die Bitte mit aufgereckten Händen entspricht dem frühchristlichen und mittelalterlichen Bitt- und Klagegestus (vgl. die Ecclesia-orans-Bilder und *Ackermann* I, 47).

1186 Diese Übertreibung der kaiserlichen Autorität schafft hier tragische Situationen.

1190 ff. Die weitere Entwicklung wird hier vorweggenommen.

1199 *dietdegen* ist von K. Bartsch recht kühn konjiziert worden (Hs. *a der drut degen, b der trewleich degen*).

1200 ff. Wiederum beruft sich Ernst auf die Hilfe Gottes für den Unschuldigen (vgl. Anm. zu V. 1075).

1216 Mhd. *gemeit* ist ein hier häufig verwandtes schmückendes Beiwort. Es umfaßt die Bedeutungen „froh, stolz, tüchtig" u. ä.

1226 f. Ernst greift trotzig-ironisch die Vertreibungsandrohung des Kaisers auf.

1238 ff. Ernst stellt hier das Erbrecht gegen das Lehnrecht. Eine

Erblichkeit der Reichslehen (besonders der Herzogtümer) wurde erst im Spätmittelalter rechtlich; sie galt seit Konrad II. (1024–39) jedoch für die Vasallenlehen.

1253 ff. Der Dichter verheimlicht zunächst Ernsts Absicht dem Zuhörer.

1296 ff. Nachdem Ernst bisher den Kaiser selbst für weniger schuldig hielt, ändert sich seine Einstellung ihm gegenüber nach dem Fürstentag, indem er ihn nun zu ermorden sucht. Der folgende Monolog ist für moderne Vorstellungen in einer solchen Situation unrealistisch; er ist jedoch zur Klärung der Absicht und Motive Ernsts die bisher verschwiegen wurden, funktional notwendig. Solche unwahrscheinlichen Reden mit funktionaler Bedeutung finden sich häufig in dieser Dichtung.

1324 Der Dichter kennt und nutzt verschiedene Möglichkeiten des Abschnittsschlusses. Die hier vorliegende zusammenfassende Vorwegnahme der Ereignisse (vgl. V. 1190 ff., 1450 ff., 1738 u. ö.) erinnert an ähnliche Abschnittsschlüsse in der Heldenepik, z. B. im *Nibelungenlied*.

1330 Die Dichtung enthält zahlreiche formelhafte Ausdrücke älterer Epik, besonders für den ritterlichen Kämpfer, die in der höfischen Epik gemieden werden (z. B. *wîgant, recke, degen, helt; bald, gemeit*).

1357 ff. Die Totenklage des Kaisers, eine traditionsbestimmte Erzählpartie, dient hier zugleich der Motivierung des kaiserlichen Handelns.

1393 Der Hinweis auf den noch üblichen Brauch der Totenwache gehört zu den wenigen Reflexionen des Dichters über seine Gegenwart (ebs. V. 1455). Die Totenwache war früher üblich, weil man glaubte, den aufgebahrten Toten vor Dämonen schützen zu müssen.

1418 ff. Die Lehnsaberkennung und Ächtung Ernsts wird jetzt von allen Fürsten aufgrund des Mordes und der Morddrohung beschlossen. Der Reichsacht mußte die Vollstreckung, die Reichsexekution, folgen, die der Kaiser selbst durchführen konnte oder durch andere Fürsten vollstrecken ließ.

1434 Den *schilt* durften im Kampfe nur Ritterbürtige tragen.

1438 Die Zahlenangaben antiker wie mittelalterlicher Dichtungen bemühen sich nicht um Genauigkeit, nur um vergleichbare Größeneindrücke. Auch hier wird die kaiserliche Macht überbewertet. Sie soll die Tapferkeit und Ausdauer des Herzogs, der gegen ein solches Heer zu kämpfen wagt, unterstreichen.

1448 Regensburg war im Mittelalter die „Hauptstadt" Bayerns.

1451 f. Wörtlich: den Tod dann erwählen. Ähnliche Zwillingsaus-
drücke mit gleicher Bedeutung finden sich in der mittelalter-
lichen Dichtung häufig. Sie wurden hier wegen der Zeilen-
zahl beibehalten.

1456 Die Form *gurt* in beiden Hss. konjizierte Bartsch stets in
garte, weil diese ältere Form mit allgemeinerer Bedeutung
sich in den Bruchstücken der Hs. *A* befindet.

1457 Mit den häufig genannten *liehten ringen* sind die Ketten-
panzer (Kettenhemden) gemeint, das aus Geflechten eiserner
Ringe bestanden. Sie wurden vom 13. Jh. an durch die Har-
nischrüstungen abgelöst.

1462 Als *gebûre* werden häufig alle Nichtritter bezeichnet, hier
wahrscheinlich Troßknechte u. ä. Wie V. 1537 zeigt, können
aber auch Bürger, die die Stadt verteidigen, so genannt wer-
den. Die Wendung *ritter und gebûre* kann aber auch wie ähn-
liche Zwillingsformeln als Umschreibung für „alle" gelten.

1465 Die Angehörigen der mittelalterlichen Heere unterschieden
sich durch angebundene oder aufgenähte Stoffzeichen in ver-
schiedenen Farben, die mit der Fahne übereinstimmten.

1466 Die Belagerten unternehmen also einen Ausfall gegen das
Heer des Königs vor dem Stadttor, dem wichtigsten und vor-
nehmsten Platz bei der Belagerung.

1474 ff. Der Dichter wählt für die Kampfschilderungen besonders
eindrucksvolle Bilder, die die Anteilnahme am ritterlichen
Leben (vgl. V. 1480, 1489 f., 1532, 1670 ff.), aber auch bit-
tere Ironie bekunden (V. 1546). Das sechsfache *dâ* weist
auf die verschiedenen Schauplätze hin.

1520 Der Dichter setzt eine allgemeine Vorstellung einer mittel-
alterlichen Stadtbefestigung mit Gräben, Wällen, Mauern mit
Türmen und Zinnen voraus. Die Lage Regensburgs an Donau
und Regen bleibt unberücksichtigt.

1525 Die Bürger konnten ihre Toten und Verwundeten vor den
Mauern nicht bergen.

1528 Der Kaiser unternimmt nach dem gescheiterten Sturm und
dem Ausfall der Bürger eine neue Belagerung mit neuen An-
griffen.

1542 Die mittelalterlichen Wurfgeschosse waren Steine, die mit
Hebeln geschleudert wurden.

1563 *igel*, *katzen*, *berchfrît* sind mittelalterliches Belagerungsgerät.

igel waren Rammen, *katzen* bewegliche Schutzdächer mit einem Sturmbock, *berchfrite* waren roll- oder fahrbare Türme oder Tribünen aus Holz.

1591 *antwerc* bezeichnet die Belagerungsmaschinen. Später galt das Wort für „Werkzeug" und für alle Berufsarbeit mit Werkzeugen, es wurde dann schließlich mit „Handwerk" gleichgesetzt.

1600 Der Herzog befindet sich also außerhalb der Stadt in der Nähe.

1610 ff. Der Ausspruch des Herzogs wirkt zwar nach den vielen Opfern der Bürger unglaubwürdig, er soll aber die Verbundenheit zwischen Ernst und seiner „Hauptstadt" ausdrücken, die sich auch in der sofortigen Übergabebereitschaft zeigt.

1624 Es waren also auch Truppen des Herzogs oder Adlige der Umgebung in der Stadt (vgl. V. 1656).

1630 Da es sich um eine Reichsexekution handelt, wird die Zustimmung der Fürsten eingeholt.

1637 Der Handschlag war das Zeichen des Vertragsabschlusses und zugleich der Begnadigung.

1638 Das Aufstellen der Fahne galt als Zeichen der Besitzergreifung.

1688 Unklar bleibt, ob *er* den Kaiser oder den Herzog meint.

1698 Der Dichter betont oft die vorbildliche Verbundenheit zwischen dem Herzog und seinen Lehnsmannen. Die germanische und mittelalterliche Gefolgschaftstreue war streng an die Gegenseitigkeit der Leistung gebunden (vgl. V. 1732 ff.).

1710 Der Herzog, der bisher defensiv kämpfte, wendet jetzt selbst die Kriegstaktik des Kaisers an.

1732 ff. Ernst mußte natürlich in dieser Zeit auch seine Truppen verpflegen, ausrüsten, ihnen (Beute-)Geschenke machen und für die Opfer und Schäden seiner Untergebenen soweit wie möglich Ersatz leisten.

1762 ff. Der Herzog warnt seine Ritter, sich Illusionen über seinen Besitz zu machen.

1780 ff. *vorhte* ist hier nicht als Mangel an persönlichem Mut zu verstehen, den der Dichter oft an Ernst hervorhebt, sondern als Sorge vor den Folgen des Weiterkämpfens. *gehôrsam* meint hier die Anerkennung des kaiserlichen Sieges.

1782 ff. Die folgende Deutung der Situation durch ein Sprichwort kennzeichnet die einsichtige, lehrhafte Haltung des Herzogs und unterstreicht zugleich die Vorstellung von der Macht und Autorität des Kaisers, wie sie zur Zeit des Dichters Friedrich I. (Barbarossa) besaß (vgl. auch V. 928 ff.).

1797 Ernst muß die Rache des Kaisers fürchten.

1807 f. Das nahe Gebiet des Kaisers ist ebenso wie das des Herzogs verheert worden und erlaubt keine Beutezüge mehr. – *varn über mer* meint allgemein den Zug in ferne Länder.

1810 ff. Der Gedanke des Kreuzzugs taucht hier erstmals als neue Motivation des Verhaltens auf und wirkt in der plötzlichen Wendung zur Frömmigkeit für uns zunächst wenig überzeugend, wenn auch das Vertrauen Ernsts auf Gott als gerechten Helfer mehrfach hervorgehoben worden war (V. 1075, 1200). Es ist möglich, daß die Einfügung einer Kreuzfahrt in die Dichtung erst im 12. Jh. gleichzeitig mit der Erweiterung um die orientalischen Abenteuer erfolgte. Mehrere der französischen Ächtermären (s. Nachwort) kennen nur die Zurückziehung des Empörers in die Einsamkeit, ohne Kreuzfahrt und weitere Abenteuer. Die Unsicherheit der neuen Motivierung spiegelt sich V. 1882 ff. u. ö. Der Herzog vermeidet auf diese ernstgemeinte und der Zeit geläufige Weise die Schande der Vertreibung.

1822 ff. Ernsts Hoffnung auf Rehabilitierung und Wiedergutmachung kann sich auf die mit den Kreuzzügen verbundenen kirchlichen Ablaßvorstellungen und rechtlichen Schutzbestimmungen gründen, die dem Kreuzfahrer Besitz und Stellung garantierten, wie auf den Glauben an die Versöhnbarkeit Gottes durch freiwillige Bußleistungen.

1830 f. mhd. *almuosen* aus mlat. *eleemosyna*, gr. ἐλεημοσύνη (Mildtätigkeit, Geschenke, Speisen).

1836 Bartsch wählt hier u. ö. stets die Form *tiwerlîche* (gegen die Form *truweliche* in der Leiths. *a*), weil dies stets in *A* erscheint.

1837 ff. Der kluge und zugleich fromme Entschluß erscheint den Gefolgsleuten Ernsts, die erneut ihre Gefolgschaftstreue betonen, als Eingebung Gottes.

1851 ff. Die Verpflichtung zum Kreuzzug war mit einer kirchlichen Segnung und der Anheftung eines Stoffkreuzes an das Obergewand des Ritters verbunden (vgl. *Willehalm* 406, 17–20).

1865 Gemeint sind die, die sich ebenfalls das Kreuz anheften ließen. Wie so oft bei Kreuzzügen, so ist auch hier das Handeln des Fürsten beispielgebend.

1866 Trotz der hohen Kriegsverluste erhalten die Kreuzzugsteilnehmer vorbildliche Rüstungen. Die Freude an der ritterlichen Ausstattung drängt hier das fromme Denken wie die realistische Wahrscheinlichkeit in den Hintergrund.

1881 *unschulde rechen* = ohne Grund Übles zufügen.

1891 Mit Ernsts Verpflichtung zum Kreuzzug hören die Feindseligkeiten offenbar auf.

1895 Fünfhundert Mark (Silber) waren eine hohe Summe. Im allgemeinen war im MA eine Mark = $^2/_3$ Pfund (Silber). (Die kölnische Mark wog ein halbes Pfund.) Der Wert schwankte jedoch häufig. Von der Gewichtseinheit wurde der Name für verschiedene Münzen übernommen, deren Wert allmählich absank.

1896 *pheller* wurden besonders kostbare Seidengewebe genannt. Auf kostbare Stoffe und gute Kleidung wird in dieser frühhöfischen Dichtung besonders großer Wert gelegt.

1906 Der Dichter greift hier selbst das vorher bestrittene Vertreibungsmotiv auf.

1913 Was früher oft als allgemeine Bestimmung aufgefaßt wurde (sollen), wird im heutigen Sprachgebrauch zum persönlichen Entschluß (wollen).

1914 An die Pilgerreisen einzelner Fürsten schlossen sich häufig zahlreiche Ritter an.

1918 ff. Die ritterliche *hövescheit* und *zucht* (höfische Erziehung) verlangten die Erfüllung höflich vorgetragener Bitten.

1952 ff. Ernsts Entgegenkommen gegenüber den fremden Reisegefährten geht über das Übliche hinaus und beweist seine vorbildliche christliche Brudergesinnung.

1992 ff. Der Herzog behandelt seinen Besitz wie ein Privaterbe.

2010 ff. Der Reiseweg über Ungarn, Bulgarien, Konstantinopel entspricht dem am häufigsten gewählten Landweg der Kreuzheere.

2012 ff. Der Dichter setzt beim König von Ungarn und beim oströmischen Kaiser die gleiche ritterliche Bewunderung von Ernsts Kampfleistung voraus, die er selbst oft ausdrückt. Diese Herrscher beweisen zudem in ihrer Gastfreundschaft und ihren Geschenken ihre höfische Vorbildlichkeit.

2051 Auch hier klingt die erste Motivierung (Vertreibung) noch durch.

2067 Der Dichter nennt den oströmischen Kaiser stets nur *künic*. Wahrscheinlich spiegelt sich hier die Spannung zwischen dem oströmischen und weströmischen Kaisertum, dessen Träger seit Otto I. der deutsche König war.

2072 Den funktional erzählenden Dichter stört es nicht, daß für das große Kreuzheer des Herzogs nur ein großes Schiff bereitgestellt wird (vgl. Anm. zu V. 2154).

2117 f. Die Zahl der griechischen Begleitschiffe schwankt in den verschiedenen Fassungen der Dichtung.

2154 ff. Hier erklärt der Dichter diese Unwahrscheinlichkeit, daß ein Schiff für Ernsts Heer genügte, als besondere fürsorgende Klugheit des Herzogs. Hier werden also wiederum erzählerische Ungereimtheiten durch die Idealisierungstendenz des Dichters kaschiert.

2164 Antike und mittelalterliche Seefahrer suchten möglichst in Sichtweite der Küste zu bleiben, um sich besser orientieren zu können. Wurden sie aus der Küstennähe abgetrieben, so bestand die Gefahr der Irrfahrt.

2174 Beteuerungen über die Einzigartigkeit des Geschilderten sind stereotyp wiederkehrende Stilmittel der folgenden Abenteuerschilderungen. Sie sollen die Eigenarten des „Wunderbaren" und die Leistungen Ernsts unterstreichen.

2176 Nach 2176 steht in Hs. *a* die Überschrift: *Auenture wye der hertzoge vnd syne manē zu gryppia kamen.*

2184 ff. Widersprüchlich bleibt die Angabe, daß der Sturm über drei Monate dauerte und die Lebensmittel, die nach V. 2074 ff. für ein halbes Jahr reichen sollten, nun aufgebraucht waren.

2206 Statt Grippia erscheint in anderen Fassungen Agrippia. Bartsch sieht darin eine gelehrte Umbildung des ursprünglichen „Grippia". Eine Klärung ist ohne Ermittlung der Quellen der hier folgenden Erzählung nicht möglich. Szklenar (S. 153) vermutet eine Wortbildung aus lat.gr. *grypus,* γρυψ (Greifen). Grippia wird in der Nähe Indiens zu denken sein, wo nach antiker und mittelalterlicher Vorstellung die Greifen lebten.

2212 ff. Mit der Schilderung der bunten, reichgeschmückten Marmormauern der Stadt Grippia beginnt die Welt der orientalischen Abenteuer, die der Held erlebt. Das Märchenhafte der Bauten Grippias wird, gemäß der Vorliebe frühhöfischer Dichtungen für Prachtstücke, besonders ausführlich dargestellt.

2244 ff. Die Berufung auf die Bücher, die diese Pracht berichten, war zugleich ein Wahrheitsbeweis des Erzählers. Der Preis des ersten Dichters bekundet die dankbare Freude an höfischer Pracht.

2249 Die Lücke in diesem Vers ergänzt Bartsch (Anmerkungen S. 147) durch *bûweten*. Hs. *b* hat *wanten* (wohnten).

2276 Die Dichtung spiegelt hier noch ein vorhöfisches Heidenbild, in dem die Heiden als unbedingte Feinde erscheinen. Um 1200 geht die deutsche Dichtung dazu über, auch bei den Heiden edle Menschen zu schätzen. Auch in den folgenden Abenteuern finden sich Züge eines solchen gewandelten Heidenbildes.

2281 Der Kampf mit den Heiden um Nahrung wird als ehrenvoller angesehen als der Hungerstod.

2340 *jungelinge* wird in der Dichtung mehrmals als Synonym für „Ritter, Helden" verwendet.

2344 ff. Der Herzog will durch einen Eilmarsch verhindern, daß das Stadttor vor den Rittern geschlossen wird.

2350 *geste* kann auch „Feinde" bezeichnen. Hier ist der heutige Sinn jedoch ironisch gemeint.

2370 ff. Bei der Beschreibung des Stadtinnern wird die Idealität der bisherigen Außenschilderungen fortgesetzt. „Nach der Ökonomie des Romans ist Grippia dazu ausersehen, den Reichtum des Orients zu repräsentieren" (Szklenar S. 162).

2373 Das Wort *würmelâge*, das sich auch in lateinischen Fassungen findet und als wichtiges Zeugnis für eine deutsche Herkunft der Dichtung gilt, ist in seinem Sinn ungeklärt. Es hat wohl ursprünglich ein Schlangengehege bezeichnet.

2389 Die hier angegebenen Weinarten unterschieden sich nach der Gewinnung und nach den Zusätzen.

2402 Der Idealisierung Ernsts als vorbildlichen Ritter entsprechen seine häufigen Mahnungen zum Gebet, da er alle folgenden Ereignisse als Fügung Gottes betrachtet.

2407 ff. Der Herzog warnt vor Plünderung und Raub von Gegenständen. Die Mitnahme von Lebensmitteln rechtfertigt er dagegen als erlaubten „Mundraub", da die in V. 2275 erwähnte Kaufmöglichkeit nicht gegeben ist.

2436 Nach V. 2190 ff. gelangten die Ritter im Morgengrauen nach Grippia.

2447 Der höfisch eingestellte Dichter vergißt nicht, trotz der gefährlichen Situation auf die Einhaltung höfischer Sitten hinzuweisen (hier auf das Händewaschen vor dem Essen).

2493 ff. Gegenüber dem Herzog, den höfischer Sinn und Abenteurerdrang in die Stadt zurücklocken, beweist der Graf Wetzel neben seiner Treue die Klugheit und Umsicht des Ratgebers, schließt sich aber zuletzt der trotzigen Verwegenheit des Herzogs an (V. 2523 ff., vgl. auch V. 2720 ff.).

2500 ff. Graf Wetzel gibt verschiedene Motive für die erwartete Hilfe der Gefährten an: deren eigenes Wertbewußtsein (*wirdekeit*), ihre höfisch-ritterliche Erziehung (*ir zühte gebot*) und die Verpflichtung Gott gegenüber (*durch den rîchen got*). In dieser dreifachen Motivierung spiegelt sich die Ausrichtung der ritterlichen Erziehung.

2503 *mit dem vanen komen* bedeutet militärische Hilfe.

2552 ff. Die strategische Bemerkung über die Uneinnehmbarkeit der Seestadt Grippia geht ganz von der Sicht des ritterlichen Landheeres aus.

2573 Edelsteine galten im Mittelalter nicht nur als erlesener Schmuck, man sprach ihnen auch besondere Leucht- und Zauberkräfte zu.

2578 Das *spanbett*, ein Gurtbett, galt gegenüber den sonst üblichen Betten mit Bretterboden als besonderer Luxus.

2586 Die hier genannten Tierdarstellungen erinnern an die kostbaren Werke des orientalischen Kunsthandwerks. Durch den Islam waren zwar zunächst alle bildlichen Darstellungen untersagt worden, doch scheinen Tierdarstellungen, die auf assyrische und spätantike Traditionen zurückgehen, stets eine Ausnahme gebildet zu haben.

2597 Die tautologische Übersetzung wurde wegen der auch im Original auffallenden Alliteration gewählt.

2598 Die Übersetzung sucht das unbestimmte Beiwort *guot* der Situation angemessener auszudrücken.

2600 Das Zimmer ist ganz für die bevorstehende Hochzeit des Königs von Grippia mit der geraubten indischen Prinzessin eingerichtet.

2608 *blialt* war ein golddurchwirkter Seidenstoff.

2625 *wît* in beiden Hss. hielt Bartsch (S. 153) für ein nd. Reliktwort der Vorlage. Ich halte dies für unwahrscheinlich und übersetze es mit einem quantitätsbezeichnenden Adjektiv (dick). Die violette Farbe des Amethysts wird mhd. meistens durch *brûn* gekennzeichnet. Die Angabe *rôt* wird durch den Vergleich mit Blut bewirkt.

2630 Mhd. *samît* (gr. ἑξάμιτον) bezeichnet ein sechsfädiges Sei-
dengewebe, das dem Brokat ähnelte.

2642 Neben Vordeutungen und Zusammenfassungen bevorzugt der
Dichter jetzt häufig die Hervorhebung des Unvergleichlichen
als Abschnittsschluß (vgl. V. 2696, 2790, 2814 u. ö.).

2655 ff. Auch die Vorstellung kostbarer Badehäuser stammt aus
dem Orient (vgl. Szklenar S. 161 f.). Das Interesse des Dich-
ters gilt hier jedoch neben der kostbaren Ausstattung der
technischen Wirkung dieser einzigartigen Kalt- und Warm-
wasserleitung, mit deren Hilfe auch die Stadtreinigung er-
folgt (V. 2681 ff.). (Ein Anklang an dieses Leitungssystem
findet sich im *Dukus Horant*, F 59, Str. 2–4.) Die ausführ-
liche Beschreibung erfolgt aber beide Male aus dem Interesse
am Seltsamen *(wunder)*, nicht aus modernem technischem
Interesse. Dennoch bewundert der Dichter die Klugheit der
Erfinder dieser Technik (V. 2658, 2671, 2673, 2683).

2666 Schwibbögen sind Bögen zwischen Mauern.

2692 ff. Die so stets saubere Stadt Grippia bildete gewiß einen
auffallenden Kontrast zum Bild mittelalterlicher europä-
ischer Städte, die keine derartige Stadtreinigung besaßen.

2738 f. D. h., es fehlten ihnen in dieser idealen höfischen Umge-
bung die Diener, die ihr Bad vorbereiteten.

2786 ff. Es sei darauf hingewiesen, daß bereits während des
12. Jh.s ähnliche Stadtschilderungen über das „Himmlische
Jerusalem" in geistlichen Dichtungen üblich waren (vgl. das
gleichnamige mhd. Gedicht), die hier nun unter orientali-
schem Einfluß in säkularisierter Form fortleben.

2802 *ritterlîch gevar* bezieht sich auf das Aussehen der stattlichen
Rüstung.

2816 In Hs. *a* folgt hier die Überschrift: *Wye der konig von
Grippia myt grosze. folck kam vnd gestalt warn ubir der
brust als kraniche vnd diese zwen funden.*

2825–36 Die Hs. *b* bewahrt hier mehrere *wir*-Formen (bzw. *uns*),
die evtl. auf eine frühere Ich-Erzählung schließen lassen.

2852 ff. Der Dichter beschreibt die Grippianer zunächst als schöne
ritterliche Menschen, bis er V. 2858 f. plötzlich das Mon-
ströse hervorhebt (ähnl. V. 3056). Die Herkunft der Vor-
stellung von solchen Kranichmenschen ist nicht klar nachweis-
bar; doch tauchen bereits in der Antike Vorstellungen von
monströsen Menschen auf. Im Mittelalter erklärt man der-
artige Deformationen als Folge von Sünden der Kinder

Kains (vgl. *Wiener Genesis*, Ausg. Diemer S. 26, 1). Die *Gesta Romanorum* (Kap. 175) siedelten geschnäbelte Menschen gar in Europa an. Man nimmt jedoch bisher orientalische Märchenüberlieferung als Quelle an, da solche Kranichmenschen, die eine Prinzessin rauben, auch in der Geschichte des Prinzen von Karisme („1001 Nacht", 17. Nacht) vorkommen.

2865 Pfeil und Bogen galten im Mittelalter als gefährliche, unritterliche Waffen orientalischer und asiatischer Reitervölker.

2868 *timît* war ein mit doppeltem Faden gewebter Seidenstoff, meist schwarzer und grüner Farbe.

2884 *vermezzen* kann als Lob der Kühnheit wie als Tadel der Hybris verstanden werden.

2895 Indien war dem mhd. Publikum durch die Alexanderdichtungen bekannt.

2926 ff. Offenbar war der König in einem anderen Hafen angelangt und zog durch ein anderes Stadttor ein als vorher Ernst und seine Leute.

2934 f. Ernst und Wetzel sehen sich wegen ihrer Rüstung und Waffen gegenüber den Kranichleuten im Vorteil; zudem betrachten sie die Kranichmenschen nicht als vollwertige Menschen und ebenbürtige Gegner.

2962 Der Graf betont seine Lehnsabhängigkeit und Treuepflicht gegenüber dem Herzog und erläutert etwas reckenhaft seine Strategie. Die gegenseitige Treue zwischen dem Herzog und dem Grafen gehört zu den Hauptthemen dieser Dichtung.

3002 *tribelât* war ein in drei Farben gemusterter Damaststoff.

3004 ff. Vorbild für die prachtvollen Gewänder der Hofbeamten und des Königs dürften byzantinische Moden gewesen sein, die seit dem 10. Jh. auch in Deutschland bekannt wurden und als vornehm galten. Sie führten zur Verfeinerung und Verzierung der traditionellen fränkischen Kleidung mit Hosen und kurzem Obergewand. Im 13. Jh. wurde eine lange Tunika, die die Hosen bedeckte, in der adligen Männerbekleidung wieder beliebt.

3029 ff. Die goldenen Schilde sind wie die übrigen Ausrüstungsgegenstände und die Gewänder Ausdruck des sagenhaften Reichtums. Der Edelstein im Schildbuckel, der Erhebung in der Mitte des Schildes (über dem Griff), galt zudem wegen der ihm zugesprochenen magischen Kraft (und wohl auch wegen der Härte) als besonderer Schutz. Ein Almandin ist ein roter Granatstein.

3065 *hosen* bestanden ·im Mittelalter stets aus zwei getrennten Teilen. Der König von Grippia trägt die vornehmste Kleidung.

3082 *zirkel* wurde der ringähnliche Kopfschmuck mittelalterlicher Könige genannt (besonders von Lehnskönigen, vgl. Walther 9, 13), der mit goldenen Blättern und Edelsteinen geschmückt war.

3086 f. Neben der vornehmeren Kleidung ragt der König durch einen stärkeren und größeren schwanartigen Hals und Kopf hervor.

3098 Eine besonders weiße Hautfarbe gehört in mittelalterlichen Dichtungen zum weiblichen Schönheitsideal, das auch der (wahrscheinlich dunkelhäutigen) indischen Prinzessin zugesprochen wird.

3107 Das „unmäßige" Weinen widersprach der höfischen *mâze*; es soll hier aber den übersteigerten Schmerz ausdrücken (vgl. etwa die *Klage* zum *Nibelungenlied*).

3110 Die Hs. *a* hat hier *state* statt *schate* (*b* weicht stark ab). Bartsch sah darin einen Beweis für die Zugehörigkeit der Dichtung zum 12. Jh., als *sch* als *sk* gesprochen und geschrieben wurde. *state* wäre dann Verschreibung aus *scate*.

3124 Die Vordeutung am Abschnittsschluß verweist bereits darauf, daß der Kummer die eigentliche Todesursache der Prinzessin wird, die durch ihn nicht von ihren schweren Wunden genesen kann.

3133 *gadem* ist hier ein einräumiges Gebäude oder ein abgesperrter Ort innerhalb der Anlage des Tiergartens *(würmelâge)*.

3149 *wât* bezeichnet hier wohl die Unterkleidung (unter dem von den Grippianern umgehängten Goldmantel), die wahrscheinlich bei der gewaltsamen Entführung beschmutzt worden war.

3160 Als *truhsæze* wird hier der Hofmeister bezeichnet, der das Fest ordnet und die Diener anweist. Seit der Merowingerzeit galt das Amt des Truchsesses (nd. *drost*, urspr. Anführer einer Schar) als eines der vier germanischen Hausämter, später ist es ein Erzamt des kaiserlichen Hofes, dann des Reiches (vgl. Ottos I. glanzvolle Hochzeit 936 zu Aachen). Die Bezeichnung kann aber auch für die Tischbedienung gelten (so V. 3165).

3170 Der Dichter greift hier die V. 3139 abgebrochene Handlungs-
folge wieder auf.

3176 Da man im frühen Mittelalter die meisten Speisen mit den
Händen nahm, gehörte eine Handwaschung vor und nach
dem Mahl zum höfischen Zeremoniell.

3208 ff. Der Rückblick in Verbindung mit der Vordeutung am
Abschnittsende weist auf die Notwendigkeit für die mittel-
alterlichen Dichter hin, ihre abschnittsweise vorgetragenen
Dichtungen in sich zu verklammern.

3217 Fleisch, Käse und Fische galten in spätmittelalterlichen Speise-
ordnungen und in Dichtungen des Mittelalters als vornehme
Adelsspeisen zu Beginn eines Mahles.

3225 ff. Auch die zahlreichen Gäste erfüllen vorbildlich das höfi-
sche Zeremoniell.

3242 Die Nichtbeteiligung am Mahl galt als unhöflich.

3256 ff. Ernst und Wetzel beweisen auch in der Anteilnahme am
Schicksal und an der Klage der Prinzessin ihren höfischen
Sinn.

3267 ff. Wie so häufig in dieser Dichtung, betont Ernst das kühne,
schnell entschlossene Handeln, Wetzel dagegen die besonnene
Überlegung, die zu größerem Erfolge führt. Die Wurzeln
dieser Personentypisierung, die in der Dichtung der Antike
und des Mittelalters weit verbreitet ist, hat E. R. Curtius
(*Europäische Literatur u. latein. Mittelalter*, Kap. IX) be-
reits bei Homer nachgewiesen.

3274 f. Aussagewiederholungen finden sich in dieser Fassung der
Dichtung sehr häufig (z. B. V. 3282 f., 3369 f., 3632 ff. u. ö.).

3297 Die Redeweise des Herzogs ist hier (wie an anderen Stellen)
durch einen martialischen Kriegersarkasmus bestimmt.

3358 Das Gehen unter den Schilden soll vor den Pfeilen der Grip-
pianer schützen.

3369 f. Tanz und Gesang folgten meistens dem höfischen Fest-
mahl. Der Dichter meint offenbar volkstümliche Tanzspiele
zu Liedern, nicht den höfischen „Reihen“, der „getreten“,
nicht gesprungen, wurde.

3372 *wien* (Weihen) sind Tagraubvögel (z. B. Gabelweihe, Milan).

3395 *ze hove* meint hier wohl kaum die fürstliche Residenz. Hof-
tage waren in Deutschland bis in die Neuzeit an wechselnden
Orten, häufig bei einer Kaiserpfalz.

3399 Vgl. Anm. zu V. 1057. Hier ist offenbar Sicherheit in festen
Häusern gemeint.

3405 Die Zwölfzahl der Ratgeber oder Begleiter findet sich auch in vielen anderen mittelalterlichen Dichtungen (z. B. *Rolandslied, König Rother, Nibelungenlied, Dietrich*epen u. a.). Sie ist möglicherweise eine Nachahmung der Apostelzahl Christi.

3410 *hold* kann einen Diener oder einen Lehnsmann bezeichnen.

3422 ff. Die Tötung der Prinzessin durch die Anwesenden sogleich nach der Entdeckung der Ritter ist nicht motiviert. Sie bestätigt jedoch Wetzels Befürchtungen (vgl. V. 3330).

3443 *ekkel* heißt eigentlich „Stahl". Das Wort ist abgeleitet von *eck, ecke*, was ursprünglich „die Schärfe, die Schneide" bedeutet.

3455 *urloub nemen*, die Erlaubnis erbitten, sich von jemandem zu entfernen, gehörte zu den höfischen Sitten, auf die hier ironisch angespielt wird.

3463 ff. Die Begrüßung der Prinzessin enthält den einzigen entfernten Anklang an die höfische Frauenminne der Zeit um 1200. Das Fehlen von Minnevorstellungen in dieser Dichtung ist auffallend und vielleicht aus der verstärkten Betonung des Kriegerethos zu erklären. Vgl. auch Anm. zu V. 320 und das Nachwort.

3464 *lip* bedeutet Leib und Leben zugleich, meint also die ganze Person.

3473 Neben die höfisch distanzierend und zugleich verehrend anmutenden Anreden *frouwe wol getân* und *vil edel wîp* tritt hier plötzlich die zärtliche Intimform *megetîn*.

3503 ff. Das folgende lange Gespräch ist in dieser Situation unwahrscheinlich; es hat wiederum nur funktionale, nicht realistische Bedeutung.

3508 ff. Die Prinzessin wird als Christin gezeichnet. Eine sprachliche Verständigung wird vorausgesetzt.

3544 ff. Der indische Fürst besaß also die gleichen Tugenden, die der Dichter im ersten Teil an Ernst hervorhob.

3548 ff. Die folgende Erzählung der Ereignisse in Indien wiederholt (der Neigung des Dichters entsprechend) Bekanntes und ergänzt es.

3576 Das Entweichen der Seele aus dem Munde ist ein beliebter Bildtopos der mittelalterlichen Kunst.

3589 *diemüete* (nhd. *Demut*) wird hier – entsprechend der zweiseitigen Dienstbindung im Lehnswesen – auch Gott zugesprochen.

3590 *erbermde* bezeichnet das Mitleiden, Erbarmen mit dem Leid eines anderen und wurde als Tugend vom Ritter gefordert (vgl. etwa Parzivals Mangel an *erbermde* bei seinem ersten Gralsbesuch).

3596 f. Das Sichducken hinter dem vorgehaltenen Schild war offenbar den Zuhörern als Zeichen der Kampfbereitschaft bekannt (vgl. den Dietmar der Naumburger Stifterfiguren).

3601 *durch die frouwen* kann kausal oder final aufgefaßt werden.

3606 Der Text läßt offen, ob es sich um zwei Tore (Hinter- und Vordertor) oder um Außen- und Innenseite handelt.

3652 Eigentlich = gerade und quer, d. h. nach allen Seiten.

3658 D. h., sie besaßen keine anderen Waffen.

3672 f. Zur Übersetzung vgl. Anm. zu V. 2503.

3684 Hier fehlt offenbar im mhd. Text ein *die (die oben)*.

3713 Grippia besitzt demnach ein weites, reichbesiedeltes Hinterland, dessen Ritter zur Huldigung der neuen Königin gekommen sind.

3717 Die Zahlenangabe bedeutet nur: „ein sehr großes Heer".

3720 *ravît:* Das Wort geht auf mfrz. *arabit* zurück und kennzeichnet ein sehr schnelles Streitroß (Araberpferd).

3735 Die lange Rede des Herzogs ist wiederum der Situation unangemessen, ihre Funktion besteht darin, die Wiederaufnahme der Kreuzzugsidee des Kampfes gegen die Heiden durch den frommen Herzog sichtbar zu machen.

3759 *ze bîle* stammt aus der Jägersprache und kennzeichnet den Moment, da das Wild stoppt, um sich den angreifenden Hunden entgegenzuwerfen.

3767 *in* (ihnen) kann sich nur auf die Feinde beziehen. Der Herzog betont die Sicherheit, die die christlichen Ritter nach ihrem Tode im Himmel erwartet. Durch die Mahnung an das Jenseits will der Herzog die Entschlossenheit seines Heeres stärken.

3772 Wie viele Kreuzheere, so bekommt auch Ernsts Schar die Folgen der unterschiedlichen Angriffs- und Waffentechnik des Orients zu spüren. Während die deutschen Ritter nur mit Schwert und Schild erfolgreich kämpfen können, stoßen die berittenen Feinde blitzschnell auf ihren Pferden vor, schießen ihre Pfeile ab, wenden und vermeiden so den Kampf. Die kampfbegierigen Ritter mußten diese Kampfesweise als schmachvoll empfinden.

3776 Die übertreibende Redeweise des Herzogs bezieht sich auf die frühere Sitte, für jeden Toten eine eigene Totenklage an-zuheben.

3782 Bisher war Graf Wetzel Bannerträger; nun führt Ernst selbst zum Entscheidungskampf.

3814 ff. Der Herzog wagt zuletzt einen verlustreichen Durchbruch durch die feindliche Umklammerung zum Meer. Er selbst schlägt dabei die Bresche und deckt zusammen mit Wetzel die Einschiffung seiner Schar.

3825 ff. Wie so häufig in dieser Dichtung, so hebt der Dichter auch hier das Bild des vorbildlichen Ritters besonders hervor.

3834 ff. Vgl. V. 2254. Der Dichter unterscheidet stets zwischen *barke* und *schif*. Da die großen Seeschiffe nicht am seichten Strande anlegen können, mußten die Ritter durch ein Bei-boot *(barke)* zum Schiff und zum Land gebracht werden.

3850 ff. Der Herzog hat offenbar die Toten und Schwerverwun-deten in Grippia zurücklassen müssen.

3857 Die Grippianer suchen die Ritter zu verfolgen, um sich an ihnen zu rächen. *leiden* bezieht sich eigentlich auf „Leid" wie „Beleidigung, Schmach", schließt jedoch die Verluste mit ein.

3882 In Hs. *a* folgt hier die Überschrift: *Wie der hertzoge vnd syne man kamen an den berg der da hießet magnes vnd wie sie die griffe enweg furten irn Jungen vnd wie sye genasen Et cetera.*

3888 ff. Nach kirchlicher Vorstellung kann ein Teil der zeitlichen Sündenstrafen durch besondere Opfer und durch Leid auf Erden abgebüßt werden.

3891 Die Berufung auf die Angabe der *aventiure* (Abenteuer-erzählung) gehört zu den beliebten Kunstgriffen mittelal-terlicher Erzähler, die Echtheit (und Wahrheit) ihrer Erzäh-lungen zu verbürgen.

3897 Der Magnetberg gehört zum antiken Erzählgut, das aus dem Orient und Indien stammte. Bereits Plinius verlegt ihn in seiner Naturgeschichte (II, 211) nach Indien. Das Mittel-alter griff derartige Fabulosa gern auf und siedelte sie eben-falls am Rande der bekannten Welt an (so Honorius Augu-stodunensis *Imago mundi* I, 13; PL 172, 125 A). Der Ma-gnetberg, der im *lebermer* liegt (V. 3935), wird mehrfach in deutschen Dichtungen des Mittelalters erwähnt (vgl. Bartsch, Ausgabe S. CXLVIII ff.). Er hat die Eigenschaft, Schiffe im Umkreis von 30 Meilen so anzuziehen, daß sie niemals von ihm loskommen, so daß die Mannschaft verhungern muß. Ähnliches erzählt Sindbad in seinen Geschichten („1001 Nacht") von seiner 6. Reise, wo es ihm schließlich ebenfalls gelingt, sich durch einen Riesenvogel wegtragen zu lassen. Auf welche Vorlagen der *Herzog-Ernst*-Dichter zurückgriff, ist unbekannt.

3898 Nach der vorangegangenen Nennung des Magnetberges, dessen Wirkung dem mittelalterlichen Publikum wohl bekannt war, mußte die Ausmalung der Freude der Ritter über das Land, in dem sie das Heilige Land vermuteten, wie eine tragische Ironie wirken.

3918 ff. Die Häufung der temporalen Konjunktion *dô* drückt die wachsende Spannung aus.

3935 Das Lebermeer, in dem der Magnetberg liegen soll, wird schon im deutschen *merigarto* (11. Jh.) erwähnt und ins Mittelmeer (bei den Balearen) verlegt, wo ein großes Land (Platons Atlantis?) untergegangen sein soll. Nach anderen Texten (Isidor *etym.* 14, 6, 4 und einem Zusatz zu Adalbert von Bremen) lag es im NW Europas. Der Name *lebermer* (*libersee* bei Adalbert von Bremen) wird von ahd. **liberôn* = gerinnen hergeleitet. Lateinisch wird es *mare concretum* genannt. Möglicherweise geht die Sage auf mißverstandene Berichte über die Wirkungen der Sände und Wattenmeere der Nordsee zurück. – Die Sage von einem ähnlichen Meer im Orient und von der Rettung der Seeleute in Rinderhäuten durch Greife berichtet schon Benjamin von Tudela in seiner hebräischen Reisebeschreibung von 1173. Welcher Erzähltradition unser Dichter folgt, muß offenbleiben.

3939 Unklar bleibt, ob der Seemann seine Mitteilung meint oder vorher schon vom Magnetberg erzählt hat. Dagegen könnte die folgende ausführliche Erläuterung sprechen, die wiederum eine der häufigen Wiederholungen des Dichters darstellt. Der (vermutlich geistliche) Dichter legt hier (wie sonst dem Herzog) dem Seemann geistliche Ermahnungen in den Mund.

3940 ff. Die vollkommene Reue in Todesgefahr führt nach katholischer Auffassung auch ohne Beichte zur Vergebung der Sünden.

3953 In der *Kudrun*, wo der Magnetberg Gîvers heißt und in der Nordsee oder im Atlantik gedacht wird, werden die Anker und Klammern der Schiffe aus Bronze gefertigt, um dem Magnetberg zu entgehen (Str. 1110), was allerdings erst vor dem Berge gelingt (Str. 1135 f.). Vgl. F. Panzer, *Hilde-Gu-drun*, Halle 1901, S. 361 ff.

3970 ff. Gegenüber der Todesmahnung des Seemanns betont der Herzog die christliche Zuversicht und Freude auf den Himmel.

3985 Diese Wendung ist biblischer Herkunft (Luk. 2, 19).

3991 Es bleibt offen, ob Ernsts Schiff (wie wohl bei Kreuzfahrern üblich) Priester zur Beichte mitführte oder ob hier an die vom 8.–14. Jh. in Notfällen mögliche Form der Laienbeichte gedacht ist.

3992 f. Wie auch sonst häufig, fügt der Dichter belehrende Hinweise an sein Publikum ein. *hôhiu unmuoze* meint einen besonderen religiösen Eifer. Die Übersetzung bezieht sich auf ähnliche Ermahnungen in geistlichen Werken der Zeit.

4027 f. In mittelalterlichen Dichtungen ist die Reihenfolge der berichteten Einzelheiten oft nach der Wichtigkeit, nicht nach der Kausalität und zeitlichen Abfolge geordnet. Es wird hier also zunächst die Tatsache des Fallens, dann erst die Ursache genannt (sog. hysteron proteron, vgl. Anm. zu V. 517).

4046 *barkens phlegen* heißt eigentlich, mit einem Beiboot, einer Barke, an Land gehen.

4060 Nach Wates Erzählung in *Kudrun* 1129 befand sich im Innern des Magnetberges ein großes Reich mit riesigen Schätzen. Diese phantasievolle Version der Atlantissage wird in unserer Dichtung durch eine realistischere ersetzt, indem sich die Reichtümer in den zahlreichen verlassenen Schiffen befinden.

4076 ff. Trotz der religiös begründeten Todesbereitschaft sind die Ritter über ihr Schicksal bekümmert.

4097 *ze der meide kinde* = zum Sohn der Jungfrau, d. h. Christus. Derartige Umschreibungen dienten der Variation und Meidung heiliger Namen.

4113 Gemeint sind insgesamt sieben Ritter (einschl. des Herzogs), wie die folgende Rettungsaktion (bes. V. 4312 f.) ergibt. Bei derartigen Aufzählungen war die Hauptperson meistens inbegriffen (z. B. Anna selbdritt = St. Anna, Maria, Christus).

4114 Unter Greifen verstand man schon in antiken und orientalischen Erzählungen geflügelte Fabeltiere mit Adlerköpfen und Löwenkörpern, die Menschen wegzuschleppen vermochten (vgl. die zahlreichen Nachweise bei Bartsch, Ausgabe S. CLII ff.).

4122 Unklar ist, ob der Dichter auf bekannte ähnliche Erzählungen anspielt oder nur diese Einzelheit bekräftigen will.

4126 ff. Die Vordeutung auf die Rettung des Herzogs erhöht die Spannung.

4144 ff. Auch im Mitleiden erweist sich Ernst als idealer Ritter und Gefolgsherr.

4159 *venje* (aus lat. *venia*) wurde aus lateinischen Gebeten abgewandelt und meint den Kniefall zum Gebet. *in kriuzestal* bedeutet das Knien und Beten mit ausgebreiteten Armen (in Kreuzesform), eine besonders intensive Form des Gebets.

4169 Wieder erweist sich Graf Wetzel als der Klügste. Seine List erscheint nach dem Gebet wie eine Eingebung des Heiligen Geistes (vgl. V. 4201).

4204 Als *merrinder* wurden mhd. sowohl morgenländische Rinder als auch See-Elefanten und Seekühe bezeichnet.

4220 Graf Wetzel meldet sich zum ersten Versuch mit dem Herzog, um auch in dieser unbekannten Gefahr seine Führerrolle und seine Gefolgschaftstreue zu bestätigen, nicht um sich selbst zuerst zu retten.

4258 Daß Ritter weinen (V. 3580, 6009), gilt in höfischen Dichtungen als unangemessen, kam jedoch in volkstümlicheren Dichtungen, besonders im 13. Jh. (vgl. *Klage* zum *Nibelungenlied*) häufiger vor. Es soll hier die enge Verbundenheit zwischen den überlebenden Rittern beweisen.

4271 ff. Die Greifen schleppen alle übriggebliebenen Männer an einem Morgen weg; eine ähnliche Rettung erlebt Sindbad bei seiner 2. Reise. Auch von Alexander wird ein ähnlicher Flug berichtet.

4294 f. Im Walde sind die Ritter vor den fliegenden Greifen sicher. Die Landschaftsangaben haben hier rein funktionalen Charakter.

4314 Der siebte Mann starb also noch auf dem Schiffe.

4328 f. Das Entgegengehen und Küssen ist ein Ausdruck besonderer Verbundenheit.

4340 *zeichenlich* deutet den symbolischen Charakter des Bildes vom wiedergegebenen Leben an.

4358 Hier werden die Ritter erstmals Pilger genannt.

4380 Die Ritter finden sich in einem unzugänglichen Talkessel mit Flußwald. In einer ähnlichen Lage war Sindbad nach seiner Rettung im Diamantental.

4427 ff. Neben Christus werden hier erstmals Maria und die Heiligen angefleht.

4442 Auch mit der (erstmaligen) Erwähnung des *heilants* wird die Erzählung variiert.

4456 ff. Das Abschlagen und Mitnehmen eines besonders auffallenden Edelsteins kommt (nach Bartsch, Ausgabe S. CLX) nur in der deutschen Sage von Herzog Ernst vor. Der *weise* als großer Edelstein in der Kaiserkrone ist aus der mhd. Dichtung besonders durch Walther von der Vogelweides 2. Reichstonspruch bekanntgeworden, wo es von König Philipp heißt: *Philippe setze en weisen ûf* (9, 15). Der *weise* wird dann nach Walther in zahlreichen Dichtungen genannt. Albertus Magnus (1193–1280), der ihn Orphanus (Waise) nennt, schildert ihn als weinfarbigen Stein, der in früherer Zeit nachts geleuchtet habe, nun aber nicht mehr leuchte. Sein Name geht ebenso wie die frühere lateinische Bezeichnung *unio* auf die Auffassung zurück, daß er stets nur einzeln, nie zu mehreren gefunden werde. Wegen der ihm zugesprochenen Leuchtkraft wird er in anderen Versionen und in der Hs. *b* der Herzog-Ernst-Dichtung mit dem Karfunkel, der im Dunkeln leuchte, verwechselt. Der Dichter nutzt die Erwähnung der Auffindung des *weisen* zur doppelten Wahrheitsbeteuerung für sein Werk: Der allen bekannte Edelstein bestätigt die Echtheit der Erlebnisse Ernsts. Zudem existiere in Bamberg die lateinische Urschrift des Dichters. – Diese wichtige Textstelle wird häufig so ausgelegt, daß der Dichter der deutschen Fassung *B* unterstreichen wolle, daß es sich um eine deutsche Nachdichtung einer lateinischen Folge handelt. Über Gegenargumente vgl. das Nachwort.

4489 Der Dichter überträgt mit dem Bild der Rodebauern, die Wald in Ackerland verwandeln, Verhältnisse seiner Zeit in die Dichtung. Das 12. Jh. bildete einen Höhepunkt in der Binnenkolonisation Deutschlands, als der Bevölkerungsanstieg zur Umwandlung großer Wildwaldgebiete, besonders in den Mittelgebirgen, in neue Siedlungsräume zwang. Erst nach dieser Binnenkolonisation begann noch im 12. Jh. die sog. Ostkolonisation jenseits der Elbe.

4505 Die Arimaspen, deren Namen der Dichter zunächst in der lateinischen Form nennt (womit er seine Gelehrsamkeit unterstreicht), sind bereits der antiken Sage als einäugige Menschen bekannt (so bei Herodot), die gegen die goldhütenden

Greifen kämpfen (so auch im frühmhd. Gedicht vom *Himmlischen Jerusalem*). Von der ebenfalls antiken Vorstellung von den Zyklopen, einäugigen menschenfressenden Riesen (vgl. die *Odyssee*), hat der Dichter, wohl durch Vermittlung Isidors von Sevilla, nur den Namen übernommen (V. 4521). Die Arimaspi im *Herzog Ernst* sind, wie die Ceylonesen nach Sindbads Bergdurchquerung, freundliche, menschengroße und in der Lehnsordnung lebende Menschen. Diese Umstilisierung, die vielleicht unter Einfluß der Sindbaderzählungen erfolgte, ermöglicht es, daß der Herzog mit seinen fünf Gefährten sechs Jahre bei den Arimaspi bleibt und für sie ritterliche Taten vollbringt.

4530 ff. Den Grafen der Arimaspi trifft Ernst in einer Situation an, die dem höfischen Publikum vertraut war: Er lebt in einer schönen Burg, ergeht sich mit seinen Rittern in höfischem Zeitvertreib vor der Burg und erweist den Fremden vorbildliche Gastfreundschaft.

4553 Der mittelalterliche Adlige sollte sich in seinem Verhalten stets vom nicht höfisch Gebildeten unterscheiden, was Ernst mit seinen Gefährten vorbildlich verwirklicht. Der Dichter setzt so bei den Arimaspi ähnliche Vorstellungen voraus und betont damit die weltweite Geltung höfischer Sitten.

4581 Der Begriff *recke* (urspr. Rächer) kennzeichnete einst den vertriebenen landfremden Krieger, der in fremde Dienste trat und auch bei Zweikämpfen („Gottesurteilen") geworben werden konnte. Später wurde das Wort zur allgemeinen Kriegerbezeichnung. Hier ist daneben die Bedeutung des Landfremden noch vorhanden.

4594 f. Die Rüstung und Bewaffnung der Ritter wird von den Arimaspi besonders bestaunt (vgl. auch Anm. zu V. 5185).

4606 Derartige Mutproben zur Entdeckung des Mutigsten und Geschicktesten waren der Zeit aus der Jugendgeschichte Alexanders bekannt (vgl. Lamprechts *Alexander*, hrsg. von F. Maurer, Str. 23). Auch Sindbads 2. Reise enthielt eine ähnliche Schilderung.

4622 *sie* bezieht sich hier wahrscheinlich auf Ernst und seine Leute.

4624 Das Eingreifen Gottes wird bei den fremden Abenteuern auffallend oft betont, besonders als Zusammenfassung (vgl. V. 4333, 4442, 4666, 5012 u. ö.).

4632 ff. Auch Sindbad muß nach seiner Fahrt durch den Berg von seinen Abenteuern berichten.

4642 ff. Indem Ernst den Rang seines Königs steigert, entschuldigt er seine eigene Niederlage und erhöht seinen eigenen Wert. Die Stelle preist zugleich gegenüber dem Publikum die Macht Ottos I.

4671 Auch die Platthufe *(sciopedes)* werden wie die Kranichmenschen, Greifen, Arimaspi in Isidors *Etymologien* erwähnt. Die dort mitgeteilte Gewohnheit, sich vor der Hitze mit den Füßen wie mit einem Schirm zu schützen, wird jedoch vom Dichter auf nördlichere Verhältnisse, nämlich auf Unwetter, bezogen. Die Angaben über ihre Schnelligkeit werden hier weggelassen. Auch der gute Gesang, von dem V. 5988 gesprochen wird, wird hier nicht erwähnt. (Vgl. die Langohren V. 4824 ff.)

4676 f. Ihre Herrschaft in (Gebirgs-)Wäldern und Mooren kennzeichnet sie als kulturfeindlich.

4682 Der Dichter hebt den komischen Eindruck derartiger Fußschirme besonders hervor.

4711 Als *heide* wird das unbebaute Feld, besonders zwischen den Gemarkungen und Reichen (Niemandsland), bezeichnet.

4712 Die heroisch klingende Sprache geht hier auf alte Rechtsformeln zurück.

4716 Das Schießzeug (Pfeil und Bogen) war im Nahkampf wirkungslos. Ernst hatte offenbar sofort die Platthufe angegriffen.

4723 Mittelalterliche Dichtungen bieten viele Beispiele, in denen der *übermuot (superbia,* ὕβρις*)* zu Fall kommt. Auch die Platthufe werden vom Dichter so gesehen.

4725 f. Zur Kennzeichnung des Abschnittsschlusses wird das Kampfergebnis vorweggenommen.

4746 Derartige Unsagbarkeitsformeln dienen nur der Steigerung einfacher Angaben.

4751 Das Übernachten auf dem Schlachtfelde bestätigte den vollen Sieg (vgl. auch V. 4870).

4759 Die Bewahrung der *êre,* des gesellschaftlichen Ansehens, setzt die Bewahrung der Macht voraus (vgl. V. 769, 1039, 4765). *êre* kann somit auch „Macht, Besitz, Güter" bedeuten.

4770 Vgl. Anm. zu V. 4759.

4772 Ernst wird wie in der Frühzeit des Lehnswesens für seinen Einsatz und Erfolg durch ein Fürstenlehen belohnt.

4775 Der König der Arimaspi erweist sich auch in der *milte* als vorbildlicher König.

4779 Graf Wetzel wird offenbar ebenfalls mit einem Lehen (Graf-schaft?) bedacht, das ihm die Verwaltung dieses Herzogtums ermöglicht. (Ähnlich manchem mittelalterlichen Markgrafen.)

4794 Der Herzog beweist hier die gleichen Tugenden, die der Dichter vorher am Herzog von Bayern hervorhob.

4812 In der Hs. *a* folgt hier die Überschrift: *Wye der hertzoge stritet mit luden dye da oren habent biß vff die erden.*

4824 Die Vorstellung der Langohren *(panotii)* entstammt eben-falls Isidors *Etymologien.* Sie findet sich ebenso wie die der Platthufe auch in der frühmhd. *Wiener Genesis.*

4845 ff. Ernsts Kriege richten sich nur gegen „übermütige" An-greifer oder sie dienen dem Schutze Hilfsbedürftiger. Er hält sich darin an die (antiken und augustinischen) Vorstellungen vom *bellum iustum.*

4876 ff. Ernst unterwirft die Langohren ganz und läßt sich als ihr Lehnsherr anerkennen.

4888 Die Vorstellung von einem besonderen Glück eines einzelnen oder eines Geschlechts (Sippenheil) spielte bei der Königs-wahl bis ins 12. Jh. eine wichtige Rolle. Ernst ist somit der prädestinierte Fürst.

4896 Im Gegensatz zu seiner früheren Vorliebe für Prachtschilde-rungen verzichtet der Dichter hier auf die Ausmalung des Festes, da eine neue Kampfbewährung auf den Herzog wartet.

4898 Vom Kampf der Pygmäen gegen die Kraniche wird bereits zu Beginn des 3. Teils der *Ilias* erzählt. Für das Mittelalter dürfte die Vermittlung dieser antiken und indischen Sage wiederum auf Isidor zurückgehen. Die Form *Prechamî* und *Perkamêren* (V. 5324) ist möglicherweise aus Pygmäen ent-stellt.

4945 Auch der Pygmäenkönig, dem Ernst zu Hilfe kommt, erweist sich als ein vorbildlicher Fürst.

4975 Die Wendung *ein teil* meint hier wohl: zum größten Teil.

4992 Ernst lehnt das angebotene Königtum ab, weil ihm keine *muoze* bleibe.

5000 Hier wird erstmals ein exotisches Sammelinteresse des Her-zogs angegeben, doch hat Ernst nach V. 5325 und 5422 be-reits Exemplare der Platthufe gesammelt.

5002 *hêrlîch* bezieht sich hier wohl mehr auf das Verhalten als auf den Stand.

5012 In Hs. *a* folgt hier die Überschrift: *Wye sye myt den Ryesen stritent vnd ir wol dru hundert erslugen.*

5013 ff. Der Dichter bringt die fabulösen Lebewesen in gegen-
sätzlicher Reihenfolge: Einaugen, Platthufe, Langohren,
Zwerge, Riesen. Die Riesen bilden die Schlußsteigerung der
Reihe. Der Dichter bietet wie bei den Arimaspi drei ver-
schiedene Namen und unterstreicht so seine Gelehrsamkeit. –
Die kanaanäischen Riesen waren dem Mittelalter sowohl
durch Isidor als auch durch die Bibel bekannt. Das Alte
Testament bietet zahlreiche Beispiele der Erwähnung von
Riesen, die dort in der lat. Übersetzung *gigantes* heißen:
Gen. 6, 4; Deut. 3, 11 u. ö. Der Name der Kanaanäer findet
sich Richter 1, 3–10.

5034 Auch den Riesen wird eine Lehnsverfassung angedichtet, zu-
mal sie auch in der Bibel einen König haben.

5058 Die wörtliche Rede bedeutet Steigerung und Echtheitsbekräf-
tigung der Königsrede.

5067 Die Rede Ernsts gegen eine Kapitulation vor den Riesen
hebt die Ehrbegriffe des deutschen Adels didaktisch hervor
und „setzt auf einen groben Klotz einen groben Keil".

5082 Vgl. Anm. zu V. 4759.

5089 Der König von Arimaspi betrachtet Ernst als Ratgeber und
kümmert sich nicht mehr um den Rat der übrigen Fürsten.

5091 Die Achtung und Beschenkung des fremden Boten gehörte
zum höfischen Anstand.

5100 *holt sin* bedeutet die Unterwerfung, vgl. V. 5119.

5108 *schaden und die schande* = materiellen und ideellen Verlust.

5132 ff. Aus der Sicht des Riesen ist Ernst ein kleines Männlein.
Obwohl der Bote (nach V. 5090) geholt werden mußte, hat
er offenbar die Einzelheiten der Beratung miterlebt.

5153 *reise* bedeutet ursprünglich Heerfahrt.

5156 *er* bezieht sich hier auf den Herzog.

5168 f. Gemäß den Vorstellungen von Riesen in der deutschen
Epik (z. B. *König Rother, Dukus Horant, Dietriche*pen) sind
die Riesen mit der (unritterlichen) traditionellen Eisenstange
ausgerüstet (vgl. auch Rennewart in Wolframs *Willehalm*).

5172 Der Lärm der Riesen ist ebenfalls ein Zeichen ihres unhöfi-
schen Benehmens.

5182 Ernst führt wiederum das Heer von Arimaspi.

5185 Diese ritterlichen Waffen scheinen den Arimaspi unbekannt
gewesen zu sein (vgl. auch ihr Staunen V. 4594 f).

5188 ff. Ernsts Kriegsplan will die Bewegungshemmung der Rie-
sen mit ihren Stangen im Walde ausnutzen.

394

5190 Waldgebirge bildeten früher oft Grenzen.

5212 Wo Ernst seine eigene Größe vor Fremden bewähren muß, bedarf er nicht mehr Wetzels Rat.

5244 Wiederum zeigt sich Ernsts Interesse für exotische Kuriosa.

5292 Der Sieg über die Riesen bedeutete den Höhepunkt seiner Kämpfe bei den Fabelwesen; deshalb hier der ausführliche Fürstenpreis für Ernst. Der *hôhe muot* Ernsts kennzeichnet sein ritterliches Hochgefühl mit einem Leitwort der Zeit um 1200.

5305 Dem ungeselligen jungen Riesen zeigt Ernst durch seine persönliche Pflege seine Zuneigung und gewinnt ihn so für sich.

5318 ff. Der hyperbolische Vergleich würde zusammen mit V. 5144 bedeuten, daß Ernst größer als eine Tanne war, was aber allen sonstigen Angaben widerspricht.

5325 Von diesen früher erbeuteten Kuriosa war bisher nichts erwähnt worden. Das Mittelalter hatte für derartige Seltsamkeiten ein großes Interesse. Man vergleiche etwa Friedrichs II. Zug 1235 nach Deutschland, bei dem er Sarazenen und Äthiopier, Affen, Kamele, Leoparden u. a. mitbrachte und großen Eindruck erweckte.

5332 Die Übersetzung sucht dem Gegensatz im Text gerecht zu werden.

5333 Hiervor in Hs. *a*: *Wye der hertzoge von dem konige Arimaspi fur gen Jherusalem.*

5339 Unter *Môrlant* wurde im Mittelalter das christliche Äthiopien verstanden. Das Vorkommen von dunklen Menschen in Indien führte jedoch schon in der frühen Antike dazu, Äthiopien als Nachbarland Indiens aufzufassen. In unserer Dichtung ist es jedoch Ägypten (Babylon) benachbart (vgl. Szklenar S. 65 u. 154 ff.).

5350 ff. Die Angst der Kaufleute spiegelt die mittelalterliche Rechtlosigkeit jedes Fremden ohne Schutzbrief in einem anderen Lande. Sie ahnen nicht, daß Ernst der Herrscher der Stadt ist.

5362 Es bleibt unklar, woher der Herzog über das Mohrenland sogleich informiert ist.

5364 f. Ernsts Interesse gilt zunächst neuen kriegerischen Bewährungsmöglichkeiten, nicht sogleich der Möglichkeit, nach Jerusalem zu kommen. Erst durch den Bericht der Kaufleute wird die Kreuzzugsidee wieder lebendig.

5368 Als Babylon mit der Hauptstadt Alexandria (5644) ist hier wohl das fatimidische Ägypten (Kalifat Kairo) gemeint, bevor es 1171 von dem Kurden Saladin (1138–93) erobert wurde, der die Dynastie der Aijubiden begründete.

5388 f. Ernst will heimlich Arimaspi verlassen, weil er wahrscheinlich fürchtet, daß man ihn sonst nicht so ohne weiteres gehen läßt.

5424 Zwei einäugige Arimaspi, obwohl Freunde und Untertanen Ernsts, werden ebenfalls als *wunder* mitgenommen.

5432 ff. Gemeint sind hier die vier verbliebenen Ritter seines einstigen Kreuzheeres. Graf Wetzel wird nicht eigens erwähnt.

5440 Auf den hier vorliegenden Treubruch durch den heimlichen Weggang des Herzogs geht der Dichter nicht ein, vielleicht, weil er die Arimaspi nicht als gleichwertige ritterliche Vertragspartner betrachtet.

5473 Das Wort *ellende* (aus *elilente* = in einem anderen Land) hebt die neue Heimatlosigkeit des Herzogs wieder hervor.

5513 Möglich ist auch, daß *gar die cristenheit* nicht nur das Christentum in *Môrlant*, sondern die gesamte Christenheit meint (gemäß dem Heiligen Krieg des Islam).

5519 ff. Die christlichen Fürsten beweisen – im Gegensatz zu den heidnischen Arimaspi (V. 5061 ff.) – trotz der Überlegenheit der Heiden heldenhaften Mut.

5534 ff. Die Übersetzung von *rîchen* (bereichern) ist schwierig. Gemeint ist wohl ein Gelübde Ernsts für ein besonderes Opfer bei einer gesunden Rückkehr. Gegenüber der früheren Zuversicht in solchen Situationen fällt hier Ernsts Sorge um sein Leben auf.

5542 f. Da der Kampf auf einer *heide*, einem unbebauten Gebiet, stattfindet, meint die Stelle wohl, daß die dort üblichen schmalen Wildpfade im Kampf weithin zertrampelt und die Büsche zerhauen wurden.

5556 Der Kampf um die Fahne war am verlustreichsten.

5568 f. Die ritterliche Achtung vor dem Gegner spiegelt sich hier in der Betonung der Tapferkeit des heidnischen Königs. Gleichzeitig wird dadurch Ernsts Leistung hervorgehoben.

5576 ff. Die Erinnerung an die überstandenen Gefahren auf dem Meere und bei den Greifen am Abschnittsende läßt den Tod eines Gefährten des Herzogs um so schwerer erscheinen.

5581 Der uns roh anmutende Vergleich soll die Härte des Kampfes verdeutlichen.

5582 Die Form *muosen* statt *muosten* (wie es in den Hss. heißt) ist stets von Bartsch als vermutete älteste Lautform konjiziert worden.

5598 Obwohl der König von *Môrlant* angegriffen worden war, ist er bereit, seinen gefangenen Gegner zur Vorbereitung von Friedensverhandlungen gegen Stellung von Geiseln für den zu leistenden Schadenersatz zu entlassen.

5620 Die Bitte des Herzogs dürfte noch während der Anwesenheit des Königs von Babylon gestellt worden sein.

5629 Mit der *mære* (Kunde) ist Ernsts Reiseabsicht gemeint.

5633 Die Übersetzung verlangt die Umstellung dieser Angaben, um das zeitliche Nacheinander deutlich zu machen (vgl. Anm. zu V. 4027).

5638 f. Die Kuriosasammlung des Herzogs wird hier vervollständigt.

5670 Um Ernsts Ruhm zu erhöhen, betont der Dichter häufig das bereits überall vorhandene Wissen um Ernsts Heldentaten.

5677 Als *münster* (aus lat. *monasterium*, urspr. Einsiedelei) wird hier die Grabeskirche in Jerusalem, das Hauptziel aller Pilger, bezeichnet (vgl. V. 5679). Ernst wird in Jerusalem wie ein großer Herrscher empfangen.

5680 Stiftungen für Wallfahrtsstätten waren früher sehr häufig.

5684 Als *tempel* ist hier das Templum Domini (Felsendom, später Omar-Moschee), nicht das sog. Templum Salomonis (später El-Aksa-Moschee) gemeint (vgl. Szklenar S. 179, Anm. 3).

5698 Hier folgt in Hs. *a* die Überschrift: *Wye der hertzoge wider heyme zu lande kam vnd wie er des keysers hulde gewan* – Ernst hatte sich in Jerusalem in den Dienst christlicher Herrscher oder Ritterorden im Kampf gegen die Heiden begeben.

5725 Die kuriosen Fabelwesen gelten zugleich als Beweis für die Echtheit der Erzählungen des Herzogs.

5727 ff. Der Kaiser scheint Ernst wieder gewogen zu sein (vgl. V. 5748 ff.); doch widerspricht dies seinem Verhalten im Dom zu Bamberg.

5749 ff. Die Aufforderung zu heimlicher Rückkehr des noch immer geächteten Herzogs läßt die notwendige öffentliche Rehabilitierung erwarten.

5778 Akkon (mhd. *akkers*), heute isr. Akka, war 1104 von den Kreuzfahrern erobert worden und bis 1291 wichtigster Hafen für die Kreuzfahrer. Als es 1291 als letzte christliche Besitzung im Orient von den Türken erobert wurde, war damit auch das Ende der Kreuzzüge gekommen.

5780 Noch einmal wird die Seefahrt erschwert. Die Trauer um den Tod des Platthufen zeigt die Verbundenheit Ernsts mit seinen Kuriosa.

5791 Bari war die Stadt des heiligen Nikolaus, eines Patrons der Seeleute, dem Ernst durch reiche Geschenke an die Kirche für die Überfahrt dankt.

5796 ff. Wie in der Heiligen Stadt Jerusalem zieht man Ernst auch in Rom entgegen, um ihn besonders zu feiern. Hier kamen Ernst die italienischen (welschen) Sprachkenntnisse seiner Kindheit zugute (vgl. V. 71).

5802 Reliquien sprach man früher eine heilende Kraft zu und nannte sie Heiltümer.

5831 Die Heimlichkeit war notwendig, da Ernst und Wetzel noch als Geächtete galten und „vogelfrei" waren.

5836 Der Festgottesdienst am Weihnachtstage kann mit der Christmette gleichgesetzt werden (V. 5875), obgleich das Wort *metten*, *mettin* (V. 5851), aus lat. *matutin*, ursprünglich das Morgengebet der Mönche *(laudes)*, später Nacht- und Morgengottesdienste bezeichnet. Das Tragen der Krone erhöhte die Feierlichkeit, die Messe war so der Beginn des Reichstages.

5851 Die Königin folgte in einer Kapelle dem ersten Stundengebet *(laudes, matutin)* der Mönche.

5873 ff. Die Königin will erreichen, daß der Kaiser Ernst und Wetzel öffentlich und unwiderruflich vergeben soll. Auch Ottos I. Bruder Heinrich, späterer Herzog von Bayern, hatte sich 941 nach einem gescheiterten Aufstande im Büßergewande während des Weihnachtsgottesdienstes vor Otto I. niedergeworfen und durch Vermittlung der Mutter, Königin Mathilde, Verzeihung erlangt. Eine Verweigerung der Verzeihung in einer solchen Situation würde den König als unchristlich bloßgestellt haben. – Auch bei einer Vergebungsbereitschaft des Kaisers war die öffentliche Unterwerfung Ernsts und Wetzels notwendig.

5904 Auch die Fürsten meinen, daß Otto in jedem Falle (wohl oder übel) verzeihen müsse.

5908 Die Verzeihungsszene wird ausführlich und feierlich eingeleitet.

5932 Der Kaiser verzeiht den ihm unbekannten Büßern zunächst feierlich ohne Ansehen der Personen.

5938 Die Vergebung endet mit dem Friedenskuß.

5944 Die wirkliche Versöhnung hätte sich im gemeinsamen Gespräch gezeigt, dem sich Otto zu entziehen sucht, indem er sich abwendet.

5973 Das ostfränkische Bamberg zählte im Mittelalter nicht zu Bayern, das zunächst nur Gebiete südlich der Donau und den Nordgau (Oberpfalz) umfaßte.

6004 Der Befehl zum Aufschreiben der Erlebnisse ähnelt Sindbads Erleben in Ceylon bei der 6. Reise. Zugleich unterstreicht diese Angabe die Hinweise von V. 4466 ff. Es entsteht so der Eindruck, daß das lateinische Werk in Bamberg (V. 4474) auf die Erlebnisschilderungen Ernsts unmittelbar zurückgeht.

6010 *sîn lant* bezieht sich auf Ernsts einstige Besitzungen, die er nun zurückerhält und wiederum vorbildlich verwaltet.

6022 Die lakonische Schlußwendung kann sich auf die erfolgte Rehabilitierung beziehen; wahrscheinlicher ist jedoch, daß der Dichter darin das gesamte Thema der Dichtung, wie er es eingangs (V. 33–37) formuliert hatte, die Lebensbewährung eines vorbildlichen ritterlichen Menschen, zusammenfaßte.

Literaturhinweise

Ausgaben

Ernestus des Klerikers Odo im Thesaurus novus anecdotorum, III *(E)*, hrsg. von E. Martène und U. Durand. Paris 1717.

Herzog Ernst (D), hrsg. von F. H. von der Hagen. In: *Deutsche Gedichte des Mittelalters 1*. Berlin 1808.

Herzog Ernst (C), hrsg. von M. Haupt. In: Zeitschrift für deutsches Altertum 7 (1849) S. 193–303.

Herzog Ernst (A, B, F, G), hrsg. von K. Bartsch. Wien 1869.

Gesta Ernesti ducis (Erf.), hrsg. von P. Lehmann. In: Abhandlungen der Bayerischen Akademie der Wissenschaften, philos.-philolog. u. histor. Klasse, Bd. 32/5. München 1927.

Das Lied vom Herzog Ernst (G), kritisch hrsg. nach den Drucken des 15. u. 16. Jahrhunderts von K. C. King. Berlin 1959. (Texte des späten Mittelalters 11.)

Sekundärliteratur (Auswahl)

Bönsel, Gertrud: *Studien zur Vorgeschichte der Dichtung von Herzog Ernst*. Diss. Tübingen 1943 [1944; Masch.].

Bräuer, Rolf: *Literatursoziologie und epische Struktur der deutschen ‚Spielmanns'- und Heldendichtung*. Berlin 1970.

Curschmann, Michael: *Spielmannsepik. Wege und Ergebnisse der Forschung von 1907–1965, mit Ergänzungen und Nachträgen bis 1967*. Stuttgart 1968.

Engelhardt, Otto: *Huon de Bordeaux und Herzog Ernst*. Diss. Tübingen 1903.

Flood, John L.: *Geschichte, Geschichtsbewußtsein und Textgestalt. Das Beispiel ‚Herzog Ernst'*. In: Geschichtsbewußtsein in der deutschen Literatur des Mittelalters. Tübinger Colloquium 1983. Hrsg. von Ch. Gebhardt [u. a.]. Tübingen 1985. S. 136–146.

Fuckel, Arthur: *Der Ernestus des Odo von Magdeburg und sein Verhältnis zu den übrigen älteren Bearbeitungen der Sage vom Herzog Ernst*. Diss. Marburg 1895.

Heselhaus, Clemens: *Die Herzog-Ernst-Dichtung*. In: Deutsche Vierteljahrsschrift für Literaturwissenschaft und Geistesgeschichte 20 (1942) S. 170–199.

Jänicke, Oskar: *Über die Abfassungszeit der beiden Gedichte des Herzog Ernst*. In: Zeitschrift für deutsches Altertum 15 (1872) S. 151 ff.

Jordan, Leo: *Quellen und Komposition von Herzog Ernst.* In: Archiv 112 (1904) S. 328–343, 457–460.

Kaplowitt, Stephen J.: *Herzog Ernst and the pilgrimage of Henry the Lion.* In: Neophilologus 52 (1968) S. 387–393.

Klauber, E.: *Charakteristik und Quellen des altfranzösischen Gedichts Esclarmonde.* Diss. Göttingen 1914.

Lecouteux, C.: *À propos d'un episode de Herzog Ernst: la rencontre des hommes-grues.* In: Etudes 33 (1978) S. 1–15.

Neumann, Friedrich: *Das Herzog Ernst-Lied und das Haus Andechs.* In: Zeitschrift für deutsches Altertum 93 (1964) S. 62–65.

Neumann, Hans: *Die deutsche Kernfabel des ‚Herzog-Ernst'-Epos.* In: Euphorion 45 (1950) S. 140–164.

Reitzenstein, Richard: *Studien zu den Fassungen A und B des Herzog Ernst.* Diss. Göttingen 1922. [Masch.] – Auszug im Jahrbuch der philos. Fakultät 1922, H. 2, S. 125 f.

Ringhandt, Esther: *Das Herzog Ernst-Epos. Vergleich der deutschen Fassungen A, B, D, F.* Diss. FU Berlin 1955. [Masch.]

Rosenfeld, Hans Friedrich: *Herzog Ernst.* In: *Deutsche Literatur des Mittelalters. Verfasserlexikon.* Bd. 5. Berlin 1955. Sp. 386–406.

Rosenfeld, Hans Friedrich: *Herzog Ernst (D) und Ulrich von Eschenbach.* Leipzig 1929. Neudr. New York 1967.

Rosenfeld, Hans Friedrich: *Das Herzog Ernst Lied und das Haus Andechs.* In: Zeitschrift für deutsches Altertum 94 (1965) S. 108–121.

Schröder, Walter Johannes: *Spielmannsepik.* Stuttgart 1962 (Sammlung Metzler 19.)

Sonneborn, Karl: *Die Gestaltung der Sage vom Herzog Ernst in der altdeutschen Literatur.* Diss. Göttingen 1914.

Spielmannsepik. Hrsg. von Walter Johannes Schröder. Darmstadt 1977. (Wege der Forschung 385.)

Szklenar, Hans: *Studien zum Bild des Orients in vorhöfischen deutschen Epen.* Göttingen 1966. (Palaestra 243.)

Szklenar, Hans / Behr, Hans-Joachim: *Herzog Ernst.* In: *Die deutsche Literatur des Mittelalters. Verfasserlexikon.* 2. Aufl. Bd. 3. Berlin / New York 1981. Sp. 1170–91.

Wehrli, Max: *Herzog Ernst.* In: Der Deutschunterricht 20 (1968) H. 2. S. 31–42.

Wentzlaff-Eggebert, Friedrich Wilhelm: *Kreuzzugsdichtung des Mittelalters.* Berlin 1960.

Wetter, Max: *Quellen und Werk des Ernstdichters.* Tl. 1: Deutsche Geschichte und westfränkische Achtermäre. Würzburg 1941.

Nachwort

Nur wenige deutsche Dichtungen des Mittelalters können für
sich in Anspruch nehmen, seit ihrer Entstehung immer wie-
der neu gestaltet worden zu sein und in ungebrochener Kon-
tinuität bis in unsere Zeit als Dichtung zu leben. Es sind
nicht die künstlerisch bedeutendsten Leistungen der höfischen
Epik um 1200, nicht Wolfram von Eschenbachs *Parzival*
oder Gottfried von Straßburgs *Tristan und Isolde*, auch
nicht das *Nibelungenlied*, die in den folgenden Jahrhun-
derten bis auf unsere Zeit weitergelebt haben. Zwar zählten
diese Werke, wie die Zahl der überlieferten Handschriften
beweist, zu den beliebtesten Dichtungen des ritterlichen
Mittelalters, doch endete diese Beliebtheit mit dieser Zeit
und erfuhr erst nach 1800 durch die Begeisterung der roman-
tischen Generation eine Wiederholung, freilich anderer Art,
die diese dichterischen Schöpfungen zum stolz behüteten und
eifrig erforschten Besitz einer vorwiegend national empfun-
denen Kulturgeschichte der folgenden Generationen werden
ließ.
Die Dichtungen um den Herzog Ernst können dagegen auf
eine lange Geschichte ununterbrochener Lebendigkeit zurück-
blicken, die von den Anfängen der Sagengestaltung im
11. Jahrhundert bis zu den Umformungen in unseren Tagen
reicht.
Die Geschichte einer solchen Lebendigkeit ist allerdings nicht
die Geschichte der Bewahrung und Überlieferung einer all-
zeit geachteten und unverändert bewahrten Text- und Ge-
staltungsform. Sie erscheint vielmehr als eine Kette ständiger
Umformungen und Neugestaltungen, die jedoch Kern und
Einzelheiten der ursprünglichen Dichtung erstaunlich getreu
bewahrt haben.
Die Figur eines jugendlichen Herzogs, der, von treuen Ge-
fährten unterstützt, zunächst gegen Kaiser und Reich um
seine durch Verleumdungen angegriffene Ehre und Stellung
kämpft und nach dem Unterliegen auf Kreuzfahrt zieht,

dann jedoch in exotisch-phantastische Bereiche verschlagen wird und nach langen, seltsamen, aber siegreich bestandenen Abenteuern zurückkehrt und Verzeihung und Ehre im Reich wiedererlangt, ist in allen Fassungen in gleicher Weise Mittelpunkt dieser Dichtungen, wenn auch jede Neuformung als Umgestaltung der vorangegangenen Fassung die eigenen Tendenzen und Auffassungen des Bearbeiters und seiner Zeit und Gesellschaft wirksam auszudrücken sucht. Das gilt für die vermuteten Kurzepen des 11. und 12. Jahrhunderts ebenso wie für die mittelrheinische Fassung um oder gar vor 1170, die fragmentarisch erhalten ist, für die lateinischen Bearbeitungen ebenso wie für die mhd. Fassungen des 13. Jahrhunderts, für die strophischen Balladen wie für das Volksbuch vom Herzog Ernst, das vom 15. Jahrhundert bis ins 19. Jahrhundert als interessantes, kurzweilig zu lesendes Abenteuerbuch auf den Jahrmärkten verkauft wurde. An die gleichen Vorbilder der Gestalt, z. T. auch der Handlung binden sich dann aber auch Ludwig Uhlands Schauspiel *Herzog Ernst von Schwaben* (1819) und Peter Hacks' parodistisches Drama *Das Volksbuch vom Herzog Ernst* (1955), die zwar wie andere Neubearbeitungen mittelalterlicher Dichtungen (z. B. Hebbels und Wagners *Nibelungen*) aus einem bestimmten antiquarischen Interesse am Mittelalter entstanden, dennoch aber – die vorerst letzten – Glieder dieser langen Kette sind.

Von den verschiedenen Fassungen des Stoffes verdienen die Dichtungen der ritterlichen Kulturwelt, zu denen auch die überlieferten lateinischen Fassungen gezählt werden müssen, das größte Interesse. Als der zum Raubritterknecht mißratene Bauernsohn Helmbrecht in der Dichtung Wernhers des Gärtners (nach 1250) in schamloser Weise die Untaten heruntergekommener Ritter und ihrer Knechte rühmt, stellt ihm sein Vater, der Meier Helmbrecht, ein ideales Bild eines höfisch gesinnten und in zuchtvoller Freude lebenden Rittertums entgegen. Unter den Darbietungen höfischer Feste wird hier (V. 956 f.) auch der Vortrag der Dichtung vom Herzog

Ernst erwähnt. Dieses Werk wird so von einem zeitgenössischen Dichter zum Muster höfischer Ritterdichtung schlechthin erhoben; damals waren bereits mehrere deutsch und lateinisch geschriebene Fassungen im Umlauf. Denn daß sich die Interessenten diese Dichtung zuschickten und abschreiben ließen, beweist ein Brief aus dem 12. Jahrhundert, in dem ein adliger Schreiber B. einen R. bittet, ihm das *libellum teutonicum de herzogen Erneste*, das deutsche Buch vom Herzog Ernst, zur Abschrift zu überlassen. Man hat bisher in B. einen Grafen Berthold von Andechs und in R. den Abt Ruprecht von Tegernsee († 1186) vermutet. Die hohe Geistlichkeit und der hohe Adel waren also in gleicher Weise an dieser Dichtung interessiert und scheuten nicht die hohen Kosten einer Abschrift, um diese Dichtung zu erwerben. Das bestätigen auch die lateinischen Bearbeitungen: die nach 1206 vom Magdeburger Priester Odo abgefaßte Hexameterdichtung *Ernestus (E)* sowie die lateinischen Prosabearbeitungen des 13. Jahrhunderts, *Gesta Ernesti ducis (Erf.)* und die Prosafassung *C*.

Auch die weite Streuung der Handschriftenreste (Prag, Sagan, Klagenfurt, Wien, Nürnberg, Erfurt, Gotha, Tours) und die zahlreichen Erwähnungen der Erlebnisse Ernsts in anderen Dichtungen und in Chroniken der Zeit zeugen von einer weiten Verbreitung dieser Dichtung im 12. bis 16. Jahrhundert.

Die Ursachen für die Beliebtheit der Herzog-Ernst-Dichtung in der adligen Gesellschaft wie auch beim spätmittelalterlichen Bürgertum, das die adligen Unterhaltungen aufgriff und umformte, sind zunächst in den Stoffbereichen des Inhalts zu suchen, von denen dieses Publikum angesprochen wurde. Drei Themenkreise treten dabei hervor: die sagenhafte Reichsgeschichte, der vorbildliche ritterliche Held und die Abenteuer in fernen Ländern bei exotischen Menschen.

Das Interesse an diesen drei Themen wurzelt in den geschichtlichen Wandlungen Deutschlands im 12. Jahrhundert. Das Wormser Konkordat (1122) hatte mit der Trennung von Spiritualien und Regalien, geistlichen und weltlichen Machtzeichen, das erbitterte Ringen zwischen Kaisertum und Papsttum um die Besetzung der deutschen Bistümer und die politische Macht der Reichskirche zunächst beendet. Damit war eine neue Grundlage des deutschen Königtums geschaffen, das seit der Zeit Ottos I. zugleich Träger des römischen Kaisertums war. Diese weltliche Machthoheit stützte sich auf das Zusammenwirken mit den Herzögen, deren Reichslehen schon fast als Familienerbe betrachtet wurden, mit dem Reichsadel, dessen Lehnsbesitz bereits erblich war, und – besonders in staufischer Zeit – mit dem Dienstadel der Ministerialen. In diesem Gesamtbereich der *ritterschaft* entwickelte sich im 12. Jahrhundert, unter französischem und flämischem Einfluß, eine eigene ritterliche Kultur, die in Deutschland zuerst in der weltlichen Dichtung nach 1150 sichtbar wird.

Nach der Herrschaftsübernahme durch den Staufer Friedrich I. (Barbarossa, 1152–90), der die „Wiederherstellung des erhabenen Römischen Reiches in alter Kraft und Würde" in seinem Wahlspruch ausdrücklich verkündete, erscheint die Erinnerung an die geschichtliche Vergangenheit und Gegenwart nun erstmals als Thema in mehreren zeitgenössischen Dichtungen *(Kaiserchronik, Rolandslied, König Rother, Herzog Ernst, Ludus de Antichristo)*. Die Dichtung vom Herzog Ernst wiederum greift mehrere geschichtliche Themen auf, die einander überschneiden: die Empörung eines kaiserlichen Stiefsohnes und Herzogs gegen den Herrscher nach anfänglicher Freundschaft, die Verleumdung dieses Herzogs durch einen Pfalzgrafen bei Rhein, der Kampf zwischen dem Kaiser und einem Herzog von Bayern, der Auszug eines Geächteten in die Ferne und die sagenhafte Rückkehr und Versöhnung am Weihnachtstage. All diesen Handlungsteilen lassen sich geschichtliche Parallelen zuordnen, die über die Zeit Barbarossas hinausreichen. Überall erscheint jedoch das *rîche*, die Idee des deutschen Königtums als eine unbedingte Größe, die Ernst zuletzt noch steigert durch die Übergabe des „Waisen", jenes großen Edelsteins, der die von Konrad II. gestiftete Kaiserkrone schmückte. Man kann den *Herzog Ernst* wegen der überstarken Idealisierung des Bayernherzogs und einiger negativer Züge am Herrscherbild zwar mit gewissem Recht zu den welfisch orientierten Dichtungen zählen; sie ist aber zugleich von jener Reichsidee erfüllt, die Friedrich I. in seiner Politik zu verwirklichen suchte. Das läßt den Schluß zu, daß diese Dichtung in der Zeit des Zusammenwirkens staufischer Reichspolitik und welfischer Territorialmacht, das hier mehrfach betont wird, entstanden ist, also vor 1180. (Eine Spiegelung des Sturzes und der Ächtung Heinrichs des Löwen, 1180, hier zu sehen scheint daher weniger berechtigt. Eher kann hier die Ächtung seines Vaters, Herzog Heinrichs des Stolzen von Bayern und Sachsen, Vorbild gewesen sein.) Wir können in dieser Verherrlichung des *rîches* das Bewußtsein der ritterlichen Führungsschicht in der Zeit Barbarossas erkennen, das in romantischer Verklärung noch fortdauerte, als im 13. Jahrhundert die staufische Macht wie die des Reiches längst gebrochen war.

Stärker jedoch als die geschichtliche Überlieferung und die Reichsidee scheint das Bild des idealen Ritters, wie es durch Ernst verkörpert wird, den Erfolg dieser Dichtung bestimmt zu haben. Besonders die Verfasser der deutschen Bearbeitungen *A, B* und *D* rücken ritterliche Lebens- und Verhaltensideale in den Vordergrund. Hier wird mit der Reichsidee zugleich das ritterliche Selbstverständnis gespiegelt, das die Dichtungen dieses Standes nach 1150 immer stärker erfüllt und so die Gedanken der Weltflucht und überwiegenden Jenseitsorientierung der vorangegangenen Dichtung zurückdrängt. Zwar hat es, wie manche Textanspielungen beweisen, auch während der Zeit der „geistlichen" Dichtung eine Kontinuität weltlicher Erzähltradition vom *Hildebrandslied* über den *Waltharius* und *Ruodlieb* bis zu den Epen der Ritterdichtung gegeben, die den heldischen Kämpfer feierte, doch sind diese Dichtungen wegen ihrer meist mündlichen Überlieferung für uns kaum faßbar.

Eine Dichtung, die diesseits orientiertes ritterliches Leben und Kämpfen in der Volkssprache verherrlichte, war erst literaturfähig und der schriftlichen Fixierung und Bewahrung wert, als die Kirche dem Rittertum in den Aufrufen zu den Kreuzzügen, aber auch durch eidliche Bindungen an bestimmte Ritterpflichten (z. B. Schutz der Kirche, der Frauen, der Armen und Schwachen, des Rechts usw.) bestimmte soziale Aufgaben zuwies. Aus dem politisch-gesellschaftlich privilegierten adligen Grundherren und Waffenträger entwickelt sich nun – nach dem Zeugnis der Dichtungen dieser Zeit – immer mehr der kulturbewußte *miles christianus*, der christliche Ritter, der neben den Verpflichtungen aus dem christlichen Glauben und dem Lehnswesen und *schildesamt* eine Reihe von Tugendwerten als ethisch verbindlich anerkennt.

Die nach 1150 entstehende ritterlich-höfische Dichtung sucht heldisches Handeln und dieses ritterliche „Tugendsystem", das Wertvorstellungen des gesellschaftlichen Zusammenlebens, der individuellen Lebenserfüllung und der religiösen Bindung zugleich umfaßt, in besonderem Maße hervorzuheben und zu exemplifizieren. Der *Herzog Ernst* kann als ein Musterbeispiel dieser zugleich unterhaltenden wie erzieherisch belehrenden ritterlichen Dichtung gelten. Der junge Herzog wird von den verschiedenen Bearbeitern dieser Dichtung stets als vorbildlicher Held gezeigt. Aus einem angesehenen Fürstengeschlecht hervorgegangen, wird ihm (wohl im Unterschied zu vielen Adligen seiner Zeit) schon früh eine umfassende Bildung zunächst durch einheimische Ritter, dann an fremden Höfen (Byzanz, Italien) zuteil, lernt er fremde Sprachen und Sitten kennen und festigt seinen Charakter. Zum Ritter geschlagen, bewährt er sich als treuer, gerechter und freigebiger Gefolgsherr und Landesfürst ebenso wie als kluger Berater seiner Mutter und seines Stiefvaters. Er genießt die *êre*, das Ansehen in der adligen Gesellschaft, in hohem Maße, bis ein Verleumder seinen Sturz herbeiführt und jahrelange Kriegsnot bedingt, in der der Herzog seinen Ruf als tapferer und treuer Fürst bestätigt. Der Mord an seinem Verleumder, in einer Zeit persönlicher Rechtsvollstreckung nichts Ungewöhnliches, scheint dieses Bild des idealen Ritters zunächst zu trüben, die umsichtige Motivierung der Tat wie auch die spätere Zeichnung des Herzogs erlauben es jedoch nicht, hier einen Bruch in der idealisierenden Charakterzeichnung zu sehen. Vielmehr treten nun bestimmte Tugenden stärker hervor: die treue Verbundenheit mit seinen Gefolgsleuten und seinem Land, der persönliche Mut, die Unnachgiebigkeit gegenüber dem Unrecht und die gläubige Annahme der Situationen als Schickungen Gottes. Ebenso vorbildlich, wie sich Ernst in seinem Lande bewährte, verhält er sich in der Fremde.

Auch die Ausweitung des Geschehens vom bayrischen in einen märchenhaften orientalischen Raum entbehrt nicht der zeitgeschichtlichen Zusammenhänge und mußte das Interesse des Publikums wecken. Der Prolog der Fassung *B* kennzeichnet rechte Ritterschaft als kämpferische Bewährung *in fremden rîchen* (V. 23) bei fremden Menschen. Diese Neigung, ritterliche Bewährung im Bestehen von *aventiuren*, von ungewöhnlichen Situationen und Kämpfen in ungewohnter Umgebung, zu sehen (wie sie sich auch in der Artuswelt der „klassischen" höfischen Epik zeigt), trifft mit der politisch-historischen Entwicklung zusammen, die Reichspolitik und Ritterstand in der Zeit Friedrichs I. kennzeichnet. Die Erneuerungspolitik dieses Herrschers ist ja vor allem durch die zahlreichen Italienzüge zur Unterwerfung italienischer Städte unter die Reichsgewalt gekennzeichnet. Hier war es dem deutschen Rittertum, das durch Reichslandfrieden und Fehdeverbote zum inneren Frieden verpflichtet war, möglich, im Heer des Kaisers Ruhm und Belohnungen zu erwerben. Die Kreuzzüge in den Orient wie in den slawischen Osten boten eine weitere Gelegenheit zur kämpferischen Bewährung in der Fremde. 1147 bis 1149 hatten deutsche Ritter unter König Konrad III. erstmals in größerer Zahl an einem Zug zur Sicherung der Kreuzfahrerstaaten in Kleinasien teilgenommen und waren mit der byzantinischen und der islamischen Kultur in Berührung gekommen. Besonders die Fremdheit des Orients wirkte nunmehr anregend auf die stoffliche und motivische Ausgestaltung deutscher Dichtungen. Der Reiz des Phantastischen, der der utopischen Abenteuer- und Fiktionsliteratur bis heute eigen ist, ist in der deutschen Dichtung des Mittelalters nirgends so ausgeprägt worden wie in den Dichtungen vom Herzog Ernst. Das technische Interesse an fremdartigen Bauten und Anlagen (vgl. die Burg Grippia *B* V. 2212 ff.) tritt hier jedoch bald zurück gegenüber der Vorliebe für exotische Lebewesen, vor allem für Halbmenschen, die schon in der antiken wie in der frühmhd. biblischen Literatur auftauchen. Seltsame Geschöpfe, wie sie im *Herzog Ernst* vorkommen, waren der Antike aus Sagen bei Herodot und aus der *Odyssee* bekannt. Im frühen Mittelalter suchte man derartigen Kuriositäten, die vor allem durch den spanischen Bischof Isidor von Sevilla († 636) beschrieben worden waren, gern eine heilsgeschichtliche Erklärung zu geben. Deformierungen der menschlichen Gestalt erschienen so als Folge der Sünde Kains bei seinen Nachkommen.

Die Herzog-Ernst-Dichtung kennt jedoch mehr ein fabulosethnographisches Interesse an derartigen Lebewesen, von denen zuletzt sogar einzelne Exemplare als Beweis- und Museumsstücke nach Deutschland mitgenommen werden.

Dieser Wandel in der Einstellung gegenüber den Kuriosa der Welt, die nun wie alle *wunder* bevorzugter Erzählstoff werden, ist Teil jenes allmählichen Prozesses der Weltaneignung, der sich vor allem in der mittelalterlichen Dichtung des 12. Jahrhunderts spiegelt. Phantastik und Wirklichkeit vermischen sich hier allerdings noch lange Zeit. Historische und erzählerische Wahrheit werden noch gleichgesetzt, wie die wiederholten Wahrheitsbeteuerungen und Quellenverweise zeigen.

Für die erzählerische Ausgestaltung hat der erste *Herzog Ernst*-Dichter auf zwei Quellenbereiche zurückgegriffen: die deutsche Reichsgeschichte und den fabulösen Erzählschatz des Mittelalters aus Antike und Orient.

Über die historischen Voraussetzungen der Dichtung läßt sich keine einheitliche Feststellung treffen. Hier werden Namen und Ereignisse aus verschiedenen Zeiten vermengt, so daß eine sichere Zuordnung erschwert ist. Zweifellos haben mehrere Aufstandsversuche eines Fürsten gegen den (ihm verwandten) Herrscher der erzählerischen Ausgestaltung dieses Stoffes zugrunde gelegen. Eine erste Empörerdichtung könnte sich – so hat man vermutet – auf die Absetzung eines Markgrafen Ernst in der bayrischen Nordmark 861 durch den ihm verwandten Ludwig den Deutschen bezogen haben. Die Möglichkeit der Entstehung eines Kurzepos oder Ereignisliedes, das ähnlich dem *Ludwigslied* oder dem Gedicht *De Heinrico* ein historisches Ereignis dichterisch ausgestaltete, war aber eher bei dem gewichtigeren Aufstand von Ottos I. Sohn Liudolf, Herzog von Schwaben, gegen seinen Vater gegeben. Als Otto I. nach seiner zweiten Heirat mit der italienischen Königin Adelheid 951 die Möglichkeit zur Änderung der Thronfolge schuf und seinen Bruder, den Herzog Heinrich von Bayern, in Italien begünstigte, lehnte sich Liudolf 953 gegen seinen Vater auf und bekämpfte ihn und dessen Bruder. Dabei kam es zur Belagerung der Städte Mainz und Regensburg, die Liudolf erfolgreich gegen Otto und Heinrich verteidigte. Schließlich zwang der Hunger Liudolf nach einer zweiten Belagerung Regensburgs zur Übergabe der Stadt und zur Unterwerfung und Versöhnung mit seinem Vater (954).

Der Liudolfische Aufstand und die Geschichte Ottos I. sind in zahlreichen Einzelheiten der Herzog-Ernst-Dichtung bewahrt geblieben, so in den Namen des Königs Otto, seiner ersten Gemahlin Ottegebe (eigentlich: Eadgithu), seiner zweiten Gemahlin Adelheid, im Bericht über die Gründung des Klosters und des Bistums Magdeburg, im Gegensatz zwischen dem Empörer und einem Heinrich, in der Belagerung Regensburgs und einer anderen Stadt (Nürnberg statt Mainz), im Eintreten des Empörers für seine Anhänger und schließlich in der Versöhnung zwischen Otto und dem Empörer. Diese Vielfalt der charakteristischen Details läßt es wahrscheinlich sein, daß diese nicht nur der späteren latei-

nischen Chronistik entnommen, sondern unmittelbar nach
dem Liudolfischen Aufstand in einem deutschen Kurzepos,
in einem balladenähnlichen Lied oder einer Sage überliefert
wurden.

Eine solche dichterische Überlieferung müßte dann jedoch
im 11. Jahrhundert umgeformt worden sein, als nämlich nun
ein weiterer Aufstand eines schwäbischen Herzogs gegen den
Kaiser scheiterte. Dieser Aufstand ging 1026 von Herzog
Ernst II. von Schwaben aus, als dieser in seinem Stiefvater
Konrad II., dem dritten Gemahl seiner Mutter Gisela, einen
Konkurrenten um das Ernst zugesagte burgundische Erbe
erblicken mußte. Nach mehreren Kämpfen, nach Haft und
Unterwerfung sollte Ernst schließlich Herzog von Bayern
werden, weigerte sich jedoch, seinen Freund und Kampf-
gefährten, den Grafen Werinher oder Wetzilo von Kyburg,
als Reichsfeind zu verfolgen. Er entfloh dem Reichstag von
Ingelheim, wurde geächtet und fiel schließlich 1030 im
Schwarzwald zusammen mit Wetzilo im Kampf gegen die
Verfolger.

Die Dichtung über die Empörung des Kaisersohnes hat auch
von diesem Aufstand entscheidende Züge übernommen: den
Namen des kaiserlichen Stiefsohnes, das Verwandtschafts-
verhältnis und den Namen des treuen Gefährten in der
volkssprachlichen Koseform. Das Schicksal dieses Freundes-
paares hat die Zeitgenossen gewiß ebenso bewegt wie Liu-
dolfs Kampf gegen seinen Vater und seinen Onkel. In beiden
Fällen waren tragische Situationen gegeben, die zur dichte-
rischen Ausgestaltung im Stile alter Heldenlieder führen
konnten. Wir wissen nicht, ob solche Dichtungen entstanden
und wie sie aussahen. Es ist nur zu vermuten, daß die im
Herzog Ernst auftauchenden Namen und Ereignisse dem
Dichter bereits in vorhandenen Erzählformen begegneten.
Dafür spricht die Verwendung der volkstümlichen Namens-
formen (Ottegebe, Wetzel) ebenso wie die eklektische Ver-
mischung der historischen Fakten.

Zu den historischen Vorgängen, die ihre Spuren in der
Herzog-Ernst-Dichtung hinterlassen haben, gehören aber

auch zahlreiche Einzelheiten des politischen Lebens im 12. Jahrhundert: so das Zusammenwirken und Gegeneinander von Kaiser und Fürsten am Hofe und auf Reichstagen, ein Hoffest bei Mainz, die Form der Ächtung und Reichsexekution, die Art des Fehdekrieges, das Verhältnis des Herzogs zu seinen Lehnsleuten, der Aufbruch zur Kreuzfahrt, der Weg des Kreuzzugs bis Konstantinopel. Alle diese dichterischen Details haben Parallelen in der Zeit Barbarossas: Zwar besaß Friedrich I. wie kein anderer Herrscher des 12. Jahrhunderts (sein Sohn Heinrich VI. ausgenommen) eine gewisse Autonomie seines politischen Handelns; seine Bestrebungen zur Überwindung der Schwierigkeiten ließen ihn jedoch immer wieder zur Zusammenarbeit mit den Fürsten zurückkehren. Besonders das Zusammenwirken mit seinem Vetter, Herzog Heinrich dem Löwen von Bayern und Sachsen, sicherte ihm bis zu dessen Sturz (1180) manchen Erfolg und ermöglichte ihm eine beharrliche Italienpolitik zur Wiederherstellung des *honor imperii*, des Ansehens des Reiches und des Kaisertums.

Das prunkvolle Hochzeitsfest Ottos in der Dichtung erinnert an das in Veldekes *Eneit* (V. 13221–53) geschilderte Mainzer Hoffest anläßlich der Schwertleite der Söhne Friedrichs I. im Jahre 1184, das hier vorweggenommen (oder in *B* nachgestaltet) wurde. Ächtung und Reichsexekution ähneln dem Vorgehen gegen Heinrich den Löwen 1180. Die Kriegführung Ernsts im ersten Teil der Dichtung gleicht jedoch eher dem Kampf seines Vaters, Herzog Heinrichs des Stolzen von Bayern, und seines Onkels, Welf VI., gegen den staufischen König Konrad III. und gegen die Babenberger nach Heinrichs Ächtung von 1138. Hier waren die Kämpfe ebenfalls mit Belagerungen und Gebietsverwüstungen über längere Zeit verbunden.

Herzog Ernsts *triuwe* und *milte* gegenüber seinen Lehnsleuten entsprechen in ihrer Idealität dem Gefolgschaftswesen zurückliegender Zeiten wie ritterlichem Denken, ähnliche Beziehungen waren auch in der Zeit der Kreuzzüge und

Italienzüge nicht unwahrscheinlich, zumal besonders in den letzteren manche Kriegsbeute verteilt wurde.

Auch für die Vorbereitung und Einleitung des Kreuzzuges gibt es Zeitparallelen. So hatte sich König Konrad III. Weihnachten 1146 nach einer Predigt Bernhards von Clairvaux das Kreuz der Kreuzfahrer anheften lassen, zahlreiche Fürsten und Ritter waren ihm auf dem Wege über den Balkan ins Heilige Land gefolgt. Heinrich der Löwe unternahm 1172 mit einem größeren Gefolge einen friedlichen Zug ins Heilige Land, wobei er ebenfalls freundliche Aufnahme in Ungarn und Byzanz fand. In späteren Zeiten wurden gelegentlich die Abenteuer des Herzogs Ernst in einzelnen Dichtungen auf Heinrich den Löwen übertragen.

Es muß jedoch offenbleiben, inwieweit die Erlebnisse Heinrichs des Löwen auf die Gestaltung der Herzog-Ernst-Dichtung eingewirkt haben. Nimmt man an, daß diese die Zeitereignisse um den Bayernherzog unmittelbar spiegelt und somit nach 1180 (oder gar nach dem Mainzer Hoffest 1184) entstanden wäre, so hätten wir es mit einer geschickten Verhüllung politischer Geschehnisse und Auffassungen zu tun, die den Gegensatz zwischen dem Herrscher und dem mächtigsten Kronvasallen und dessen Sturz und Verbannung mit seiner früheren Kreuzfahrt verband und die schließliche Versöhnung und Rehabilitierung als politische Wunschvorstellung dichterisch realisierte. Eine solche poetische Spiegelung der Zeitgeschichte, mit der sich nicht einmal das wohl gleichzeitige, an Zeitbezügen reiche lateinische Spiel *Ludus de Antichristo* messen könnte, wäre allerdings einzigartig in der Dichtung des 12. Jahrhunderts. Wahrscheinlicher ist wohl, daß im *Herzog Ernst* ältere Verbannungsgeschichten mit anderen literarischen Überlieferungen der Zeit der Kreuzzüge verbunden und durch Details des zeitgemäßen Erlebens ausgeschmückt wurden, die nicht ausdrücklich historische Ereignisse spiegeln wollen. Dennoch kann diese Dichtung, die zwar eine Harmonie zwischen dem Kaiser und den Fürsten als Ideal anstrebt, dabei den Kaiser jedoch recht negativ zeichnet und den Herzog idealisiert, nach Herkunft und Verbreitung als „welfische Dichtung" angesehen werden, die – wie der Brief aus Tegernsee beweist – im bayrischen Hochadel beliebt war und von ihm als Spiegelung des Zeitgeschehens verstanden werden konnte.

Den größten Teil der Dichtung füllt die Erzählung der Reiseabenteuer Ernsts. Die Quellen hierfür sind schwieriger festzulegen, solange man die literarischen Vorlagen dieser Partien nicht kennt. So lassen sich bisher nur stoffliche Parallelen in anderen Überlieferungen als mutmaßliche Quellenbahnen aufzeigen. Dabei sind mehrere Stoff- und Motivbereiche zu unterscheiden. Das Scheitern oder Verirren eines Seefahrers, der dann die seltsamsten Abenteuer erlebt, ist ein beliebtes Motiv spätantiker wie auch orientalischer Reiseromane. Die Vorstellung von einem Magnetberg, an dem die Schiffe zerbersten oder festgebannt bleiben, war in den Literaturen vieler Völker verbreitet. Sie findet sich auch in anderen mhd. Dichtungen (*Brandan, Kudrun*) und vorher schon in den Beschreibungen Isidors von Sevilla († 636) und Adalberts von Bremen († 1072). Auch in der Geschichte des dritten Kalenders (Derwisch) und in der sechsten Reise Sindbads in „1001 Nacht" zerschellt das Schiff an einem ähnlichen Berg. In der ersteren findet sich auch das Motiv des Einnähens in Häute, die von einem Riesenvogel weggetragen werden. Da diese Erzählungen aber wohl erst im Spätmittelalter aufgeschrieben wurden, müssen für manche Einzelheiten spätantike oder orientalische Vorstufen angenommen werden, die wohl durch die Kreuzzüge ins Abendland gelangten und hier mit antiken Reiseerzählungen über Fabelwesen vereinigt wurden. Aus solchen antiken Quellen, die wiederum Entlehnungen aus dem Orient und aus Indien einschließen, stammen die Vorstellungen von den Greifen, den Schnabelmenschen, den Einäugigen, den Platt- oder Schattenhufen, den Langohren, Giganten und Pygmäen. Ein Kampf zwischen Pygmäen und Kranichen wird z. B. schon in Homers *Ilias* erwähnt. Einen Kampf mit Schnabelmenschen um eine Prinzessin erzählt die orientalische Geschichte vom Prinzen von Karisme. Der zweite Teil der Herzog-Ernst-Dichtung enthält also eine abwechslungsreiche und spannende Mischung heimischer, antiker und orientalischer Erzählstoffe und spiegelt so das Interesse am Ungewöhnlichen und Phantastischen, das auch früher schon die Unterhaltungsliteratur bestimmte, hier zugleich aber auch als Vorstufe geographischer und ethnologischer Entdeckungsfreude gelten kann, die das Abnorme menschlicher Erscheinungen zwar als kurios, aber nicht mehr als religiös verwirkt betrachtet.

Die Verschiedenartigkeit der Stoffbereiche macht die Frage nach der Entstehungsgeschichte besonders interessant. Die Forschung muß sich aber auch hier mit Mutmaßungen begnügen, da wir vor der bruchstückhaft überlieferten Fassung *A* (2. Hälfte 12. Jahrhundert) keinerlei Vorstufen dieser Dichtung nachweisen können. Alle überlieferten Fassungen setzen die Vollständigkeit der Erzählteile voraus. Die Bruchstücke der Fassung *A* reichen zwar nur bis zum Greifenabenteuer (= *B* V. 4239), doch läßt die Einbeziehung dieser Episode bereits auf die Vollzähligkeit der Reiseabenteuer schließen. Dennoch muß man aufgrund der stofflichen Unterschiede zwischen den heimisch-historischen und exotisch-phantastischen Erzählbereichen annehmen, daß diese ursprünglich nicht zusammengehörten. Zum geschichtlich bestimmten Geschehen gehören Ausgang und Schluß und zugleich der eigentliche Kern der Dichtung: die Erzählung von der Verleumdung, dem Sturz, dem Widerstand, der Flucht und der Versöhnung eines Herzogs und kaiserlichen Verwandten. Diese Partien setzen, wie schon bemerkt, eine volkstümliche Erzähltradition voraus, die im Anschluß an die zugrunde liegenden historischen Ereignisse entstanden sein mag. Als Erzählkerne inhaltlicher Art konnten dabei die ungewöhnlichen Beziehungen und Erlebnisse der Hauptpersonen ausgestaltet werden: die Spannungen zwischen dem Kaiser und seinem Stiefsohn, die Verleumdung eines kaiserlichen Verwandten und Beraters durch einen anderen und die Rache des Gestürzten, die Ermordung eines Pfalzgrafen vor den Augen des Kaisers und die Morddrohung gegen den Herrscher, der ungewöhnlich lange und harte Widerstand eines Herzogs gegen Kaiser und Reich und die Treuebindung zwischen einem Fürsten und seinen Lehnsleuten. Heroische, tragische und staunenswerte Momente, die beim Publikum der frühmittelhochdeutschen Zeit Anklang finden konnten, ließen sich hier dichterisch formen. Die Verleumdung des Herzogs, die Ermordung des Pfalzgrafen, die Vertreibung und der tragische Tod oder die schließliche Versöhnung dürften dabei die Handlungshöhepunkte eines Kurzepos gebildet haben. Dichtungen dieser Art, die ähnliche Vertreibungsgeschichten aus der westfränkischen Geschichte erzählen, sind in Frankreich als „Ächtermären" für das 11. bis 14. Jahrhundert nachgewiesen (z. B. Huon de Bordeaux, die *Haimonskinder* u. a. m.). Man hat früher einmal angenommen, daß auch der Herzog-Ernst-Dichtung eine solche westfränkische Ächtermäre zugrunde lag, in der mit der Übernahme ins Deutsche die westfränkischen historischen Namen ausgewechselt worden seien. Die vollständige, wenn auch historisch ungenaue Einbettung des Geschehens in die deutsche Geschichte spricht jedoch gegen eine solche Annahme; Stoffwahl und Handlungsschema lassen vielmehr eine späte Ausprägung einer eigenen deutschen Tradition solcher Ächtermären vermuten, die als solche ohne Beispiel in der deutschen Dichtung des Mittelalters dasteht. Dabei scheint es sicher zu sein, daß die Reiseabenteuer des Geächteten und Vertriebenen im Mittelmeer und Orient auch hier (wie in späteren französischen Dichtungen) später Zusatz sind, der wohl erst durch den Dichter der mittelfränkischen Fassung *A* oder der lateinischen oder deutschen Vorstufe dieser Fassung eingefügt wurde. Dies war erst nach dem 2. Kreuzzug (1149) möglich, weil erst dann durch die unmittelbare Begegnung zahlreicher deutscher Adliger und ihres Gefolges mit dem Orient das Interesse und Verständnis für orientalische Reiseabenteuer geweckt worden war. Möglicherweise war in einer ursprünglichen Verbanntendichtung die Flucht des Herzogs in ein Waldgebirge oder ins Ausland geschildert worden, wie dies in entsprechenden französischen Dichtungen und in der Wirklichkeit Ernsts II. und Wetzels von Kyburg der Fall war.

Für eine nachträgliche Einfügung der Reiseabenteuer in eine bereits vorhandene Dichtung sprechen die Doppelmotivation mit den zahlreichen Hinweisen auf eine Vertreibung (V. 37, 46, 1738, 1751, 1780, 1808, 1882, 1907, 2051) und einen gleichzeitigen Kreuzzugsentschluß (V. 1810 ff., 1826 ff., 1845), die wiederholte Beteuerung dieser Motivation und das Bestreiten jeglicher Fluchtabsicht (V. 50, 1882, 1906 f.) ebenso wie die Unterschiede in der erzählerischen Gestaltung zwischen den Teilen des Epos.

Der unbekannte Dichter, der zuerst die verschiedenen Teile zusammenfügte, hat den nun entstehenden Bruch in der Handlungsmotivation durchaus empfunden und gelegentlich angedeutet (V. 1882, 1906 ff.). Es gelang ihm jedoch nicht, die unterschiedliche Erzählweise und Stilform des zweiten Teiles ganz dem Anfang anzupassen. Während dieser z. B. ebenso wie der Schlußteil eine straffe Handlungsdarstellung ohne längeres Verweilen liebt, häufen sich im Mittelteil Beschreibungen und Wiederholungen. Dieser ausmalende Stil entspricht zwar der frühhöfischen Vorliebe für Pracht und Seltsamkeiten; er steht jedoch in auffallendem Widerspruch zum szenisch pointierenden Stil des Anfangs und Schlusses.

Auch der Schlußabschnitt läßt eine Unsicherheit der Motivation erkennen und verstärkt so den Eindruck einer ursprünglich anderen Gestaltung. Während nämlich V. 5748 der Kaiser Ernst zur Rückkehr auffordert und ihm Versöhnung und Rehabilitierung verspricht, sucht er dies zuletzt (V. 5942) zu verhindern. Dieser Widerspruch muß nicht auf einem Zwiespalt in der Darstellung Kaiser Ottos beruhen. Er kann auch durch die Einfügung des Abenteuerteils in eine ursprüngliche Ächtermäre erfolgt sein.

Den Unstimmigkeiten in der künstlerischen Gestaltung der Dichtung stehen die Versuche der Bearbeiter gegenüber, die

Teile zu verklammern und das Werk mit einer dichterischen Idee zu durchdringen. Sie ist durch den Schöpfer der Fassung *B* bereits im Prolog des Werkes ausgedrückt worden: Es soll hier ein Vorbild ritterlicher Bewährung in den schwierigsten Situationen geboten werden. Dem seßhaften kampfentwöhnten Adel soll gezeigt werden, wie sich heldischer Mut und höfische Tugend und ritterlicher Gottesdienst vereinigen lassen. Diese ethische Durchdringung der Dichtung ist bereits im ersten Teile von *B* wie auch in den Fragmenten von *A* sichtbar, wo Ernst als der ideale junge Fürst erscheint, dessen vorbildliche Eigenschaften zunächst zu Recht belohnt, dann aber nach der Verleumdung hart geprüft werden. Stärker zeigt sich diese Ethisierung im zweiten Teil, wo besonders das ritterliche Eintreten für die Schwächeren, die Gefolgschaftstreue, der persönliche Mut und das Gottvertrauen hervorgehoben werden. Die Idee des *guoten knehtes*, des vorbildlichen Ritters, die das gesamte Werk durchzieht, ermöglicht zugleich die künstlerische und gehaltliche Einheit dieses Werkes. Indem der Dichter immer wieder die Idealität der Hauptfigur wie auch die des treuen Lehnsmannes hervorhebt, schafft er eine Einheit über den Stoffkreisen, die deren Unterschiede zurücktreten läßt.

Es ist anzunehmen, daß die Verschmelzung einer volkstümlichen „Ächtermäre" mit den Reiseabenteuern durch einen geistlich gebildeten Dichter nach dem zweiten Kreuzzug (1147–49) erfolgte. Für eine geistliche Verfasserschaft spricht neben der Einbeziehung der antiken und christlichen Kenntnisse über die Kuriosa des Orients und der Meere auch die Häufung religiöser Ermahnungen, besonders im zweiten Teil des Werkes. In Gefahr und Todesnot muntert der Herzog seine Gefährten zum Gottvertrauen auf und betont die Todesbereitschaft der Kreuzritter zu jeder Stunde und an jedem Ort. Diese Verbindung des heroischen Kämpfers und vorbildlichen Fürsten mit dem *miles Christi*-Ideal ist als unmittelbares Ergebnis der Kreuzzugsbegeisterung anzusehen. Beide Aspekte machen das Werk zu einer didaktisch geprägten Dichtung, die ähnlich den späteren höfischen

Epen, etwa Hartmanns von Aue und Wolframs von Eschenbach, zur Formung des ritterlichen Standesbewußtseins beigetragen hat. Daß sie gleichzeitig als beliebte Unterhaltungsdichtung galt, wie dies die Erwähnung im *Helmbrecht* Wernhers des Gärtners bezeugt, verdankt sie wohl vor allem ihrem stofflichen Reichtum an *wundern*, an Kuriositäten und ungewöhnlichen Geschehnissen, die auch schon in früherer Zeit stets ein dankbares Publikum fanden.

Die wissenschaftliche Forschung hat verhältnismäßig früh damit begonnen, die Dichtungen um den Herzog Ernst neu herauszugeben. Bereits 1717 edierten Martène und Durand die nach 1206 verfaßte lateinische Hexameterdichtung *Ernestus (E)* des Geistlichen Odo, die dem Erzbischof Albrecht von Magdeburg (1206–33) gewidmet und in einer inzwischen verschollenen Handschrift aus Tours überliefert war. 1808 druckten von der Hagen und Büsching die höfisch bearbeitete mhd. Fassung *D* nach einer Gothaer Handschrift in ihren *Deutschen Gedichten des Mittelalters I* ab. Hoffmann von Fallersleben und F. Pfeiffer entdeckten in der Folgezeit in Prag 5 Pergamentblätter mit Texten der ältesten, mittelfränkisch geschriebenen Fassung *A* und veröffentlichten sie. M. Haupt gab dann 1849 die lateinische Prosafassung *C* aus dem 13. Jahrhundert heraus. 1869 ergänzte und edierte K. Bartsch die Prager Bruchstücke und rekonstruierte aus den Texten der beiden Papierhandschriften *a* und *b* des 15. Jahrhunderts die erste vollständige mittelhochdeutsche Bearbeitung *B*, die in unserer Ausgabe abgedruckt und übersetzt ist. Gleichzeitig veröffentlichte Bartsch auch die als Volksbuch *(F)* verbreitete frühneuhochdeutsche Übersetzung der lateinischen Prosafassung *C* sowie ein strophisches Lied mit 89 Strophen über den Herzog Ernst *(G)*, die in mehreren Druckfassungen im 15. und 16. Jahrhundert verbreitet waren. 1923 entdeckte und veröffentlichte P. Lehmann eine weitere lateinische Prosafassung *(Erf.)*. Von weiteren mhd. Fassungen künden die im Anhang unserer Ausgabe abgedruckten Marburger *(M)*, Saganer *(S)* und Klagenfurter

Bruchstücke *(Kl.)*, deren Inhalt den Fassungen *A* und *B* nahekommt.

Ungeklärt ist weiterhin die Frage nach der Priorität der deutschen oder der lateinischen Fassungen. Die Bearbeiter der mhd. Fassungen weisen an mehreren Stellen auf eine lateinische Quelle dieser Dichtung hin (*B* V. 2244 ff.: *D* V. 2049 ff., *B* V. 4462 ff., *D* V. 3617). Man hat daher angenommen, daß auch die mittelfränkisch geschriebene Fassung *A* auf einer lateinischen Fassung fußte, die Bartsch für die Zeit um 1150 ansetzt. Will man diese Hinweise in *B* und *D* nicht nur als die im Mittelalter üblichen Quellenberufungen zur größeren Glaubwürdigkeit ansehen, so bleibt trotzdem fraglich, ob sie sich auf das gesamte Werk oder nur auf die Reiseabenteuer beziehen, in denen diese Quellenberufungen stehen. Die lateinischen Fassungen können darüber auch keine Auskunft geben, da sich in *Erf.* und *C* auch deutsche Ausdrücke finden (z. B. *plathüeve, würmelâge*), die auf eine deutsche Vorstufe verweisen, *E* dagegen so in antike Stileigenheiten umstilisiert ist, daß sie keine Hinweise auf eine evtl. lateinische Vorstufe für *A* bietet. Daß eine solche für die Reiseabenteuer einmal vorgelegen haben muß, bestätigen die lateinischen Namensformen für die monströsen Wesen (*Arimaspi, Prechami*) in der Fassung *B*. Es scheint also auch daher nicht ausgeschlossen zu sein, daß der Dichter der ersten deutschen Gesamtfassung einen lateinischen Reiseroman übersetzte und in ein deutsches Kurzepos vom Empörer Ernst und seinem Freund Wetzel einarbeitete. Die vielen erzählerischen Varianten in den verschiedenen mhd. und lateinischen Bearbeitungen erschweren eine klare Ableitung der einzelnen Fassungen und lassen auf eine reichere Erzähltradition schließen, als die überlieferten Handschriften bezeugen.

Die frühesten überlieferten Zeugnisse der Herzog-Ernst-Dichtung, die Bruchstücke der Handschrift *A* und die aus den Handschriften *a* und *b* rekonstruierte Fassung *B*, liegen in ihrer Entstehung fast ein halbes Jahrhundert auseinander, wenn die vermuteten Abfassungszeiten (um 1170 bzw. um 1210–20) zutreffen sollten. Sie umrahmen damit die Zeit der Anfänge und des Höhepunkts jener mittelhochdeutschen Literaturepoche, die man die „höfische" nennt, weil die deutsche Dichtung dieses Zeitraums in vielfältigen Formen ein bestimmtes Lebensideal darstellt, das man nach seiner Ausprägung an bestimmten Fürstenhöfen als „höfisch" (frz. *courtois*) bezeichnet.

Die höfische Gestaltungsweise dieser ritterlichen Dichtung kommt vor allem in der epischen Großform der Reimpaarepen zum Ausdruck, die auch als „höfische Romane" bezeichnet werden. Nach Anregungen aus dem kulturell weiterentwickelten französischen Rittertum von Heinrich von Veldeke und Hartmann von Aue um 1180 begründet, erreichte diese Dichtung ihren Höhepunkt in Wolfram von Eschenbachs *Parzival* und Gottfried von Straßburgs *Tristan und Isolde* (um 1210–20).

In den höfischen Romanen geht es stets um die Entwicklung eines ritterlichen Helden in einer Krisensituation, die diesen der höfischen Welt einer bestimmten Idealität und Harmonie entfremdet und erst nach Bestehen bestimmter *aventiuren*, ritterlicher Bewährungssituationen, in das Zentrum höfischen Lebens, zumeist einen bestimmten Königshof, zurückkehren läßt. Um eine größtmögliche Idealität der ritterlichen Verhältnisse zu erreichen, wurde dabei häufig eine märchenähnliche Situation, meistens der Hof des sagenumwobenen keltischen Königs Artus, als Stoffgrundlage gewählt. Die deutschen Dichter folgen darin französischen Vorbildern, vor allem Chretien von Troyes.

Das Herzog-Ernst-Epos ist in seiner frühesten Gestaltung vor der höfischen Artusepik entstanden. Dennoch ähnelt es in seiner Komposition jenen hochhöfischen Werken, die die Handlung in zwei Entwicklungsabschnitten darstellen: den Verlauf bis zu einer Krise und die Entwicklung bis zur Wiederherstellung der vollen Harmonie. Es bleibt zu fragen, ob nicht das Schema des spätantiken Reiseromans kompositionelles Vorbild für die Herzog-Ernst-Dichtung wie für die

Artusromane zugleich war. Die Ähnlichkeiten in der Komposition haben wohl auch dazu beigetragen, daß die Herzog-Ernst-Dichtung auch noch in der Zeit des Höhepunkts der höfischen Epik und nach deren Abklingen beliebt war und Umgestaltungen erfuhr, wie dies die Fassungen *B* und *D* beweisen.

Hinzu kommen natürlich inhaltlich-gehaltliche Übereinstimmungen zwischen der Herzog-Ernst-Dichtung und der Artusepik. Sie beziehen sich auf die Stoffwahl wie auf die Personengestaltung. In der Stoffwahl ist es weniger die Reichsgeschichte als vielmehr die fremde Welt des Orients, die dem höfischen Geschmack entsprechen konnte, weil hier die Verbindung von Phantasiewelt und Idealität besonders gut möglich war. Freilich muß man dabei auch die Unterschiede in der Gestaltung und Funktion zwischen der Märchenwelt der Artusromane und der Orientabenteuer Ernsts sehen. Während in der Herzog-Ernst-Dichtung die exotischen Einzelheiten stärker im Vordergrund stehen und das Interesse an ihnen zeitweise das Interesse am Schicksal des Helden zurückdrängt, bilden die Details der Artuswelt nur die Folie für die ritterliche Bewährung der Helden.

Auch in der Personengestaltung zeigen sich Gemeinsamkeiten wie Unterschiede. Gemeinsam mit den Artusromanen hat die Herzog Ernst Dichtung die Betonung bestimmter ritterlicher Werte und die anschauliche Verkörperung solcher Werte in den Hauptgestalten Ernst und Wetzel. Dabei zeigen sich jedoch symptomatische Unterschiede zwischen der Fassung *A* und der Fassung *B*. Während in *A*, soweit wir dies aus den Bruchstücken erkennen können, die *êre*, das Ansehen des Herzogs neben seiner Klugheit *(wîsheit)* und Tüchtigkeit *(frumicheit)* und Tapferkeit besonders hervorgehoben wird, treten in *B* andere ritterliche Werte stärker hervor, vor allem die Freigebigkeit *(milte)* und die Bindung *(triuwe)* zwischen dem Herzog und seinen Gefolgsleuten, die hier nicht mehr wie in *A* als Untertanen eines Herrn, sondern eher als Kampfgefährten, als Freunde erscheinen. Während *A* stärker den Fürsten hervorhebt, rückt *B* den vorbildlichen Ritter, den *guoten kneht*, stärker in den Blick. Die Angleichung an den höfischen Publikumsgeschmack zeigt sich in *B* zudem nicht nur in der Anpassung an die Sprachform der höfischen Epen und in der metrischen Glättung, sondern auch in der zunehmenden Konkretisierung und Psychologisierung des dargestellten Geschehens. Dort, wo der Verfasser von *A* Geschehnisse oft in formelhafter Verkürzung wiedergibt, enthält die spätere Fassung sorgfältige Einzelschilderungen. Die psychologische Vertiefung, soweit man bei mittelalterlicher Dichtung davon sprechen kann, wird in der häufigeren Darstellung der menschlichen Beziehungen und Empfindungen sichtbar. Der Dichter von *B* scheut nicht einmal davor zurück, den Herzog in unheroischer Weise um die sterbende indische Prinzessin weinen zu lassen (V. 3580), ebenso wie die Gefährten aus Sorge um Ernst weinen (V. 4258 f.). Die Haltung der *erbermde*, des Mitleids, die dem jungen Parzival bei seinem ersten Gralsbesuch fehlte und ihn so zunächst scheitern ließ, ist – wie der Befreiungsversuch um die indische Prinzessin zeigt (V. 3577 ff.) – dem Herzog durchaus eigen. Auch die Freigebigkeit *(milte)*, die schon vom germanischen Gefolgsherrn verlangt wurde, damit er seine Gefolgsleute reichlich lohnte, die dann unter christlichen Vorzeichen mit der religiös motivierten Schenkefreudigkeit verknüpft wurde, fehlt bei Ernst nicht. Dabei darf jedoch nicht verkannt werden, daß die beiden Fassungen der Herzog-Ernst-Dichtung (*A* und *B*) neben diesen und anderen höfischen Zügen noch zahlreiche Züge der älteren Heldendichtung tragen. Die Fassung *B* ist zwar stärker im höfischen Sinne idealisiert und stilisiert, kann aber die Bindung an ältere Erzählweisen nicht leugnen. Sie zeigt sich vor allem in der Vorliebe für ritterliche Kampfschilderungen, die es in der Herzog-Ernst-Dichtung ja reichlich gibt. Während die höfischen Dichtungen, die den ritterlichen Kampf ebenfalls als Kennzeichen der *aventiure* aufweisen, den Zweikampf bevorzugen und häufig die Begnadigung und lehnsrechtliche Unterwerfung des Unterlegenen darstellen, lieben es die Herzog-Ernst-Dichtungen, ganz in der Tradition von *Alexanderlied* und *Rolandslied* große Belagerungen und Feldschlachten darzustellen. Die antik-christliche Auffassung vom *bellum iustum*, die dem Mittelalter durchaus bewußt war, wirkt sich bei aller Freude am Kampf allerdings so aus, daß Ernst nie unberechtigt den Krieg aufnimmt, sondern stets, um dadurch ein Unrecht zu rächen oder einen Angreifer zurückzuschlagen.

Bei der Darstellung solcher Ereignisse verwendet der Autor von *B* neben älteren Modewörtern der Heldenepik wie *helt*, *recke*, *wigant* u. ä. auch zahlreiche Wendungen, die auf Vorlagen in älteren Heldenepen zurückzugehen scheinen. In den Anmerkungen dieser Ausgabe ist öfter auf Formen dieser „Kriegersprache" verwiesen worden.

Die Bevorzugung solcher Darstellungsformen wirft die Frage nach der soziologischen Herkunft dieser Dichtungen und nach ihrem Publikum auf. Da die überlieferten Handschriften darüber keine Aussage erlauben, sind wir bei der Beantwortung dieser Frage auf die schon erwähnten Brief- und Textzeugnisse angewiesen. Der Brief des vermuteten Grafen von Andechs an einen evtl. Abt von Tegernsee weist ebenso wie die Widmung der Fassung *E* an den Erzbischof von Magdeburg in die Kreise des Hochadels der staufischen Zeit. Die Erwähnung im *Helmbrecht* Wernhers des Gärtners, wo das Vorlesen aus dem *Herzog Ernst* als eine Form ritterlicher Unterhaltung an einem Hofe geschildert wird, scheint dies zu bestätigen. Noch 1462 zählt der bayrische Handschriftensammler Püterich von Reichartshausen die Herzog-Ernst-Dichtung in der Liste seiner Bücher auf.

Die Vorliebe der Fassung *B* für ritterliche Kampfdarstellungen, für die Schilderungen des engen Verhältnisses zwischen dem Herzog und seinen Gefährten, besonders dem Grafen Wetzel, vor allem aber auch die Hinweise des Prologs auf die wagemutigen Ritter, die in ferne Länder ziehen, anstatt zu Hause zu „verbauern", lassen indes auch darauf schließen, daß hier Lebensauffassungen eines abhängigen Dienstadels, wie es in der Stauferzeit die Ministerialien waren, ausgedrückt wurden.

Somit hat die Herzog-Ernst-Dichtung als vorhöfische, z. T. aber auch als höfische Dichtung zu gelten, in der das Rittertum der Stauferzeit, das sich aus dem ehemals kaum gebildeten Stand der bloßen Waffenträger und Landverwalter zum Träger einer eigenen Kultur entwickelt hatte, seine eigenen Leitbilder durchaus wiedererkennen und sich mit ihnen identifizieren konnte, vielleicht stärker als ihm dies die Artusepik erlaubte. Die geschichtliche Verankerung des Geschehens und der zuweilen ungewöhnlich starke „Realismus" in der Darstellung des Denkens und Handelns der hier geschilderten Kreuzfahrer dürften mit dazu beigetragen haben, daß diese Dichtung reges Interesse bei der Ritterschaft der staufischen Zeit fand.

Für die vorliegende Ausgabe wurde der mhd. Text der Fassung *B* gewählt, wie ihn Karl Bartsch aus den Papierhandschriften *a* (Nürnberg, 1441 geschrieben) und *b* (Wien, 15. Jahrhundert) rekonstruiert hat. Da *a* einen fehlerfreieren Text als *b* bietet, hat Bartsch vor allem die Lesarten von *a* übernommen, obwohl *b* stellenweise altertümlicher wirkt. Aufgrund der Sprachgestaltung, des Wortschatzes, des Reimgebrauchs, der stilistischen Form und der gehaltlichen Aussagen hat Bartsch die Entstehung dieser Fassung noch ins 12. Jahrhundert verlegt. Zahlreiche archaische Wendungen in der Handschrift *b* scheinen dies zu bestätigen. Die Handschrift *a* enthält dagegen eine Fassung, die den Text der Fassung *A* dem höfischeren Sprach- und Reimgebrauch um 1200 bis 1210 anzugleichen suchte. Da einige Forscher hier den Einfluß der großen mhd. Epiker, vor allem Wolframs von Eschenbach, zu erkennen glaubten, datiert man den Text von *a* heute in die Zeit zwischen 1210 und 1220.
In auffälligem Kontrast zum höfischen Reimgebrauch der Fassung *B* steht ihr archaischerer Gehalt, der mit der Betonung des Kampfgeistes der Kreuzzugsepik (allerdings mit einem moderneren, toleranteren Heidenbild) und dem Fehlen des höfischen Minnegedankens noch weit ins 12. Jahrhundert verweist. Erst die Fassung *D* nimmt stärker höfische

Züge an, und erst das strophische Gedicht *G* formt die Begegnung mit der indischen Prinzessin zur Liebesgeschichte um.

Die altertümlichere Fassung *B* kommt so der ursprünglichen Gestalt dieser Dichtung, wie sie in den Bruchstücken von *A* erhalten ist, am nächsten und wurde deshalb für diese Ausgabe ausgewählt.

Diese Dichtung vom Herzog Ernst bietet uns einen Unterhaltungstext des Rittertums der staufischen Zeit, der durch seine Heldenauffassung und seine Phantastik der Ferne für uns Heutige durchaus noch interessant sein kann, auch wenn uns viele der damaligen Lebensvorstellungen und Verhaltensweisen völlig fremd anmuten. Man sollte dabei jedoch bedenken, daß derartige im Gefolge der Kreuzzüge und der staufischen Reichspolitik stehenden Dichtungen durch ihre Abkehr von einer transzendenten Jenseitsorientierung einen Schritt auf dem Wege des Bewußtseins- und Kulturwandels zur Diesseitsbejahung und höfischen Humanität darstellen, der auch unsere Wertvorstellungen noch manches verdanken.

Die Übersetzung des mittelhochdeutschen Textes, die hier erstmals vorgelegt wird, bemüht sich um eine möglichst wortnahe Form, die zugleich der besseren Übersicht wegen die Zeilenbindung zu beachten sucht. Dadurch entstehen gelegentlich Unebenheiten, die bei einem Fortfall der Zeilenbindung vermeidbar wären. Für den Kenner wie für den Studenten wird diese Übersetzung so nur eine Arbeitshilfe sein, die ihn zur eigenen Neuübersetzung anreizen möge.

Um dem Sinn dieser Ausgabe, eine Begegnung mit mittelalterlicher Dichtung zu vermitteln, besser entsprechen und zugleich diese Edition für die wissenschaftliche Textarbeit nutzen zu können, wurden auch die Fragmente der Fassung *A* sowie die weiteren Bruchstücke dieser Dichtung als Anhang beigefügt.

Bernhard Sowinski

Inhalt

Herzog Ernst 3

Anhang 339

   Die Prager Bruchstücke der mittelhochdeutschen
   (mittelfränkischen) Fassung A 341

   Die Saganer Bruchstücke der Fassung A 351

   Die Marburger Bruchstücke der Fassung A . . . 355

   Die Klagenfurter Bruchstücke 358

Anmerkungen 363

Literaturhinweise 401

Nachwort 403

Deutsche Literatur des Mittelalters

IN RECLAMS UNIVERSAL-BIBLIOTHEK

Althochdeutsche poetische Texte. Ahd./Nhd. 359 S. UB 8709

Das Annolied. Mhd./Nhd. 192 S. 4 Abb. UB 1416

Berthold von Regensburg: Vier Predigten. Mhd./Nhd. 267 S. UB 7974

Deutsche Gedichte des Mittelalters. Mhd./Nhd. 607 S. UB 8849

Deutscher Minnesang (1150–1300). Mhd./Nhd. 174 S. UB 7857

Das Donaueschinger Passionsspiel. 351 S. UB 8046

Meister Eckhart: Vom Wunder der Seele. Auswahl. 87 S. UB 7319

Erhebe dich, meine Seele. Mystische Texte des Mittelalters. 400 S. UB 8456 – auch geb.

Fastnachtspiele des 15. und 16. Jahrhunderts. 464 S. 9 Abb. UB 9415

Frauenlieder des Mittelalters. Zweispr. 309 S. UB 8630

Friedrich von Hausen: Lieder. Mhd./Nhd. 184 S. UB 8023

Frühmittelhochdeutsche Literatur. Zweispr. 295 S. UB 9438

Germanische Göttersagen. 208 S. UB 8750

Germanische Heldensagen. 356 S. UB 8751

Gottfried von Straßburg: Tristan. Mhd./Nhd. Bd. 1: Text. Verse 1–9982. 595 S. 10 Abb. UB 4471 – Bd. 2: Text. Verse 9983–19548. 590 S. 11 Abb. UB 4472 – Bd. 3: Kommentar, Nachwort und Register. 390 S. UB 4473

Hartmann von Aue: Der arme Heinrich. Mhd./Nhd. 134 S. UB 456 – Gregorius, der gute Sünder. Mhd./Nhd. 256 S. UB 1787 – Lieder. Mhd./Nhd. 181 S. UB 8082

Heinrich der Glîchezâre: Reinhart Fuchs. Mhd./Nhd. 184 S. UB 9819

Heinrich von Melk: Von des todes gehugde / Mahnrede über den Tod. Mhd./Nhd. 251 S. UB 8907

Heinrich von Morungen: Lieder. Mhd./Nhd. 248 S. UB 9797

Heinrich von Veldeke: Eneasroman. Mhd./Nhd. 901 S. UB 8303

Heliand und die Bruchstücke der Genesis. 261 S. UB 3324

Herzog Ernst. Mhd./Nhd. 429 S. UB 8352

Johannes von Tepl: Der Ackermann und der Tod. 96 S. UB 7666

König Artus und seine Tafelrunde. Europ. Dichtung des Mittelalters. 760 S. UB 9945 – auch geb.

Konrad von Würzburg: Heinrich von Kempten. Der Welt Lohn. Das Herzmaere. Mhd. 167 S. UB 2855

Kudrun. 360 S. UB 466

Moriz von Craûn. Mhd./Nhd. 176 S. UB 8796

Neidhart von Reuental: Lieder. Auswahl. Mit den Noten zu neun Liedern. Mhd./Nhd. 134 S. UB 6927

Das Nibelungenlied. 408 S. UB 642

Otfrid von Weissenburg: Evangelienbuch. Auswahl. Ahd./Nhd. 272 S. UB 8384

Das Redentiner Osterspiel. Mnd./Nhd. 293 S. UB 9744

Reineke Fuchs. Das niederdt. Epos »Reynke de Vos« von 1498. 295 S. 40 Holzschn. d. Originals. UB 8768

Reinmar: Lieder. Nach der Weingartner Liederhandschrift (B). Mhd./Nhd. 405 S. UB 8318

Das Rolandslied des Pfaffen Konrad. Mhd./Nhd. 823 S. UB 2745

Sachsenspiegel. Landrecht und Lehnrecht. 267 S. UB 3355

Der Stricker: Erzählungen, Fabeln, Reden. Mhd./Nhd. 279 S. UB 8797 – Der Pfaffe Amis. Mhd./Nhd. 206 S. UB 658

Tagelieder des deutschen Mittelalters. Mhd./Nhd. 308 S. UB 8831

Tristan und Isolde im europäischen Mittelalter. 367 S. UB 8702 – auch geb.

Walther von der Vogelweide: Werke. Mhd./Nhd. Bd. 1: Spruchlyrik. 526 S. UB 819

Wernher der Gärtner. Helmbrecht. Mhd./Nhd. 216 S. UB 9498 – Meier Helmbrecht. Versnovelle. 64 S. UB 1188

Heinrich Wittenwiler: Der Ring. Fnhd./Nhd. 696 S. UB 8749

Wolfram von Eschenbach: Parzival. Mhd./Nhd. Bd. 1: Bücher 1–8. 736 S. UB 3681 – Bd. 2: Bücher 9–16. 704 S. UB 3682 – Parzival. Auswahl. 80 S. UB 7451

Oswald von Wolkenstein: Lieder. Auswahl. Mhd./Nhd. 128 S. UB 2839

Philipp Reclam jun. Stuttgart